HEYNE <

EMANUELA VALENTINI

DIE TOTEN MÄDCHEN VOM MONTE ARGENTO

THRILLER

Aus dem Italienischen
von Janine Malz

WILHELM HEYNE VERLAG
MÜNCHEN

Die Originalausgabe *Le Segnatrici* erschien erstmals 2020
bei Mondadori Libri S. p. A., Mailand

MIX
Papier | Fördert
gute Waldnutzung
FSC® C083411
FSC
www.fsc.org

Penguin Random House Verlagsgruppe FSC® N001967

Deutsche Erstausgabe 12/2022

Redaktion: Sonja Häußler
Printed in the Czech Republic
Umschlaggestaltung: Designomicon, München,
unter Verwendung von Motiven von © Shutterstock.com (JGA, Pilguj)
Satz: Buch-Werkstatt GmbH, Bad Aibling
Druck und Bindung: CPI books GmbH, Leck
ISBN: 978-3-453-42632-0

www.heyne.de

Meine Mutter Sandra:
Blumen, buntes Garn, unbändige Energie,
Musik und Marmeladen.
Du hast mir beigebracht, dass alles möglich ist.

Mein Bruder Marco:
Ein Lichtblick im Dunkeln,
Jahrzehnte voller Lachen wie Sternschnuppen.
Für mich bist du eine absolute Gewissheit.

Scilla:
Im Sternenlicht glänzendes Gras, ein langer Flug Auge in Auge,
Unendlichkeit auf vier Pfoten.
Wir sind eins, du und ich. Für immer.

Dieses Buch ist euch gewidmet.

»Öl aus Jesu Christi Hand, halt dies böse Blut gebannt.
Öl aus meiner Lampe fein, dieses böse Blut halt ein.«

Mario Ferraguti

»Liebe brachte uns beiden gemeinsamen Tod,
KAINSORT erwartet aber den,
der uns aus dem Leben gelöscht hat.«

Göttliche Komödie, Hölle, Fünfter Gesang
Dante Alighieri

3. JULI 2019

»Wer sind die Personen auf dieser Zeichnung?«
»Das sind die, die ich getötet habe.«
»Aber du bist erst acht Jahre alt …«
»Ich habe sie getötet, als ich groß war.«

JULI 1997

Der Regen ist ein konstantes Geräusch, das den Wald erfüllt. Er fällt senkrecht zwischen den Ästen der Eichen und lässt jedes einzelne Blatt erklingen, jeden Stamm, jede Wurzel. Der Weg verschwindet beinahe unter dem Sturzbach aus Schlamm, der sich gen Tal ergießt, hin nach Hause, hin zu den Gassen und Torbögen aus Stein, hin zum brennenden Kamin, der Funken sprüht.

Das Mädchen denkt an die Nonna, die gerade dabei ist, einen Mürbeteigkuchen zu backen aus den Heidelbeeren, die sie gemeinsam unter den am Himmel kreisenden Falken inmitten der sonnigen Heide zwischen lauter Primeln gesammelt haben.

Aber sie kann jetzt nicht zurück nach Hause.

Mit einem Herz, das neben ihr hergaloppiert, geht sie bergauf und folgt dem einzigen Geräusch, das sich von dem uralten, immer gleichen Geprassel des Regens abhebt: ein Hilfeschrei, ein leiser verzweifelter Lockruf, den der Regen verwässert, aber nicht zu übertönen vermag.

In einem großen, hohlen Baumstumpf sieht sie eine Füchsin, die sich um ihr Junges eingerollt hat. Die großen bernsteinfarbenen Augen mustern sie. Sie sind rätselhaft, erfüllt von Wildheit, aber sie weiß, dass keines der Waldtiere ihr an diesem Nachmittag etwas anhaben wird.

Die Wölfe schlafen zurückgezogen auf den fernen Geröllhängen und warten auf die Nacht, um auf der Hochebene zwischen den Gipfeln zu jagen. Die scheuen Hirsche kauern unter dem Rhododendron in den Kastanienwäldern, und die Adler können das Mädchen unter dem Blätterdach nicht sehen.

Sie hält sich an einem niedrigen Ast fest, um über ein paar große Wurzeln zu steigen, ihre Halbstiefel rutschen weg, und sie landet auf allen vieren im Matsch. Der Regen durchweicht ihren gelben Regenmantel und strömt ihr über Gesicht und Hände.

Die Hände. Die darf sie nicht verletzen, nicht aufschürfen, nicht zerkratzen – jetzt sind sie kostbar.

Leonilda, die alte Frau mit Augen blau wie Himmelsfetzen, die hinter den Heuschobern am Dorfrand lebt, hat ihr erklärt, wie man eine Blutung stillt, und sie hat sich alles gut eingeprägt.

Die Worte und Zeichen, die sie ihr gezeigt hat, geduldig und mit einem Lächeln in den Augenwinkeln, wie jemand, der einen Baum pflanzt, damit er einem noch ungeborenen Menschen einmal Schatten spendet.

Ihr Herz ist ein Schrein, der das Wertvollste der Welt enthält, das es gibt: das Wissen, wie man jemanden rettet, um den es schlecht steht.

Sie lacht, den Mund voll Regen, und beschleunigt den Gang. Die Laute sind nun nicht mehr gedämpft, sondern durchdringend und deutlich, ganz in der Nähe.

Das Kätzchen kauert mitten auf einer Lichtung, unter einem Enzianbüschel, nass und verzweifelt miaut es laut und zittert vor Furcht und Kälte.

Das Mädchen nimmt es hoch und verbirgt es unter dem Wachsmantel, wohlig warm am Herzen, dann steigt es eilig den Waldweg wieder hinunter und bleibt nicht eher stehen, bis es die ersten Steinhäuser sieht, die mit dem Berg verschmelzen, außen kalt und innen warm und behaglich wie eine Umarmung.

Sie verzieht sich in den Stall. Die Eselin schläft auf dem noch von der Morgensonne warmen Stroh. Dorthin legt sie auch das blutende Kätzchen.

»Die Füchsin hat dich gebissen, aber du hast dich gewehrt«, flüstert sie und trocknet mit dem Ärmel des Kapuzenpullovers sein Fell. Endlich im Warmen, fängt es an zu schnurren.

Das Mädchen weiß, dass dies der wichtigste Moment ihres Lebens ist. Sie steht kurz davor, zum ersten Mal jemanden zu heilen, und es spielt keine Rolle, ob es sich dabei um einen Menschen oder ein Tier handelt. Dann kann sie ihrer Nonna und ihren Freunden erzählen, dass sie eine Heilerin ist wie Leonilda und die anderen. Die das Böse erkennt und vertreiben kann.

Sie setzt sich, wobei sie darauf achtet, die Beine nicht zu überkreuzen, und nimmt die Kapuze ab. Und in der Stille, die nach getrocknetem Mist und gemähtem Gras riecht, nach Holzfeuer und Erde, beschreibt sie mit den Fingern drei Kreise um die Wunde.

»Ich heile und beschwöre dich. Blut, weiche zurück.«

Erneut drei Kreise.

»Blut, weiche zurück.«

Drei Kreise um die Wunde.

»Ich heile und beschwöre dich und gebiete dir Einhalt.«

Die Eselin ist wach und sieht sie milde an. Die Hände streicheln nun über das graue Fell. Das Kätzchen ist eingeschlafen.

Vom Fenster zum Hof her hört man die Stimme der Nonna. Es locken die Wärme, der Kuchen, der Holztisch, das Marmeladenbrot.

Sie wird mit ihr schimpfen, weil sie völlig durchnässt ist. Doch das ist unwichtig.

»Schlaf nur. Nachher bringe ich dir Milch, und dann bleiben wir für immer zusammen.«

Später kehrt sie zurück, in der Hand ein Schälchen mit lauwarmer Milch, das sie vor dem Regen schützt. Sie geht leise, um das Kätzchen nicht zu erschrecken. Wie sehr freut sie sich darauf, das weiche Fell zu streicheln und das Schnurren zu hören.

Ein Donnerschlag lässt die Holzwände erzittern. Sie kauert sich zusammen. Die Eselin schaut sie an und schnaubt. Ein paar Fliegen stieben von dem Fellbündel auf, als sie es berührt.

Die Tränen fließen vor lauter Angst, noch ehe die Erkenntnis zu ihr durchdringt, während sie den Kopf des Kätzchens streichelt, der zur Seite fällt; der Körper ist seltsam starr, gar nicht mehr weich und geschmeidig. Und das erste Mal spürt sie die Leere, wenn etwas fort ist. Die kalte, feindselige Finsternis des Todes.

Es an die Brust zu drücken, ist zwecklos. Keine Wärme kann es wieder zum Leben erwecken.

ERSTER TEIL

1

28. JUNI 2019

Ich parkte außerhalb des Ortskerns, an der steilen Serpentinenstraße, die zu dem kleinen Platz mit der Kirche führte. Nach all der Zeit hatte ich ganz vergessen, wie eng die Wege und wie schmal die Straßen waren, über die man hier herauf gelangte, zu jener Handvoll Steinhäuser, die von einer grünen Mauer aus Wäldern umschlossen wurden.

Das Panorama war atemberaubend, doch aus irgendeinem Grund verursachte es mir Unbehagen: Freiwillig hätte ich keinen Fuß in das undurchdringliche, von verschlungenen Wegen durchfurchte Dickicht gesetzt, für kein Geld der Welt. Als Kind hingegen hatte ich meine Tage in der blaugrünen Einsamkeit des Waldes verbracht.

Mir war nicht bewusst gewesen, welche Gefahr davon ausging.

Niemandem war es bewusst gewesen.

Mit dem Smartphone in der Hand blieb ich im Auto sitzen, bei geschlossenen Fenstern, trotz der Hitze im Wagen, weil ich nicht wollte, dass diese Luft erneut in mein Leben eindrang. Und doch wusste ich, dass es sich nicht vermeiden ließ, nicht diesmal.

Zwischen den Social-Media-Benachrichtigungen fischte ich eine E-Mail vom Chefarzt heraus, der mich bat, die Leitung der Spendensammelaktion zum Erwerb neuer Diagnosegeräte zu übernehmen, sowie ein paar Nachrichten von Emilia.

Ich ließ alle unbeantwortet. Stattdessen atmete ich so langsam wie möglich weiter und betrachtete die vertrauten Konturen der Schornsteine, die auch im Sommer qualmten, und das Meer von Dächern, die so dicht aneinandergrenzten, als ob sie sich gegenseitig stützen, sich gegenseitig schützen müssten. Aber wovor?

Vor wem?

Ich blickte auf die Uhr. Die Beerdigung würde in rund zehn Minuten beginnen. Ich musste mich also in aller Eile akklimatisieren, ein Lächeln aufsetzen, das möglichst wenig von meiner Anspannung verriet, und mich der Sache stellen. Ich steckte mir eine Gaviscon-Kautablette gegen Sodbrennen zwischen die Zähne und machte mir selbst Mut: Was hatte die Yogalehrerin immer gesagt?

»Die Welt ist letztlich nur ein Spiegel dessen, was wir sind. Ihre Haltung spiegelt nur unsere Haltung wider.«

Das ist nicht der beste Moment, um darüber nachzudenken, welche Haltung ich der Welt gegenüber habe. Wenn ich schon hier bin, sollte ich auch so da sein, wie es sich gehört. Die Dinge sind nun einmal, wie sie sind, daran lässt sich nichts mehr ändern.

Diese Überlegung bedrückte mich mehr als all die hundert anderen Gedanken, die sich mir auf der Fahrt von Bologna aufgedrängt hatten. Ich spürte, wie mir die Tränen in die Augen stiegen, und kämpfte nicht dagegen an.

Vielleicht hätte ich nicht kommen dürfen.

Schwierigen Situationen auszuweichen ist der Ausweg der Feigen. Mir meine Niederlagen schönzureden und abzuhauen war schon immer meine Stärke gewesen.

Erneut vernahm ich die Stimme meiner Yogalehrerin: »Seid nicht zu streng zu euch, wenn ihr nicht wollt, dass der Rest der Welt es ebenfalls ist.«

Okay, das war's. Ich habe es immerhin versucht.

Ich steckte den Schlüssel ins Zündschloss und startete den Motor. In diesem Moment klopfte jemand ans Beifahrerfenster.

Als ich mich umwandte, begrüßte mich das freudloseste Lächeln, das ich je gesehen hatte.

Emilia wartete meine Reaktion gar nicht erst ab, stieg ein und umarmte mich fest. Sie stank nach Kippen und Alkohol wie ein alter Holzfäller, trug zerrissene Jeans, ein T-Shirt mit einem Karohemd darüber, das schon bessere Zeiten gesehen hatte, sowie rote Converse.

Sie war gealtert, genau wie ich. Aber zusätzlich sah sie ungepflegt aus. Ich fragte mich, wieso sie sich so hatte gehen lassen, doch da ließ sie mich los und sah mich an, weiterhin um ein Lächeln bemüht.

Ihre schwarzen, fast schon orientalisch mandelförmigen Augen waren noch dieselben. Sie leuchteten, wie ich sie bereits Tausende Male hatte leuchten sehen, ganz im Gegensatz zu meinen, die aussahen wie seit Jahrhunderten verglühte Sterne. Die Haare hatte sie zu einem hohen Pferdeschwanz zusammengebunden, ein paar einzelne Strähnen nahe am Ohr waren ergraut. Ob sie zugenommen hatte, konnte ich angesichts ihrer schlabbrigen, viel zu großen Kleidung nicht erkennen.

»Ich habe mich schon gefragt, wo du bleibst. Du hast auf keine meiner Nachrichten geantwortet, also bin ich hier hochgelaufen ... Sara ... Wie schön, dich wiederzusehen.«

Als sie meinen Namen aussprach, senkten wir beide den Blick.

Wir stiegen aus dem Auto aus und umarmten uns erneut. Nun, da sie in meinen Armen lag, spürte ich, dass sie knochig und nervös war wie eh und je.

»Wie geht's dir? Tut mir leid, dass ich mich die letzten Jahre nicht gemeldet habe, aber ...«

»Ich hab mich doch genauso wenig gemeldet, Emilia. Da nehmen wir uns beide nichts.«

Wir liefen in der Sonne und der frischen Bergluft nebeneinander her, und schon die ersten Gerüche waren wie ein Faustschlag in die Magengrube: der Geruch von brennendem Unterholz und würzigen Pflanzen, der aus dem Wald drang, der frische Mist eines Esels am Straßenrand.

»Du wolltest eigentlich gerade abhauen, stimmt's?«

Emilia hatte noch nie um den heißen Brei herumgeredet.

»Ja, ich ... ich dachte, ich dürfte gar nicht hier sein. Weder heute noch an irgendeinem anderen Tag.«

»Wer sollte das schon?« Sie warf mir einen vielsagenden Blick zu. Ich wollte etwas entgegnen, doch da legten sich die Arme von Nonna Dada um mich.

Im Gegensatz zu meiner besten Freundin roch sie so frisch, als sei ihre Wäsche mit Marseiller Seife gewaschen, diesen weißen Seifenstücken, die ich als Kind zum Spaß mit dem Kartoffelschäler rieb. Sie roch auch nach Lavendel und Thymian und allerlei anderem; ein Duft, der ihr nicht anhaftete, wenn sie mich in Bologna besuchte, oder zumindest nicht so stark.

»Ja, ist es denn möglich? Dass du hierhergefunden hast«, begrüßte mich Nonna Dada, aber auch ihr Lächeln war ermattet. »Ich hoffe, du bleibst bis Sonntag.«

»Das hoffe ich auch«, schloss sich Emilia an. »Schließlich müssen wir ungefähr zweiundzwanzig Jahre nachholen.«

Da musste ich sie leider enttäuschen.

»Ich fahre direkt heute Abend zurück, weil ich morgen Dienst habe. Aber wohnst du nicht in Parma? Wie lang bleibst du denn?«, entgegnete ich.

»Ähm«, sagte sie und wich meinem Blick aus. »Das erzähle ich dir später.«

Auf dem kleinen Platz drängten sich die Leute, und die Aufteilung war genauso, wie ich sie in Erinnerung hatte. Vor und in der Sportbar versammelten sich die Alten sowie jene, die zwar noch nicht alt waren, aber bei den Männern sitzen wollten: Holzfäller, Tischler, Hirten, Ehemänner.

Die drei Stufen, die zu der kleinen Kirche hinaufführten, waren hingegen von Frauen bevölkert, deren kleine Köpfe unter schwarzen Kopftüchern verschwanden. In der Mitte des Platzes tummelten sich ein paar junge Familien mit kleinen Kindern, bestimmt Auswärtige.

Ich fragte mich, wo die Jugend war, aber ich kannte die Antwort bereits: Es gab keine jungen Leute in Borgo Cardo, und zwar schon eine ganze Weile nicht mehr.

Vielleicht waren wir die Letzten gewesen.

Das kribbelnde Unbehagen ergriff sofort von mir Besitz. Starrten die in Schwarz gehüllten Frauen nicht in meine Richtung und tuschelten über die wie durch ein Wunder wiederauferstandene Enkelin von Benedetta, der Schneiderin?

Ich warf einen raschen Blick zur Bar, und auch von dort trafen mich Blicke, die mir wie Nadeln unter die Haut fuhren. Als jemand, der von Berufs wegen Menschen aufschnitt und zusammennähte, kannte ich mich damit aus.

Da löste sich aus dem Kleinfamiliengrüppchen ein hochgewachsener, gut gekleideter Mann und kam uns mit einem Lächeln entgegen, das das einzig begeisterte an jenem Tag bleiben sollte. Noch ehe ich staunen konnte, stand er auch schon vor uns.

»Sara, wow, was für eine Überraschung ... Willkommen zurück!« Er trat einen Schritt nach hinten, um mich besser mustern zu können, was ich zum Anlass nahm, es ihm gleichzutun. Markenjacke, Luxushemd, äußerst gepflegtes Erscheinungsbild: Es ging ihm sichtlich gut.

»Hallo, Marco, groß bist du geworden. Aber dein Gesicht ist dasselbe wie früher. Komm mal her, lass dich umarmen.«

Marcos Gesicht war kantig, ein Eindruck, der durch seinen kurzen, gut gepflegten Bart noch verstärkt wurde. Dunkle Schatten umrandeten seine Augen, doch sie strahlten mit voller Kraft, und er roch gut.

»Das ist Giacomo.«

Als ich den Blick senkte, begegnete ich den hellbraunen Augen eines Jungen, dessen ernster, beherrschter Ausdruck mir sofort auffiel.

»Giacomo, sag Hallo zu Tante Sara«, forderte Marco ihn auf, doch der Junge weigerte sich mit der Kindern eigenen Direktheit.

»Das ist nicht meine Tante, ich hab sie noch nie gesehen.«

Unter seinem Arm klemmte ein Zeichenblock, die Finger waren vom Filzstift geschwärzt.

»Ja, weil sie inzwischen in Bologna lebt, aber sie ist eine alte Freundin von mir. Wir haben zusammen gespielt, als wir so alt waren wie du, deshalb ist sie so was wie deine Tante.«

»Wenn sie meine Tante ist, wieso war sie dann zu Weihnachten nie da?«

Mit den Augen suchte ich Emilia und entdeckte sie mit einem Schnapsglas in der Hand vor der Bar, inmitten der Holzfäller. Als unsere Blicke sich trafen, streckte sie das Glas in die Höhe und deutete ein Lächeln an.

»Darf ich mir mal deine Bilder ansehen?«, versuchte ich, Marco aus der Peinlichkeit zu retten.

»Nein. Aber vielleicht schenke ich dir später ein ganz besonderes Bild. Aber nur, wenn du an Monster glaubst.«

»Oh, da würde ich mich freuen.« Ich strich ihm übers Haar. »Und ja, ich glaube, dass es Monster gibt.«

Du ahnst ja gar nicht, wie sehr.

»Die bösen, meine ich.« Mit einem Mal flitzte Giacomo davon, und Marco und ich waren allein.

»Tut mir leid, er hat eine blühende Fantasie.«

»Lebt ihr das ganze Jahr hier?« Das war die erste Frage, die mir einfiel, weiß Gott, warum. Vielleicht weil es für mich schon ein Albtraum war, seit einer knappen Stunde hier zu sein.

»Ja«, entgegnete er und kratzte sich am Ohr; vielleicht hatte er meine Gedanken erraten. »Ich habe vor ein paar Jahren direkt hinterm Dorfrand eine Gemeinschaftsklinik eröffnet, die ich leite.«

»Oh! Vor mir steht ein Klinikdirektor!«

Vermutlich hatte mir Nonna Dada davon erzählt, und jetzt bereute ich, dass ich wie bei allen Geschichten aus dem Dorf auf Durchzug geschaltet und nicht zugehört hatte.

»Wenn du Lust hast, kann ich sie dir nach der Messe zeigen. Ich weiß, dass du ebenfalls als Ärztin arbeitest.«

Die Messe.

Aber klar, wir sind nicht wegen einer Landpartie hier, sondern wegen einer Beerdigung. DER Beerdigung.

»Gerne, danke.«

Ich beobachtete, wie die Frauen gleich einer schwarzen Gezeitenwelle in die Kirche strömten, gefolgt von einer kleinen Schar Männer, einige noch immer das Glas in der Hand.

Marco eilte davon, um seinen Sohn zu schnappen, der sich zum Zeichnen auf den Boden gesetzt hatte, während ich mich zwischen Emilia und meiner Nonna am Eingang wiederfand.

Wir betraten die Kirche und blieben in den hintersten Reihen stehen.

In der Luft lag der Geruch von Weihrauch – womöglich zu viel davon – und Schweiß.

Alles war noch wie in meiner Erinnerung: die beiden steinernen Gewölbe, die das Querschiff bis zur Apsis bildeten, die sechs seitlichen Säulen, die Fresken mit Darstellungen von kleinen pausbäckigen Engeln, das vergoldete Kruzifix, das mahnend hinter dem Altar aufragte.

Das Leid, das Böse begleiten uns ein Leben lang, stets bereit, bei der kleinsten Unachtsamkeit unsererseits über uns herzufallen wie wilde Bestien.

Oder böse Menschen.

Jemand drehte sich nach mir um, um mich im flackernden Licht der Kerzen besser betrachten zu können. Ja, ich bin's, hätte ich gern geschrien. Ich bin's wirklich, na und? Ihr müsst mich nur ein paar Stunden ertragen, danach verschwinde ich wieder, und ihr könnt euch die nächsten zwanzig Jahre und länger das Maul darüber zerreißen, denn ich werde keinen Fuß mehr in dieses Dorf setzen.

Der Priester sah aus, als sei er extra für die Messe exhumiert worden. Don Luigi war bestimmt an die hundert Jahre alt, und doch stand er da, gebückt unter dem Gewicht der Soutane, öffnete den Mund und begann zu sprechen.

Eigentlich seltsam, dass seit meiner Ankunft niemand den Namen der Person ausgesprochen hatte, wegen der wir alle hergekommen waren, mich selbst eingeschlossen. Das tat nun Don Luigi für uns.

»Claudia.«

Diesen Namen im allgemeinen Gemurmel in der Kapelle widerhallen zu hören, war wie ein Schlag. Emilia neben mir wurde so zappelig, als hätte sie Flöhe.

Ein paar Reihen vor mir half Marco seinem Sohn auf die Bank, der den Zeichenblock noch immer in der Hand hielt.

»Ihretwegen sind wir heute hier. Um das Wörtchen *Ende* unter eine lange, schmerzliche Geschichte zu setzen, von der wir nie gedacht hätten, dass wir ihrer in dieser Form gedenken würden, versammelt vor ihrem Sarg.«

Da stand er, umsäumt von Blumen, vor dem Altar. Es war eigentlich kein richtiger Sarg. Er war kleiner als ein Kindersarg, aber größer als eine Urne. Eine Art kleiner, aber überaus eleganter weißer, goldgeränderter Kasten, der, wie mir Emilia später verriet, leer war.

Nicht ganz leer, versteht sich. Aber zumindest waren die darin befindlichen sterblichen Überreste unvollständig. Die Spurensicherung behielt sich vor, den Fall weiter zu untersuchen, um Antworten zu finden – zumindest zur Ursache und zum Zeitpunkt des Todes.

Des Todes.

Während wir anderen unser Leben weitergelebt hatten, war für Claudia die Zeit stehen geblieben, auch wenn sich das erst mit dem Fund ihrer Gebeine herausgestellt hatte.

Menschen verschwinden, und die, die zurückbleiben, stellen allerlei Hypothesen an, aber solange es keine Spur von dem Vermissten gibt – keine Leiche, keinen Knochenhaufen, wie im Fall von Claudia –, lässt man den letzten Gedanken nicht zu, sodass er einen selbst nach Jahren, nach all den vielen Jahren, so unerwartet trifft wie ein Schuss aus dem Hinterhalt.

»Liebe Brüder und Schwestern aus Borgo Cardo und den benachbarten Gemeinden, wir haben uns heute hier eingefunden, um unter dem gütigen Blick unseres Herrn Claudia Terrisi das letzte Geleit zu geben …«

Das Schluchzen der Mutter, Silvana, begleitete diese herzzerreißende Einführung. Sie war allein, was hieß, dass Giovanni, Claudias Vater, verstorben war, wer weiß, wie lange schon.

»Unsere kleine Schwester, die seit Langem verschwunden war und nun zurückgekehrt ist in das Haus des Herrn, erhält heute den Segen der Beisetzung und den Trost eines Gebets …«

Ich ging raus, um frische Luft zu schnappen, und lehnte mich an das alte Holzportal der Kirche, wie früher, wenn die Nonna sonntags mit mir zum Gottesdienst ging und ich mich unter einem Vorwand nach draußen zum Spielen schlich. Wie klein mir der Platz nun vorkam. Die Berge hingegen waren noch immer dieselben riesenhaften grünen Giganten mit wankenden Baumkronen, die stets zu warten schienen.

Ich schloss die Augen und verfluchte mich dafür, dass ich nachgegeben hatte und hierhergekommen war.

2

JULI 1997

Wir haben seit ein paar Wochen Schulferien. Meine Schuhe versinken im frischen, stets feuchten Gras der Bergwiesen. Neben mir versucht Emilia in Jeans-Latzhose, die Haare zu zwei seitlichen Zöpfen gebunden, auf die unteren Äste einer vom Sturm halb umgeworfenen Eiche zu klettern.

»Wenn ich groß bin, werde ich Mathelehrerin!«, ruft sie und reißt den Arm in der klaren Bergluft hoch.

Um den Stamm herum ist der Waldboden weggerutscht, und der Baum hat ebenfalls nachgegeben und sich so weit geneigt, dass die langen Zweige das Gras berühren.

Marco steht bereits mit aufgescheuerten, schmutzigen Knien auf einem dicken Ast und fuchtelt mit einem Stock herum wie mit einem Schwert: Seine Lockenmähne wippt in den Sonnenstrahlen, die, je nachdem, wie der Wind die Baumwipfel wiegt, bis zu uns herunter dringen und uns sowie die Wurzeln, die Alpenveilchen und die gerade aufblühenden Levkojen zum Leuchten bringen.

»Wenn ich groß bin, werde ich Anwalt, wie Papa«, antworte ich. »Und du, Marco? Was wirst du später?«

»Polizist!«, ruft er von oben, dann wedelt er mit der freien Hand zum Weg hinüber. »Hey, Cla! Wir sind hier!«

Ich drehe mich um und sehe, wie Claudia aufgrund ihres verkürzten Beins langsam auf uns zukommt. Sie strahlt.

»Ich muss euch was erzählen!«, ruft sie von Weitem. Sie sieht aus wie das Glück höchstpersönlich.

»Möchtest du was trinken? Sara? Geht's dir gut?« Emilias kratzige Raucherstimme holte mich in die Gegenwart zurück. Mit dem Rücken lehnte ich am Holzportal, das von den Bergen eingerahmt war, die wie Riesen alles zu überwachen schienen.

Ihr wisst alles, verflucht, dachte ich. *Ihr wisst alles, zieht es aber vor zu schweigen, weil es euch Spaß macht zuzusehen, wie wir durchdrehen. Aber wenn es euch gerade passt, zeigt ihr uns plötzlich, dass man sich besser nicht mit euch anlegt und ihr keineswegs schlaft. Bringt einfach Gebeine ans Tageslicht, um ein wenig Abwechslung in eure immer gleichen Tage zu bringen und uns zuzusehen, wie wir uns ängstigen, weinen, davonlaufen.*

»Nein, nein, alles in Ordnung. Da drin war einfach keine Luft, da wollte ich lieber rausgehen.«

Da bemerkte ich, dass auch Giacomo die Kirche verlassen und sich zum Zeichnen auf die Stufen aus mattrotem Porphyr gesetzt hatte.

»Wer hat sie eigentlich am Fluss gefunden?«

»Die Firma, die die Brücke erneuert. Ein Bauarbeiter hat in der vom Baggern aufgewühlten Erde etwas entdeckt ...«

»Und was?«

»Einen kleinen Totenschädel.« Emilia spannte den Kiefer an und starrte aufs Pflaster. Ich seufzte tief.

»Aber hat sie die ganze Zeit da gelegen? All die Jahre?«

Emilia schüttelte ratlos den Kopf. Ich sah sie an. Irgendetwas schien wie ein Schatten auf sie gefallen zu sein, nicht nur Traurigkeit. Frustration vielleicht, oder etwas, das ich nicht benennen konnte.

»Laut ersten Untersuchungen entsprechen die Gebeine einem Mädchen von circa zehn Jahren«, erklärte sie mir und zündete sich eine Zigarette an. »In all den Jahren sind viele Leute aus dem Dorf weggegangen, Sara. Auch andere Mädchen. Aber die Messungen haben jeden Zweifel beseitigt: Das linke Schienbein war kürzer …«

Mir gefror das Blut.

»Was meinst du damit, auch andere Mädchen sind weggegangen? Claudia ist nicht weggegangen, sie ist spurlos verschwunden, wurde vermutlich entführt. Insofern kann gar kein Irrtum vorliegen.« *Was erzählte ich da eigentlich?*

»Das nicht, aber sie müssen das nun mal untersuchen.«

»Und Giovanni? Ist er verstorben?«

»Giovanni wohnt schon seit mindestens zehn Jahren nicht mehr hier. Er ist weggezogen. Laut Silvana hat er die erdrückende Atmosphäre hier in den Bergen nicht mehr ausgehalten. Er hat es nicht mehr ausgehalten, immer insgeheim darauf zu warten, dass eines schönen Tages seine Tochter wiederkehrt, und offenbar lief es auch zwischen den beiden nicht mehr gut. Falls es je gut gelaufen ist.«

»Der Ärmste …«

»Und schließlich hat er sich vor fünf Jahren in seiner Wohnung in Parma erhängt. Die Nachbarn haben einen Gestank wahrgenommen und die Polizei gerufen.« Sie machte eine Pause. »Als wir die Tür aufgebrochen haben, kam uns ein dermaßen bestialischer Gestank entgegen, Sara …«

»Wir?«

»Ich habe ihn gefunden, ja. Die ersten Jahre habe ich in Parma verbracht: eine kleine, lebenswerte Stadt, außerdem musste ich keine Miete zahlen, weil ich bei meinen Eltern wohnen konnte. Ich war gerade in der Nähe auf Streife unterwegs, als der Anruf reinkam. Zuerst habe ich ihn gar nicht erkannt. Es ist mir erst klar geworden, als ich seine Ausweispapiere gesehen habe und Silvana anrufen musste. Den Rest kannst du dir ja denken.«

»Was für eine Tragödie, Emi.«

Eine Familie für immer zerstört.

»Und du? Wie lange bleibst du? Und wie geht es deiner Nonna? Ich habe sie in der Kirche gar nicht gesehen, aber ich bin heute auch ein wenig neben der Spur, sorry«, wechselte ich schnell das Thema.

Jedes andere Gesprächsthema war mir lieber als das eben. Die Vorstellung von Claudias Totenschädel würde mich für immer verfolgen.

»Meine Nonna ist vor einem halben Jahr gestorben. Eines Morgens ist sie einfach nicht mehr aufgewacht. Sie sagen, sie habe nicht gelitten. ›Sanft entschlafen‹, nennen sie das. Als ich nach Parma eine neue Dienststelle wählen durfte, habe ich mich hier rauf versetzen lassen, in die Dienststelle von Querceto. Inzwischen lebe und arbeite ich schon vier Jahre hier. Ich habe bis zum Schluss bei der Nonna gewohnt. An dem betreffenden Morgen hatte ich frei. Ich habe sie noch gerufen, aber ...«

Vom Regen in die Traufe. Mit jeder Faser meines Körpers fragte ich mich, wieso ich die Einladung von Silvana zu Claudias Beisetzung angenommen hatte. Im Grunde war so viel Zeit vergangen, dass niemand meine Abwesenheit bemerkt hätte.

»Na ja, jedenfalls bin ich in ihrem Haus geblieben und wohne auch erst einmal die nächsten acht Monate dort, und dann schauen wir mal, vielleicht suche ich mir eine Wohnung im Tal.«

»Wieso acht Monate? Bist du schwanger?«

»Klar, schwanger, ich.«

»Bist du nun schwanger oder nicht?« Ich wusste nicht, ob es ironisch oder ernst gemeint war.

»Man hat mich vom Dienst suspendiert.«

»Ach, Mist, Emi.«

»Und du so? Dada schwärmt immer von dir, wenn sie aus

Bologna zurückkommt. Du bist inzwischen ein hohes Tier im Sant'Orsola, was?«

»Ich habe eine ganz schöne Karriere hingelegt und bin zufrieden mit meinen Ergebnissen, ja. Meine Arbeit bedeutet mir alles. Und ... was deine Nonna betrifft, das tut mir leid. Wenn man längere Zeit nicht mehr an einem Ort gelebt hat, tritt man ständig in Fettnäpfchen ... Aber Marco hat sich gemacht. Was für ein gut aussehender Mann er geworden ist!«

Ich wollte meiner Freundin nicht noch mehr zusetzen und sie fragen, was der Grund für ihre Suspendierung war.

»Marco lächelt immerzu, der Glückliche«, erwiderte sie, diesmal war ihr sarkastischer Unterton unverkennbar. »Und, wie ist Bologna so? Eigentlich könnte ich mich auch ein paar Jahre lang dorthin versetzen lassen.«

»Laut. Als Studentin hat es mir besser gefallen. Inzwischen meide ich Orte wie die Via Zamboni, ich hab genug von betrunkenen jungen Leuten, die Krawall machen. Aber es ist eine Stadt, die für jeden was bietet. Abends gehe ich oft spazieren, da ist so ein schönes Licht. Ich wohne in der Nähe der Piazza Santo Stefano, dort ist die Altstadt zu jeder Jahreszeit einfach märchenhaft. Es wird zu jeder Tages- und Nachtzeit gegessen, getrunken, es gibt jede Menge Kultur ... mit anderen Worten, ich fühle mich wohl.«

»Der Platz der sieben Kirchen, der ist echt schön.«

»Allerdings.«

»In der Mittelschule haben wir mal einen Ausflug dahin gemacht. Aber du bist nicht verheiratet, stimmt's, sonst hätte mir die Nonna was gesagt.«

Ich lächelte. »Nein, bin ich nicht, und du?«

»Ich habe lange mit jemandem zusammengelebt. Die letzten beiden Jahre in Parma, genauer gesagt. Jetzt bin ich wieder Single, und mir geht's gut damit.«

In diesem Moment erhob sich aus den Kehlen der Frauen ein langsames Klagelied, das das Ende der Beerdigung verkündete, und die Leute trotteten aus der Kirche.

Eine halbe Stunde später saß ich in Marcos SUV, da er darauf bestanden hatte, mir die Klinik zu zeigen. Im Auto versuchte ich, mit Giacomo ins Gespräch zu kommen, doch der war schweigsam und misstrauisch geworden.

Die Klinik war zehn Minuten mit dem Auto von Borgo Cardo entfernt und ein paar Minuten mehr von den ringsum verstreuten Dörfern. Es handelte sich um ein stattliches, altes Bauernhaus, wie es typisch war für diese Bergregion, das saniert und umgebaut worden war, mit weitläufigem Garten und einem edlen gusseisernen Zaun.

Auf dem Grundstück, fast direkt am Zaun, befand sich außerdem eine kleine, von englischem Rasen umgebene Villa, gleich daneben ein Häuschen aus dunklem Holz.

»NOVI SALUS«, las ich auf dem Messingschild, das das Tor schmückte und Marcos Nachnamen eine besonders gravitätische Bedeutung verlieh. »Arbeiten und leben in einem, was? Wunderschön!«

Ich war froh, dass Marco mich vom Dorfplatz und vor den Blicken der Leute gerettet hatte. Vor den Pfeilen, die sich unter die Haut bohrten. Vor der krankhaften Neugier der Bergbewohner, die von den über Jahrhunderte hinweg entstandenen Legenden und Horrorgeschichten zehrten, mit denen sie sich in den langen Wintermonaten vor dem Feuer die Zeit vertrieben. Selbst im Jahr 2019 zogen sie dies moderneren Unterhaltungsformen wie etwa dem Fernsehen vor.

Das, was Claudia geschehen war, war jedoch eine reale Horrorgeschichte.

Und sie hatte sich im Sommer ereignet.

»Voilà, mein kleines Reich.« Marco breitete die Arme aus. »Es hat mich zwar ein Vermögen gekostet und jahrelange Plackerei, aber da ist es. Komm, ich zeig dir, wie es drinnen aussieht.«

Marco war von uns dreien immer der Unbegabteste gewesen. Die Intelligenteste war zu Kinderzeiten Emilia, dann kam ich und zuletzt Marco.

Einen Augenblick lang tanzten vor meinem inneren Auge die Bilder jenes längst vergangenen Sommertags, unsere glücklichen Gesichter, die unendliche Leichtigkeit der Kindheit.

Ich schüttelte mich gedanklich, damit ich nicht wieder wie vor der Kirche in Tagträume abglitt, und folgte meinem Freund über den Schotterweg zum Eingang von Novi Salus.

Im Foyer trafen wir auf zwei Männer, die Leitern und Werkzeug trugen. Einer der beiden, groß und stämmig und um die fünfzig, blieb stehen und grüßte Marco. Der andere, ziemlich dick und griesgrämig dreinblickend, ging durch die sauberen, gepflegten Flure weiter.

»Guerrino bringt das Stromsystem auf Vordermann«, erklärte er im starken Dialekt der Bergregion; sein Gesicht kam mir bekannt vor. »Ich kümmere mich um alles, Dottore.«

»Danke, Carlo. Das ist Sara. Erinnerst du dich?«

Daher kannte ich ihn. Der einsame Holzfäller Carlo. Der verrückte Carlo, wie wir ihn als Kinder nannten. Der verschrobene Carlo. Der bekloppte Carlo, weil er immer allein unterwegs war, mit sich selbst sprach, manchmal sogar gestikulierte.

Mir war lieber, er erinnerte sich nicht an mich. Was auch so war.

»Angenehm, Signorina.« Seine Hand war hart und rau und warm wie sein Lächeln. »Es tut mir leid, aber ich erinnere mich überhaupt nicht an Sie!«

Ich wollte gerade etwas entgegnen, als Giacomo ihm buchstäblich um den Hals fiel und lachte, als der Mann ihn sich wie einen Sack über die Schulter warf und mit ihm in den Hof stapfte.

»Giacomo liebt ihn abgöttisch, und auch ich fühle mich wie neugeboren, seit Carlo hier arbeitet. Er denkt an alles und kümmert sich um meinen Sohn, wenn ich mal den ganzen Tag lang außer Haus bin. Er wohnt in dem kleinen Häuschen nebenan. Dieser Mann ist Gold wert.«

Und wo war seine Frau? Offenbar gehörten sie zu den jungen Paaren, die sich schon bald nach der Geburt ihres Kindes getrennt hatten. Und wie es schien, war ihm das Sorgerecht übertragen worden.

Soll ich fragen oder nicht? Lieber nicht.

Ich fragte mich auch, ob er sich noch an Carlo, den Verrückten, erinnerte und daran, wie er sich, als er jünger war, über ihn lustig gemacht hatte, sagte aber nichts.

Wer an einem Ort jahrein, jahraus lebt, vergisst vielleicht bestimmte Details, die derjenige im Kopf behält, der weggeht und all diese erstarrten Erinnerungen mit sich herumschleppt wie in Bernstein eingeschlossene Insekten.

3

»Also, Sara, falls du dich irgendwann entschließen solltest zurückzukehren, hast du einen Platz hier im Novi Salus sicher. Immerhin bist du Chirurgin, oder?«

Marco lächelte zwar viel, doch es war ihm völlig ernst damit, wie ich an seinen Augen ablesen konnte.

Ich erklärte ihm, was ich beruflich machte. Seine Antwort jagte mir einen Schauer über den Rücken.

»Du treibst also das Böse aus.«

Ein Satz, dem ich nicht allzu viel Gewicht beimessen wollte, weil er ihn lachend sagte, der mich jedoch am Rande die ganze Zeit über verfolgte wie ein Schatten. Wie jemand, der in einigem Abstand hinter einem läuft, dabei nie schneller wird, aber auch nie zurückfällt.

»Eher unwahrscheinlich, dass ich nach dem heutigen Tag zurückkehre«, erwiderte ich auf sein Angebot. »Im Gegenteil, ich habe Nonna Dada schon vor einiger Zeit gebeten, zu mir nach Bologna zu ziehen. Sie wird allmählich älter, und ich würde sie gern in meiner Nähe wissen.«

»Sie wird das Dorf niemals verlassen, das weißt du.«

»Wir werden sehen. Sie mag Bologna, und ich wohne im Erdgeschoss. Das heißt, keine Treppen, und einen kleinen Garten gibt es auch ...«

»Keine Berge.«

»Ach, die Berge, die hat sie ein ganzes Leben lang vor der Nase gehabt, irgendwann reicht es auch mal.«

»Ich versteh dich ja, Sara, aber du kannst nicht andere in etwas hineinziehen, was deine Entscheidung gewesen ist. Ich habe es dir nie verübelt, dass du weggegangen bist und den Kontakt zu uns abgebrochen hast und ...«

Was sagte er da?

»Und was? Habe ich euch etwa dafür verurteilt, dass ihr geblieben seid? Was soll das denn bitte heißen?«

»Nein, aber ... Egal, lassen wir das. Ich glaube, das ist heute nicht der richtige Tag, um alte Geschichten aufzuwärmen.«

Wieso nicht? Komm, lass uns alte Geschichten aufwärmen und uns gegenseitig wehtun.

»Als Silvana mich angerufen hat, ist mir das Blut in den Adern gefroren, Marco.«

»Ja, das war schrecklich, aber wenigstens ist es jetzt vorbei, und Claudia kann in Frieden ruhen.«

»Wie bitte? Bist du plötzlich katholisch? In Frieden ruhen? Soweit ich von Emilia weiß, wurde Claudia an jenem Tag ermordet oder zumindest kurz nachdem man sie entführt hat. Ermordet und hübsch am Fluss verscharrt, und du erzählst mir was von letzter Ruhestätte? Wer weiß, was sie alles erleiden musste, während wir, ich ...«

Die Nervosität und die Wut, die sich am Vormittag und bei der Beerdigung angestaut hatten, brachen sich unaufhaltsam Bahn.

»Das bringt doch nichts, Sara.«

»Was werden sie jetzt tun? Den Fall neu aufrollen? Das will ich doch zumindest hoffen. Wird man Ermittlungen anstellen? Werden sie einen Schuldigen suchen?«

Er schüttelte den Kopf und breitete die Arme für Giacomo aus, der ins Gebäude zurückgekehrt war, in der Hand einen fast zerdrückten Schokoriegel.

»Ich weiß es nicht, und es interessiert mich ehrlich gesagt nicht. Ich habe meine eigenen Probleme, eigenen Kram zu erledigen. Genau wie du bekämpfe auch ich das Böse, indem ich Menschen behandle. Mehr können wir im Augenblick nicht tun, meinst du nicht auch?«

Ich folgte ihm über einen der gefliesten Flure der Klinik. *Hatte er nicht recht? Wieso regte ich mich dann so auf?*

Abgesehen davon, war es wirklich eine angenehme Überraschung, Marco wiederzusehen. Aus dem kleinen, etwas beschränkten Bengel aus den Bergen hatte er sich in einen strahlenden, tatkräftigen Mann verwandelt.

Automatisch verglich ich ihn mit Emilia, die die umgekehrte Entwicklung durchgemacht hatte und als einst vielversprechendes Mädchen mit nunmehr dreiunddreißig fast bei ihrer Arbeit rausgeflogen war und mit den Alten in der Sportbar Schnäpse trank.

Ich bewunderte Marco nicht nur dafür, dass er ein aufmerksamer Vater war, sondern auch dafür, dass es ihm gelungen war, diesen idyllischen Ort aufzuwerten, indem er bislang nicht vorhandene medizinische Dienstleistungen anbot – für Besuche bei Fachärzten fuhr man normalerweise nach Parma, nach Modena und noch weiter –, dafür, dass er dieser gottverlassenen Gegend im Apennin neues Leben eingehaucht hatte, wo in einigen Dörfern nach der Abwanderungswelle in den Achtzigern und Neunzigern nur mehr dreißig, vierzig Seelen lebten, wenn überhaupt.

Auf einmal klingelte sein Telefon, und er verzog sich ans Fenster, um ranzugehen, wobei er mir bedeutete, schon vorauszugehen, er würde nachkommen. In diesem Moment ergriff Giacomo meine Hand.

»Ich begleite dich«, sagte er, woraufhin wir scheinbar ziellos eine Tour durchs ganze Haus machten, treppauf, treppab und durch Wartezimmer, mit kurzer Rast auf sämtlichen Terrassen der Klinik.

Giacomo war völlig anders als sein Vater. Er lächelte nie und ähnelte ihm auch äußerlich nicht. Er war von schmächtiger Statur und wirkte melancholisch, bisweilen gar sprunghaft und instinktgetrieben wie ein wildes Tier.

»Du fühlst dich wohl hier, oder, Giacomo? Wie ich sehe, kennst du jeden Winkel dieses Hauses.«

»Ich spiele immer hier«, antwortete er. »Komm mit, ich stell dir Rebecca vor. Sie hatte eine Lungenentzündung, aber jetzt geht's ihr wieder gut.«

Auf der kleinen Station lag ein Mädchen mit zwei langen blonden Zöpfen, das dabei war, ein Buch zu lesen. Mein Blick fiel auf das Cover. Darauf stand *Fairy Oak,* und es waren Mädchen mit langen Kleidern und Hüten abgebildet, die auf einer Blumenwiese Fangen spielten.

Giacomo ließ meine Hand los und setzte sich auf die Bettkante.

»Hallo, Rebbi.«

»Hallo, Giachi! Ich hab heut Morgen beim Frühstück auf dich gewartet …«

»Ich war bei der Beerdigung von dem toten Mädchen. Das hier ist Sara.«

Lächelnd kam ich näher und reichte ihr die Hand.

»Hallo, Rebecca. Freut mich, dich kennenzulernen.«

»Hallo, Sara. Bist du die Tante von Giachi?«

»Nein!«, rief er verärgert. »Sie ist Ärztin! Sie heilt Kranke, hat Papa gesagt.«

Sie lächelte entzückt. »Ich heile auch Kranke«, sagte sie so leise, dass ich mich verhört zu haben glaubte. Dem wollte ich lieber nicht näher auf den Grund gehen.

Giacomo flitzte aus dem Raum mit der Erklärung, er wolle seinen Zeichenblock holen, den er im Foyer gelassen habe, sodass wir allein zurückblieben, bis auf den Riesenkerl, der am anderen Ende des Raums über eine Reihe von Steckdosen gebeugt stand.

Er fluchte leise, während er versuchte, zwei winzige, unterschiedlich farbige Drahtenden mit den dicken Daumen zu verbinden.

Da bemerkte ich, dass er eine Zange und ein Stück Draht auf dem Nachtschränkchen von Rebecca vergessen hatte, und nahm es schnell weg, damit sich niemand daran verletzte. Nur dass ich mich beim Ablegen auf dem Boden selbst daran verletzte. Das gesplittete Drahtende stach mir in die Fingerkuppe des Daumens, der zu bluten anfing.

»Und in welche Klasse gehst du, Rebecca?«, fragte ich und drehte mich zu ihr. »Wie ich sehe, liest du gerne, da haben wir wohl etwas gemeinsam.«

»Ich gehe in die Sechste. Und du liebst Lesen?«

»O ja.«

Der Schnitt im Finger brannte. Ich nahm einen Mullverband, um nicht den Boden vollzutropfen, und wollte gerade das Zimmer verlassen, um Desinfektionsmittel zu suchen, als die Stimme des Mädchens mich innehalten ließ.

»Hast du dich geschnitten?«

»Ach, das ist nichts, ich geh nur ein Pflaster holen und komme gleich wieder, dann können wir weiter ...«

»Komm her, bitte.«

Es war keine Frage. Trotz des freundlichen Tons klang es wie ein Befehl.

Ich setzte mich auf den Sessel neben dem Bett und lächelte breit. Sie war wirklich hübsch; ihr Wesen spiegelte sich in ihren Augen, die ungewöhnlich grün waren, wie ein Fluss, der durch einen Wald fließt.

»Es ist wirklich nichts weiter. Ich wollte den Draht beiseitelegen, aber ungeschickt wie ich bin, habe ich mich damit gepikst.« Ich betrachtete die Mullbinde, die sich rot färbte.

»Darf ich mal sehen?«

Etwas in ihrer Stimme, etwas an ihrer zupackenden Art zwang

mich dazu, ihr zu gehorchen. Ich tupfte die Wunde gut ab, damit ich sie nicht vollblutete, und nahm dann die Mullbinde ab. Der Schmerz war heftig und pulsierte.

Rebecca lächelte mir beruhigend zu.

Es war seltsam, ja absurd: Ich war die Ärztin, hatte aber das Gefühl, als kümmere sich dieses Mädchen um mich – ein deutliches Gefühl von Macht und von Verbundenheit und noch etwas anderem, das ich nicht erklären konnte und das mich einen Moment lang verstörte.

Ich sollte den Finger desinfizieren und das Mädchen in Ruhe lassen.

Doch ich rührte mich nicht vom Fleck. Sie nahm meine Hand in ihre und betrachtete aufmerksam das kleine Einstichloch, aus dem ein dunkler Blutstropfen quoll. Während sie mit der rechten Hand den Finger festhielt, hob sie die linke, als wollte sie darüberstreichen.

Panisch wollte ich sie zurückhalten.

»Nein, nicht ... Rebecca. Tu das nicht.«

Mein Herzschlag pochte mir in den Schläfen.

Nicht auch das noch. Nicht heute.

»Doch, ich muss ...«, erwiderte sie und drückte meine Hand etwas fester. Es ist schwer zu beschreiben, was ich in diesem Moment in ihrem Blick las, was so bemerkenswert an ihrem ernsten, erwachsenen Verhalten war, und das im Alter von gerade einmal wie viel – zehn, elf Jahren? Schwer zu beschreiben, aber erschreckend in seiner Einfachheit.

Und mit einem Mal wurde mir klar, dass sich in dieser Gegend nichts geändert hatte.

Es war mein Fehler gewesen: Ich hätte nicht kommen dürfen. Ich hätte mir eine Ausrede einfallen lassen und Silvana einen Strauß weißer Rosen schicken sollen.

Mehr nicht.

»Das Blut glaubt manchmal, es kann tun, was es will.«

Rebecca sah mir einen Moment in die Augen, ehe sie sich wieder der Wunde zuwandte.

»Ja, aber wir sind in einem Krankenhaus, und es gibt einfachere Methoden, um eine kleine Wunde zu versorgen. Lass es einfach, tu es nicht.«

Tu es nicht, ich flehe dich an.

»Ach bitte.« Sie biss sich auf die Unterlippe. »Inzwischen lassen sich nur noch wenige Leute heilen, und die wenigen, die daran glauben, gehen bestimmt nicht zu einem kleinen Mädchen wie mir ... dabei ist die Regel eindeutig: Wer die Gabe erhalten hat, muss sie auch nutzen – aber wie soll ich das, wenn niemand mich lässt? Wie soll ich eine gute Heilerin werden, wenn niemand mir vertraut?«

Man muss sie auch nutzen.

Seufzend ließ ich sie gewähren und hoffte, dass niemand in diesem Moment hereinplatzen würde und Guerrino, der Elektriker, uns nicht gehört hatte.

»In Ordnung.«

Zufrieden flüsterte sie etwas, ein, zwei, drei, vielleicht neun Mal. Immer in Dreierzyklen, wie mir schien. Und derweil gestikulierte sie mit den Fingern in der Luft: etwas wie Kreuze und dann ein markanteres Zeichen, als würde sie ein Insekt vertreiben, das in meinem Finger schwirrte. Dabei gab es in mir nur meinen verknoteten Magen und das Bedürfnis, aufzuspringen und ohne anzuhalten zu Fuß bis nach Bologna zu rennen.

Das Ganze wiederholte sie drei Mal, bekreuzigte sich und ließ schließlich meine Hand los.

»Geschafft. Jetzt kannst du ...«

»Rebecca, hör zu. Ich habe nichts, das ich dir dafür geben kann. Du ...«

In diesem Moment polterten Giacomo und Marco herein, und ich verstummte. Zusammen mit Marco trat ein freundlich lächelnder, tadellos gekleideter Herr ein, und Rebecca lachte erfreut. Ich stand auf, während Guerrino zwischen zusammengepressten Lippen Schimpfworte hervorstieß.

Alle ignorierten ihn, sodass ich es ihnen nachtat.

»Sara, das ist Rodolfo Bramanti, Bürgermeister der hiesigen Dörfer, und das ist Rebecca, seine Tochter, die heute entlassen wird, weil sie vollständig genesen ist. Rodolfo, das ist Sara Romani, die Enkelin von Benedetta, der Schneiderin von Borgo Cardo.«

»Ah, natürlich. Sara.« Rodolfo schüttelte mir die Hand und lächelte, er war ein jovialer Typ. »Es freut mich, Sie endlich persönlich kennenzulernen. Es tut mir nur um den unglücklichen Umstand leid, der Sie herführt. Ich weiß, dass Sie mit Claudia befreundet waren, als sie ...«

Ich erinnerte mich an einen Bürgermeister Bramanti, aber der war deutlich älter gewesen. Vielleicht waren sie verwandt.

»Mich freut es auch«, erwiderte ich lächelnd, ohne auf seine letzten Worte einzugehen, und drehte mich dann um. »Und Glückwunsch, Rebecca, zu deiner Entlassung!«

Ich hätte mich gerne noch mit ihr unterhalten, wenngleich ich nicht wusste, worüber. Einerseits war ich dankbar, andererseits sträubte sich etwas in mir.

Was soll ich sagen? Sie hatte mich geheilt.

Nein. Sie hatte mich nicht geheilt, sondern einen abergläubischen Brauch ausgeübt.

»Ich warte unten auf dich, Marco; ich fahre bald nach Bologna zurück. Es wäre nett, wenn du mich ins Dorf mitnehmen könntest, wo mein Auto steht.«

Er nickte.

»Kommst du mich bald wieder besuchen?« Rebeccas Stimmchen ließ mich innehalten. Sie hatte mich geheilt, und einer Heilerin gibt man immer etwas zurück, das weiß jeder: Aber ich hatte nichts dabei, was ich ihr schenken konnte, und es wäre mir unpassend vorgekommen, Geld herauszuholen, umso mehr vor ihrem Vater und einem Arztkollegen.

Aber man gibt immer etwas im Gegenzug.

Und sie hatte mich soeben darum gebeten wiederzukommen. Das war ihr Lohn. Mich wiederzusehen.

Ein anderes ungeschriebenes Gesetz lautet, dass man Kinder nicht anlügt. Und erst recht nicht jemanden, der einen geheilt hat.

Erstens: Sie hat mich nicht geheilt. Zweitens: Ich darf nicht lügen, denn wenn ich dann nicht auftauche, behält sie mich in schlechter Erinnerung.

Na, und wenn schon? Seit wann mache ich mir einen Kopf, ob mich jemand in schlechter Erinnerung behält?

Und ob es wichtig ist. Ich muss ihr die Wahrheit sagen, nämlich dass ich nie, nie mehr wiederkehren werde.

»Klar komme ich dich besuchen, Süße, und danke für ... alles.«

Dieses Danke. Am Ende konnte ich nicht widerstehen und habe mich bei ihr bedankt. Zwei Lügen in einem einzigen Satz, ich machte wirklich Fortschritte.

Kopfschüttelnd verließ ich die kleine Station, Giacomo im Schlepptau.

Unten stand Carlo, der hinter dem Tresen die Krankenhausakten in einem dunklen Holzschrank sortierte und mir, sobald er mich sah, einen Kaffee anbot. Ich folgte ihm in einen der verlassenen Büroräume – waren bereits alle in der Mittagspause? – und nahm einen koffeinfreien Espresso.

»Sie haben also als Kind hier gelebt?«

»Nein, ich ... habe mit meinen Eltern in Reggio Emilia gelebt, aber sie haben sich früh getrennt und mich jeden Sommer und zu Weihnachten und Ostern von Bologna hierher zu meiner Nonna Benedetta geschickt, der Mutter meines Vaters, der vor drei Jahren gestorben ist. Meine Mutter wohnt in Mailand, aber wir hören uns selten. Nonna Benedetta war schon immer meine einzige Familie.«

Warum erzählte ich ihm meine halbe Lebensgeschichte?

»Ein schöner Ort«, pflichtete er mit einem Anflug von Bedauern bei, das aus seiner Stimme sprach oder womöglich aus seinem Blick, der nach draußen, zu den Bergen ging, »aber nicht für jeden geeignet.«

Ich wollte nachfragen, was er damit meinte. Wollte er damit sagen, dass ich nicht für das Leben im Dorf gemacht war? Dass die Berge mir Angst einjagten?

Ich schwieg und kaute auf meiner Lippe herum. Was sagte die Yogalehrerin immer?

»Nimm nie etwas persönlich. Wir können nicht wissen, was jemanden dazu bringt, etwas Bestimmtes zu sagen, aber egal, was derjenige sagt, es hat nichts mit uns zu tun.«

»Ja, kann ich mir gut vorstellen«, entgegnete ich. Mir fehlten die Stunden mit Benedetta, diese friedvollen Momente.

In diesem Augenblick kam Giacomo herein und reichte mir einen verschlossenen Umschlag, der mindestens dreimal mit Schlumpf-Klebestreifen umwickelt war.

»Ich hab was für dich gemalt«, sagte er ernst. »Aber erst heute Abend aufmachen.«

»Hm? Okay, aber möchtest du nicht, dass ich es mir jetzt gleich anschaue?«

»Nein.«

Marco begleitete mich zum Auto und wollte Telefonnummern austauschen.

»Wenn du mal in Bologna bist, sag Bescheid, dann gehen wir einen Kaffee trinken.« Eine dieser Floskeln, die man so dahinsagt und bereits weiß, dass es nie eintritt. Der erste Preis für Falschheit 2019 ging eindeutig an mich.

Herzlichen Glückwunsch, Sara.

»Komm uns bald mal wieder besuchen, Sara«, sagte er pragmatisch. »Dann haben wir hoffentlich mehr Gelegenheit zu plaudern, über deinen Beruf, dein Leben, was du all die Jahre gemacht hast …«

»Ja, das wäre schön.« Eine weitere Phrase. Aber was hätte ich auch sagen sollen? Er hatte den Fund von Claudias Skelett fortgewischt mit einem »Ah, zum Glück ist ja jetzt alles geklärt« und den verschrobenen Carlo eingestellt, der »Gold wert« war – was sollte einem dazu noch einfallen?

Ich war gerade mal einen halben Tag in Borgo Cardo und hatte jetzt schon die Nase voll.

In der Bar traf ich Emilia und drückte sie innig.

»Und, wie lief es mit Marco?«

»Gut. Ich habe eine kleine Heilerin kennengelernt, Rebecca«, sagte ich und sah ihr dabei in die Augen. »Es hat sich wirklich nichts geändert hier oben. Ich hatte mich am Finger geschnitten, und sie wollte ihn unbedingt heilen … ich weiß auch nicht. Sie hat mich irgendwie beeindruckt.«

»Die Tochter des Bürgermeisters. Ein nettes Mädchen, trotz ihres Vaters.«

»Und bildhübsch, aber was mich so beeindruckt hat, war ihr Verantwortungsbewusstsein. Du hättest sie mal sehen sollen, wie sehr sie sich angestrengt hat, als sie …«

»Meine Nonna hat ihr die Worte beigebracht, kurz bevor sie starb«, flüsterte sie, »vielleicht hat sie was geahnt. Bei mir war das schon immer vergebene Liebesmüh.«

Obwohl mir das Herz schwer war, musste ich lachen.

»Du hast nie daran geglaubt, vielleicht hat Carolina darunter gelitten«, sagte ich.

»Und das werde ich auch nie. Aber die Nonna hatte sich damit abgefunden, glaub mir. Ach, bleib doch noch ein paar Tage, dann quatschen wir, aber nicht über Heilerinnen.«

Ich lachte. »Nein, Emi, wirklich. Ich esse noch was mit der Nonna, und dann fahre ich. Ich fühle mich hier nicht wohl.«

»Ist mir gar nicht aufgefallen.« Dieses schiefe, ernüchterte Lächeln kannte ich gar nicht von ihr. Als Kind war sie ganz anders gewesen. Das Leben musste ihr übel mitgespielt haben.

Anschließend aß ich bei der Nonna zu Mittag, die mich mit allen Mitteln zu überzeugen suchte, übers Wochenende zu bleiben.

Das Haus sah noch so aus wie bei meinem letzten Besuch. Das kleine, immer offen stehende Fenster über dem Waschbecken, die Töpfe mit Basilikum, Rosmarin und Salbei, die zusammen mit Rosen und Geranien fein säuberlich auf dem Balkon mit der gusseisernen Brüstung aufgereiht waren, die baumwollenen Geschirrtücher an den Haken neben der alten Anrichte aus Nussbaumholz, in der Teller, Gläser, Tassen und allerlei Nippes aufbewahrt wurden und hinter deren Scheibe ein Foto von mir klemmte. Es war ein altes Bild. Darauf flog ich lachend auf einer Schaukel in die Höhe, ich musste etwa sieben Jahre alt gewesen sein.

Wie immer roch es nach Gekochtem: nach Soße, nach Kaffee, nach Leckereien.

Auf dem Tisch an der Wand stand wie üblich ein Korb mit immer frischem, makellosem Obst.

Unveränderlich.

Wie macht sie das nur?

Bei mir zu Hause fing das Obst drei Stunden nach dem Einkauf an zu faulen, und mein Kühlschrank war immer leer.

Ich betrachtete die Nonna von hinten, wie sie am Herd stand. Ihre vertraute Gestalt versetzte mich in eine Zeit zurück, in der ich es kaum abwarten konnte, die Ferien oder das Wochenende bei ihr in Borgo Cardo zu verbringen und frei wie der Wind durch die Wälder und über die Bergwiesen zu streifen, mit einem Panino als Proviant in der Tasche und dem Duft von Kaminfeuer in den Haaren.

Mehr als zehn glückliche Jahre hatte ich in diesem Haus verbracht: Hier hatte ich den Schmerz über die Trennung meiner Eltern überwunden und viele andere Dinge.

Mit dem Verschwinden von Claudia war dann alles auseinandergebrochen. Und von dieser heilen Welt war nur ein Trugbild geblieben: Nichts ist unveränderlich. Alles wandelt sich, ist in Bewegung, zerfällt. Manchmal ist es ein langsamer, innerer Prozess, wie bei einer Krankheit.

Und von außen sieht man nichts, bis es zu spät ist.

Der Lorbeerkranz von meiner Uniabschlussfeier hing über der Tür wie eine Trophäe. Mir war gar nicht bewusst, dass sie den damals in Bologna mitgenommen hatte.

»Du hast mir gar nicht erzählt, dass Emilias Nonna vor einem halben Jahr gestorben ist ... dann hätte ich ihr zumindest mein Beileid aussprechen können.«

»Versuch es gar nicht erst, natürlich habe ich es dir erzählt, aber du hörst ja nie zu.«

Gut möglich. Ich stritt es nicht ab.

»Nonna, was ist eigentlich mit Emilia los? Sie sieht aus wie ein alter, abgehalfterter Holzfäller.«

»Abge ... was? Ich dulde keine Schimpfwörter.«

»Du weißt, was ich sagen will. Stell dich nicht dumm.«

»Na ja ... Es hieß, sie würde trinken.« Die Nonna trocknete die Hände an ihrer geblümten Schürze und schob die Brille auf ihrer kleinen Nase nach oben, auf deren heller Haut sich feine blaue Äderchen abzeichneten.

»Und irgendwelches Zeug nehmen ... weiß nicht. Sie ist für ein Jahr suspendiert und muss beweisen, dass sie nichts mehr nimmt, und dann darf sie vielleicht wieder in den Dienst. Das arme Mädel, gibt sich nach außen hin eisern, aber in Wirklichkeit ist sie zerbrechlich wie Porzellan.«

»Zeug nehmen? Was für Zeug?«

»Dein Zimmer wartet oben auf dich, warum legst du dich nicht kurz hin, und ich knete derweil den Teig für den Apfelkuchen?«

»Nonna, nein. Ich muss morgen arbeiten, außerdem weißt du, dass mich nichts mehr hier hält.« Ich schüttelte den Kopf. »Bis auf dich und diese Küche, aber der Rest ...«

»Na schön, Liebes, hab schon verstanden, es wäre eben schön gewesen, wenn du noch ein wenig bleibst, es tut mir gut, dich bei mir zu haben. Dann sehen wir uns eben in zwei Wochen in Bologna, falls ich es schaffe.«

»Denk daran, was ich dir angeboten habe. Ich würde mich riesig freuen, wenn du zu mir ziehen würdest.«

»Mal schauen ... mal schauen. Ich bin immerhin schon sechsundachtzig, vergiss das nicht.«

Wie könnte ich das vergessen?

Ohne zurückzublicken fuhr ich auf die Bundesstraße. Es dämmerte bereits, und als ich an der schönsten Stelle vorüberfuhr, wo die beiden großen Berge auseinanderklafften und zwischen ihnen ein heller, mit Dörfern gepunkteter Teppich zum Vorschein kam, entdeckte ich an einer Hangseite eine weiße Wunde im grünen Flor, die selbst von Weitem riesig war, sowie von Bauzäunen umhegte Bagger, die wirkten wie Spielzeug.

Es tat mir weh, den Wald so zerrissen zu sehen, meinen Wald.

Es ist nicht mein Wald, war es auch nie. Jetzt bloß nicht sentimental werden.

Ich ließ den verletzten Berg hinter mir, und erst in diesem Moment fiel mir auf, dass meine eigene Wunde gar nicht mehr wehtat und ich sie völlig vergessen hatte.

Ich verlangsamte und betrachtete meinen Finger.

Der Schnitt war abgeschwollen und heilte bereits ab.

4

29. JUNI 2019

Eigentlich hätte ich um zwei Feierabend haben sollen, aber um sechs war ich immer noch auf der Station. Ich hatte es übernommen, die Angehörigen von Carla Poggiani in den Besprechungsraum zu holen, wo ich sie bat, Platz zu nehmen.

Der Ehemann schluchzte. Die beiden heranwachsenden Kinder standen regungslos da und sahen mich an.

»Sie hatten doch gesagt, die Operation sei gut verlaufen«, ergriff die circa sechzehnjährige Tochter als Erste das Wort.

»Ja. Bei dem Eingriff haben wir alles entfernt, was ging«, erklang meine Stimme unsicher, »aber der Organismus war durch die lange Krankheit und die Behandlungen geschwächt und hat dem Stress einer Operation nicht standgehalten.«

»Wieso habt ihr sie dann überhaupt operiert, wenn ihr wusstet, dass sie es nicht schafft? Ohne die OP hätte sie noch ein paar Tage länger leben können, wer weiß, vielleicht sogar einen Monat!«

Das Mädchen machte einen Schritt nach vorn, die Hände auf dem ovalen Tisch abgestützt, und war kurz davor, in Tränen auszubrechen.

»Luisa, beruhige dich. Die Ärztin trifft keine Schuld, du weißt doch, wie viel sie für Mama getan hat …« Der nur wenige Jahre jüngere Bruder berührte sie am Arm, aber Luisa lenkte nicht ein.

Es wäre ein Leichtes gewesen, ihr zu erklären, dass mir ihre Mutter, die schmerzgeplagt und ungeduldig auf eine Besserung oder den Tod wartete, vor der OP ihr Einverständnis gegeben hatte.

Es wäre ein Leichtes gewesen, ihr zu erklären, dass mein Team und ich tagtäglich, manchmal sogar nachts, solche Szenen erlebten und dass oft unsere geballte Kompetenz und der gesamte Lebensmut der Patienten nicht ausreichten, damit alles gut ging. Es wäre hilfreich gewesen, ihr zu sagen, dass wir an der Seite unserer Patienten kämpften und jedes Mal, wenn wir einen von ihnen verloren, auch ein Teil von uns starb.

»Du hast recht, Luisa«, sagte ich stattdessen und atmete tief ein. »Ohne die OP hätte eure Mutter noch ein wenig länger gelebt: einen Tag, zwei Tage, fünf. Sie hätte euch noch umarmen können und ihr sie. Und dann hätte die Krankheit zugeschlagen und sie dennoch geholt. Niemand hat uns beigebracht, wie man Wunder vollbringt. Wir sind einfach nur studierte Ärzte, wir haben nicht die Fähigkeit vorherzusehen, was passiert, wenn wir so oder so handeln: Alles, was ich dir versichern kann, ist, dass wir unser Menschenmögliches getan haben.«

»Danke, Frau Doktor«, flüsterte der Vater. »Carla hat große Stücke auf Sie gehalten, sie hat immer erzählt, wie hingebungsvoll Sie sich um sie gekümmert haben ...«

»Sie hat Ihnen vertraut. Ihr hättet sie retten können und habt es nicht getan. Ich wünsche euch allen den Tod«, unterbrach ihn Luisa und stürmte aus dem Zimmer.

»Bitte entschuldigen Sie meine Tochter«, sagte der Vater und stand mit zittrigen Beinen auf, »sie ist durcheinander.«

Langsam schüttelte ich den Kopf und blieb stehen. Ich wusste genau, was Luisa durchmachte, und das Schlimmste war, dass ich nichts tun konnte.

»Falls ... falls Sie psychologische Hilfe benötigen, kommen Sie auf uns zu«, sagte ich behutsam, »wir haben einen eigenen Dienst, der Ihnen gerne zur Seite steht.«

Vater und Sohn gaben mir die Hand, nickten und gingen, völlig unvorbereitet auf den Abgrund, der sich auftun würde, sobald sie wieder zu Hause wären.

Wieder einmal hasste ich dieses Trauerspiel, das immer das gleiche war, nur mit wechselnder Besetzung. Ich konnte mit Niederlagen nicht umgehen. Es war meine Schuld, dass Carla tot war. Sie hatte ihr Leben in meine Hände gelegt, sie hatte mir vertraut.

Giulia kam mit zwei Tassen heißer Schokolade zu mir, obwohl es fast Juli war. Ich sammelte die Unterlagen ein, trank meinen Kakao und bedankte mich bei meiner Freundin.

Sie hat Ihnen vertraut. Ich wünsche euch allen den Tod.

Ich verließ das Gebäude, als ein Gewitter über Bologna hereinbrach, bog in die Via Mazzini ab und dann hinter der Mauer in die Strada Maggiore. Den ganzen Weg zu meiner Wohnung legte ich zu Fuß zurück, ohne den Schirm aufzuspannen.

Die letzten Stunden hatte ich damit zugebracht, zu arbeiten und über meinen Besuch in Borgo Cardo nachzugrübeln. Der Fund von Claudias sterblichen Überresten nach über zwanzig Jahren ging mir nicht aus dem Kopf. Wieso regte ich mich eigentlich so auf? Was hatte ich mir vorgestellt? Dass Claudia mit elf in eine andere Stadt abgehauen war? Dass sie anderswo mit neuen Eltern und neuen Freunden zufrieden vor sich hin lebte und ab und zu an die Welt dachte, die sie zurückgelassen hatte?

Es war klar gewesen, dass sie tot war. All die Jahre war sie tot gewesen, und ich, wie die anderen vermutlich auch, hatte mir etwas vorgemacht, um mit ihrer Abwesenheit leben zu können.

Auch Carla war dem Tod geweiht gewesen, vom ersten Augenblick an. Nur dass sie vielleicht noch hätte gerettet werden können; sie war nicht verschwunden, sondern hatte direkt vor mir gelegen, unter meinen Händen.

Wer entschied darüber, wer gerettet werden konnte und wer hingegen vor der Zeit aus dem Leben schied?

Das war der Fluch, der auf mir lastete.

Natürlich hatte Luisa harte Geschütze aufgefahren, aber sie war auch verzweifelt. Und im Grunde hatte sie recht. Ihrem Verständnis nach hätte sie alles gegeben, um noch einen weiteren Tag mit ihrer Mutter zu haben. Ihr Verstand konnte nicht begreifen, dass jede weitere Minute für Carla unendliches Leid bedeutet hätte.

In Carlas Verständnis hatte sie in die OP als letzte Chance auf Heilung eingewilligt. Meinem Verständnis und dem meines Teams nach glaubten wir daran, sie retten zu können und das Mögliche zu tun, damit sich das bewahrheitete.

Aber was nützte es einem im Leben, recht zu haben, wenn uns die Menschen lautlos zwischen den Fingern zerrannen und nie mehr wiederkehrten?

Zu Hause angekommen schlüpfte ich ins Bad. Ich zog die nasse Kleidung aus und ließ Wasser in die Wanne ein.

Das Smartphone, das ich auf dem Waschbecken abgelegt hatte, vibrierte. Es war eine Nachricht von Giulia.

Hey, schläfst du schon? Denk dran, heute Abend findet Giorgios Geburtstagsfeier statt. Und denk auch dran, dass er groß, sportlich, Single und in dich verliebt ist.

Ich glaube, ich brüte was aus. Ich bleib lieber daheim, tippte ich, während ich ins warme Wasser eintauchte.

Ach, komm schon. Mach dich fertig. Ich hol dich um acht ab.

Bitte?! Wohl eher: Aspirin und ab ins Bett. Viel Spaß, und wünsch Giorgio alles Gute von mir!

Keine Antwort. Ich war nicht in der Stimmung zu feiern, auch wenn es mir vielleicht gutgetan hätte, meine Freunde zu sehen. Ich schickte Giorgio einen Geburtstagsgruß und versuchte dann, mich zu entspannen.

Ich würde ihn einfach nächste Woche zum Aperitif einladen.

5

30. JUNI 2019

Es kam selten vor, dass ich sonntags freihatte, also nutzte ich die Gelegenheit für einen Spaziergang. Als ich im Schatten der Türme lief, fiel mein Blick auf ein Plakat, das für den Besuch des in Novafeltria gefundenen Mosasaurus im Geologischen Museum Giovanni Capellini warb.

Dinosaurier hatten mich zwar nie groß begeistert, aber dieses Fossil interessierte mich.

Ich rief Giorgio an, um ihn zu fragen, ob er mich begleitete, so hätte ich mich auch gleich für seine versäumte Geburtstagsparty entschuldigen können. Aber er ging nicht ran.

Fasziniert betrachtete ich das Poster und las: »Die Mosasaurier waren große Meeresreptilien, entfernte Verwandte der Schlangen und Echsen. Einige Arten waren bis zu zwölf Meter lang und wogen bis zu zehn Tonnen.«

Riesige Knochenberge.

Eiligen Schrittes ging ich weiter und spürte, wie meine Unruhe wuchs. Vor mir sah ich den Sarg mit Claudias sterblichen Überresten, spürte den tödlichen Würgegriff der Wälder, ihre beklemmende Präsenz.

Ich schob den Gedanken an Borgo Cardo beiseite und überzeugte mich davon, dass der Besuch einer Skelettausstellung nicht die beste Idee war, gerade mal anderthalb Tage nach einer Beerdigung.

Ich kehrte in der erstbesten Bar ein und bestellte einen Ananassaft. Was war nur in mich gefahren?

Alle Lebewesen müssen einmal sterben, und alle haben in ihrem Inneren ein Skelett, das eines Tages im Lampenschein eines Museums glänzt oder im Sonnenschein am Fuß eines Steinbruchs oder am Ufer eines Flusses, der seit Jahrhunderten durch die Berge fließt und nun das Lied eines Mädchens anstimmt, das nie nach Hause zurückgekehrt ist.

Ganz offenkundig beschäftigte mich das, was sich vor ein paar Tagen im Dorf zugetragen hatte, noch immer und hatte all die unausgesprochenen Dinge wieder zutage gefördert. Das jahrelange Schweigen war nicht nur mein Schweigen gewesen. In Borgo Cardo hatte ich eine verhärmte, einst talentierte junge Frau vorgefunden, die anstatt Mathelehrerin zu werden, wovon sie als Kind immer geträumt hatte, zur Polizei gegangen war, wo sie aus mir unerfindlichen Gründen fast rausgeflogen wäre.

Ich hatte einen alleinstehenden Arzt vorgefunden mit einem Dauerlächeln im Gesicht und einem Sohn mit undurchdringlichem Blick. Marco leugnete die Vergangenheit und wollte nicht darüber reden. In seinem Kopf hatte er Claudia schon vor Langem begraben.

All das Verbergen, Verschweigen, Verdrängen erkannte ich nun deutlich. In den verstaubten Sälen der Erinnerung hatten wir alle etwas zurückgelassen, das uns gehörte, aber wer würde zurückgehen und es holen, nun, da wir festgestellt hatten, dass nichts für immer begraben bleibt?

Abwesend las ich Giulias Nachricht, sie hatte ebenfalls Zeit, und wir vereinbarten, dass sie zu mir in die Altstadt kommen sollte.

Zehn Minuten später saß sie vor mir.

»Alles in Ordnung bei dir?«

Ich lächelte. »Mehr oder weniger, ja.«

»Tut mir leid, das mit deiner Patientin.«

»Lass uns das Thema wechseln.« Ich nahm einen kräftigen Schluck. Eine Zigarette wäre jetzt genau das Richtige, schade, dass ich nicht rauchte.

»Ja, okay. Aber lass mich nur eins sagen. Abgesehen davon, dass du die beste Chirurgin von uns allen bist, bist du gerade mal dreiunddreißig Jahre alt: Deine Karriere steht erst ganz am Anfang, insofern solltest du versuchen, das nicht persönlich zu nehmen, wenn …«

»Ach, komm«, knurrte ich. Ich machte Anstalten aufzustehen, da legte Giulia ihre Hand auf meine.

»Sara, du kannst nicht alle retten. Keiner von uns kann das.«

»Damit sprichst du vielleicht für dich. Bis morgen bei der Spendensammelaktion.«

Sie hätte guten Grund gehabt, mich zum Teufel zu wünschen, das wusste ich sehr wohl, aber als meine Untergebene hätte Giulia das niemals getan. Tatsächlich nickte sie nur und sah mir stillschweigend nach, als ich ging.

AM NÄCHSTEN TAG, 1. JULI 2019

Während ich mich gerade anzog, begann das Smartphone auf der Kommode zu vibrieren.

Auf WhatsApp gingen diverse Nachrichten von Giulia und Emilia ein.

Ich öffnete die Nachricht von Giulia, die mich an den Termin heute um neunzehn Uhr vor dem Grand Hotel Majestic erinnerte. Die Nachricht von Emilia würde ich später lesen.

Zwei Stunden später saß ich auf einem beige-lila Rokoko-Sofa, in der einen Hand ein Glas Prosecco, in der anderen mein Smartphone, auf dessen leuchtendes Display ich starrte. In einiger Entfernung standen die Konferenzteilnehmer und meine Kollegen neben dem üppigen Büfett und waren in angeregte Gespräche vertieft.

Vorhin hatte ich meine Rede gehalten: über den Krebs, den Therapieansatz, die *Mission,* und zuletzt hatte ich anhand von konkreten Daten die Leistung des Teams gewürdigt und dabei besonders hervorgehoben, wie viel mehr Menschen wir hätten retten können, wenn wir über ein PET/CT-Gerät der neuesten Generation verfügen würden. Wie wichtig die Qualität der Behandlung ist. Die Früherkennung. Die Erforschung und Systematisierung seltener, aggressiver, unsichtbarer Erkrankungen. Ich hatte ausgeführt, welche Eigenschaften einen guten Arzt auszeichnen, der das Böse in all seinen Formen erkennen muss. Der fest an die Existenz des Bösen glauben muss. Der es riechen, seine Umrisse ertasten und es an der Wurzel packen muss.

Den Applaus hatte ich nicht mehr mitbekommen, da ich sofort von Menschen umringt gewesen war, die mir Komplimente machten und Fragen stellten. Einem der Geldgeber war offenbar daran gelegen, mir persönlich mitzuteilen, dass er dem Krankenhaus ein neues MRT-Gerät zu spenden gedachte. Als er mir die Hand gab, spürte ich, dass sie zitterte.

»Jeder von uns trägt seinen ganz eigenen Schmerz mit sich herum«, hatte er gesagt, »aber dank Menschen wie Ihnen schenkt uns das Universum die Möglichkeit, uns davon zu erlösen. Danke, Frau Doktor.«

Nichts weniger als ein Akt der Erlösung. Ich hatte zwar nicht genau gewusst, worauf sich der Mann bezog, aber ich kannte das Gefühl, das Bedürfnis, endlich Frieden zu finden.

Erst als ich ein paar Happen von einer Sahnetorte gegessen hatte, war mir Emilias Nachricht wieder eingefallen, die vor Stunden eingegangen war.

Deshalb hatte ich mir eine ruhige Ecke gesucht. Das Rokoko-Sofa stand an einer Wand einigermaßen weit weg vom Büfett und dem allgemeinen Trubel.

Unterwegs hatte ich mir ein Glas Prosecco von einem Tablett geschnappt, und nun nahm ich einen großen Schluck.

Ich öffnete WhatsApp.

Hastig überflog ich die paar Zeilen.

Ein akutes Stechen in meinen Eingeweiden zwang mich, nach Luft zu ringen, das Proseccoglas glitt mir durch die Finger und zerschellte auf dem Mosaikboden.

Das darf nicht wahr sein.

Fünf Minuten später rannte ich barfuß und in Tränen aufgelöst nach Hause, während mich Emilias Worte verfolgten.

»Rebecca ist verschwunden.«

6

Ich setzte Wasser auf und hängte einen Beutel Kamillentee in die Tasse, dann rief ich Emilia an, die trotz der späten Stunde beim ersten Klingeln ranging.

»Hey«, meldete sich ihre Stimme am anderen Ende.

»Ich hab gerade deine Nachricht gelesen. Was ist passiert?«

»Rebecca ist weg.«

Im Hintergrund vernahm ich Stimmengewirr und Schritte.

»Wo bist du jetzt?«

»Wir haben uns in Gruppen aufgeteilt, gehen den Weg bis zur Bundesstraße ab und durchkämmen die Wälder um das Dorf. Wir sind praktisch seit Samstagabend nonstop draußen unterwegs ... die Polizei macht Feierabend, wir nicht.«

»Samstag?«

»Ja, der Bürgermeister hat Samstag Alarm geschlagen, nachdem Rebecca am Abend nicht vom Sommercamp zurückgekehrt ist, das unweit von ihrem Zuhause liegt. Es war der erste Tag im Camp nach ihrem Krankenhausaufenthalt. Vormittags hat die Mutter sie hingebracht, aber auf dem Rückweg wollte sie unbedingt allein zu Fuß nach Hause gehen ...«

»Warum hast du mir nicht direkt Bescheid gesagt, Emilia? Wie kommt ihr Vater dazu, sie allein zurücklaufen zu lassen?«

»Ich wollte erst abwarten, bevor ich dich alarmiere. Offenbar hatte es morgens bei ihr zu Hause Streit gegeben, weil sie ohne

Begleitung gehen wollte, sodass man zunächst dachte, es handle sich um eine Mutprobe, oder sie sei weggelaufen, um den Eltern einen Schrecken einzujagen, aber inzwischen sind mehr als dreiunddreißig Stunden vergangen, und die ganze Angelegenheit entwickelt Dimensionen, die mir gar nicht gefallen. Du weißt, wie es hier oben läuft. Das Leben ist ruhig, es gibt keinen Verkehr, die Kinder streifen allein oder in Grüppchen umher. Rebecca ging immer allein nach Hause, so wie alle; der Weg war nicht lang und führte durch bewohntes Gebiet.«

»Und da hat sie niemand gesehen?«

»Am Bahnhof hat sie niemand gesehen, die zuständigen Mitarbeiter überprüfen aber gerade die Aufnahmen der Überwachungskameras. An der Endhaltestelle vom Bus dasselbe, da gibt es zwar keine Überwachungskameras, aber nur drei Meter entfernt ist die Bar, die immer proppenvoll ist. Offenbar hat niemand Rebecca dort ein- oder aussteigen sehen.«

»Die Kinder verschwinden einfach.« Kopfschüttelnd starrte ich ins Leere.

»Morgen pumpen sie den Fluss ab. Wie immer in solchen Fällen geht es nur schleppend voran: Ein paar Faktoren sind noch unklar, und jetzt geht es vor allem darum, die Art des Verschwindens zu klären.«

»Die Art ... was soll das heißen?«

»Es gilt herauszufinden, ob das Verschwinden freiwilliger Natur war oder aber, wie wir es im Fachjargon nennen ... aber ich will nicht die Oberlehrerin spielen.«

»Sag schon, oder was?«, beharrte ich.

»Oder ob ein Gewaltverbrechen vorliegt«, sagte sie und senkte die Stimme, »was oftmals damit einhergeht, dass vom Täter jede Spur fehlt. Wie bei Claudia.«

Ich schloss die Augen. Welch ein Albtraum.

»Verstehe.«

»Es hat die ganze Nacht geregnet, das heißt, selbst wenn es Spuren gäbe, wären die nun verwischt. Ich wollte dir diese Nachricht eigentlich gar nicht überbringen, Sara, aber bevor du am Freitag zurück nach Bologna gefahren bist, hast du mir von deiner Begegnung mit Rebecca erzählt. Und na ja, da konnte ich dir das nicht vorenthalten.«

»Sie hat mich geheilt.«

Ich betrachtete meinen Daumen. Von dem Schnitt war nur noch ein kleiner dunkelrosa Streifen auf der Haut zu sehen.

»Sara, warum kommst du nicht her?«

»Wie bitte?«

»Komm her. Als Claudia verschwunden ist, waren wir noch klein, und unsere Eltern haben uns den ganzen Sommer über verboten, weiter raus als bis auf den Hof zu gehen. Erinnerst du dich?«

Und ob ich mich erinnerte. Die Ermittlerteams, die in den Wald entsandten Suchtrupps, der Dorfplatz voller Polizisten mit Spürhunden, die Angst in den Augen der Dorfbewohner und in unseren eigenen. In meinen.

»Eben«, fuhr sie fort und interpretierte mein Schweigen als ein Ja, »diesmal ist es anders. Heute sind wir erwachsen und können etwas tun.«

Mir schossen tausend Gedanken durch den Kopf, und in diesem Moment fiel mir auch wieder der Satz des Mannes von der Spendensammelaktion ein.

»Manchmal schenkt uns das Universum die Möglichkeit, uns zu erlösen.«

Erlösung. War es das, worauf Emilia hinauswollte? Dachte sie etwa, indem wir bei der Suche nach Rebecca mithalfen, könnten wir gemäß irgendwelchen metaphysischen Gesetzen das schwarze Loch, das vor zweiundzwanzig Jahren entstanden war, stopfen?

»Nichts ist anders«, flüsterte ich, »wir sind immer noch dieselben. Ich bin Ärztin, ich durchforste keine Wälder, ich wüsste nicht mal, wie man bei der Suche nach einer vermissten Person vorgeht.«

»Sara, ich muss jetzt los. Denk noch mal drüber nach. Sich zu Hause das Hirn zu zermartern, macht es nicht besser, das weißt du genau. Hier kannst du dich wenigstens nützlich machen und vielleicht dein Gewissen erleichtern.«

»Blöde Kuh.«

»Sag mir Bescheid, falls du doch noch kommst. Die nächsten Stunden sind entscheidend.«

Sie legte einfach auf, aber mir fehlten ohnehin die Worte. Mein Mund war trocken, vollkommen leer. Ganz anders als mein Kopf, in dem Rebeccas Satz widerhallte, der mir nun fast schon prophetisch vorkam.

»Kommst du mich bald wieder besuchen?«

Die Tränen landeten im Kamillentee.

»Ja«, hatte ich instinktiv geantwortet.

Ein Sekundenbruchteil, der rückblickend eine makabre Prophezeiung zu bergen schien.

»Soll ich dich besuchen kommen, Rebecca?« Der Klang meiner Stimme erschreckte mich. Plötzlich wandelte sich der Satz in meinem Mund und erhielt eine andere Bedeutung.

»Soll ich dich suchen kommen?«

Das Display meines Handys leuchtete auf, eine Nachricht von Giorgio.

»Du hast hinreißend ausgesehen heute Abend. Ich hätte dich gerne noch nach Hause begleitet, aber du warst irgendwann wie vom Erdboden verschluckt.«

Der Abend kam mir plötzlich weit weg vor. Hatte er überhaupt je stattgefunden? Hatte ich je eine Rede gehalten, Applaus bekommen, so viel gelacht wie seit Langem nicht mehr? Erneut war ich in einem Tunnel gelandet, noch ehe mir überhaupt bewusst geworden war, wie wohl ich mich gefühlt hatte. Und während sich draußen die Welt weiterdrehte, begab ich mich in eine neue Version jenes Albtraums, der mir das Leben versaut hatte.

»Kommst du mich bald wieder besuchen?«

Kommst du zurück, um das wiedergutzumachen, was vor vielen Jahren geschehen ist?

Ich legte die Finger an die Schläfen und schloss die Augen.

Kommst du MICH SUCHEN, Sara?

7

Es war tief in der Nacht, als ich Emilia eine Nachricht schrieb: »Hatte Rebecca ein Handy?« Die Antwort folgte beinahe prompt: »Nein.«

»Wurde ihr Foto bereits veröffentlicht?«

»Ja, es ist überall, aber das spielt letztlich keine Rolle, Sara. Hier oben lebt nur eine Handvoll Leute, wer sie gesehen haben will, hat sie gesehen, und wer nicht, der nicht. Alle glauben immer, es sei einfacher, in einem eng umrissenen sozialen Umfeld zu ermitteln und die Wahrheit herauszufinden, aber das stimmt nicht. Eine vermisste Person in der Stadt zu finden, ist beinahe unmöglich, aber sie auf dem Apennin zu finden, ist undenkbar.«

»Seid ihr noch unterwegs?«

»Ja, die ganze Nacht über. Seit Samstag sind wir den Schwalbenweg, den Igelweg und den Riesenweg abgelaufen bis rüber zum Felsen, du weißt schon, rüber zum Bach, zur Brücke und den benachbarten Gemeinden. Jetzt gehen wir die Bundesstraße ab und schauen in den Wassergräben nach.«

Die Wassergräben. Ein grässliches Bild stand mir vor Augen. Ein Mädchen, das nachts in einem Graben ertrunken war. Zerfressen von Kröten und Insekten.

Ich schüttelte den Kopf, um das Bild zu vertreiben, und fragte mich, was mir mehr Angst einjagte: dazubleiben und auf Neuigkeiten zu warten oder mich ins Auto zu setzen, um selbst nach Rebecca zu suchen, und damit das Risiko einzugehen, sie zu finden, wie sie, den Mund voll Schlamm, im Graben lag, mit gebrochenen Gliedmaßen oder Schlimmerem ...

Ich schloss den Chat und öffnete das Intranet des Krankenhauses. Nachdem ich mein Passwort eingegeben hatte, bekam ich Zugang zur Liste mit den Patientenakten. Vorname, Name, Diagnose, Therapie. Vertrautes Terrain, das mich erdete, und allmählich kam ich wieder zur Ruhe.

Ich hatte bei der Mutter der beiden heranwachsenden Geschwister etwas falsch gemacht, und sie war gestorben. Genau darin bestand meine eigentliche Arbeit: das Fehlerrisiko auf ein Minimum zu reduzieren und so viele Patienten wie möglich zu retten.

Möglichst alle.

Gefangen in einem Gedankenstrudel schlief ich ein.

2. JULI 2019

Der Ball hüpft auf dem Pflaster. Emilia und Marco spielen Elfmeterschießen. Sie nehmen Anlauf und zielen auf ein Tor, das mit Kreide auf den Boden gemalt ist.

Ich sitze auf dem Boden und male einen Wald und Häuser, als in der Ecke des Hofs Claudia auftaucht, die über das ganze Gesicht strahlt und ein Jeanskleid mit blumenförmigen Flicken auf den Hosentaschen trägt.

»Ich muss euch was sagen.« Claudias Augen leuchten.

»Was denn, was denn?«, kreischt Emilia.

Ich höre zu, ohne etwas zu sagen.

Claudia verstummt und senkt den Kopf, dann sieht sie zu mir.

Ich spüre ihren Blick auf mir und schaue hoch. Ich verstehe

die Welt nicht mehr. Sie hat aufgehört zu lächeln und sieht ganz ernst und elend aus. Sie besteht nur noch aus Haut und Knochen. Das macht mir Angst.

»Das ist alles deine Schuld.« Sie zeigt mit dem Finger auf mich.

»Was? Woran bin ich schuld?« Ich schüttele den Kopf und zeichne weiter, um ihrem Blick auszuweichen, aber aus lauter Nervosität ziehe ich quer durch meine Landschaft einen Strich.

»Das ist alles nur deine Schuld!« Diesmal schreit sie, doch es ist nicht mehr Claudia, sondern ein hübsches blondes Mädchen, das Rebecca ähnelt, und beim Schreien fallen ihr tote Blätter aus dem Mund.

Hektisch tastete ich im Dunkeln nach dem Schalter der Nachttischlampe. Die Lampe ging an, fiel aber zur Seite und blieb zwischen Bett und Nachtschränkchen stecken, wo sie große Schatten auf die Wand projizierte.

Ich setzte mich auf, den Kopf in die Hände gestützt, mit rasendem Herzen und trockenem Gaumen.

Ein Albtraum. Als ob die Realität nicht schon reichen würde.

Während ich in der Küche einen Saft trank, klingelte im Schlafzimmer der Wecker.

Im Krankenhaus angekommen, fing mich sofort Giulia ab, um mich noch mal zu meiner Rede bei der Spendengala zu beglückwünschen.

»Was ist denn mit dir los? Schlecht geschlafen?«

»Sieht man das?«

»Ein wenig. Ah, der Oberarzt will dich sprechen.«

Auf dem Weg zu seinem Büro rief ich meine Nonna an.

»Emilia hat es mir erzählt, Nonna. Gibt es was Neues?«

»Nichts. Es ist, als sei sie vom Erdboden verschluckt. Genau wie damals bei ...«

»Nur mit der Ruhe ... Sie werden sie finden. Das war bestimmt nur eine Mutprobe, die nach hinten losgegangen ist. Vielleicht ist sie im Wald ausgerutscht und hat sich den Knöchel verstaucht.«

»Rebecca ist kein aufmüpfiges Kind ... ich kenne sie gut: Die Eltern kommen oft wegen Näharbeiten zu mir, gerade erst habe ich die Vorhänge für ihr Kinderzimmer zu Ende genäht, ich darf gar nicht daran denken ...«

Ich hörte sie am anderen Ende leise weinen.

Ich betrat das Vorzimmer, wo mich die Sekretärin bat, kurz zu warten, also setzte ich mich ins Wartezimmer.

Als Claudia verschwand, war ich elf Jahre alt und wusste nicht, was ich tat, oder vielleicht doch, aber ich war noch ein Kind. Jetzt war ich dreiunddreißig und trug keinerlei Verantwortung für Rebecca, bis auf eine unausgesprochene Schuld aufgrund meines geheilten Daumens. Aber es war ja nicht mehr wie vor fünfzig Jahren, als man im Gegenzug für eine gelungene Heilung eine Flasche frische Milch, eine Schachtel Eier oder ein süßes Gebäck frisch aus dem Ofen mitbrachte. Wieso also hatte ich das Gefühl, ihr etwas schuldig zu sein?

»Frau Doktor, Sie können jetzt reingehen«, sagte die Sekretärin mit einem Lächeln zu mir.

Ich trat ein und sah, dass der Chefarzt gerade in einem Dutzend Akten wühlte. Als er mich bemerkte, schob er sie so gut es ging auf seinem Schreibtisch beiseite und bat mich, Platz zu nehmen.

»Guten Morgen, Professor.«

»Willst du einen Kaffee?«

»Ja, gern.«

Ich entspannte mich und sah ihm zu, wie er die Espressomaschine bediente. Sein dichtes weißes Haar umrahmte das hagere, kantige Gesicht, die goldgerahmte Brille war ihm auf die Nasenspitze gerutscht.

Er streckte mir einen dampfenden Plastikbecher entgegen und nahm dann Platz.

»Ich möchte mich bei dir bedanken, Sara, für das, was du für uns und unsere Arbeit getan hast. Die neuen Geräte werden schon bald geliefert, was wir letztlich deiner Rede, deiner Leidenschaft zu verdanken haben. Ich bin stolz auf dich, wie immer.«

Ich lächelte wortlos und nahm dann einen Schluck von meinem Kaffee. Er hatte seinen noch nicht angerührt.

»Der wird kalt«, sagte ich auf seinen Becher deutend, woraufhin er mit der Gelassenheit von jemandem nickte, dessen Kaffee schon Hunderte Male kalt geworden war.

»Hör mal. Ich habe mir eure Stundenübersichten angeschaut und festgestellt, dass du noch mehr als fünfzig Urlaubstage übrig hast. Wie lange ist es her, dass du dir das letzte Mal einen freien Tag gegönnt hast?«

Die Frage brachte mich in Verlegenheit. Ich hatte kein Bedürfnis, mir freizunehmen, denn wenn ich nicht arbeitete, ging es mir nicht besser, im Gegenteil: Allein die Vorstellung, meine Kollegen an der Front und meine Patienten zurückzulassen, bereitete mir Kopfschmerzen.

»Mein Platz ist hier«, sagte ich und fragte mich, ob Giulia mir diese Ansprache eingebrockt hatte, die etwas von einer Strafpredigt hatte.

»Mir geht's gut, und ich fühle mich auch nicht übermüdet, insofern …« Ich wollte erneut nach meinem Becher greifen, allerdings griff ich ein wenig zu hastig danach, sodass ich ihn mit den Fingerknöcheln umwarf und sich meine Kaffeereste über die Unterlagen des Professors ergossen.

Er sah mich an.

»Niemand ist immun gegen Stress und Übermüdung«, sagte er. Er deutete auf die Box mit den Taschentüchern, und während ich mich bemühte, alles so gut es ging aufzuwischen, fügte er hinzu: »Ein hervorragender Arzt, der übermüdet ist, kann mehr Schaden anrichten als ein Kugelhagel, das weißt du, oder? Irgendwann spielt die Müdigkeit einem einen Streich. Man verwechselt einen Namen, eine Arterie, ein Medikament, oder dir dreht sich der Kopf, während du gerade an einem Organ herumdokterst ...«

»So schlimm ist es bei mir noch nicht. Ich muss nur mal eine Runde ausschlafen. Ehrenwort, Professor.«

»Glaubst du, ich wüsste nicht, wie Ärzte wie du ticken?« Erneut eine unbequeme Frage. »Glaubst du, ich würde nicht erkennen, wenn jemand für seinen Beruf brennt, den unbedingten Willen verspürt, anderen zu helfen, wenn jemand seine Berufung gefunden hat? Klar, das sind alles positive Eigenschaften, aber sie können tödlich sein, wenn man nicht damit umzugehen weiß. Tödlich für denjenigen, der diese Eigenschaften in sich trägt, aber auch für denjenigen, der sich bei einem Arzt unters Messer legt, der erschöpft und davon besessen ist, alle um jeden Preis retten zu wollen ...«

Noch jemand, der mir vorwarf, ich wolle alle retten.

»Damit will ich nicht sagen, du sollst heute noch auf die Malediven fliegen, Sara.«

»Okay, ich werde über Ihre Worte nachdenken. Das soll nicht heißen, dass Sie nicht recht hätten, aber *so* müde bin ich nun auch wieder nicht. Ich würde niemals das Wohl meiner Patienten gefährden, und bisher habe ich noch nie einen Namen, eine Arterie oder ein Medikament verwechselt.«

»Gerade deshalb sage ich es dir. Gönn dir eine Pause, bevor es so weit kommt. Ein herausragender Arzt, dem einmal ein solcher Fehler unterläuft, erholt sich nie wieder davon. Wir brauchen eine Ärztin, die fit ist. Nicht unfehlbar, aber fit. Verstehst du, was ich meine, Sara?«

Um Frust abzubauen, ging ich trotz der prallen Mittagshitze nach meiner Schicht eine Runde in den Giardini Margherita joggen.

Unterwegs hielt ich an, um einen Anruf entgegenzunehmen. Es war Emilia.

»Habt ihr sie gefunden?«

»Nein …« Ich hörte, dass sie rauchte. »Ich glaube, du solltest wirklich mal vorbeischauen, Sara, und zwar nicht nur wegen dem, worüber wir gesprochen haben.«

»Weswegen dann?«

»Neulich habe ich deine Nonna gesehen, wie sie sich mit der Frau des Metzgers und deren Freundin gestritten hat. Und du weißt, dass deine Nonna sich sonst nie streitet.«

»Wieso das denn, was ist passiert?«

»Es kursieren Gerüchte, weil du gesehen wurdest, wie du nur wenige Stunden vor Rebeccas Verschwinden mit ihr geredet hast. Es heißt, Rebecca habe dich geheilt. Du weißt ja, wie die Leute hier sind. Cesare hat dich jedenfalls in Schutz genommen.«

Entmutigt ließ ich mich ins Gras fallen, blieb regungslos liegen und starrte hinauf zu den leeren Schaukeln, die leicht hin und her schwangen. Wer konnte mich gesehen haben? Wer war dabei gewesen, als Rebecca meine Wunde geheilt hatte? Dieser kräftige Typ vielleicht, dieser Elektriker, aber der hatte uns den Rücken zugekehrt, und sonst? Vielleicht jemand im Flur? Krampfhaft versuchte ich, mich an Gesichter zu erinnern.

»Sara, bist du noch dran?«

»Nein.«

»Mach dir nichts draus, das ist nur das übliche dumme Geschwätz, aber es wäre wichtig, dass du herkommst und dich sehen lässt. Das wäre zumindest mein Rat, aber mach, was du willst. Von Rebecca fehlt immer noch jede Spur. Heute schüttet es wie aus Kübeln. Wir sind trotzdem wieder losgezogen, aber es ist, als würde man die Nadel im Heuhaufen suchen. Wir hatten eigentlich vor, in Fogliaia und Ponte del Diavolo alles zu durchforsten, aber wir müssen warten, bis es aufhört zu regnen.«

»Fogliaia und Ponte del Diavolo gibt es noch?«

»Nein, da lebt schon seit Jahrzehnten niemand mehr. Dort ist alles überwuchert, insofern ein gutes Versteck ...«

Emilia redete weiter, doch ich hörte sie nicht mehr. Ihre Worte rauschten vorbei, während ich in der Ferne Kinder sah, die auf den Spielplatz strömten. Doch anstatt zu spielen, blieben sie stehen und starrten mich an.

Ich schüttelte den Kopf und stand auf.

»Wenn es nach diesen Tratschtanten geht, habe ich also Rebecca entführt. Und was sagt die Polizei dazu?«

»Die Polizei macht ihr Ding, wir unseres.«

»Wer ist eigentlich Cesare?«

»Cesare, du weißt schon ... der alte Apotheker. Er hat den alten Schachteln gesagt, sie sollen mit ihren Ammenmärchen aufhören und sich lieber um ihren eigenen Kram kümmern, und dass sie die Ermittlungen der Polizei überlassen sollen.«

»Ich ruf sofort meine Nonna an.«

»Nein, sag nicht, dass ich dir das erzähl habe. Denk noch mal nach, Sara, es wäre wirklich gut, wenn du kämst.«

Damit legte sie auf.

Zu Hause angekommen zermarterte ich mir das Hirn darüber, wer ein Interesse daran haben konnte, meine Rückkehr in ein schlechtes Licht zu rücken. Aber mir fiel niemand ein und auch kein Grund, weshalb mich jemand schlechtmachen sollte, wenn nicht aus schierer Blödheit.

Wie hieß der Elektriker noch mal? Marco hatte seinen Namen erwähnt. Außer Rebecca und mir war nur er im Raum gewesen, aber er hatte uns den Rücken zugekehrt und auf dem Boden kniend gearbeitet. Und vom Flur aus hätte man nur schwerlich genau sehen können, was im Zimmer vor sich ging. *Wer* also hatte uns beobachtet?

Gedanklich ging ich das Wenige durch, was ich von dem Raum

in Erinnerung hatte. Darin hatten sechs Betten zur Kurzzeitpflege gestanden, die alle nicht belegt gewesen waren, bis auf eins, das in einem dieser typischen Krankenhaus-Separees mit abwaschbaren, halb durchsichtigen Vorhängen verborgen lag. Es war mir schleierhaft, wieso ich davon ausgegangen war, dass dieses Bett ebenfalls frei war.

Langsam beschlich mich der Gedanke, dass womöglich jemand darin gelegen und uns die ganze Zeit über beobachtet hatte, ohne selbst gesehen zu werden. Und anschließend hatte dieser Jemand das Gerücht in die Welt gesetzt.

Ich griff nach dem Handy und wählte Marcos Nummer.

»Sara! Was für eine nette Überraschung! Damit hätte ich ehrlich gesagt nicht gerechnet.«

Die gute Laune, mit der er ans Telefon ging, kam mir erzwungen, übertrieben vor.

»Marco, wer war außer uns noch in Rebeccas Zimmer an dem Tag, als ich deine Klinik besucht habe?«

»Was?«

»Du hast mich schon richtig gehört. Ich muss wissen, ob in dem Bett hinter dem Vorhang jemand lag, und falls ja, wer.«

»Und wieso?«

»Falls du es nicht mitbekommen hast: Rebecca ist verschwunden, und es gibt Leute, die herumerzählen, ich hätte sie womöglich entführt.«

»Wie bitte? Klar, das mit Rebecca weiß ich, aber was sind das für absurde Vorwürfe, von denen du da sprichst?«

»Jemand hat gesehen, wie ich mit ihr geredet habe. Und ich habe sie lediglich in dem Behandlungszimmer kurz getroffen. Außer mir waren da nur der Elektriker, Giacomo, du und der Bürgermeister. Das heißt, wenn ich ihren Vater, Giacomo und dich ausschließe, bleiben nur der Elektriker und der ominöse Jemand hinter der Trennwand übrig.«

»Ich weiß gar nicht, was ich sagen soll. Guerrino ist zwar ein kauziger Typ, aber ich kann mir beim besten Willen nicht vorstellen, dass er solche Gerüchte in die Welt setzen würde. In dem Zimmer liegen Patienten, die kurz vor ihrer Entlassung stehen oder kleinere Eingriffe vor sich haben, bei denen sie eine, maximal zwei Nächte in der Klinik verbringen müssen. Ich kann mich nicht entsinnen, ob an dem Tag jemand dort lag, aber ich gehe gleich hin, dann schaue ich in den Unterlagen nach und rufe dich zurück.«

Guerrino. Wie hatte ich diesen ungewöhnlichen Namen nur vergessen können?

»Das heißt, du bist noch zu Hause?«

»Ja! Ich bin gerade dabei, mir zu überlegen, was ich zum Abendessen koche. Giacomo spielt nebenan.«

Kurz glaubte ich, im Hintergrund jemanden jammern und weinen zu hören, aber nur einen Moment lang. Und die Stimme schien einer Frau zu gehören. Einer jungen Frau.

Einem Mädchen?

Vielleicht lief nur der Fernseher.

Wir verabschiedeten uns voneinander.

Dass Marco jemand war, der keine Unannehmlichkeiten wollte, war mir sofort aufgefallen. Aber so wenig Anteilnahme von einem Vater, noch dazu einem Arzt, überraschte mich dennoch. Und wer hatte da im Hintergrund gejammert? Ich ließ mich hineinziehen in einen Kosmos aus Verdächtigungen und Geheimnissen, die mich nichts angingen. Alles, was ich wissen wollte, war, wer in dem Bett gelegen hatte, sofern es nicht frei gewesen war.

Es war fast fünf, als ich in meinen kleinen Garten hinausging und Giulia schrieb.

»Hast du den Professor auf mich angesetzt?«

»Große Güte, nein. Wie kommst du darauf?«

Ein Anruf ging ein. Nonna.

Es schien, als würden plötzlich andere Menschen über mein

Leben entscheiden: Weder hatte ich meinen Job im Griff noch mein Privatleben – für Ersteres war ich zu müde, für Zweiteres zu feige.

»Hallo, Sara. Hat Emilia es dir schon erzählt?«

»Himmel, nein. Sag bloß, sie haben sie gefunden?«

»Leider noch nicht. Aber offenbar haben sie im Briefkasten der Familie eine Karte gefunden, einen Zettel.«

»Eine Lösegeldforderung?«

»Das weiß ich nicht, ich habe nur von Rosa, die regelmäßig in der Villa putzt, gehört, dass die Familie heute früh in heller Aufregung war wegen eines Zettels, aber sie wollten ihr nichts sagen, sondern haben sie nach Hause geschickt, als auch schon die Polizei eintraf.«

Über der Stadt hing eine graue, schwüle Dunstglocke, die manch einer als Sommer zu bezeichnen wagte.

Der Kühlschrank war leer.

Drei Minuten später rief ich Emilia an, die jedoch nicht erreichbar war.

Fünf Minuten später rief ich den Chefarzt auf seiner Privatnummer an.

»Sara!«

»Ähm. Professor, steht das Angebot mit den Urlaubstagen noch?«

»Selbstverständlich. Offenbar hast du noch mal nachgedacht.«

»Kann man wohl sagen. Eine Woche sollte reichen.«

Ohne nachzudenken und in dem Wissen, dass ich das später bereuen würde, warf ich alles Mögliche in meinen Koffer, deponierte meine Pflanzen bei meiner Nachbarin und stieg ins Auto.

An der Abfahrt Bologna-Parma klingelte mein Handy.

Es war Marco.

ZWEITER TEIL

8

Keine vier Tage, nachdem ich mir geschworen hatte, nie wieder einen Fuß in diesen Ort zu setzen, ließ ich die Wohnsiedlungen hinter mir und fuhr auf den Apennin.

Die Ausfahrten nach Modena, Reggio und Parma waren an mir vorbeigerauscht, zusammen mit dem instinktiven Bedürfnis, umzudrehen und nach Bologna zurückzukehren. Aber letztlich war ich weitergefahren, bis ich erneut von Wald umgeben war, schwer zu sagen, ob aus Nadelbäumen, Linden, Kastanien oder Eichen. Um sieben Uhr abends lag er dunkel da, während der Wind und die Geister ihm Leben einhauchten, jenes geheime Eigenleben, das mich stets magisch angezogen und zugleich abgestoßen hatte.

Als ob der Wald eine Einheit bilden würde, lebendig und empfindsam wäre; ein Wesen, das fähig war, zu lieben, zu beschützen, zu ernähren, nach Gutdünken Leben zu geben und zu nehmen. So lautete die jahrhundertealte Überzeugung der Menschen in dieser abgelegenen Bergregion, und kein Fortschritt der Welt konnte etwas daran ändern. In gewisser Weise trug auch ich, die ich mir andernorts ein Leben aufgebaut hatte, noch immer diesen Glauben in mir, war ich doch damit groß geworden.

Das war auch der Grund, weshalb mir der Wald noch als Erwachsene Ehrfurcht abverlangte und mich faszinierte. Und es war auch der Grund, weshalb ich das unangenehme Gefühl nicht loswurde, dass er bereits auf mich wartete und spöttisch zusah, wie ich mich den von undurchdringlicher Vegetation bewachsenen Hang hinaufkämpfte, als hätten wir insgeheim eine Wette abgeschlossen, und er hätte gewonnen.

Mein Handy klingelte.

»Na, endlich meldest du dich. Gibt's was Neues?«

In einem Anflug von Optimismus dachte ich, wenn Emilia mir gleich verkünden würde, man habe Rebecca gefunden, würde ich augenblicklich kehrtmachen.

»Ja, merkwürdige Neuigkeiten, aber von Rebecca fehlt weiter jede Spur. Bist du im Auto unterwegs?«

»Ich komme rauf.«

»Scheiße, Sara, endlich! Du tust das einzig Richtige, glaub mir.«

»Du klingst ja regelrecht euphorisch.«

»Nein, ich möchte einfach nur, dass du in diesen Stunden hier bei mir bist.«

»Wieso?«

»Weil wir noch etwas zu bereden haben, das uns beiden auf der Seele lastet, du weißt, warum.«

»Kennst du eine gewisse Barbara Righi?«

»Ja, vom Namen her. Bei uns in der Zentrale haben wir eine fette Akte über ihre Vergehen. Wieso?«

»Was für Vergehen?«

»Kleinere Diebstähle, Besitz von Betäubungsmitteln, Schlägereien ... aber wie kommst du denn jetzt auf die?«

»Wie du weißt, sind Gerüchte über mich im Umlauf.«

»Ja.«

»Könnte sein, dass sie die verbreitet hat. Als Rebecca darauf bestanden hat, meine Wunde zu heilen, dachte ich, wir wären allein im Raum gewesen, bis auf diesen Elektriker, wie hieß der noch gleich?«

»Guerrino?«

»Genau. Jedenfalls stand dieser Guerrino mit dem Rücken zu uns und hat vor sich hingeflucht, insofern bezweifle ich, dass er uns belauscht hat. Und dann war da noch ein mit einem Vorhang abgetrenntes Bett, aber da außer dem fluchenden Elektriker nichts zu hören war, bin ich davon ausgegangen, das Bett wäre leer. Stattdessen hat mir Marco gerade erzählt, dass eine gewisse Barbara Righi an jenem Tag wegen heftiger Kopfschmerzen dort untergebracht war, insofern nehme ich an, dass sie das mit der Heilung rumerzählt hat, womöglich mit Hintergedanken.«

»Und?«

»Und ich will mit ihr persönlich reden. Was macht denn diese Righi sonst, wenn sie nicht gerade bei Schlägereien mitmischt und fiese Gerüchte in die Welt setzt?«

»Na ja ... sie und ihr Vater sind vor ein paar Jahren von Fogliaia nach Borgo Cardo gezogen: Sie haben bis zuletzt ausgeharrt, bis es nicht mehr ging. Jetzt wohnen sie zwischen unserem Dorf und Ponte del Diavolo in einem alten, hergerichteten Bauernhof. Aber sie bleiben meist für sich. Den Alten habe ich schon eine ganze Weile nicht mehr gesehen, und sie kriegt man auch kaum zu Gesicht ...«

»Und in welchem Verhältnis steht sie zum Bürgermeister?«

»Na ja, sie hat grundsätzlich ein Problem mit Institutionen. Letztes Jahr ist sie mit den Behörden aneinandergeraten, weil sie ihr nicht genehmigen wollten, die Rente für ihren Vater abzuholen, der an Parkinson leidet, aber letztlich hat man es ihr dann doch erlaubt. Du glaubst doch nicht etwa, dass sie Rebecca entführt hat?«

»Wieso nicht? Junkies brauchen doch ständig Geld, und die Tatsache, dass sie eine falsche Fährte legt, indem sie mich beschuldigt, spricht doch Bände. Oder nicht? Vielleicht hofft sie ja auf ein üppiges Lösegeld ...«

»Wenn es nur so einfach wäre ... Im Übrigen kann man nicht alle Junkies in einen Topf werfen.«

»Irgendwo muss man ja ansetzen. Aber du hattest was von merkwürdigen Neuigkeiten gesagt?«

Ich ging davon aus, dass sie mir gleich von dem Zettel erzählen würde, den man im Briefkasten des Bürgermeisters gefunden hatte, doch stattdessen schwieg sie. Vielleicht hatte sie davon gar keine Kenntnis.

»Das erzähle ich dir lieber persönlich. Ich muss gleich wieder mit dem freiwilligen Suchtrupp los. Wann kommst du an?«

»In einer knappen Stunde.«

»Dann bis später.«

»Noch eine letzte Frage, Emi.«

»Schieß los.«

»Wohnt bei Marco eine Frau im Haushalt?«

»Was stellst du denn heute für komische Fragen?«

»Antworte mir einfach!«

»Glaub nicht, aber keine Ahnung. Lass uns später darüber reden, ja?«

Damit legte sie auf.

Barbara Righi sagte offensichtlich die Unwahrheit, und es wunderte mich, dass Emilia als Polizistin sich gar nicht für meine These interessierte. Was Marco anging, war ich mir ziemlich sicher, was ich gehört hatte, aber vielleicht war es wirklich nur der Fernseher im Hintergrund gewesen, in dem irgendeine Telenovela lief.

Ich drückte aufs Gas. Das Licht zog sich allmählich zurück, und an seine Stelle traten die Schatten. Ich hatte keine Lust, im Dunkeln in den Bergen anzukommen.

Die Bundesstraße schlängelte sich zwischen den tiefgrünen Graten empor, und hin und wieder blitzten baumlose Lücken auf, in denen einsame Tavernen und Trattorien standen.

Ich versuchte gerade, den Namen eines solchen Lokals zu entziffern, als ein Fuchs wenige Meter vor mir die Straße überquerte und mich zu abruptem Abbremsen und einem Ausweichmanöver zwang. Der Motor erstarb.

Starr vor Angst blieb das zierliche orangerote Tier mit dem buschigen Schwanz mitten auf der Fahrbahn stehen, ehe es sich zu mir umdrehte und mich, die ich immer noch völlig bestürzt dasaß, anstarrte.

Was trug der Fuchs da im Maul? Ein Kätzchen?

Das Herz schlug mir bis zum Hals, und ich rang nach Luft. Ich öffnete das Fenster und sah dem Fuchs hinterher, als er davonlief. Am Waldrand legte er das Bündel ab, und erst da sah ich, dass es sich um einen Fuchswelpen handelte, nicht um ein Kätzchen.

Sein Junges.

Ich startete erneut den Motor und parkte auf dem Schotterparkplatz der Gaststätte, wo bereits ein paar andere Pkw standen.

Das Innere des Lokals, das komplett mit Holz ausgestattet war, wirkte sehr gemütlich. In der Ecke knisterte ein Feuer in einem offenen Kamin aus rustikalem Stein, über dem sich ein leerer Spieß drehte. Ich bestellte einen Espresso und ein Panino mit eingelegten Auberginen nach Art des Hauses.

Innerhalb weniger Minuten erweckten mich das vorzügliche Essen und der Kaffee wieder zum Leben. Die Wirtin fragte mich, ob ich in der Gegend Urlaub machte oder in einem der vielen quer über den Apennin verstreuten Dörfer lebte.

»Weder noch«, antwortete ich mit einem höflichen Lächeln. In Wirklichkeit war ich völlig durch den Wind.

Der Wald hatte Augen und Ohren. Er trieb seine Spielchen mit mir. Und er war eindeutig der Gewinner.

Ich kramte im Rucksack nach meinem Portemonnaie, das ich vor meiner Abreise aus meiner Handtasche umgepackt hatte, als meine Finger plötzlich auf ein Stück Papier stießen.

Seit mir Giacomo seine Zeichnung geschenkt hatte, lag sie in meinem kleinen Rucksack, den ich für Reisen verwendete. Vor lauter anderen Dingen hatte ich sie ganz vergessen.

Vorsichtig zog ich den Schlumpf-Klebestreifen vom Briefumschlag ab und holte das Blatt heraus, auf dem ich auf den ersten Blick nur buntes Gekrakel erkannte. Bei näherer Betrachtung musste ich jedoch gerührt lächeln; die Zeichnung sah aus wie von einem Kleinkind, andererseits hatte ich nicht besonders viel Erfahrung mit Kindern.

Es sollte wohl so etwas wie Kinder beim Ringelreihentanzen von oben darstellen, oder vielleicht lagen die Kinder auch sternförmig auf einer Wiese, wobei sich ihre Beine in der Mitte trafen und sie mit ausgebreiteten Armen den Himmel zu umarmen schienen.

Behutsam legte ich die Zeichnung wieder in den Rucksack, zahlte und ging hinaus, um meine Fahrt fortzusetzen. Hier oben war es deutlich kühler als in der Stadt. Ich erschauderte und stieg ins Auto, legte den Rückwärtsgang ein, doch just als ich losfahren wollte, zog ich die Handbremse.

Moment mal.

Meine Augen hatten ein Detail registriert, das einige Minuten gebraucht hatte, bis es zu mir durchgedrungen war. Hatte ich richtig gesehen?

Ohne den Motor abzustellen, kramte ich erneut im Rucksack und zog die Zeichnung heraus. Bestimmt hatte ich mich getäuscht. Das war unmöglich. Giacomo war doch noch ein Kind. Wie alt war er? Sieben, acht vielleicht?

Manchmal spielte einem die Fantasie einen Streich. Die Begegnung mit dem Fuchs hatte bei mir Erinnerungen heraufbeschworen, auf die ich achtgeben musste, sonst würden sie mich mit Haut und Haaren verschlingen.

Erneut besah ich das Blatt von Nahem und knüllte es, einem Impuls folgend, zusammen.

Ich hatte richtig gesehen. Aber da es unmöglich war, warf ich den Papierball auf den Rücksitz, wo ich ihn nicht sehen konnte, bog nach Süden ab und fuhr wutentbrannt los.

Nicht unbedingt der ideale Gemütszustand, um die lange Rückfahrt nach Bologna anzutreten, nachdem ich bereits drei Viertel des Weges zurückgelegt hatte, aber egal. Es war eine Schnapsidee gewesen, ins Dorf zurückzukehren.

Das einzig Vernünftige an dieser ganzen Geschichte waren die Worte des Chefarztes gewesen: Ich war ausgelaugt, vielleicht sollte ich mir das endlich eingestehen.

Ich sollte anfangen, wieder regelmäßig Yoga zu machen.

Nachdem ich ein paar Serpentinen hinabgefahren war und an der Stelle anlangte, an der ich dem Fuchs begegnet war, bremste ich erneut. Natürlich war er nicht mehr da, niemand war da, nur die Schatten des Waldes.

Was sollte ich tun? Wieso war ich überhaupt noch mal raufgefahren, nur damit man mir wehtat?

Ich stieg aus dem Auto aus und stieß einen Schrei aus. Mit geballten Fäusten schrie ich mir meine ganze Wut, meinen ganzen Schmerz, meinen ganzen Frust von der Seele.

All meine Furcht.

Mein Schrei wurde vom Grün ringsum verschluckt.

Wenn ich jetzt gehe, hat er gewonnen, dachte ich, stieg wieder in den Wagen, legte den Rückwärtsgang ein, machte kehrt und fuhr hinauf in die Berge.

9

Das letzte Tageslicht mühte sich die Serpentinen hinauf und wies mir den Weg, während ich in seinem Schlepptau schweigend den Berg erklomm. Ich, die ich an jedem Ort der Welt lieber gewesen wäre, folgte ihm Schritt für Schritt, als es die Bundesstraße verließ und sich auf Wege begab, die auf keiner Karte standen, die es aber ebenso instinktiv kannte wie ich.

Letztlich sind wir selbst die Karten. Sind wir die Orte. Und mit Sicherheit steckte auch etwas von mir in diesen Bergen, sonst wäre ich wohl kaum zurückgekehrt.

Bis ich zuletzt an jenem Grüppchen Häuser anlangte, auf das sich bereits die Dunkelheit gesenkt hatte. Das Licht, das seine Aufgabe erfüllt hatte, entschwand, erstarb mir zwischen den Händen, als ich den Kofferraum öffnete, meinen Rollkoffer herausholte, Giacomos Zeichnung vom Rücksitz nahm und in meinem Rucksack verstaute, ehe ich mich zu Fuß auf den Weg nach Hause machte.

Ich schaute mich um. Alles schien wie immer zu sein, doch das täuschte: Die grauenvolle Wahrheit lautete, dass ein Mädchen verschwunden war, und wenn ich genau hinspürte, empfand ich seine Abwesenheit als klaffendes Loch in der Luft, die ich atmete.

Ich erspähte die üppige Vegetation, die mich umgab wie ein grünes Gefängnis, und mich überkam ein Anflug schmerzhafter Ungeduld.

Wo bist du, Rebecca? Ich bin deinetwegen zurückgekommen.

Als Antwort nur das leise Rauschen der Bäume und entfernte Stimmen, die der Wind verschluckte. Als Kind hatte ich dieses konstante Geräusch der in der Brise raschelnden Blätter geliebt, und wenn ich am Ende des Sommers in die Stadt zurückkehrte, fiel es mir wochenlang schwer, ohne dieses Wiegenlied des Windes einzuschlafen.

Nun hätte ich mir am liebsten die Ohren zugehalten, so unerträglich war mir dieser Klang.

Mir war, als wäre ich in einer anderen Dimension gelandet. Ich befand mich außerhalb der Realität, an einem Ort, an dem die normalen Regeln der menschlichen Existenz nicht galten und wo das Schicksal mitunter vom Ast eines Baumes hing oder am Grunde eines Flusses lag, von aller Welt vergessen.

Die Sportbar war geöffnet, und an den Tischen saßen lauter Alte und redeten laut durcheinander. Den betagten Militär-Jeep von Emilia konnte ich nirgends entdecken. Vermutlich war sie unterwegs, um zusammen mit den anderen Freiwilligen nach Rebecca zu suchen. Ich schrieb ihr, dass ich angekommen war und sie dringend sprechen musste.

Ich verzichtete darauf, ihr meine drei wichtigsten Punkte zu nennen, aber ich hatte sie alle im Kopf: Giacomos Zeichnung und das verstörende Detail; Barbara Righi und die Gerüchteküche; Marco und sein Privatleben.

Eigentlich konnte ich mir nicht vorstellen, dass Marco etwas mit Rebeccas Verschwinden zu tun hatte, aber ich wollte unbedingt herausfinden, was es mit dem Weinen auf sich hatte, das ich bei unserem Telefonat im Hintergrund gehört hatte, wusste aber nicht, wie ich es anstellen sollte.

Wie es der Zufall wollte, kam ich an der Kirche vorbei, auf deren Stufen Carlo und Giacomo saßen, der lustlos ein Eis aß. Ich zog meinen Rollkoffer über das unebene Pflaster und ging auf sie zu. In Anwesenheit von Carlo würde ich Giacomo nicht die Fragen stellen können, die mir auf den Nägeln brannten. Damit würde ich warten müssen, bis sich ein geeigneter Moment ergab.

»Guten Abend, na, wer kommt denn da zu so später Stunde?« Carlo nahm seine Schiebermütze ab und schenkte mir ein kühles Lächeln, das sofort milder wurde, als Giacomo auf sein T-Shirt kleckerte und Carlo ihm rasch mit einem Taschentuch aushalf. Offenbar besaß er im Umgang mit Frauen wenig Erfahrung, aber die Zärtlichkeit, mit der er Marcos Sohn bedachte, rührte mich sehr.

Carlo war vom Aussehen her durch und durch ein Mann der Berge. Er trug auch im Sommer Bergschuhe und ein dunkelgrünes, löchriges Hemd, das ihm aus der Hose hing. Der ungepflegte Bart und die von der Mütze platt gedrückten Haare sagten mir, dass er sein Bett wohl mit niemandem teilte und vermutlich immer ein etwas kauziger Einzelgänger bleiben würde.

Im Grunde war er immer noch der verschrobene Carlo, den wir als Kinder hänselten, wenn er sich gelegentlich außerhalb des Waldes blicken ließ, andererseits war Marco kein Dummkopf, und wenn er ihm vertraute, hatte er bestimmt gute Gründe dafür.

»Ja, ich bin gerade erst angekommen.« Ich erwiderte seinen Gruß mit einem Winken und wandte mich an Giacomo. »Hallo, Giacomo, Kompliment für deine Zeichnung. Die ist richtig toll.«

»Hast du sie dir an den Kühlschrank gehängt?«, fragte er, mit einem Mal lebhaft.

»Nein. Ich habe sie hier bei mir.«

»Papa hat auch immer eine im Portemonnaie dabei, aber die sieht anders aus.« Er hob eine mit Schokolade verschmierte Hand und streckte dann, als er keine Lust mehr auf sein Eis hatte, die restliche Waffel Carlo hin, der sie, ohne mit der Wimper zu zucken, aufaß. Eine Geste, die mir auffiel, weil sie ihre Vertrautheit unterstrich.

»Haben Sie Emilia gesehen?«, fragte ich den ehemaligen Holzfäller, woraufhin er den Kopf schüttelte und sich den Mund mit dem Ärmel abwischte.

»Nein, und ich will sie auch nicht sehen«, erwiderte er und stand auf. »Na komm, Giachi, es ist schon spät, lass uns heimgehen.«

»Und wo ist Marco?«

»Der ist zu Hause und arbeitet. Die ganze Nacht lang, wie immer.«

»Hatten Sie mit ihr Streit?« Ich meinte Emilia, was er sofort verstand.

»Machen Sie Urlaub?«

»Ein paar Tage, ja.« Er war meiner Frage ausgewichen; nicht weiter schlimm. Ich würde Emilia fragen, inwiefern sie mit Carlo im Clinch lag.

»Bist du hergekommen, um auch nach Rebecca zu suchen?« Diesmal hatte Giacomo das Wort ergriffen. Seine Frage überraschte mich enorm, was man mir wahrscheinlich ansah, denn ich blieb stumm und sah ihn nur entgeistert an.

»Ich weiß nicht, ob du sie findest ... hier treibt sich ein Monster herum ...«, fügte er, während er sich umdrehte, so leise an, dass ich mich fragte, ob er das eben wirklich gesagt hatte. Es war nicht das erste Mal, dass er mir gegenüber ein Monster erwähnte. Wenn mich nicht alles täuschte, hatte er bereits bei unserer ersten Begegnung von einem Monster gesprochen.

»Was für ein Monster?«, hakte ich nach.

»Du weißt schon, das Monster«, flüsterte er.

Als die beiden Hand in Hand zwischen den Häusern verschwunden waren, wählte ich Emilias Nummer.

Zwanzig Minuten später sah ich, wie sie am Rand des Dorfplatzes parkte, zwei Reifen ihres Jeeps gefährlich nah am Wassergraben, und mit einem Satz aus dem Fahrzeug sprang. Dabei fiel ihr die Zigarette ins nasse Gras, sodass sie erlosch, woraufhin Emilia fluchte und ich lächeln musste.

Während ich auf sie wartete, hatte ich in der Sportbar zwei Bier geholt, erneut alle Blicke auf mich gezogen und mich dann auf die breiten Stufen vor der Kirche gesetzt.

Emilia ließ sich neben mich auf den kalten Stein plumpsen, öffnete ihre Flasche und nahm einen kräftigen Schluck.

»Nichts«, sagte sie und übersprang die Begrüßung, »sie ist nirgends zu finden. Wir sind den ganzen Passo delle Querce abgelaufen und noch mal von der Sassaia Maggiore runtergestiegen, wir sind sämtliche Pfade, auch die unsichtbaren, in alle vier Himmelsrichtungen mit Spürhunden abgegangen, aber nichts. Wir haben auch ein paar verlassene Dörfer abgeklappert, aber vergeblich. Morgen knöpfen wir uns noch ein paar andere vor, darunter Fogliaia. Die Polizei hat auch nichts gefunden. Absolut nichts.«

Ich hörte ihr zu und spürte in diesem Moment das Gewicht der finsteren Berge noch mehr auf mir lasten. Angst stieg in mir auf.

»Vorhin habe ich Giacomo getroffen«, erzählte ich, »er hat gesagt, wir würden Rebecca nicht finden, weil sich ein Monster hier herumtreibt. Dieser Junge ist irgendwie unheimlich. Wie kann es sein, dass er mit Rebecca befreundet ist und es ihm nichts auszumachen scheint, dass sie verschwunden ist? Ich weiß noch, wie wir damals ...«

»Irgend so ein Idiot hat offenbar Spaß daran, Omis einen Schrecken einzujagen, das stimmt. Du weißt doch, wie Kinder sind. Die schnappen alles auf, was ihnen zu Ohren kommt«, unterbrach mich Emilia und seufzte tief. Sie war müde und abgekämpft, was man ihr auch ansah.

»Was willst du damit sagen?«

»Ach.« Sie verdrehte die Augen, genau wie damals als Kind, wenn sie uns aufforderte, gruselige Geschichten zu erzählen, nur um sie eine nach der anderen zu demontieren. »Bei ein paar älteren Damen wurde eingebrochen, und sie behaupten, sie hätten eine Art mythologisches Wesen gesehen. Da denkt man, in der Stadt wäre mehr los als hier in diesem Kaff, aber so täuscht man sich«, sagte sie lachend, doch es klang bitter.

»Kannst du bitte mal von Anfang bis Ende erzählen?«

»Sie sagen, sie hätten ein Wesen gesehen mit dem Körper eines Menschen und dem Kopf eines Hirschs, mit Geweih und allem. Stell dir das mal vor. Darauf muss man erst mal kommen. Schade nur, dass die Omis vor lauter Schreck nicht die Geistesgegenwart besessen haben, ihn ordentlich zu vermöbeln. Diese Maskerade läuft jetzt schon seit ein paar Monaten. Die Polizei hat versucht, nichts davon nach außen dringen zu lassen, um nicht den ganzen Apennin in Aufruhr zu versetzen, mit mäßigem Erfolg, wie man sieht.«

Ich dachte an meine Nonna, die allein in ihrem alten zweistöckigen Steinhaus lebte. An den dunklen Stall, der inzwischen verwaist war. An die steile Treppe. An die kleinen, tiefen Fenster. Und bekam Angst.

»Hat er ihnen was getan?«

»Adelina ist an einem Herzinfarkt gestorben.« Emilia griff erneut nach ihrem Bier, und einen Augenblick lang stellte ich mir vor, sie würde die Flasche davonschleudern, damit sie in der Mitte des Platzes zerschellte. Doch zum Glück tat sie es nicht.

»Die anderen drei sagen, es handle sich um eine alte Gottheit des Waldes, eine Art Teufel, weder gut noch schlecht, der nach Jahrhunderten zurückgekehrt ist, um sich Opfergaben zu holen, weil die neuen Generationen nicht mehr an ihn glauben.« Fassungslos über ihre eigenen Worte, schüttelte sie den Kopf. »Weißt du, was ich glaube?«

»Dass der Typ zu viel fernsieht?«

»Wie meinst du das?«

»Na, Netflix. Das klingt total wie eine Folge von *Black Spot*. Da gibt es auch so einen Typen, der aussieht wie ein Faun, bis sich herausstellt, dass er …«

»Ich habe nicht die leiseste Ahnung, wovon du da redest. Jedenfalls glaube ich, dass du die Schlauste von uns warst, Sara. Du warst die Einzige, die erkannt hat, dass wir hier hinterm Mond leben, und sich anderswo ein Leben aufgebaut hat. Gut gemacht. Sobald ich kann, will ich auch hier weg, ich habe das alles so was von satt. Dieser Ort frisst mich langsam auf, so langsam, dass ich es erst jetzt, mit dreiunddreißig, erkannt habe. Raffiniert, was?«

Die Ellenbogen aufgestützt, streckte sie die Beine aus und lag nun mit zurückgelegtem Kopf dicht neben mir. Instinktiv blickte auch ich gen Himmel, und einen Moment lang stockte mir der Atem.

Direkt über uns erstreckte sich die Milchstraße wie ein unendlicher Fluss aus Licht, der über Tausenden Hektar Wald schwebte. Die Dunkelheit war mir nie dunkler vorgekommen, als ich nun den Blick senkte.

»Wieso wurdest du suspendiert?«

»Gute Frage.«

»Wenn du nicht darüber reden willst …«

»Ganz recht, ich will nicht darüber reden. Also, was wolltest du mir eigentlich so Dringendes sagen, das nicht bis morgen warten konnte?«

Ich holte die Zeichnung heraus und zeigte sie ihr. Das Licht der Straßenlaterne war ausreichend, um Giacomos simplen, aber präzisen Strich zu beleuchten.

»Was ist das?«

»Die Zeichnung, die mir Giacomo nach Claudias Beerdigung geschenkt hat.«

»Und?«

»Jetzt schau sie dir doch erst mal an, Emilia, verdammt. Schau genau hin. Was siehst du?«

»Sara, hör mal.« Sie setzte sich auf und blickte mir geradewegs in die Augen. »Ich habe dich gebeten herzukommen, weil ich dachte, es würde dir guttun, mich bei meiner Suche durch die Wälder und Geisterdörfer zu begleiten. Ich habe dich nicht hergebeten, damit du Ermittlungen anstellst. Das kann keiner von uns, okay? Wir können bloß suchen. Das Ermitteln übernimmt die Polizei, und das sagt dir eine, deren Polizeimarke und Pistole momentan im Tresor liegen. Ich verstehe, dass so ein rätselhafter Fall dazu einlädt, sich als Detektiv zu versuchen, und ich weiß, du handelst in bester Absicht, aber ... das hier ist kein Thriller, bei dem du mitfiebern kannst, haben wir uns verstanden?«

Ich musste mich zusammenreißen, um ihr nicht ein paar Ohrfeigen zu verpassen.

»Dann mach deinen Job. Schau dir die Zeichnung an und sag mir, was du siehst.«

Stöhnend warf sie einen Blick darauf, zunächst oberflächlich, doch dann sah sie genauer hin. Plötzlich sprang sie auf, um näher an die Laterne heranzugehen, und drehte sich dann mit einem Stirnrunzeln und angespannter Miene zu mir um. Ich nickte und trank mein Bier aus.

»Ich hab dir doch gesagt, der Junge ist sonderbar.«

Emilia setzte sich, die Zeichnung in der Hand, wieder neben mich auf die Stufe.

»Das sind die Initialen der Mädchen aus dem Dorf, die in den letzten zwanzig Jahren verschwunden sind«, murmelte sie und deutete auf das, was ich zunächst nur für Kritzeleien in Hellgrün rings um den Kinderreigen gehalten hatte. Ich fuhr hoch: Tatsächlich, es waren Buchstaben.

»Claudia, Daniela, Giannina, Allegra ...« Emilia betete sämtliche Namen herunter und blieb mit dem Finger am letzten Buchstaben hängen, der sich deutlicher abhob als der Rest, als wäre er erst nachträglich hinzugefügt worden, aber der Buchstabe war eindeutig: »R wie Rebecca.«

Wie zwei Irre sprangen wir inmitten des nächtlichen Dorfplatzes auf. Ein Wind war aufgekommen, der Regen ankündigte, und der Wald rauschte wie ein gewaltiger Ozean aus Blättern und Ästen.

Zwei Streifenwagen der Polizei überquerten den Platz und verschwanden in den Gassen. In diesem Moment fiel mir auf, dass das Rollgitter an der Sportbar heruntergelassen und das Leuchtschild ausgeschaltet war. Wir waren mit unserer absurden, unerklärlichen Vermutung ganz allein.

»Die Buchstaben habe ich nicht gesehen«, sagte ich, wie um mich zu rechtfertigen, und deutete stattdessen auf jenes Detail, das mich verstört hatte. »Aber mir ist aufgefallen, dass dieses Mädchen hier ein verkürztes Bein hat«, erklärte ich. »Und jetzt, wo du mir gezeigt hast, dass darunter ein C steht …«

»Verdammt, Sara«, platzte sie heraus, »aber woher soll der Junge das wissen? Dass Claudia ein verkürztes Bein hatte, kann ihm zwar sein Vater erzählt haben, aber … wie kommt er auf die anderen Initialen? Zufall?«

»Von Mädchen, die vor meiner Zeit verschwanden, habe ich nie gehört«, gab ich zu. »Mag sein, dass mir Nonna mal was von einer erzählt hat, die freiwillig das Dorf verlassen hat, um anderswo ihr Glück zu suchen. Dasselbe, was du neulich am Telefon gesagt hast, weißt du noch? Dass einige Mädchen weggegangen sind? Aber wohin? Und wieso? Magst du mir vielleicht mehr darüber erzählen?«

»Die genauso freiwillig gegangen sein sollen wie Rebecca.« Sie verzog den Mund. Offenbar war sie alles andere als überzeugt.

»Was willst du damit sagen?«

»Sara, ich sage dir das jetzt als Freundin, aber ich muss dich um absolute Verschwiegenheit bitten. Es handelt sich um geheime Informationen, von denen ich eigentlich gar keine Kenntnis haben dürfte. Aber glücklicherweise stehe ich noch in gutem Kontakt mit einer Kollegin und …«

»Es geht um den Zettel, den man im Briefkasten des Bürgermeisters gefunden hat, stimmt's?«

Völlig perplex nickte sie nur stumm.

»Genau«, fuhr Emilia fort. »Ein Brief von Rebecca, die Eltern haben die Handschrift erkannt, er wird gerade von einem Gutachter überprüft.«

»Und darin steht …?«

»Im Grunde schreibt sie, man solle nicht nach ihr suchen, und sie brauche einfach nur mal Zeit für sich.«

Mir gefror das Blut in den Adern.

»Aber das ist doch eindeutig gelogen!«

»Sie hat den Brief geschrieben, so viel steht fest.« Emilia blickte mich tieftraurig an. »Etwas ganz Ähnliches hat sich bereits vor etlichen Jahren zugetragen, als Giannina weggegangen ist. Die Eltern haben nach ein paar Wochen ihr Verschwinden angezeigt und als einzigen Beweis einen handschriftlichen Brief ihrer Tochter präsentiert, in dem es hieß, sie habe beschlossen, in die Stadt zu ziehen, weil sie die Enge der Berge nicht mehr aushalte, und man solle ihre Entscheidung akzeptieren. Daraufhin haben sich die Ermittlungen auf Parma und Reggio Emilia konzentriert. Sie wurde nie gefunden und ist auch nie zurückgekehrt. Kein Anruf zu Hause. Nichts. Spurlos verschwunden.«

»Wie alt war sie?«

»Elf Jahre, glaube ich, oder um den Dreh zumindest.«

»Und die anderen?«

»Bei den anderen sind es lediglich Vermutungen. Die Eltern von Daniela und Allegra haben im Gegensatz zu denen von Claudia und Giannina nie Vermisstenanzeige erstattet, insofern haben wir keinerlei Anhaltspunkte, was mit diesen Mädchen geschehen ist, ob sie etwa zu Verwandten gezogen sind. Es gibt keine Beweise, keine Berichte, keine Leichen. Bis vor drei Wochen plötzlich Claudias Leiche aufgetaucht ist.«

»Meinst du, ihr Verschwinden könnte denselben Grund haben?«

Sie seufzte. »Keine Ahnung. Ich meine, hier läuft ein Räuber mit Hirschgeweih rum. Vielleicht ist eines dieser Mädchen wirklich einfach nur heimlich abgehauen, womöglich aus Furcht vor der Reaktion der Eltern, und hat einen Abschiedsbrief hinterlassen, und derjenige, der Rebecca entführt hat, nutzt das jetzt als Ablenkungsmanöver, um uns in die Irre zu führen, wer weiß? Was mich wirklich beunruhigt, ist, dass der mit Rebeccas Fall betraute Kollege völlig inkompetent ist. Ich habe beantragt, ausnahmsweise wieder zugelassen zu werden, und warte auf Antwort, aber ich mache mir wenig Hoffnung.«

»Und weiß Giacomo über diese Dinge Bescheid?«

»Vielleicht hat er gehört, wie Marco über diese Fälle am Telefon gesprochen hat, was weiß ich; er ist auf jeden Fall ein rätselhafter Junge.«

»Und Carlo? Ich hatte den Eindruck, er ist nicht gut auf dich zu sprechen. Habt ihr Streit gehabt?« Ich gähnte. Allmählich machte sich die Erschöpfung bemerkbar. In meinem Kopf schwirrten Tausende Gedanken, Hypothesen, Verdächtigungen umher. Die Zeit lief uns davon, und Rebecca war noch immer fort, irgendwo da draußen.

»Er konnte mich noch nie leiden, aber das beruht auf Gegenseitigkeit«, erwiderte Emilia so lapidar, dass mir darauf nichts mehr einfiel.

Ihr Handy klingelte.

»Der zigste Nachtsuchtrupp startet. Ich muss los.«

»Aber du hast doch schon den ganzen Tag gesucht. Willst du dir nicht mal eine Minute Pause gönnen?«

»Ich ruhe mich aus, wenn sie wieder sicher zu Hause ist. Geh du mal zu deiner Nonna. Sehen wir uns morgen?«

Entgeistert starrte ich den Rollkoffer an. Ich hatte völlig die Zeit vergessen: Die Dunkelheit des Dorfs hatte mich bereits gänzlich gefangen genommen.

Ich trug Stoffschuhe, eine helle Jeans und darüber eine Strickjacke aus Seide. Emilia erriet meinen Gedanken.

»Morgen«, sagte sie, »es ist schon spät. Ich muss los, aber ich rufe dich an, sobald es etwas Neues gibt.«

Sie strebte auf ihr Auto zu. Ich ging in Richtung der Gassen davon.

»Sara?«

Ich drehte mich um.

»Danke, dass du hergekommen bist. Und falls du diesen Netflix-Typen erwischst, zieh ihm eins mit dem Knüppel über.«

10

Der Mond, der auf den Wasserrinnen dahingleitet, lässt die Straßen funkeln, während ich atemlos an den alten, nach Brot duftenden Häusern vorbei von einem Schatten zum anderen renne, von einer Ecke zur nächsten, wobei ich mich ständig umdrehe und versuche, leise zu sein.

Einige Dutzend Meter hinter mir höre ich die raschen Schritte der anderen, die ebenfalls davonlaufen, und Marco, der in der Ferne leise zählt.

»Eins ... zwei ... drei ...«

»Sara.«

Eine Stimme lässt mich zusammenfahren. Abrupt drehe ich mich um und erblicke eine alte Frau, die unter üppigem Blauregen auf einer Treppe im Schatten sitzt und mich zu sich winkt. Ihr zierliches, ovales Gesicht hebt sich von der Dunkelheit ab wie das eines Gespenstes.

Nervös trete ich näher. Ich habe mich in ihrem Hof versteckt, und nun schäme ich mich dafür.

»Guten Abend, Evelina, entschuldige, dass ich einfach so hereingekommen bin.«

Mit einer Hand wie aus warmem Holz zieht sie mich zu sich herunter, damit ich mich auf die Steinstufe setze, und augenblicklich bin ich vom Veilchenduft eingehüllt, den ihre schwarzen Kleider verströmen.

»Würdest du mir einen Gefallen tun? Ich bin schon alt, und meine Beine schmerzen.«

Ihr Atem riecht nach Speichel.

»Ja, was soll ich tun?«

»Nimm den Eimer dort drüben.« Sie deutet auf eine Stelle nahe dem Zaun. »Pass auf, dass du keinen Tropfen des Wassers darin verschüttest. Diesen Eimer trägst du rauf, immer rauf, vorbei an den Häusern«, sie weist gen Berg, »und bevor du den Wald erreichst, schüttest du ihn auf dem Boden aus, bekreuzigst dich und kehrst zurück, ohne dich ein einziges Mal umzudrehen. Und achte darauf, dass deine Schuhe nicht nass werden.«

»Wieso schüttest du ihn nicht hier in deinem Garten aus?«

Auf meine Frage hin streckt sie den gekrümmten Finger aus und streicht mir über die Brust, wo mein Herz pocht.

»Weil sich darin etwas Böses befindet, das ich jemandem entfernt habe. Geh nun. Und bring mir den Eimer zurück.«

Unsicher, ob ich sie richtig verstanden habe, stehe ich auf. Ich trete an den Eimer heran und sehe im matten Mondlicht lediglich Wasser: glasklares, einfaches Wasser. Und dennoch habe ich, als ich mit dem Gewicht in den Händen die steile Straße hinaufgehe und darauf achte, weder einen Tropfen zu verschütten noch mich damit zu benetzen, den Eindruck, als sei das Wasser trüb, als würde es wild hin und her schwappen und alles daran setzen, mich zu berühren.

Nachdem ich die letzten Häuser passiert habe, öffnet sich der Wald vor mir wie ein uralter Schlund. Am Waldrand suche ich eine Stelle mit aufgelockerter Erde, die das Wasser schnell aufnimmt, und schütte den Eimer langsam aus, während die Erde das Wasser verschlingt.

Hier haben wir an Sommerabenden Verstecken gespielt.

Heimgesucht von Erinnerungen und den Geistern meiner

Kindheit, trat ich eilig den Heimweg an und zog meinen Rollkoffer hinter mir her, als wiege er nichts. Viel schwerer wogen die Gedanken infolge meiner Unterhaltung mit Emilia, die, anstatt meine Zweifel zu zerstreuen, neue, noch verstörendere gesät hatte.

Die Gassen waren menschenleer und wirkten friedlich wie Weihnachtskrippen.

Wie schon vor zwanzig Jahren gab es keine Straßenlaternen, aber irgendeine barmherzige Seele hatte an den Häuserecken romantische schmiedeeiserne Lampen montiert, die warme Lichtkegel auf das dunkle Pflaster warfen und mir in der fortschreitenden Dämmerung wie Lichtoasen vorkamen.

Wenn man von der Bundesstraße her kam, war das Haus der Nonna eines der letzten des Dorfes, direkt dahinter begann der Wald. Als Kind fand ich es wunderbar, am Dorfrand zu leben, denn so kam ich immer als Letzte zu Hause an, und ich liebte es, bei offenem Fenster einzuschlafen und dem Wald zuzusehen, wie er sich sanft im Wind wiegte, oder dem Regen zu lauschen, der auf die Blätter prasselte.

Nun empfand ich nicht mehr so. Wenn ich die Nonna damit nicht gekränkt hätte, hätte ich mich in irgendeinem B&B im Tal einquartiert, nur um nicht in Borgo Cardo schlafen zu müssen.

Hallende Schritte im Dunkeln ließen mich in der Mitte der Gasse vor einem alten Holztor innehalten. Es hatte mir nie etwas ausgemacht, nachts durch die Stadt zu laufen, und auch im Dorf hatte ich nie Angst gehabt; dennoch spürte ich einen Knoten im Magen, als sich auf der Wand vor mir ein ungewöhnlich gezackter Schatten abzeichnete, als hätte der, dem er gehörte, einen riesigen, spitz zulaufenden Kopf.

Instinktiv machte ich einen Schritt zurück und prallte gegen meinen Rollkoffer. Um jeglichen törichten Glauben zurückzudrängen, es könne sich um eine monströse Gestalt handeln, ging ich trotz meiner Furcht weiter, bog um die Ecke und wäre beinahe in einen alten Mann hineingelaufen, der unter einem Rückentragekorb voller Brennholz gebückt ging. Eine Handvoll Stöckchen fiel aus dem Korb. Ich half ihm, sie aufzulesen und wieder zu den anderen zu legen. Der Alte brummte daraufhin etwas im hiesigen Dialekt vor sich hin und zog von dannen.

Was war nur in mich gefahren? Da erwähnte man mir gegenüber etwas von einem Irren, der mit einem Hirschgeweih umherlief, und schon sah ich überall Ungeheuer. Ich war nur ungern so leicht beeinflussbar, aber auch mir war bewusst, dass manche Orte die Fantasie besonders beflügelten, und so ein Bergdorf bei Nacht konnte durchaus unheimlich sein.

Die Nonna empfing mich mit einer Umarmung. Im Haus duftete es einladend nach Essen, und obwohl es bereits nach zehn war, setzten wir uns gemeinsam zu Tisch.

Sie hatte Polenta-Taler mit Tomatensoße und gegrillte Paprika zubereitet, dass es für ein ganzes Regiment gereicht hätte.

»Da kann ich wieder die halbe Nacht nicht schlafen«, sagte ich lachend. Wie immer war Nonnas Essen hervorragend.

»Ich hatte dich gegen acht erwartet. Wieso kommst du so spät?«

»Ich habe Emilia auf dem Dorfplatz getroffen, und wir haben noch ein Bier getrunken …«

»Sie haben das Mädchen noch immer nicht gefunden.«

»Nein.«

Die Paprika schmeckten nach Feuer und Holz und irgendetwas Undefinierbarem, das mich von unserem Gespräch ablenkte. Wenn die Vergangenheit einen Geschmack hätte, hätte meine nach gegrillten Paprika geschmeckt.

»Wieso hast du mir eigentlich nicht erzählt, dass irgend so ein Irrer sich einen Spaß daraus macht, als Hirsch verkleidet alte Leute auszurauben?«

»Ach, so ein Unfug. Mir macht der keine Angst.« Sie schenkte mir Wein nach und ergriff dann mit ihren von der Arthrose krummen Fingern meine Hand. Sie hatte einen erstaunlich festen Händedruck. »Soll er nur versuchen, hier hereinzukommen!«

»Nonna. Der Typ könnte gefährlich sein. Die Tatsache, dass er sich als Tier verkleidet, sagt viel über seinen Geisteszustand aus. Ich an deiner Stelle würde eine Alarmanlage installieren.«

»Ach was, so was kommt mir nicht ins Haus. Ich lebe seit fast hundert Jahren hier, ganz ohne Alarmanlage.«

»Hab ich mir schon gedacht.«

Ich aß auf und stellte wieder einmal staunend fest, wie anders und wie viel besser das Essen hier oben schmeckte. Dabei fragte ich mich jedes Mal, ob das an den Kochkünsten der Nonna oder einfach an meiner Einstellung lag. Schließlich hatte ich die Ausflüge zur Nonna von klein auf als magische Momente erlebt. Offenbar hatten sie nach all den Jahren nostalgische Spuren in mir hinterlassen, wie auf einer viel befahrenen Straße oder einem häufig benutzten Feldweg, dessen Gras schon ganz platt getreten ist, anders ließe sich nicht erklären, wieso ein schlichter Salat so vorzüglich, so reichhaltig, so knackig schmeckte.

Letztlich musste ich zugeben, dass ich mich wohlfühlte hier in der kleinen Küche bei meiner Nonna, als wäre sie ein Nest, als bildeten die dicken weißen Wände einen Schutzwall vor der dunklen Bedrohung, die in den Bergen ihr Unwesen trieb. Ich stellte mir unser Haus als einen kleinen Lichtpunkt inmitten der dunklen Wälder ringsum vor.

Ein winziges Licht in den unvorstellbaren Weiten aus Bäumen und Bächen, Grotten und Schluchten, aus Erde und Stein, ein Gerinnsel geheimen Lebens. Ich konnte geradezu den feuchten Atem des Waldes im Nacken spüren.

»Und dann habe ich noch gehört, du seist mit zwei Frauen im Dorf in Streit geraten«, warf ich ein, während ich einen Apfel schälte.

»Wie ich sehe, bist du bestens informiert, hm? Der Buschfunk funktioniert offensichtlich.« Die Nonna lachte, und sofort war mir leichter ums Herz. Noch etwas, das ich vergessen hatte: ihr großartiger Sinn für Humor, den sie, wer weiß warum, bei ihren Besuchen in Bologna nur selten an den Tag legte. Vielleicht weil auch er in gewisser Weise zu den Fähigkeiten gehörte, die man brauchte, um in einem Sechzig-Seelen-Dorf im Apennin zu überleben. Eine Art emotionales Handwerkszeug.

»Wie ist es denn dazu gekommen?«, fragte ich und reichte ihr ein Stück des süßen Apfels.

»Ach, das war nichts weiter. Ich habe nur gehört, wie mein Name fiel. Die Frau des Metzgers lebt erst seit ein paar Jahren hier und kennt uns nicht. Die andere ist eine Freundin von ihr, die raufkommt, um Hüftgelenkprobleme behandeln zu lassen. Was wollen die schon wissen?«

»Dein Name?«

»Ja, als ich am Obststand vorbeikam, wo die beiden standen, hat die Metzgersfrau ihrer Freundin leise zugeraunt, Rebecca sei am Tag vor ihrem Verschwinden mit der Enkelin von Benedetta gesehen worden, aber ich habe sie trotzdem gehört.«

»Und?« Meine Nonna übte sich in größter Zurückhaltung, wenn es um Meinungsverschiedenheiten ging. Man musste ihr alles aus der Nase ziehen. Wenn es nach ihr gegangen wäre, hätte sie mir nichts davon erzählt. Sie war eine starke, optimistische Frau, schnörkellos und sachlich.

Der Nonno war gestorben, als sie gerade mal dreißig war, und hatte sie mit einem vierjährigen Kind zurückgelassen. Seither hatte sie sich nie wieder mit einem Mann eingelassen und meinen Vater ebenso liebevoll wie streng großgezogen.

Als er schließlich zur Schule ging, hatte sich die Nonna eine Arbeit für die Vormittage gesucht. Zu Fuß oder mit dem Rad erledigte sie die Einkäufe für die alten Frauen in Borgo Cardo,

Fogliaia, Ponte del Diavolo, Querceto und den anderen kleineren Ortschaften. Auf dem Rückweg holte sie ihren Sohn von der Schule ab und ging mit ihm nach Hause, wo bereits die Näharbeiten auf sie warteten, die am Vortag liegen geblieben waren.

Eine wie sie würde sich doch nicht von zwei Klatschtanten einschüchtern lassen. Oder von irgendeinem gehörnten Idioten.

»Und nichts weiter. Ich bin stehen geblieben, aber nur kurz, weil ich frische Pasta dabeihatte, die sonst schlecht geworden wäre. Da habe ich sie zur Rede gestellt und sie gefragt, was sie damit andeuten will. Beide waren ganz verdruckst, und die Frau des Metzgers meinte, nein, nein, damit habe sie gar nichts sagen wollen. Aber ich meinte: ›Nur zu, wollen Sie damit etwa sagen, meine Enkelin hat Rebecca entführt? Meine Enkelin ist in Bologna und rettet Leben, nebenbei bemerkt.‹«

Überwältigt von meinen Emotionen, spürte ich, wie mir die Augen brannten. Ich konzentrierte mich auf den Apfel.

»Dann ist Cesare aufgetaucht und hat die beiden ebenfalls zusammengestaucht, sie sollten sich lieber nützlich machen, anstatt anständige Leute schlechtzureden. Daraufhin sind sie ganz kleinlaut abgezogen. Eine Nichtigkeit im Grunde.«

»Na ja, als Nichtigkeit würde ich das nicht unbedingt bezeichnen.«

»Aber ja ... Du weißt doch, wie die Leute in den Bergen sind. Sie denken sich nichts Böses. Die Berge bringen zwei Typen von Menschen hervor: verständige und verängstigte Menschen. Die beiden gehören zu den ängstlichen, auch wenn sie selbst nicht wissen, wovor sie Angst haben, und spinnen sich irgendwelche Theorien zusammen, wenn sie sich etwas nicht erklären können. Eigentlich sind sie zu bemitleiden.«

Ihre Erklärung gefiel mir. Im Grunde hatte sie recht: Unwissenheit bringt Ungeheuer hervor, der maskierte Räuber war das beste Beispiel dafür. Doch die Nonna unterschlug dabei einen wichtigen Aspekt: Einen solchen Verdacht bei laufenden Ermittlungen zu äußern, kam einer Hexenjagd gleich. Das war alles andere als hilfreich.

»Dann sollte ich mich wohl bei Cesare bedanken.«

»Ach was, er hat nur das einzig Richtige getan.«

Das einzig Richtige. Eben.

»Ich dachte, es sei vorbei, aber jetzt ...«

»Vorbei?«, fragte ich.

Ich sah, wie sie ans Waschbecken trat und anfing, das Geschirr geduldig und methodisch abzuspülen, als ob die mechanischen Bewegungen der Hände, die vertrauten Abläufe ihr dabei helfen würden, die Dinge beim Namen zu nennen. Ich stellte sie mir vor, wie sie Abend um Abend allein in der Küche ihr Essen zu sich nahm und anschließend die Teller abwusch, und hatte furchtbare Gewissensbisse. Meine Mutter hatte sich nie im Dorf wohlgefühlt, und solange meine Eltern verheiratet waren, war mein Vater immer allein raufgefahren, um mich bei der Nonna abzuliefern. Er hatte sie jedes Wochenende besucht, bis zu seinem Tod, bis zu jenem Tag, als er auf der Autobahn einen Herzinfarkt erlitt.

Er hatte gemerkt, dass etwas nicht stimmte, und eine Raststätte angefahren, in dem Glauben, eine Pause und ein Kaffee würden ihm guttun.

Als der Notarzt eintraf, konnte er nichts mehr für ihn tun, nur noch den Tod feststellen.

Nun war die Nonna allein, doch ich hatte sie nie, nicht ein einziges Mal klagen hören. Klar, sie drängte mich oft, doch mal wieder ins Dorf zu kommen, aber letztlich beugte sie sich meinem Willen und akzeptierte die Fahrkarte, die ich fürsorglich für sie kaufte, und kam mich hin und wieder in Bologna besuchen. So lange, bis ihre Sehnsucht nach den Bergen unerträglich wurde. Was meist nach ein paar Wochen der Fall war.

»Sie war nicht die Erste, die verschwunden ist«, sagte sie, als ich schon nicht mehr mit einer Antwort rechnete. »Wir dachten alle, das sei seit Jahren zu Ende, aber nun, da Rebecca verschwunden ist, ist die Angst zurückgekehrt. Aber diese Angst ist völlig unnütz, weil man nicht weiß, auf wen man wütend sein soll, verstehst du? Diese Mädchen sind schließlich aus freien Stücken weggegangen.«

»Ja. Emilia hat mir von den anderen Mädchen erzählt. Ich wusste gar nichts davon. Ich frage mich, worauf die Behörden noch warten, bis sie Ermittlungen aufnehmen.«

»Aber das waren doch nur vereinzelte Vorfälle über die Jahre«, sagte sie und unterbrach ihren Abwasch. Sie nahm ein sauberes Geschirrtuch und trocknete sich die Hände ab. Sie rollte die dünnen Ärmel ihrer Baumwollbluse hinunter und knöpfte sorgfältig die Bündchen am Handgelenk zu.

Mir war gar nicht aufgefallen, dass sie Wasser aufgesetzt hatte, um ihren Abendtee zu kochen – eine Angewohnheit, die ich von ihr übernommen hatte.

»Claudia war die Erste«, fuhr sie fort, »und auch die Jüngste. Die anderen waren alle im Jugendalter. Dadurch, dass dazwischen mehrere Jahre vergingen, gab es nie einen konkreten Verdacht. Bei Rebecca weiß ich es nicht, immerhin ist ihr Vater der Bürgermeister.« Sie nahm das Wasser vom Herd und goss es in zwei Tassen, in die sie dann getrocknete Kräuter bröselte. »Wilder Fenchel und Malve«, erklärte sie, »verdauungsfördernd und schmerzlindernd.«

»Du wärst eine hervorragende Ärztin. Genau, was ich jetzt brauche!«

Schweigend tranken wir unseren Tee, und unsere Unterhaltung über die verschwundenen Mädchen verpuffte, ohne dass eine von uns das Thema noch einmal angeschnitten hätte, aber die Aussage »immerhin ist ihr Vater der Bürgermeister« blieb hängen und nagte an mir.

11

3. JULI 2019

Emilia rief kurz nach Mitternacht an. Offenbar ging sie davon aus, dass ich noch wach lag. Womit sie recht hatte.

Sie war gerade von einem Streifzug entlang der Gebirgshänge nördlich des Dorfes zurückgekehrt, wo vor Jahrzehnten durch Wiederaufforstung ausgedehnte Nadelwälder entstanden waren, deren dichtes Unterholz von kleinen Wasserläufen durchkreuzt wurde, die sich dort, wo sie auf Fels und einen Höhenunterschied von einigen Metern stießen, als Wasserfälle ins Tal ergossen. Ein unwegsames Gelände, das unzählige Verstecke und Gefahren für den unerfahrenen Wanderer bereithielt.

»Das war heute Abend echt filmreif. Wir haben sechs oder sieben Hütten durchsucht und dabei eine Handvoll Wilderer aufgescheucht, die in bester Jägermanier gleich mal das Feuer auf uns eröffnet haben, sodass sie jetzt nicht nur eine Anzeige wegen Wilderei am Hals haben, sondern auch wegen versuchten Mordes.«

Es war für mich nicht ersichtlich, ob Emilia einen Witz machte oder es ernst meinte. Tatsächlich hatte ich irgendwann in der Stille der Nacht in der Ferne Schüsse vernommen, aber das war in dieser Gegend völlig normal, sodass ich mir darum keinen Kopf gemacht hatte.

»Wilderer?«

»Ja, sie hatten sich in einer Art Hochsitz aus Brettern und

Zweigen verschanzt. Du willst lieber nicht wissen, was wir da drin alles gefunden haben. Diese Mistkerle machen mit Vorliebe Jagd auf Greifvögel; manche waren lebendig, manche verletzt, manche mausetot. Neben sieben Uhus hatten sie Käuze und Falken gefangen ...«

Die Wut und der Schmerz vermengten sich in ihrer Stimme zu einem schrillen Ton: »Und dann hatten sie einen Adler in einen so kleinen Käfig gesteckt, dass er den Hals bis neben den Flügel einknicken musste. Ich hab sofort die Wildtierschutzbehörde und natürlich die Polizei verständigt. Die Tiere, die noch am Leben waren, werden medizinisch versorgt und wieder freigelassen.«

»Wurde jemand verletzt?«

»Ja, ich, aber nicht schlimm. Ich bin gerade in der Notaufnahme. Diese Arschlöcher haben so tief geschossen, dass eine der Scheißkugeln meine Wade durchlöchert hat.«

Mir gefror das Blut in den Adern.

»Und das sagst du erst jetzt? Ich komme zu dir.«

»Nein, lass mal.« Sie klang, als würde sie lächeln. »Wenn ich fertig verarztet bin, schicken sie mich nach Hause, alles gut. Vielmehr musste ich an die Zeichnung denken, die dir der Junge geschenkt hat. Gehst du ihn morgen besuchen? Ich weiß zufällig, dass er in dasselbe Sommercamp geht wie Rebecca und tagsüber dort ist. Aber vielleicht wäre es besser, wenn du das vorher mit Marco besprichst. Momentan ist es nicht sonderlich ratsam, sich allein irgendwelchen fremden Kindern zu nähern.«

»Ich möchte lieber zuerst mit Giacomo reden. Als er mir die Zeichnung geschenkt hat, hat er darauf bestanden, dass ich sie erst später öffne. Ich meine mich sogar zu erinnern, er hätte gesagt, ›wenn du allein bist‹. Es kommt mir fast vor wie ... wie eine Art Hilfeschrei.«

»Aber geh nicht als Ärztin hin, sondern als Sara.«

»Ich bin aber nun mal Ärztin, ob es dir passt oder nicht, Emi.

Ich werde versuchen herauszukriegen, von wem er die Informationen über die verschwundenen Mädchen hat, und gegebenenfalls rede ich dann mit Marco.«

Während ich mit Emilia sprach, war ein Teil meines Gehirns damit beschäftigt, alle Details zusammenzutragen, die ich den Gesprächen mit ihr, Marco und meiner Nonna entnommen hatte: der mysteriöse nächtliche Einbrecher, Rebeccas Brief, Giacomos Zeichnung, die Gerüchte über mich. Das alles kam mir völlig konfus vor, und ich versuchte, in all dem Chaos einen roten Faden zu finden, einen Lichtblick und womöglich irgendeine Antwort. Ich bezweifelte zwar, dass meine Anwesenheit etwas nützte, aber ich würde bleiben, weil ich das Gefühl nicht loswurde – vielleicht war es nur Einbildung –, dass ich, Claudia, Emilia, Rebecca, Giacomo und all die anderen Teil dieser Verkettung aus Schicksalen und künftigen und vergangenen Ereignissen waren, die zum Verschwinden eines weiteren Mädchens geführt hatte; und zwar ausgerechnet am Tag nach Claudias Beerdigung: Das konnte kein Zufall sein, und wer auch immer Rebecca entführt hatte, wusste das.

Dann galt es noch, das Rätsel um die Mädchen zu lösen, die weggegangen und nie zurückgekehrt waren: Bestimmt konnte ich die Verwandten befragen und versuchen, Gemeinsamkeiten mit Rebeccas Fall zu finden. Damit konnte ich gleich morgen beginnen.

»Sara, bist du noch dran?«

Emilias Stimme holte mich in die Gegenwart zurück. Draußen war es stockfinster, und durch das geöffnete Fenster drang die kühle, feuchte Waldluft herein. Das Bett, in dem ich als Kind die schönsten Träume gehabt hatte, war weich und unbequem, aber die Bettdecke roch noch immer nach Lavendel, und alles schien wie aus einer anderen Zeit. Auch ich.

»Entschuldige, Emi, ich war in Gedanken. Wenn du willst,

dass ich dir heute Nacht Gesellschaft leiste, sag gern Bescheid, gar kein Problem. Es gefällt mir gar nicht, dass du eine Gewehrkugel abgekriegt hast.«

»Ach was, Gewehrkugel, das waren nur Schrotkugeln. Typen wie die ballern nur so mit ihren Bleigeschossen umher. Ein Glück, dass die mich nicht ins Auge getroffen haben! Mir geht's gut, wirklich. Wir hören uns morgen, ja? Das heißt in ein paar Stunden. Und mach keinen Quatsch.«

»Meinetwegen. Gute Nacht, Emi.«

Ich war viel zu sehr in meine Gedanken vertieft, um nachzufragen, was sie mit »Quatsch« eigentlich meinte.

Worauf wollte sie hinaus? Vielleicht meinte sie mal wieder, das hier sei kein Thriller und ich solle mich nicht in die Ermittlungen einmischen, aber da hatte sie sich geschnitten; ich würde meinem Instinkt folgen und basta. Ich wollte Antworten auf meine Fragen – das war doch nur legitim, oder nicht? – und würde bestimmt nicht die Polizeiarbeit behindern.

Das wäre ja noch schöner.

An jenem Morgen war ich bereits um acht auf dem Markt – mit schwerem Kopf und einer auf die Rückseite eines Bons gekritzelten Einkaufsliste der Nonna in der Hand. Seit ich denken konnte, bevölkerten jeden Mittwoch allerlei Stände und Buden den Dorfplatz und die beiden breiten Gassen, die strahlenförmig von der Kirche wegführten. Ich hatte gerade mal eine Stunde geschlafen, und in dieser einen Stunde hatte ich es geschafft, von Claudia zu träumen, die in ihrem Jeanskleid mit dem Finger auf mich zeigte und mit stummem Blick etwas über meine Schulter hinweg fixierte. Ein so von Furcht erfüllter Blick, dass ich mich, nachdem ich die Augen aufgeschlagen hatte, umdrehte, um mich im Zimmer umzusehen. *Wen suchte ich?*

Was suchte ich?

Emilia ging nicht ans Telefon. Vermutlich war sie vollgepumpt mit Schmerzmitteln und schlief noch.

Ich machte einen Abstecher zur Bar und bestellte einen Cappuccino. An einem freien Tisch am Fenster nahm ich Platz und setzte mich so hin, dass ich das ganze Lokal überblicken konnte. Aus einem einfachen Grund: Man erkennt nichts Neues, wenn man glaubt, alles in- und auswendig zu kennen, und ich musste mir eingestehen, dass mir diese Orte und Menschen nach all der Zeit fremd geworden waren. Meine Erfahrungen aus Kindheitstagen waren nicht zuverlässig und entsprachen längst nicht mehr der Realität.

Nach all der Zeit war ich voreingenommen und hatte nur noch ein unpräzises Bild vom Dorf, von den Bergen und sogar von meinen eigenen Freunden. Nach zweiundzwanzig Jahren wollte ich mir weismachen, das Dorf und seine Menschen wären noch die gleichen wie früher, aber das stimmte nicht, und wenn ich genau hinsah, würde ich vielleicht etwas Interessantes entdecken. Aber selbst wenn meine Wahrnehmung mit der Wirklichkeit übereinstimmen würde, wäre es nützlich, mich darin zu üben, über die Patina der Jahre hinwegzusehen. Wenn ich Antworten wollte, musste ich zuerst in der Lage sein, die richtigen Fragen zu stellen.

Meine Überlegungen wurden jäh unterbrochen von einer erhitzten Diskussion, die am Tresen ausgebrochen war.

Die kleine Bar war mindestens hundert Jahre alt. Mit ihren Balken an der Decke, vollgesogen mit all den Dämpfen, Gerüchen und der Feuchtigkeit, sah sie aus wie die Kombüse eines Piratenschiffs. Der Tresen – ein großer Eichentisch mit unregelmäßigen Rändern – war zweieinhalb Meter lang und trug die Spuren unzähliger Flaschen und Gläser. Es war Pino, der alte, schmächtige Barkeeper, der sich mit einer stämmigen jungen Frau in T-Shirt und Baumwollshorts stritt. Letztere protestierte, es gäbe nicht genug Milch zu kaufen, woraufhin er sich verteidigte, wenn sie mehr als vier Flaschen wolle, hätte sie diese im Voraus reservieren müssen, wie alle anderen auch. Daraufhin erwiderte sie, dass sie nur einmal pro Woche ins Dorf herunterkomme und dies bestimmt nicht wegen irgendeiner blöden Regel öfter tun würde.

»Du hättest einfach anrufen können«, sagte Pino, der ungewöhnlich blaue Augen hatte und um dessen Kopf sich nur noch ein Ring weißen Flaums zog.

»Die kannst du nicht kennen«, bemerkte jemand irgendwo hinter mir. Ich drehte mich um und erblickte an einem Tisch ganz hinten an der Wand einen äußerst eleganten Mann um die siebzig, der sich gut gehalten hatte und mir mit wachem Blick zulächelte.

»Reden Sie mit mir?«

»Ja, entschuldige bitte, aber ich kenne dich, seit du laufen kannst, deshalb habe ich dich automatisch geduzt.«

»Tut mir leid, aber ich kann mich nicht an Sie erinnern.«

Er streckte mir in der bereits zu dieser frühen Stunde vollgequalmten Luft die Hand entgegen. »Ich bin Cesare, der Apotheker, mittlerweile im Ruhestand. Du bist früher immer vorbeigekommen, hast das Geld in der Hand abgezählt und dir mit deinem hellen Stimmchen Bonbons bei mir gekauft.«

Mir fiel es wie Schuppen von den Augen.

»Ach klar.« Ich schüttelte ihm die Hand. Nun erkannte ich das dreieckige Gesicht und den gütigen, intelligenten Blick. Der einst schwarze Bart war inzwischen grau, aber Cesare, der Apotheker, hatte nichts von seiner Sean-Connery-mäßigen Faszination verloren, über die die Frauen in meiner Kindheit stets mit einem Lächeln sprachen.

»Jetzt erkenne ich Sie wieder. Und, wie lebt's sich so im Ruhestand?«, fragte ich verlegen, weil ich nicht wusste, was ich sagen sollte, und er lächelte.

»Ehrlich gesagt schaue ich noch oft im Laden vorbei, um meinem Sohn unter die Arme zu greifen. Aber meist kümmere ich mich um meinen Garten oder genieße die Ruhe. Ich habe die Freude am Lesen wiederentdeckt und sitze ganze Nachmittage mit einem guten Klassiker auf der Veranda. Aber duzen wir uns doch lieber, sonst fühle ich mich so alt.«

Wenn das nicht die ideale Gelegenheit war?

»Cesare, ich wollte mich übrigens bei dir bedanken, weil du neulich für mich Partei ergriffen hast und ...«

Er brachte mich mit erhobener Hand zum Verstummen.

»Nichts zu danken. Ich bin es leid, immer dieses Getuschel, das war reinste Notwehr, irgendjemand muss diese Tratschtanten ja aufhalten.«

Wir lachten. Die stämmige Frau, die in der Zwischenzeit weiter mit Pino herumdiskutiert hatte, schlug mit der Faust auf den Tresen und verließ die Bar.

»Du meintest eben, ich könne sie nicht kennen. Wer ist das?«, fragte ich ihn vertraulich, denn ich fühlte mich wohl bei ihm.

»Ein verlorenes Mädchen«, entgegnete er, was makaber klang angesichts des jüngsten Fundes von Claudias Gebeinen und Rebeccas Verschwinden. Offenbar sah er mir meine Verstörung an, denn er beeilte sich zu erklären: »Als Kind war sie ein Basketball-Talent. Eine Zeit lang sind ihre Eltern mit ihr sogar nach Reggio Emilia gezogen, damit sie dort trainieren konnte, so gut war sie ... aber dann wurde die Mutter überfahren, und die kleine Familie zerbrach.«

Ich warf einen Blick zum Eingang der Bar, wo die junge Frau noch immer vor der Tür stand und rauchte.

»Daraufhin hat sie angefangen, Drogen zu nehmen, und mit der Sportlerkarriere ging es bergab, sodass der Vater – ein wirklich anständiger Mann – wieder mit ihr rauf in die Berge gezogen ist. Von diesem Schicksalsschlag hat sie sich nie erholt. Ständig nimmt sie irgendwelches Zeug. Der Vater ist vor Kummer schwer krank geworden. Parkinson.«

»Ist das Barbara Righi?« Das durfte doch nicht wahr sein. Meine Recherche fing ja schon mal gut an.

»Ja, genau, aber woher kennst du ...«

»Das ist eine lange Geschichte. Bis bald!«

Ich trat hinaus ins Helle, und einen Augenblick lang befürchtete ich, sie in all dem fröhlichen Markttreiben verloren zu haben, doch dann sah ich, wie sie ein paar Meter weiter die Menge überragte, und folgte ihr eilig.

»Barbara?«, rief ich, als ich direkt hinter ihr war. Sie drehte sich um und sah mich drohend an. Unter ihren Augen lagen dunkellila Schatten, als hätte ihr jemand eine verpasst, aber ich konnte mir kaum vorstellen, dass sich eine solche Naturgewalt so etwas bieten ließe. Unter den geschwollenen Lidern stachen zwei große haselnussbraune Augen hervor, die leicht ins Grünliche gingen und von roten Äderchen durchzogen waren.

»Was willst du?«

Nicht, dass ich einen roten Teppich erwartet hätte, aber wenigstens ein Lächeln.

»Hallo, mein Name ist Sara, und ... ich würde gern kurz mit Ihnen plaudern, falls Sie Zeit haben.«

»Plaudern? Wer dich kennt, macht einen großen Bogen.«

Ihre große Klappe passte zu ihrer Gestalt, doch ich ließ mich nicht einschüchtern. Ehrlich gesagt spürte ich, dass sich dahinter in Wirklichkeit ein zerbrechlicher Mensch verbarg. Ein Paradoxon, das mich verblüffte, aber zu meinem Vorteil war, weil ich nun einen sanfteren Ton als zu Anfang anschlug und sogar lächelte.

»Kann ich dich auf ein Getränk einladen?« Ich deutete auf die Bar und wechselte instinktiv zum Du – bei ihr war die förmliche Anrede eher störend als hilfreich.

»Nein, aber wenn du mir zwanzig Euro gibst, rede ich mit dir.«

Ihre Antwort machte mich sprachlos. Sie war kaum älter als zwanzig und bereits so asozial, dass sie sich für eine Unterhaltung bezahlen ließ. Ich ging davon aus, dass sie in finanziellen Schwierigkeiten steckte, und zückte mein Portemonnaie. Der Geldschein verschwand in ihren Pranken.

»Also, was willst du?«

»Lagst du letzten Freitag im Krankenhaus?«

»Kann schon sein. Wieso?«

Ich kam nicht umhin, ihre enormen Ausmaße zu bestaunen. Sie überragte mich um gut dreißig Zentimeter und war so kräftig, dass sie mich mühelos hochheben und über die Marktstände hätte schleudern können.

»Warst du zufällig zusammen mit einem blonden Mädchen namens Rebecca in einem Zimmer?«

»Ja, da war eine, aber keine Ahnung, ob die Rebecca hieß.« Ihr Blick begegnete meinem, und auch wenn ich nicht sagen konnte, was darin vor sich ging, jagte sie mir Angst ein. Warum hatten Emilia und ihre Kollegen von der Polizei sie eigentlich noch nicht befragt? Barbara war stundenlang im selben Zimmer mit Rebecca gewesen und hätte genug Zeit gehabt, sie zu bequatschen, sie zu beeinflussen und mit ihr für den nächsten Tag einen geheimen Treffpunkt zu vereinbaren ...

»Und, habt ihr euch unterhalten?«

»Sehe ich aus, als würde ich mich mit kleinen Mädchen unterhalten? Außerdem, worüber denn?«

»Nein, aber vielleicht hat Rebecca dich ja angesprochen und wollte sich mit dir anfreunden.«

»Keine Ahnung, ob sie irgendwas zu mir gesagt hat, ich habe geschlafen.«

»Und du wurdest noch am selben Tag entlassen?«

»Nein. Ich wurde erst Montag nach zwei entlassen. Aber was soll die Fragerei? Bist du von der Polizei, oder was?« Barbara runzelte erneut die Stirn und begann, vermutlich aus einem nervösen Reflex heraus, sich an den Armen zu kratzen, wo sie rote Striemen auf der Haut hinterließ.

»Du kratzt dir noch die Haut blutig«, sagte ich in einem Versuch, sie zu beruhigen; offensichtlich hatten die Substanzen, die sie nahm, sie noch empfindlicher gemacht, als sie aufgrund ihrer Vergangenheit ohnehin schon war. Es war zwecklos, ruhig mit ihr reden zu wollen. Anstatt zu reagieren fuhr sie damit fort, ihre Haut zu malträtieren, wobei es schien, als würde sie durch mich hindurchsehen.

»Dieser Blödmann hatte keine Milch mehr da, und was soll ich jetzt meinem Vater geben?«

»Ich bin keine Polizistin, sondern Ärztin«, sagte ich und streckte vorsichtig die Hand aus. »Und ich möchte nicht, dass du dir ...«

»Finger weg!« Barbara, plötzlich hellwach und wendig, machte trotz ihrer massigen Gestalt einen Satz zurück. »Bleib mir vom Leib. Ich geh jetzt zu meinem Vater.«

»Sekunde noch, Barbara. Für die zwanzig Euro, die ich dir gegeben habe, darf ich dir noch eine letzte Frage stellen.«

»Na, dann los.«

»Hast du in den letzten Tagen das Mädchen, das mit dir im Krankenzimmer lag, irgendwo hier in der Gegend gesehen?«

»Nein«, sagte sie, drehte sich um und ging mit großen Schritten davon. »Was für ein Mädchen überhaupt? Na toll, jetzt darf ich ohne Milch heimgehen. Ciao, blöde Kuh.«

Als ich sie den Pfad hinaufsteigen sah, der in die Berge führte, entspannte ich mich etwas, aber die Begegnung hatte mich zutiefst erschüttert. Zum einen wurde mir klar, dass nicht sie es gewesen sein konnte, die über mich oder Rebecca im Dorf hergezogen hatte, und zweitens machte ich mir um ihren Gesundheitszustand Sorgen. Gab es niemanden, der sich um sie kümmerte?

Während ich an den Obst- und Gemüseständen alles besorgte, worum mich Nonna gebeten hatte, befiel mich ein Gefühl der Trauer und der Einsamkeit.

Plötzlich erkannte ich, was all die Düfte und Farben, die mich umgaben, in Wirklichkeit waren: eine hübsche Maskerade, die auch die Augen verdeckte. Denn inmitten all der Menschen hatte niemand auch nur einen Blick übrig gehabt für Barbara und ihren Schmerz. Sie war für die anderen unsichtbar. In gewisser Weise war auch sie verschwunden.

12

Nachdem ich meine Einkäufe auf dem Tisch abgestellt hatte, ging ich erneut hinaus und rief Emilia an. Diesmal ging sie ran.

»Alles bestens, heute Nachmittag ziehe ich wieder los. Ich lasse mich doch nicht von so einem Bleikügelchen aufhalten, wenn Rebecca noch immer wer weiß wo ist ...«

»Du solltest dich ausruhen. Ich werde gehen.«

»Was soll das bringen? Du machst doch nach einer halben Stunde schlapp. Für das Kraxeln in den Bergen braucht man Übung: Was wir da machen, sind keine Wanderausflüge, sondern echte Gewaltmärsche, so viel kann ich dir versichern. Außerdem hast du hier im Dorf allerhand zu tun. Hast du schon mit Giacomo gesprochen?«

»Da gehe ich jetzt hin. Aber mit Barbara habe ich geredet.«

»Und? Hat sie dir irgendwelche Drogen zugesteckt?«

»Nein. Sie hat mir ein paar Infos gesteckt, die ich ihr mühsam aus der Nase ziehen musste und die mir klargemacht haben, dass nicht sie es war, die die Gerüchte über mich in die Welt gesetzt hat, und sie hat auch nicht Rebecca entführt. Laut ihrer Aussage wurde sie am Montag nach zwei entlassen, was ich mir von Marco bestätigen lassen werde. Auf jeden Fall braucht sie Hilfe, Emilia.«

»Ach was?«

»Kannst du mal aufhören, so zynisch zu sein? Warum hast du nichts unternommen, wenn du davon weißt?«

»Vielleicht weil sie die letzten beiden Sozialarbeiter, die wir ihr geschickt haben, tätlich angegriffen hat?«

»Grundgütiger! Aber irgendwas muss man da doch machen. Sie hat eine Art nervösen Tick und verletzt sich selbst. Ich schwör's dir, sie gefährdet ihre eigene Gesundheit.«

»Wer nicht? Schau dir mich an. Ich lasse mich von irgendwelchen Wilderern anschießen auf der Suche nach einem Mädchen, das mich an eine Freundin erinnert, die nun in einem Sarg auf dem Friedhof liegt. Klingt das etwa gesund?«

Sie legte auf, noch ehe ich sie zum Teufel wünschen konnte. Ich atmete tief durch und widerstand dem Drang, sie erneut anzurufen und ihr die Meinung zu geigen, doch dann fragte ich mich, wieso ich eigentlich so wütend war.

Emilia hatte schließlich von sich gesprochen, nicht von mir. Sie hatte Schuldgefühle und missachtete deshalb ihre Schmerzgrenzen, nicht ich.

Ich war im Urlaub und suchte lediglich Antworten. Mir ging es gut. Oder zumindest wollte ich das glauben.

Eilig schritt ich die Gasse entlang, die sich von der Kirche aus in den höher gelegenen Teil von Borgo Cardo hinaufschlängelte, wo sich nun anstelle des alten Fußballplatzes, wo wir den Sommer mit Ballspielen verbracht hatten, ein kleines, aber gut gepflegtes Sportzentrum befand. Um den Pool herum spielte ein Dutzend Kinder, die aus verschiedenen Dörfern oberhalb des Tals stammten.

Ich erblickte Giacomo, der mit seinem Zeichenblock unter einem Baum hockte. Anders als die anderen Kinder trug er keine Badesachen, sondern Jeans und T-Shirt. Ich trat an den Zaun und rief seinen Namen.

»Hallo!« Als er mich sah, stand er auf und kam auf mich zugerannt, um mich zu begrüßen, aber eine der Animateurinnen rief ihn sofort zurück.

»Aber das ist eine Freundin von Papa, eine Ärztin!«, schrie er, woraufhin die Frau zu mir kam, um Hallo zu sagen.

Es war Marta, die Tochter von Nonna Dadas Nachbarin, die ein paar Jahre älter war als ich. Als sie mich erkannte, bat sie mich herein. Ich lehnte höflich ab und versprach, demnächst auf einen Tee in ihrem Haus im Tal vorbeizuschauen, wo sie mit ihrem Mann und den Kindern lebte. Dann erklärte ich, dass ich nur heraufgekommen sei, um mir das neue Sportzentrum anzuschauen.

Lächelnd bekundete sie ihre Freude, mich wiedergesehen zu haben, und kehrte zu den anderen am Pool zurück.

»Du kannst gut lügen.« Giacomo setzte sich direkt hinter dem Zaun, der uns trennte, ins Gras. Aus irgendeinem Grund war ich aufgeregt. Was wollte er damit sagen?

»Inwiefern?«

»Ich weiß, dass du hergekommen bist, um mit mir zu reden, und nicht, um das Sportzentrum zu sehen.«

»Aha. Und wieso sollte ich mit dir reden wollen? Lass mal hören.« Ich versuchte, mich wie eine Erwachsene zu verhalten, aber das Herz klopfte mir in den Ohren. Dieser Junge machte mich nervös.

»Vermutlich willst du mit mir über Rebecca reden. Oder über die Zeichnung, die ich dir geschenkt habe. Bestimmt geht es um die Zeichnung.«

»Da hast du richtig geraten. Aber ich möchte auch über Rebecca mit dir sprechen. Gestern Abend hast du gesagt, es könnte sein, dass wir sie nie mehr finden? Wieso?«

Er klappte den Block auf und holte aus seinem Federmäppchen einen schwarzen Filzstift, mit dem er kreuz und quer Linien über das blütenweiße Blatt zog, als wolle er es einfach nur beschmutzt sehen.

»Weil sie nie zurückkehren wird.«

»Wie kommst du denn darauf? Wie kommst du dazu, so etwas zu sagen? Du bist doch noch ein Kind.«

Ich versuchte, ruhig zu bleiben, aber es fiel mir schwer, auf eine Wellenlänge mit ihm zu kommen; ich war den Umgang mit Kindern nicht gewöhnt. Also zog ich die Zeichnung aus der Tasche und zeigte sie ihm. Er zeigte keinerlei Reaktion und fuhr damit fort, das Blatt mit schwarzen Narben und Wunden zu übersäen.

»Giacomo, wer sind die Personen auf dieser Zeichnung?«

Endlich schien ich zu ihm durchzudringen, denn er sah hoch. Er war ein hübscher Junge mit wachem Blick. Unter der wilden blonden Mähne lagen große Augen, ein zarter Mund und eine zierliche Nase.

»Das sind die, die ich getötet habe«, sagte er, und ich musste mich mit der freien Hand am Zaun festklammern, um nicht den Boden unter den Füßen zu verlieren.

»Wie bitte? Giacomo, dir ist schon klar, dass das hier kein Spiel ist? Rebecca wurde entführt und ...«

»Ich habe sie getötet, als ich groß war«, fügte er beinahe mit Stolz an, als hätte er mich nicht gehört.

»Als du groß warst? Wie das? Wer hat dir von den Mädchen erzählt?«

Was sollte diese groteske Aussage?

»Ich habe sie getötet, als ich groß war«, wiederholte er wie hypnotisiert. »Claudia, Daniela, Giannina, Allegra und Rebecca.«

»Giacomo!« Martas Stimme zerriss jäh die Stille und zerbrach sie in tausend Scherben, die mir ins Gesicht prasselten. »Komm. Wir essen einen Happen. Sara, magst du mitessen?«

Irgendwie gelang es mir, freundlich abzuwinken und zu erklären, ich hätte noch etwas zu erledigen. Giacomo flitzte davon; am Boden flatterte das malträtierte Blatt Papier.

Während ich wieder in das sonnenbeschienene Dorf hinabstieg, rief ich Marco an.

Es klingelte mehrmals, ehe er ranging.

»Marco, hier ist Sara, hättest du eine Minute, um mir eine Auskunft zu geben?«

»Klar, was willst du wissen?«

»Wann wurde Barbara Righi entlassen?«

Ich hörte, wie er ein paar Sekunden lang rasch auf der Tastatur herumtippte.

»Diesen Montag, gegen halb drei.«

»Glaubst du, es wäre möglich, dass sich einer eurer Patienten während seines Aufenthalts im Krankenhaus unbemerkt davonschleicht und wiederkommt?«

»Unmöglich. Nachts ist die Tür mit einer Alarmanlage gesichert. Und wir haben rund um die Uhr Security am Eingang. Was stellst du mir da für Fragen?«

»Okay, danke trotzdem, das war sehr hilfreich.«

»Kommst du heute Abend zum Fackelzug für Rebecca?«

»Denke schon.«

Ich wusste nichts von einem Fackelzug; wahrscheinlich war er von der Gemeinde oder den Schulen organisiert worden. Es wäre bestimmt interessant daran teilzunehmen, zumal ich dort meinem neuen Hobby nachgehen könnte: Menschen beobachten und überlegen, was sie verheimlichen.

Bei der Gelegenheit könnte ich auch mit Marco über Giacomo und seine Zeichnung reden und nicht zuletzt über die surreale Unterhaltung mit dem Jungen.

Plötzlich bemerkte ich aus dem Augenwinkel eine Bewegung zwischen den Bäumen zu meiner Linken. Da war jemand.

Schnell drehte ich mich um. Nichts. Ich stieg über den Graben hinweg, der mich vom Waldrand trennte, und warf einen Blick hinter das dichte gelbe Gestrüpp des Ginsterbuschs, wo ich die Bewegung wahrgenommen hatte, konnte aber nichts entdecken.

Unter einer Wurzel huschte eine Eidechse hervor, in einiger Entfernung stieß ein Greifvogel einen Schrei aus. Ich ließ den Blick schweifen: so weit das Auge reichte schiefe Bäume, moosbewachsene Felsen, Reste alter Steinlawinen und vom Wind umgestürzte Baumstämme, die langsam im Unterholz verrotteten wie in Trümmern liegende Monumente einer längst vergessenen Zivilisation.

Gerade wollte ich umdrehen und zur Straße zurückkehren, als rund zwanzig Meter entfernt, hinter einem der umgefallenen Baumstämme, erneut ein Farbfleck vorbeihuschte, als ob jemand Verstecken spielen würde.

»Rebecca?«, rief ich und bereute es sofort. Meine Stimme klang schrill und unsicher in der einsamen Gegend, und alles schien erstarrt.

»Wer ist da?«

Wieso sollte ein Mädchen, das von zu Hause ausgerissen ist, hier in den Wäldern herumrennen, als wollte sie Verstecken spielen? Es war höchst unwahrscheinlich, dass es sich bei demjenigen, der sich hier im Wald herumtrieb, um sie handelte. Während ich noch unschlüssig überlegte, was ich tun sollte, rief mich jemand von der Straße aus.

»Alles in Ordnung bei dir? Brauchst du Hilfe, meine Hübsche?«

Ich ließ das Dickicht hinter mir. Am Straßenrand stand eine robuste Dame um die sechzig – vielleicht auch älter, aber sie hatte sich gut gehalten – neben einer blassblauen Vespa. Sie trug einen weißen Vespahelm und eine Umhängetasche. Im Fußraum zwischen ihren Beinen klemmte eine Einkaufstüte, aus der ein Baguette herausragte. Ihre Augen waren dunkel und wachsam. Von irgendwo kannte ich sie, aber woher?

»Nein, nein, alles in Ordnung. Ich habe nur ein Geräusch gehört und …« Ich machte einen Satz auf die Straße. »Kennen wir uns?«

»Wenn du aus dieser Gegend kommst, kennen wir uns auf jeden Fall«, sagte sie mit der Gewissheit von jemandem, der weiß, wovon er redet. »Wessen Enkelin bist du denn?«

Als Frau aus den Bergen besaß sie eine tiefe, kräftige Stimme, breite Schultern und Hände, von denen ich mir nur ungern eine Ohrfeige eingefangen hätte. Eine Amazone im besten Alter auf ihrem motorisierten Gefährt.

Ich wusste nicht, was ich antworten sollte. War ich aus der Gegend? Einerseits ja, andererseits lebte ich schon seit Langem nicht mehr hier … ich beschloss, die Frage einfach lächelnd zu übergehen.

»Danke, aber ich komme zurecht. Schönen Tag noch.«

»Aber wessen Enkelin bist du denn nun?«

»Von Benedetta, der Schneiderin.«

»Ach, die Enkelin in der Großstadt. Ich erinnere mich noch, wie du ganz klein warst, an dich und deine Freundinnen … Wie kommt es, dass du wieder hier bist?«

Ihre aufdringliche Art und ihre Neugier nervten mich, aber je eher ich ihre Fragen beantwortete, desto schneller würde ich sie vermutlich wieder loswerden.

»Ich brauchte mal ein wenig frische Luft.«

»Das machst du richtig. Aber übertreib es nicht. Euch Städtern bekommt die klare Bergluft nicht.«

Sie legte den Gang ein, und die Vespa zuckelte mühsam bergauf, ohne dass ich die Frau fragen konnte, wer zum Henker sie eigentlich war. Aber so war das in den Bergen. Die Leute setzten allerlei voraus, wie etwa, dass man jeden kannte, dass man zwangsläufig wusste, wer zu welcher Familie gehörte, wer welche Wurzeln hatte.

Verfluchte Wurzeln.

Außerdem, was sollte der Satz »Euch Städtern bekommt die klare Bergluft nicht« eigentlich heißen? Sollte das ein Witz sein? Oder eine kaum verhohlene Drohung?

Seltsamer Sinn für Humor.

Ich blickte erneut zum Wald, konnte aber nichts Ungewöhnliches entdecken. In dem Moment klingelte mein Handy.

»Und, hast du mit ihm gesprochen?«, fragte Emilia.

»Ja. Dieser Junge ist echt angsteinflößend. Ich bin gerade auf dem Weg zurück ins Dorf. Wie spät ist es?«

»Fast Mittag. Wollen wir zusammen essen, und du erzählst mir alles?«

Eine Viertelstunde später stand ich vor der Gegensprechanlage, auf der noch immer der Name Carolina Casadei stand. Alles war noch so, wie ich es in Erinnerung hatte. Der kleine Eingang, die Steintreppe, die Tomatenkonserven und Ölflaschen, die fein säuberlich auf dunklen Holzbrettern unter der Treppe standen. Die Tür hinter dem Vorhang aus bunten Gummistreifen.

Emilia humpelte sichtlich. Sie öffnete mir und hopste auf einem Bein in die Küche.

Es war merkwürdig, nicht von Carolina begrüßt zu werden, die stets so nett und zuvorkommend gewesen war; und doch war es, als sei etwas von ihrer Präsenz im Haus zurückgeblieben, wie ein Abdruck oder ein Duft ...

Eine Botschaft?

»Willst du kochen? Wie siehst du überhaupt aus ...?«, riss mich Emilias Stimme aus meinen Gedanken. In dem Moment fiel mir auf, dass ich Hunger hatte. Ich setzte Wasser auf und schüttete eine Dose Tomaten in die Pfanne, in der ich zuvor Zwiebeln und Knoblauch angebraten hatte.

»Ich schlafe schlecht.«

»Inspizier mal dein Kissen.«

»Hä?«

»Dein Kissen. Schau mal nach, ob dich jemand mit dem bösen Blick belegt hat. Wenn sich die Füllwolle zu einem Kranz verdreht hat, kannst du nämlich davon ausgehen.«

»Nimmst du mich auf den Arm, Emi?«

»Ja, aber es stimmt. Das heißt, das hätte die Nonna zu dir gesagt.«

»Und dann?«

»Du nimmst den Wollkranz und zündest ihn an. Die erste Person, die du triffst, nachdem du ihn verbrannt hast, ist diejenige, die dir den bösen Blick zugeworfen hat. Cool, was? Hab ich alles nachgelesen.«

»Hattest du nicht gesagt, du willst nicht über Heilerinnen reden?«

»Ach, Versprechen hab ich schnell mal vergessen.«

Während ich am Herd stand, saß Emilia am Tisch hinter mir und checkte etwas im Internet. Aus dem Augenwinkel sah ich, dass sie auf der Website der Regionalzeitung *Il Resto del Carlino* surfte.

»Hör dir das mal an«, sagte sie unvermittelt. »Laut den Daten der letzten Volkszählung sind zwischen 1974 und dem ersten Halbjahr 2014 in Italien fast dreißigtausend Menschen verschwunden. Davon zehntausend Italiener, der Rest sind Ausländer. Sie wurden nie mehr gesehen.«

»Was, so viele?«

»Warte mal! Einer Studie des Innenministeriums zufolge stammen davon fast zweitausend Menschen aus der Emilia Romagna. Und mehr als die Hälfte sind Jugendliche. Eine Analyse der Beweggründe hat ergeben, dass vierzig Prozent freiwillig gehen, dreißig Prozent vor etwas fliehen – hier steht aus Kinderheimen, aber auch aus Pflegefamilien sowie der eigenen Familie, warum auch nicht? –, einundzwanzig Prozent leiden an nicht näher spezifizierten psychischen Störungen, und nur vier Prozent verschwinden spurlos, weil sie Opfer eines Verbrechens oder Unfalls werden. Vier Prozent, Sara. Gute Güte.«

Ich ließ die Spaghetti in das kochende Wasser fallen und stellte die Flamme unter der Soße kleiner. Keine Ahnung warum, aber all diese Daten klangen für mich redundant, wie alles, was man versuchte, in Zahlen zu pressen. Alles bekannt. Es hat schon immer Leute gegeben, die verschwinden und nie mehr auftauchen. Und sosehr ich als Ärztin gewöhnt war, in Statistiken zu denken, wollte mir das nicht gelingen, wenn ich an all diese tragischen Schicksale dachte. An all die Menschen, die aus ihrem gewohnten Alltag herausgerissen werden und für die ein neues, geheimes Kapitel ihres Lebens beginnt, von dem all diejenigen, die sie kannten und liebten, ausgeschlossen sind.

Eine abstrakte Dimension, ohne jegliche Regeln. Ein schwarzes Loch.

Weil sie nie zurückkehren, hatte Giacomo gesagt.

Ich dachte daran zurück, wie ich zuvor im Wald in der Ferne eine Bewegung wahrgenommen hatte. Es konnte jemand gewesen sein, der Pilze sammelte oder Kräuter, jemand, der Blumen pflückte. Es konnte jeder gewesen sein.

»Wie alt waren die verschwundenen Mädchen aus dem Dorf im Schnitt? Du meintest, sie seien relativ jung gewesen, oder täusche ich mich?« Ich rührte in der Pasta, die mittlerweile fertig war. Leicht *al dente*, genau wie ich sie mochte. Ich wusste nicht, ob das nach Emilias Geschmack war, schließlich hatten wir zuletzt als Kinder viel Zeit miteinander verbracht, und ich kannte ihre Gewohnheiten und Vorlieben nicht.

Ihr Haus machte einen sauberen, aufgeräumten Eindruck, der Kühlschrank war voll mit Obst und Gemüse, und sie schien ein gesundes Leben zu führen, wenn man mal von dem Streifschuss und ihrem Aussehen absah. Diese Seite von Emilia kannte ich noch gar nicht.

»Ich schick dir ein PDF mit den Angaben per E-Mail, ich hab sie oben auf einem USB-Stick«, sagte sie gedankenverloren, »aber im Großen und Ganzen waren sie alle im Jugendalter. Das passt perfekt zu der Statistik hier.«

»Aber es waren allesamt Mädchen«, bemerkte ich und richtete das Essen an.

»Hier steht nichts zum Geschlecht der vermissten Personen, dazu müsste man genauer recherchieren.« Noch immer klebte sie am Bildschirm und las Zahlen und Daten.

Ich trug die Teller zum Tisch, und endlich wandte sie sich vom Laptop ab.

»Dass Rebecca aus freien Stücken gegangen ist, kannst du dir aus dem Kopf schlagen, Emi. Es interessiert mich nicht, was fünf Jahre alte Statistiken sagen: Rebecca wurde entführt, genau wie die anderen. Das spüre ich.«

Emilia begann schweigend zu essen.

»Danke«, sagte sie, »das schmeckt köstlich.«

Ich schenkte uns Weißwein ein, den ich im Kühlschrank gefunden hatte, und setzte mich ihr gegenüber an den quadratischen Tisch, auf dem eine Plastiktischdecke mit Blumenmotiven lag.

»Erzähl mir von Giacomo. Deshalb bist du schließlich hier, oder?«

Ich schüttelte den Kopf. Es stimmte, ich war hergekommen, um ihr davon zu erzählen, aber ich brachte es nicht über die Lippen.

»Glaubst du mir, wenn ich dir sage, dass ich gar nicht weiß, wo ich anfangen soll?«

»Der Junge ist völlig gestört, oder?«, fragte sie und sah mich dabei mit einer hochgezogenen Augenbraue an wie jemand, der seine These bestätigt sehen will.

»Was sagst du denn da?«

»Ich sage nur, was ich denke. Na los, erzähl schon.«

»Was meinst du damit, er sei gestört?« Niemals hätte ich zugelassen, dass jemand ein solches Urteil über ein Kind fällt, ohne eine begründete Erklärung zu liefern. Giacomo war mit Sicherheit ein ungewöhnlicher Junge, aber ich hatte nicht eine Sekunde lang erwogen, dass er psychische Probleme haben könnte. Außerdem mochte ich solche pauschalen Urteile nicht.

»Damit meine ich, dass er psychisch krank ist, und zwar richtig«, sagte sie und fuchtelte mit der Hand in der Luft herum. »Genau wie seine Mutter.«

13

Als ich Emilias Haus gegen vierzehn Uhr verließ, kam mir auf dem schmalen, abschüssigen Weg der Geländewagen mit den Freiwilligen entgegen, die sich nach ihrem Gesundheitszustand erkundigen wollten, ehe sie zur zigsten Suchaktion durch die Wälder aufbrachen. Einer Suchaktion, an der Emilia zu ihrem Bedauern nicht würde teilnehmen können. Sie selbst hielt sich für Wonder Woman, aber Fakt war, dass sie verletzt war und ihr Einschussloch nach nur ein paar Schritten im Haus angefangen hatte zu bluten. Daraufhin hatte ich die Wunde trotz ihrer Proteste versorgt, ihr einen Entzündungshemmer verabreicht und Ruhe verordnet.

Ich machte mich auf den Heimweg, doch als ich auf dem Dorfplatz angekommen war, schlug ich die entgegengesetzte Richtung ein und ging in den Ortskern hinunter, wo es früher, als ich klein war, eine Apotheke, einen kleinen Tante-Emma-Laden und einen Tabakladen gegeben hatte, der Gummibärchen in Fruchtform und Lutscher verkaufte, sowie eine kleine Herberge für Touristen oder Leute, die auf der Durchreise zufällig oder irrtümlich hier vorbeikamen und lieber hier übernachteten, als bei Einbruch der Dunkelheit und womöglich Regen und Schnee durch die Berge zu fahren.

Inzwischen hatten alle Geschäfte dicht gemacht und waren zu Weinkellern oder Lagerräumen umfunktioniert worden. Die Apotheke war offenbar in einen der größeren Orte unten im Tal umgezogen. Cesare hatte mir bei unserer Begegnung neulich erzählt, dass sein Sohn die Apotheke übernommen hatte, insofern war sie wohl nur umgezogen, vielleicht nach Querceto. Es war auch eher unwahrscheinlich, dass eine Apotheke schloss.

Die steinerne Gasse war menschenleer, hier und da warf die Sonne geometrische Schatten auf das Pflaster. Vor einem der kleinen Fenster an den Steinwänden hingen eine karierte Tischdecke sowie ein paar Brennnesselsträuße zum Trocknen über der Leine. Die Stufen, die Türschwellen, die Treppen, die zu den Wohnungen links und rechts führten, wie auch die Gasse selbst waren beinahe konkav, eingedellt von unzähligen Füßen.

Auch von meinen.

Ich hätte nicht sagen können, ob mir der Anblick gefiel oder ob ich ihn banal oder gar hässlich fand. Alles, woran ich denken konnte, war, dass ich diesen Weg in- und auswendig kannte, denn er führte zu Claudias Haus.

Anstatt mich jedoch mit Schuldgefühlen zu quälen, ließ ich das Gespräch mit Emilia beim Mittagessen Revue passieren. Nachdem ich ihr von meinem Ausflug zum neuen Sportzentrum erzählt hatte, waren wir beide zu dem Schluss gekommen, dass wir nicht plötzlich in einem Roman von Stephen King gelandet waren und Giacomo daher nicht die Reinkarnation eines Serienmörders sein konnte.

Aber er kannte die Namen aller vermissten Opfer auswendig, verewigte sie auf seinen Zeichnungen und spann sich irgendwelche Geschichten zusammen – *weil sie nie zurückkehren* –, gerade weil er mit seinen acht Jahren noch zu jung war, um den Ernst der Lage zu begreifen. Vielleicht war es auch seine genetische Vorbelastung, die sich bemerkbar machte.

Wie mir Emilia verraten hatte, war Marcos Frau Rachele infolge eines Nervenzusammenbruchs in eine Langzeitklinik eingewiesen worden, aber irgendwie hatte mich das nicht recht überzeugt. Ich hatte den Eindruck, als steckte da mehr dahinter, aber genau wie bei Barbara Righi redete niemand gern darüber. Mein psychologisches Grundwissen sagte mir, dass Giacomo kein Psychopath war, im Gegenteil. Wenn überhaupt, litt er unter seiner eigenen ausgeprägten Fantasie und emotionalen Intelligenz; was nicht hieß, dass er nicht die Hilfe eines Therapeuten bräuchte. Erneut nahm ich mir fest vor, heute Abend beim Fackelzug mit Marco zu sprechen, und drückte auf den Knopf der Gegensprechanlage, deren Summen bis hinunter auf die Straße zu hören war.

Ich hatte ganz vergessen, wie still diese Gassen sein konnten.

Ich drückte erneut.

Niemand antwortete.

Ich sah mich um, auf der Suche nach einem Lebenszeichen, konnte aber nichts entdecken. Der Wäscheständer stand zusammengeklappt neben den fein säuberlich gestapelten Holzscheiten. Die Fenster waren geschlossen und der Hof sauber gekehrt.

»Wen suchen Sie denn? Etwa Silvana?«

Ich drehte mich um, und an einem kleinen Fenster mit üppigen Geranien erblickte ich das runzlige Gesicht einer Alten und eine dicke, gefährlich aussehende Tigerkatze. Beide starrten mich an.

»Ja. Ist sie weggefahren?«

Anstatt zu antworten, streckte die Alte einen von Arthrose gekrümmten Finger zwischen den Blättern hindurch und deutete hinter die Kastanienbäume, die das Grundstück von Claudias Familie begrenzten.

Der Friedhof.

Das hätte ich mir eigentlich denken können. Ich nickte und hob zum Abschied die Hand. Die Alte und ihre Katze verschwanden hinter den Blumen.

In diesem Moment erregte eine Bewegung ganz hinten im Garten meine Aufmerksamkeit. Die alte Schaukel – zwei Seile und ein Brett dazwischen – schwang langsam hin und her, als säße darauf ein unsichtbares Mädchen.

Ein Mädchen, das nur in meiner Einbildung existierte.

»Spielen wir, wer am höchsten schaukeln kann?«

Claudia lacht mit ihrem eisverschmierten Mund und streckt die Beine nach vorne, um Schwung zu holen. Ich sitze auf einem Ball und schaue zu, wie meine Freundin hin und her schwingt. Ihr rosa Kleid sieht aus wie die Blütenkrone einer Blume und sie wie eine kleine Fee.

»Höher!«, kreische ich, um sie anzufeuern. »Noch mehr, noch mehr!«

Sie lacht, doch dann passiert etwas. Die Seile verdrehen sich, der Rhythmus gerät ins Stocken, und die Blumenfee fliegt in hohem Bogen, als würde sie in die Lüfte katapultiert.

Eine Sekunde später liegt Claudia am Boden und weint bitterlich. Sie hat sich das Knie aufgeschlagen.

Schnell renne ich zu ihr und umarme sie.

»Wir kleben ein Pflaster drauf, dann ist es gleich wieder vorbei«, beruhige ich sie.

»Ich hab dich lieb, Sara.«

Mit einem Lächeln laufe ich los zum Haus, um ihre Mutter zu rufen.

Einen Moment lang überlegte ich, später wiederzukommen, aber dann trafen meine Beine die Entscheidung für mich, und ohne groß nachzudenken, ging ich in die Richtung, in die die Alte mit den Geranien gewiesen hatte.

Der Friedhof lag auf einer großen natürlichen Lichtung, die von Eichen und Sträuchern gesäumt war, sodass niemand je einen Zaun gebaut hatte. Im Lauf der Jahrhunderte hatten sich die Gräber fast bis zu den Wurzeln der Bäume ausgedehnt, und es herrschte ein wildes Durcheinander aus Grabsteinen, zerbrochenen Vasen und schiefen Kreuzen, deren Anblick mich traurig stimmte.

Auch weil dort mein Vater begraben lag.

Silvana entdeckte ich nicht auf Anhieb, weil sie neben dem neuesten Grabstein von allen hockte und damit beschäftigt war, einen Rosenstock in die dunkle Erde zu pflanzen.

Ich stellte mich ohne Vorankündigung zu ihr.

»In ein paar Jahren werden hier überall Rosen blühen«, sagte sie. »Das waren Claudias Lieblingsblumen.«

Silvana wirkte dünn und gebeugt, wie sie so zusammengekrümmt am Grab hockte. Alles an ihr zeugte von Verlust und langem, vergeblichem Warten. Von einer Einsamkeit, die ihr wie ein Stein auf der Seele lastete.

Mir fiel auf, dass sie keinen Ehering trug.

»Wieso bist du hier, Sara?«

Diese Frage machte klar, dass Silvana noch so verzweifelt und am Boden zerstört sein mochte nach allem, was ihr widerfahren war – jahrzehntelange Ungewissheit nach dem Verschwinden ihrer elfjährigen Tochter, dann der Selbstmord ihres Mannes und nun der Fund von Claudias sterblichen Überresten –, aber sie war nicht dumm.

»Hoffentlich findest du das nicht unpassend«, sagte ich und suchte nach den richtigen Worten, »aber ich würde dir gerne ein paar Fragen stellen. Wie du ja weißt, wird ein Mädchen vermisst und …«

Ich verstummte, als sie mir den Blick zuwandte, mit erdverkrusteten Händen, Tränen in den Augen, das Gesicht schmerzverzerrt nach allzu vielen Schicksalsschlägen.

»Ernsthaft?«

Ich senkte den Blick.

»Besitzt du ernsthaft die Dreistigkeit, herzukommen und mir Fragen zu Rebecca zu stellen? Man wird sie finden, du wirst schon sehen, immerhin ist sie die Tochter des Bürgermeisters, und er wird Himmel und Hölle in Bewegung setzen, sämtliche Wälder durchkämmen und jeden Stein umdrehen lassen, wenn nötig, aber er wird sie finden. Bestimmt gelingt es ihm sogar, die Staatsanwaltschaft einzuschalten, auch wenn es keinen Hinweis auf Entführung gibt. Wirst schon sehen. Für Claudia, die Tochter einer Büglerin und eines Tischlers, hat sich hingegen niemand interessiert. Keine einzige Behörde hat die Bitten von verzweifelten Eltern erhört, die die Staatsanwaltschaft in Parma anflehten, die Ermittlungen nicht einzustellen. Kein Fackelzug, keine Berichterstattung in der Presse, nichts.« Ihr Gesicht sah nun verhärmt und grässlich aus.

»Man hat uns alleingelassen, und so ist Claudia gleich zweimal gestorben.« Wütend grub sie die Finger in die Erde und wühlte darin herum, während ihre knochigen Schultern von einem Schluchzen geschüttelt wurden.

»Und jetzt untersuchen sie die Knochen. Jetzt!« Ihre Stimme, die beinahe zu einem Schreien angeschwollen war, verlor sich zwischen den Ästen. »Was interessiert es mich jetzt noch, wie sie gestorben ist? Das bringt mir mein Kind auch nicht wieder lebendig zurück!«

Ein bleierner Schatten legte sich über die Bäume. Ich sah nach oben zu der grauen Wolkenmasse, die sich auf die Berge zubewegte wie eine Flotte Kriegsschiffe. In Kürze würde erneut ein Unwetter über die Wälder hereinbrechen und die Suche nach Rebecca erheblich erschweren.

Mir war bewusst, wie unangebracht es war, aber ich musste zumindest noch einen Versuch wagen.

»Da kann ich dir nur beipflichten«, sagte ich. »Aber ich nehme an, dass auch du dir deine Gedanken gemacht haben wirst, was sich an jenem Tag zugetragen hat. Wir wissen beide, dass Claudia ein liebes Kind war und nie gelogen hätte. Glaubst du, sie hat dir etwas verheimlicht?«

»Claudia?« Sie betonte jede Silbe des Namens, wie um die Absurdität der Vorstellung zu betonen. »Claudia wurde entführt, gegen ihren Willen verschleppt. Sie hätte sich nie losgesagt von mir ...« Sie verstummte, und die Muskeln in ihrem Gesicht spannten sich an, als ob das, was sie im Begriff war zu sagen, nicht ganz der Realität entspräche.

»Und von ihrem Vater?«, fragte ich.

»Was soll das? Was willst du damit andeuten, Sara?«

Während meiner Sommerferien in Borgo Cardo war ich öfter bei ihnen zu Besuch gewesen, konnte mich aber nicht an ihn erinnern. Silvanas Ehemann, Claudias Vater. Vergeblich bemühte ich mich, irgendeine Erinnerung an ihn heraufzubeschwören.

»Nichts, ich habe nur deinen Gedanken weitergeführt. Sie hätte sich nie von dir und ihrem Vater losgesagt, richtig?«

Mit diesem Trick versuchte ich, ihr irgendein nonverbales Zeichen zu entlocken. Silvana presste die ohnehin dünnen Lippen so zusammen, dass sie eine Linie beschrieben, und schloss die Augen. Aus Furcht, sie könnte in einen Wutanfall ausbrechen, hob ich beschwichtigend die Hände: »Damit wollte ich gar nichts andeuten, Silvana. Aber Rebecca ist wie vom Erdboden verschluckt, und etwas sagt mir, dass der Schlüssel zur Lösung irgendwo in der Vergangenheit liegt ... vielleicht ist es auch nur eine Wahnvorstellung, aber ...« Ich beschloss, ganz offen zu sein, in der Hoffnung, dass sie es dann auch wäre. »Damals habe ich nichts für Claudia tun können, und all die Jahre hatte ich deswegen Schuldgefühle. Insofern, wenn ich Rebecca finden könnte ...«

Sie sah mich an und schüttelte langsam den Kopf.

»Auch wenn du Rebecca finden solltest, bringt das Claudia nicht mehr zurück. Claudia liegt seit zweiundzwanzig Jahren unter der Erde. Aber letztlich habe ich es die ganze Zeit gewusst ...«

»Was gewusst?«

»Dass ich sie nicht wiedersehen würde.«

»Silvana ...«

»Nein. Hör mir mal gut zu. Wenn die Tage zu Wochen werden und die Wochen zu Monaten und dann zu Jahren, vielen Jahren, dann kommt es einem so vor, als hätten der Schmerz und die Angst nie ein Ende. Als würden sie sich endlos ausdehnen. Genau wie du selbst. Du, die du wartest, die du betest. Die du darauf hoffst, dass sie zurückkehrt. Du leidest so sehr, dass du irgendwann anfängst zu hoffen, dass es dich entzweireißt, dass du stirbst und diese Tortur endlich ein Ende hat. Doch stattdessen lebst du weiter. Und mit diesem Ballast schleppst du dich dahin, und ganz allmählich und ohne es selbst zu merken, entfernst du dich von der Welt. Du wirst zu einem Gespenst.«

»Und dein Mann, Giovanni, ... wie hat er Claudias Verschwinden erlebt?« Ich wagte noch einmal einen Anlauf, auf ihren Ehemann zu sprechen zu kommen.

Schweigend sah sie zum Wald und richtete den Blick auf einen Punkt in der Ferne, als könne sie durch die Bäume und die Felsmassive hindurchsehen, die uns umgaben.

»Er«, begann sie und knetete die Hände im Schoß, »litt unter einem alten Übel.«

»Er war krank?« An dergleichen konnte ich mich nicht erinnern.

»Er litt unter Angst. Vor allem und jedem hatte er Angst. Vor den Leuten, vor Neuem, davor, aus dem Haus zu gehen, und sei es nur für ein paar Stunden. Wenn jemand zu Besuch kam, schloss er sich unter einem Vorwand im Bad ein und blieb die ganze Zeit darin ... immer hatte er eine Ausrede, und ich musste ständig für ihn lügen. Damit niemand Wind davon bekam, die

Leute reden schließlich. Also habe ich behauptet, er wäre bei der Arbeit, wenn Freunde oder Verwandte zum Essen vorbeikamen ... bis irgendwann niemand mehr zu uns kam.«

Allmählich begriff ich.

»Er litt an einer Depression?«

»An Angst«, wiederholte sie. »Er war kein schlechter Mensch und hat keiner Fliege etwas zuleide getan.«

Angst. Zweifellos meinte Silvana eine Form von Persönlichkeitsstörung, aber die Art, wie sie die mutmaßliche Erkrankung ihres Mannes bezeichnete, erinnerte mich daran, dass die alten Leute im Dorf ganz eigene Bezeichnungen für Krankheiten hatten, und Angst war eine davon: eine Störung, die vor allem Kinder eines gewissen Alters betraf, insofern kein Grund zur Sorge.

»Ich ließ ihn von Gertrude behandeln.«

»Wer ist Gertrude?«

»Die Alte. Die Heilerin. Wenn sie ihn behandelte, ging es meinem Mann eine Weile besser, die Angst ging weg, aber dann kam sie wieder ...«

»Die Alte.«

»Ja. Sie war wirklich gut und besaß die Gabe. Du hättest mal sehen sollen, wie Giovanni lächelte, wenn sie seine Angst vertrieb. Dann lachte er wieder und zeigte sich am Fenster. Manchmal hat er sogar mit uns am Tisch gegessen und dann ...«

Und dann war Claudia verschwunden, die Angst war zurückgekehrt, und die Familie war auseinandergebrochen.

Claudia hatte uns nie von ihren Problemen erzählt und war mir als sympathisches, stets lächelndes Mädchen in Erinnerung geblieben. Niemand von uns hatte etwas von der bedrückten Stimmung bei ihr zu Hause geahnt. Mit einem depressiven Menschen zusammenzuwohnen, ist alles andere als einfach.

Silvana begann erneut, an dem Rosenstock herumzunesteln, und ich leistete ihr still Gesellschaft.

Claudias Grabmal war ein schlichter weißer Marmorstein, der nur halb so groß war wie gewöhnlich, da – wie ich vermutete – ihre sterblichen Überreste in der Kiste lagen, die ich bei der Beerdigung gesehen hatte. Neben dem Foto, auf dem sie glücklich auf der Schaukel saß, stand in den weißen Marmor eingraviert ein Satz.

Man hat mir die Unschuld geraubt.

Ich wusste, was damit gemeint war.

In ihrem Kokon aus Schmerz, in den sich Silvana verkrochen hatte, hatte sie ein Grab anlegen lassen, als sei es ihr eigenes, nicht das ihrer Tochter. Dieser Grabstein war ein wütender Aufschrei gegen die Welt.

»Ich muss wissen, ob sie dir etwas Schriftliches hinterlassen hat, als sie fortging«, sagte ich und versuchte, meiner Stimme zumindest den Anschein von Bestimmtheit zu geben. »Einen Zettel, einen Brief, irgendwas. Bitte, Silvana.«

Sie stand auf, und erst da sah ich, dass sie zum Gehen einen Stock verwendete.

»Du denkst wohl auch, wie viele andere, dass Claudia sich selbst verbuddelt hat, was? Dass sie es bei uns nicht gut gehabt und uns deswegen verlassen hat? Womöglich, weil wir sie misshandelt haben? Das hat man uns bei der Polizei gesagt: ›Ihre Tochter ist abgehauen‹. Und nach drei Monaten Ermittlung kam nichts mehr. Einer der vielen ungeklärten Fälle. Klar, sie hat sich selbst ihr Grab geschaufelt, meine Kleine.«

Aus ihrer Tasche holte sie eine Wasserflasche und goss damit die Rose, die sie soeben gepflanzt hatte. Dann trat sie mit dem Schuh die Erde rund um den Stängel platt.

»Sag du es mir«, flüsterte sie so leise, dass ich sie kaum verstand.

»Was?«

»Sag du mir, was an jenem Tag passiert ist, Sara. Du warst dabei, nicht ich.«

14

Man hat mir die Unschuld geraubt.

Während ich zusah, wie Silvana auf ihren Stock gestützt davonhumpelte, dachte ich an die schiere Menge an Wut, die diese Frau angestaut haben musste seit jenem Nachmittag, als der Wald ihre Tochter verschluckt hatte. Und an die ebenso giftige Wut, die sie nun, da sie Gewissheit hatte, allmählich zerfressen würde.

Ihre anklagenden Worte hatten mir nicht gefallen, aber ich hatte nichts dazu gesagt. Jeder Widerspruch hätte sie nur noch mehr in die Defensive gedrängt.

Als Claudia verschwand, war ich selbst noch ein Kind gewesen und trug keinerlei Schuld. Aber es kam mir so vor, als hätte Silvana einen Gedanken nicht laut ausgesprochen, den sie mit jeder Faser ihres Körpers zu schreien schien: *Wieso Claudia und nicht du?*; ein abscheulicher Gedanke.

Vorsichtig, um mich nicht mit der feuchten Erde zu beschmutzen, hockte ich mich vor das Grab und betrachtete das Foto, das Silvana für den Grabstein ausgewählt hatte.

Bestimmt gab es bessere Fotos von ihr. Auf dem Bild saß Claudia lachend auf der Schaukel, aber es war nicht sonderlich scharf, eher verschwommen.

Das hat sie mit Absicht ausgewählt, dachte ich. *Weil es besonders lebendig erscheint.*

So verweilte ich einige Minuten, als rechnete ich damit, dass

Claudia gleich durch den Marmor hindurch zu mir sprechen und mir haarklein berichten würde, was an jenem Tag geschehen war, was natürlich nicht eintrat.

Doch vor dem Grab meiner Freundin hocken zu bleiben, würde zu nichts führen und mich nur von dem ablenken, weshalb ich eigentlich hier war: um Fragmente und Hinweise zu suchen, die mir Aufschluss über das rätselhafte Verschwinden von Rebecca geben würden. Dabei wurde mir klar, dass ich unterbewusst einen Zusammenhang zwischen beiden Geschichten vermutete. Nun müsste ich nur den unsichtbaren Faden finden, der sie über eine Zeitspanne von zweiundzwanzig Jahren miteinander verband, vielleicht würde ich dann Rebecca wiederfinden.

Ich stand auf, und in weniger als einer Minute hatte ich das Grab meines Vaters erreicht. Ein kleiner angegrauter Altar, den die Nonna wie einen Schrein sauber hielt.

Es war das erste Mal, dass ich sein Grab besuchte. Die Trauerfeier hatte in Bologna stattgefunden, aber die Nonna hatte verfügt, dass er hier in Borgo Cardo bestattet wurde, in den Bergen, wo er das Licht der Welt erblickt hatte, doch ich hatte nicht dabei sein wollen.

Ich drückte einen Kuss auf sein Foto, auf dem er ein Hemd trug und lächelnd vor einer Brüstung saß, das Meer im Rücken.

Eine Flut von Erinnerungen kam hoch, die ich jedoch abschüttelte. Als ich mich wieder auf den Rückweg begab, fielen die ersten Regentropfen. Der Berggipfel steckte in dicken grauen Gewitterwolken, und ich wusste, der Wolkenbruch würde nicht lange auf sich warten lassen.

Mein Handy klingelte, es war Marco.

»Wann treffen wir uns heute Abend? Wollen wir vor dem Fackelzug noch etwas zusammen essen?«

»Ich kann nicht, ich wollte wenigstens zum Abendessen zu

Hause vorbeischauen, nachdem ich seit Stunden unterwegs bin. Treffen wir uns doch um halb neun auf dem Dorfplatz.«

»Bei dir scheint es ja ganz schön windig zu sein. Wo bist du?«

»Ich habe auf dem Friedhof vorbeigeschaut.«

»Giacomo hat mir erzählt, dass du in seinem Sommercamp vorbeigekommen bist. Hast du gesehen, was für ein schickes neues Sportzentrum sie gebaut haben?«

Unglaublich, wie Marco es jedes Mal schaffte, unangenehme Themen zu umschiffen. Genauso hatte er auch reagiert, als ich von Claudia anfing, und nun, als ich den Friedhof erwähnte. Es würde heute Abend bestimmt ein harter Brocken werden, mit ihm über Giacomo und die Zeichnung zu sprechen.

»Hat er sonst noch was erzählt?«

»Nur, dass du kurz mit einer seiner Lehrerinnen geplaudert hast und dann weitergegangen bist.«

Giacomos Abgebrühtheit bereitete mir Sorgen. Nun hatten wir also schon gemeinsame Geheimnisse.

Nachdem wir uns verabschiedet hatten, rief kurz danach die Nonna an, um mich zu fragen, was ich heute zu Abend essen wolle.

Ich wünschte mir eine Gemüsesuppe, und als ich ihr erzählte, dass ich an Papas Grab gewesen war, hörte ich, wie sie seufzte und, wie es klang, auch ein wenig lächelte.

Anstatt an Claudias Haus vorbei zurück ins Dorf zu gehen, beschloss ich, ein Stück durch den Wald zu laufen, um nicht klitschnass zu werden. Dieser Weg war zwar länger, aber nach der hochemotionalen Begegnung auf dem Friedhof war ich froh über ein wenig Ruhe in der Natur.

Ich musste nachdenken.

Silvana hatte sich für diesen Grabspruch entschieden, weil sie wütend war, was sie auch zu der Aussage »Sag du mir, was an jenem Tag geschehen ist« veranlasst hatte. Sie hegte einen Groll gegen die ganze Welt. Aber so wie ich die Claudia, die ich als Kind gekannt hatte, einschätzte, hätte sie nicht gewollt, dass diese Worte auf ihrem Grabstein standen, und sie hätte auch niemanden leichtfertig beschuldigt.

Zumindest wollte ich das glauben.

Da fiel mir etwas ein, und ich rief Emilia an.

»Die Suche heute fällt aus. In den Bergen schüttet es, und einige Wege sind unpassierbar«, sagte sie statt einer Begrüßung.

»Die Knochen«, sagte ich hastig. Nun fing es richtig an zu regnen, und ich wollte so rasch wie möglich einen Unterstand suchen. Aber hier im Wald hätte ich sicherlich gleich keinen Empfang mehr, und mein Anliegen konnte nicht warten.

»Knochen und weiter? Bist du jetzt verrückt geworden?«

»Du hast gemeint, von Claudias Gebeinen hätten ein paar Knochen gefehlt. Welche?«

»Verschiedene. Mein Kontakt hat die Ergebnisse der Spurensicherung noch nicht einsehen können, er wartet seit Tagen darauf. Aber sobald er mehr weiß, meldet er sich.«

»Was soll das heißen, verschiedene? Also wisst ihr doch schon mehr? Welche Knochen fehlen genau?«

»Sara, ohne offizielle Ergebnisse gibt es auch keine gesicherten Beweise.«

»Sagst du es mir jetzt oder nicht?«

Stille.

»Emilia, du wirst es mir doch sagen, oder?«

»Was willst du bitte schön mit einer Information anfangen, die direkt aus dem Polizeilabor stammt?«

»Emilia. Es gibt eine Verbindung zwischen Claudias und Rebeccas Fall, und um zu verhindern, dass man in zwanzig Jahren Rebeccas Skelett findet, müssen wir herausfinden, worin diese besteht. Wo der rote Faden ist.«

»Wie kommst du auf die Idee, dass die beiden Fälle zusammenhängen? Die Polizei hält diese These für wenig plausibel.«

»Das spüre ich einfach. Rückst du jetzt also die Info raus oder nicht? Ich schwöre bei meinem Leben, dass ich niemandem auch nur ein Sterbenswörtchen verrate. Die Info dient mir nur dazu, die Puzzleteile zusammenzufügen.«

»Mal sehen.«

»Kommst du heute Abend zum Fackelzug?«

»Schwachsinn. Nein.«

»Okay, dann hören wir uns später.«

Ein Donner ließ mich instinktiv den Kopf einziehen, als ob eine schwere Last auf mich herabstürzen würde. Die Kastanien und Eichen bildeten ein dichtes Blätterdach, wenn ich mein rasches Tempo beibehielte, konnte ich es noch rechtzeitig nach Hause schaffen, bevor das Gewitter endgültig losbrach.

Mit einem Mal blieb ich wie angewurzelt auf dem Teppich aus Laub und Erde stehen, alle Sinne geschärft. Ich hatte einen Schrei gehört oder etwas Ähnliches, der von links kam, wo in einigen Hundert Metern Entfernung die ersten Häuser standen.

Ich blieb ein paar Sekunden lang reglos stehen, um zu lauschen, aber in diesem Moment trieb der Wind tosenden Regen heran und peitschte pfeifend Wasser und Laub durch die Luft. Bereits triefend nass lief ich in Richtung des Dorfes, als ich in etwa vierzig, fünfzig Metern Entfernung jemanden trotz der widrigen Witterungsverhältnisse pfeilschnell zwischen den Bäumen hindurchrennen sah. Rasch bog ich nach links ab, wobei ich einem umgefallenen, efeuberankten Baumstamm auswich, und rutschte einen kleinen Hang hinab, damit ich ungefähr dort landete, wo er auf seiner Flucht vorbeikommen würde.

Von dieser Position aus konnte ich die Gestalt besser sehen. Sie hatte lange Beine und ein verästeltes Geweih auf ihrem gigantischen Kopf. Mein Herz begann zu rasen, und einen Augenblick lang setzte mein Atem aus, doch dann erinnerte ich mich wieder an den nichtsnutzigen Dieb, der sich als Waldgott verkleidete und gern alte Damen zu Tode erschreckte, und nahm die Verfolgung auf.

Es wäre sinnlos gewesen, die Polizei zu rufen, ehe ich nicht wenigstens herausfand, wo sich sein geheimer Unterschlupf befand: In diesen undurchdringlichen Wäldern gab es unzählige Verstecke. Ich musste ihm unbedingt dicht auf den Fersen bleiben.

Ich schlug einen Pfad parallel zu seinem ein, der kräfteschonend, weil abschüssig war, außerdem war ich relativ gut getarnt durch die dicht an dicht stehenden dunklen uralten Bäume mit ihren dicken Ästen, die einen regelrechten Vorhang zwischen ihm und mir bildeten. Aber es bestand ohnehin keine Gefahr für mich, denn er rannte, als sei der Teufel hinter ihm her, und hätte mich niemals bemerkt, selbst wenn ich seinen Weg gekreuzt und mich drei Meter vor ihm an einer Liane vorbeigeschwungen hätte.

Auf dem letzten Abschnitt der höher gelegenen Route legte ich noch einmal an Tempo zu und ließ mich dann, als ich ihn überholt hatte, den Hang hinuntergleiten, um ihm, verborgen hinter dichtem Gestrüpp, aufzulauern. Doch der prasselnde Regen hatte den Lehmboden derart aufgeweicht, dass ich buchstäblich einsank und quasi hinunterrollte. In dieser Schrecksekunde fielen mir Emilias Worte wieder ein: *Für das Kraxeln in den Bergen braucht man Übung.* Da hatte sie recht gehabt. Ich konnte nur hoffen, dass ich mir bei dieser rasanten Talfahrt kein Bein brach und vor allem nicht entdeckt wurde. In diesem Moment kam ein solcher Sturzbach aus Wasser und Laub herunter, dass es unmöglich war, auch nur ein paar Meter weit zu sehen, doch ich wusste genau, welchen Punkt ich im Blick behalten musste.

Als ich an einem Polster aus Moos zum Stillstand kam, duckte ich mich schnell und versuchte, meine Atmung wieder in den Griff zu bekommen. Das Herz schlug mir gegen die Rippen, und ich hatte höllische Schmerzen in der Seite. Mein Hals brannte, und ich war praktisch von Kopf bis Fuß mit Schlamm bedeckt. Mit einem raschen Blick über die Schulter vergewisserte ich mich, dass mein Rucksack noch da war, und wartete ab.

Sekunden später sah ich den Gehörnten aus der Netflix-Serie, und ich musste zugeben, dass es durchaus ein beeindruckender Anblick war, wie er im strömenden Regen zwischen den Bäumen hervorgeschossen kam und über allerlei Hindernisse hinweg in großen Sätzen das Waldstück durchquerte. Er erinnerte mich an irgendetwas, wie er sich anmutig und zugleich kraftvoll mit der ästhetischen Aggressivität einer wilden Bestie fortbewegte, aber mir wollte nicht einfallen, woran.

Als er näher kam, besah ich ihn mir genauer, so gut es der Regenschleier erlaubte, und mir gefror das Blut in den Adern. Ich hatte nie an übernatürliche Wesen geglaubt und würde bestimmt nicht heute damit anfangen, dennoch spielte seine Gestalt meiner Fantasie einen fürchterlichen Streich. Zumindest, bis ich das Weiß seiner Turnschuhe aufschimmern sah.

Schnell wie der Blitz rauschte er nur wenige Meter von mir entfernt als eine diffuse Mischung aus heiserem Atem, langen, wohlplatzierten Schritten, angespannten Muskeln und dahinfegendem Wind vorbei.

Eilig sprang ich auf und gab mich der Illusion hin, ich könnte ihm bis zu seinem Versteck nachlaufen, doch das Schicksal kam mir zu Hilfe. Der Mensch mit dem Hirschkopf machte einen falschen Schritt, wurde langsamer, drückte sich die Hände an die Brust und begann zu taumeln, bis er vornüber in den Schlamm kippte.

Einen Moment später kniete ich über ihm. Aufgrund seiner unkontrolliert zuckenden Beine vermutete ich, dass er einen epileptischen Anfall hatte. Der Regen ging nun in einem konstanten Fluss auf uns nieder, beinahe wie ein Streicheln.

»Ich bin Ärztin, ganz ruhig, schön atmen«, keuchte ich und

fragte mich insgeheim, was das bringen und was er mit dieser Information anfangen sollte. Offenbar wollte ich ihn beruhigen. Denn wer auch immer unter dieser Aufmachung steckte, hatte irgendeine Form von Zusammenbruch und benötigte dringend Hilfe, und das mitten im Wald.

Während ich mit der Windjacke kämpfte, die sich in einem Brombeerstrauch verheddert hatte, rutschte ich bei dem Versuch aus, seinen Arm zu fixieren, mit dem er wild um sich schlug, bis es mir schließlich im Matsch kniend unter ungeheurer Kraftanstrengung gelang, ihn auf den Rücken zu drehen. »Geschafft, alles wird gut, ich bin ja da. Keine Sorge, ich bin Ärztin.«

Es war zwei Jahre her, seit ich zuletzt Erste Hilfe geleistet hatte, aber das Gefühl war mir wohlvertraut. Das Leben eines Menschen liegt in deinen Händen, hängt von deinen Entscheidungen ab. Deiner Fähigkeit, nüchtern zu analysieren. Einen klaren Kopf zu bewahren.

Angst. Zweifel. Der inständige Wunsch, den Patienten atmen zu hören.

»Ich bin da. Bleib bei mir, halte durch. Halte durch!«

Mit einem beherzten Griff zog ich die Gummimaske herunter und hielt den Atem an.

Darunter kam das blutleere Gesicht von Barbara Righi zum Vorschein.

15

Ich drehte sie auf die Seite, damit sie den Schaum ausspuckte, den sie im Mund hatte, und während ich mit einer Hand ihren Kopf hielt, zog ich mit der anderen meinen Rucksack herunter, um mein Handy herauszuholen.

Die Muskelzuckungen schienen nicht nachzulassen, und ein unkontrollierbares Zittern kam noch hinzu. Nun dämmerte mir, dass sie keinen epileptischen Anfall hatte, sondern eine Überdosis.

Innerlich betend, dass ich Empfang haben würde, wählte ich den Notruf. In der Zwischenzeit hob ich eins ihrer Augenlider an: Die Pupille war enorm geweitet. Als ich den Schaum an ihren Lippen überprüfen wollte, schloss sie ruckartig den Mund und gab ein Furcht einflößendes, heiseres Röcheln von sich, einen schrecklichen, hoffnungslosen Laut. Ich legte die Hand an ihre Stirn: Sie glühte vor Fieber.

»Barbara, hörst du mich? Ich bin's Sara, ich bin Ärztin und kümmere mich um dich, du bist nicht allein.«

Dafür hatte sie mir also die zwanzig Euro abgeluchst, und ich dumme Kuh hatte sie ihr auch noch gegeben.

Die Stille in der Leitung beunruhigte mich. Ich warf einen Blick auf das Display, aber das Handy glitt mir aus den Händen und fiel in den Schlamm. Hastig nahm ich es wieder hoch und presste es mir erneut ans Ohr. Diesmal war ein Freizeichen zu hören, und während ich wartete, sprach ich weiter beruhigend auf sie ein.

»Barbara, hörst du mich? Ich bin's, Sara. Erinnerst du dich an mich? Die, die dich auf dem Markt angequatscht hat. Ich bin bei dir. Alles wird gut, hörst du mich?«

Aus ihrem Mund drang Gemurmel. Ich beugte mich über sie, um zu hören, was sie sagte, und lockerte den Kragen ihrer Jacke.

»Hat Papa gegessen? ... Hab gesagt, bin gleich zurück ... Hause, Papa«, fantasierte sie vor sich hin.

»Ja, dein Papa hat gegessen«, beruhigte ich sie und streichelte ihr über die bleiche Wange. »Barbara, wo wohnst du? Dann bringe ich dich nach Hause.«

Erschöpft von der Anstrengung zu sprechen, verdrehten sich ihre Augen ein wenig.

»Bleib bei mir!«, schrie ich und kramte hektisch in ihren Jackentaschen nach ihrem Handy, bis ich es fand. Es war nicht passwortgeschützt. Ich scrollte durch ihre Kontakte hinunter zu »P«, wo ich wie vermutet den Eintrag »Papa« mit einem Herz-Emoticon daneben fand.

Ich wählte die Nummer und hielt mir ihr Handy an das freie Ohr. Es klingelte.

In diesem Moment erklang auf dem anderen Ohr eine Stimme, die mich hochfahren ließ.

»Notrufzentrale, was kann ich für Sie tun?« Die Verbindung war schlecht, aber mit ein wenig Glück konnte ich den Notruf absetzen.

»Hallo, hier ist Sara Romani, ich bin Ärztin und befinde mich in Borgo Cardo, im Wald direkt unterhalb des Friedhofs in südlicher Richtung. Bei mir ist eine junge Frau mit einer Überdosis, vermutlich durch Kokain oder Amphetamine. Die Patientin zittert, hat Fieber und Herzrasen, geweitete Pupillen und leidet unter Fieberwahn. Ich wiederhole: Borgo Cardo ...«

»Wie ist das denn passiert? Waren Sie dabei, als sie den Anfall hatte? Liegt ein Herzversagen vor?«

»Der Anfall kam schlagartig und ging mit dem Zusammenbruch des zentralen Nervensystems einher. Die Patientin ist gerannt. Nach der anfänglichen Überstimulierung ist der Kreislauf kollabiert, aber ich kann keine Anzeichen für ein Herzversagen feststellen. Die Patientin ist außerdem Sportlerin. Aber es besteht die akute Gefahr eines Zusammenbruchs der Atmung. Bitte schicken Sie umgehend Hilfe!«

In diesem Moment ging am anderen Ohr die Mailbox des Vaters ran, doch kurz vor dem Piepton brach die Verbindung ab.

»Wir schicken sofort einen Rettungshubschrauber los. In fünf Minuten ist er bei Ihnen. Lassen Sie das GPS eingeschaltet, damit die Rettungssanitäter Ihren Standort ermitteln können, ja?«

Barbaras Körper hatte aufgehört zu zittern. Sämtliche Muskeln in ihren Beinen und Armen hatten sich so sehr versteift, dass ich sie nicht mehr hätte bewegen können. Zum Glück hatte ich sie bereits vorher in die stabile Seitenlage gebracht.

»Nun ist die Muskellähmung eingetreten!«, schrie ich, weil ich genau wusste, dass als Nächstes die Atemfunktion versagen würde.

»Wir sind unterwegs, halten Sie du ...« Das Handy rutschte mir aus der Hand, doch ich achtete nicht darauf. Der Notruf war abgesetzt, und in Kürze würde ich die Rotoren des Hubschraubers über den Gipfeln knattern und die Stimmen der Rettungskräfte näher kommen hören.

»Barbara, hörst du mich? Bleib bei mir, der Notarzt ist unterwegs! Gleich bist du in Sicherheit, halte durch!«

Ich versuchte, sie so weit es ging aufzurichten, um sie an mich heranzuziehen und ihr die Atmung zu erleichtern, aber es war, als würde man versuchen, einen Amboss anzuheben.

»Nach Hause, Papa, Geld ... Geld.« Sie brabbelte vor sich hin und gab gelben Schaum von sich, plötzlich zog sie scharf den Atem ein, als wollte sie alle Luft der Welt einziehen, und aus ihrer Kehle drang ein hoher, quietschender Ton.

Sie würde sterben.

»Barbara!«, brüllte ich und zog sie hoch, damit sie nicht erstickte. »Barbara, halte durch!«

Ihre langen Beine schlugen wild aus, ihre Stirn fühlte sich eiskalt an und war zugleich schweißgebadet.

Der Wind trug Motorengeräusche heran.

»Da sind sie, da sind sie, Barbara, der Rettungsdienst ist da, halte durch!«

Ich flehe dich an, gib nicht auf, geh nicht!

Ihren Körper mit meinen Knien fixierend hielt ich ihren Kopf nach hinten, um ihr die Luftzufuhr zu erleichtern, als erneut das fürchterliche Geräusch erklang und sie noch heftiger als beim ersten Mal Luft einsog. Zuerst verebbten die Zuckungen, als hätte jemand den Stecker gezogen, der den Körper am Laufen hielt, und kurz darauf trat erneut das trockene, unendlich lange Röcheln des Todeskampfes ein. Trotz allem steckte Lebenswille in ihr, und sie gab alles.

Ich schrie und fluchte und weinte, während mir Barbara Righi in den Armen wegstarb und es erneut anfing, Laub und Wasser zu regnen.

Die Rettungssanitäter fanden mehr durch meine Schreie denn durch das GPS durch das Dickicht zu uns. Wie orangefarbene Gespenster sah ich sie in Zeitlupe auf uns zulaufen.

Sie entrissen sie mir und warfen mir eine Rettungsdecke um.

Jemand drückte mir einen vibrierenden Gegenstand in die Hand, aus dem Laute drangen.

»Hallo?«

»Was ist mit deiner Stimme passiert? Wo bist du?«

»Ungefähr an derselben Stelle wie vorhin.« Ich stand auf und erspähte ein Stück weiter eine Wand, womöglich die Seite eines Hauses. Torkelnd lief ich darauf zu, vorbei an den Wurzeln, die aus der Erde ragten.

»Sara, ist alles in Ordnung?«

»Nein. Barbara Righi ist tot. Sie war der Gehörnte von Netflix, und ich glaube, ich habe gerade ihr Haus entdeckt und werde nachsehen, ob ich Rebecca dort finde. Die von der Rettungszentrale verständigen gerade die Polizei.«

»Wie bit …?« Die Verbindung brach ab, und Emilias Stimme verstummte.

Das musste es sein. Barbara hatte es fast bis nach Hause geschafft.

Was ich von Weitem gesehen hatte, war die Mauer gewesen, die an drei Seiten eine paradiesische Lichtung umgab, auf der ein Haus aus Holz und Stein stand.

Offenbar handelte es sich um eine alte Almhütte, die man wiederhergerichtet hatte, mit einer Veranda und einem Holzofen zum Brotbacken. Der Garten war verwildert und teilweise vom Wald vereinnahmt. Ich sah wilde Brombeer- und Himbeersträucher, die sich an der Innenseite der Mauer hochrankten und mit Trieben verwachsen waren, an denen orangene Beeren hingen.

Nicht einmal ich wusste, wie ich auf die Idee kam, hier Rebecca finden zu wollen. Ein Teil von mir war sich bewusst, dass das eine völlig haltlose Hypothese war, aber vielleicht suchte ich auch nach etwas ganz anderem: nach dem Geheimnis von Barbara Righi, nach dem Grund, wieso sie halb als Mensch, halb als Tier verkleidet durch die Gegend zog und Leute ausraubte. Nicht zu vergessen ihr kranker Vater, der zu Hause vergeblich auf ihre Rückkehr wartete.

Während ich die vier Stufen hinaufstieg, die zur Veranda und der Haustür führten, fielen mir wieder Cesares Worte ein: *ein verlorenes Mädchen.*

In gewisser Weise hatte sich Barbara selbst verloren und es nicht überlebt.

Die Tür war verschlossen.

Ich klopfte an, aber es kam niemand heraus, also ging ich wieder in den Garten hinunter und stellte mich auf Zehenspitzen, um durch eines der Fenster hineinzuschauen. Die Scheiben waren schmutzig, und das Innere des Hauses lag im Dunkeln. Man konnte unmöglich etwas erkennen.

Ich umrundete das Gebäude und entdeckte einen Geräteschuppen voll mit Gerümpel, Fahrrädern und sogar einer Motorhaube. Etwas quietschte: Einer der Fensterläden an der Terrassentür auf der Rückseite bewegte sich langsam im Wind.

Ich drückte auf die Klinke, und die Tür öffnete sich.

»Signor Righi?«, rief ich. »Signor Righi?«

Die Küche war ein einziges Chaos. Auf der Ablage neben den Kochstellen stapelten sich benutzte Töpfe und Pfannen aller Größen, das Waschbecken war bis oben hin gefüllt mit Tellern und Gläsern, an denen Essensreste klebten und die von Insekten umschwärmt wurden. Der Boden war schmierig. Vorsichtig, um nicht auszurutschen, ging ich zum Kühlschrank und machte ihn auf: dunkle Leere.

Ich suchte nach dem Lichtschalter, nur um beim Anknipsen festzustellen, dass es in diesem Haus keinen Strom gab. Der Stromkasten, der an der Wand in dem kleinen Eingangsbereich hing, der rechts zu einem Wohnzimmer und links zu zwei geschlossenen Türen führte, war mit Spinnenweben behangen.

Ich klappte den Kasten auf und schaltete den Strom in allen Zimmern wieder ein, doch es tat sich nichts.

»Signor Righi?«

Emilia wäre wenig begeistert. Zugegeben, ich war unerlaubt und ungefragt in ein Privathaus eingedrungen, aber gleichzeitig war die Tochter des Mannes, der hier lebte, gerade in meinen

Armen gestorben, und gleich würde die Polizei eintreffen. Vorher aber wollte ich mir noch einen Eindruck verschaffen, wer Barbara gewesen war, und wenn möglich ein paar Worte mit ihm wechseln.

Es war mehr als offensichtlich, dass die beiden von der Gesellschaft völlig im Stich gelassen, vergessen, an den Rand gedrängt worden waren. Ein kranker Vater und eine drogenabhängige Tochter, die versucht hatte, den Laden am Laufen zu halten. Zusätzlich zu meiner großen Traurigkeit empfand ich auch Frust angesichts meiner Ohnmacht.

Ich öffnete eine der beiden geschlossenen Türen: Dahinter lag Barbaras Zimmer. Durch das Fenster mit Blick zum Wald drang das gedämpfte Licht eines verregneten Nachmittags, aber bei Sonnenschein musste das Zimmer einst ziemlich hübsch und gemütlich gewesen sein. Die Wände waren mit einer pastellgrünen Tapete mit rosa und lila Blumenmotiven bedeckt. Das Bett war ungemacht, und auf dem Boden lagen Klamotten, Handtücher, Unterwäsche herum.

Auf dem einzigen Regal, das über dem Schreibtisch angebracht war, standen aufgereiht Bücher über Feen und keltische Mythen, Kunstbücher mit Illustrationen von Fantasiewesen wie Drachen und Meerjungfrauen sowie Fantasyromane. Auf dem Schreibtisch stapelten sich Hefte, ein Handyladegerät und ein schmutziges Paar Socken.

Ein verlorenes Mädchen.

Neben den Heften fiel mir ein Holzrahmen mit einem Foto auf, das Barbara nach einem Spiel zeigte. Darauf war sie ungefähr vierzehn, bereits einen Kopf größer als ihre Eltern und hielt strahlend einen Pokal in den Händen. Ihre Eltern applaudierten.

Bei diesem Anblick zog sich mir das Herz zusammen, und ich beschloss zu gehen. Wenn Righi nicht da war, konnte das nur eins bedeuten: Er war ins Krankenhaus eingeliefert worden, und Barbara, die zurückgeblieben und mit der Einsamkeit nicht zurechtgekommen war, wusste sich nicht anders zu helfen als zu klauen und sich zu betäuben.

Ich erreichte das Wohnzimmer mit dem erloschenen Kamin und wollte gerade hinausgehen, als ich in der Mitte des Raums einen stechenden Geruch wahrnahm. Zuerst dachte ich, er käme aus der nahe gelegenen Küche, sodass ich dorthin zurückkehrte, aber dort roch es ganz anders, nach verfaultem Essen und abgestandener Luft.

Ich kehrte ins Wohnzimmer zurück, ging zum Kamin, drehte eine Runde um das Polstersofa, und siehe da, da war er wieder, der Geruch, ekelhaft.

Ein Geruch nach Verwesung.

Ich versuchte mich zu erinnern, ob Emilia oder Cesare etwas davon erwähnt hatten, dass Barbara ein Haustier besaß. Erneut kehrte ich in den Flur zurück und öffnete die zweite verschlossene Tür, die neben Barbaras Zimmer lag. Dahinter befand sich das Bad. Ein kleiner Raum mit Waschbecken, Bidet, Dusche und einer winzigen weißen Rattan-Kommode. Ich öffnete die Schublade und erblickte das, was ich im Badezimmer jeder jungen Frau gefunden hätte: Gesichts- und Körperlotion, Lipgloss, eine Haarbürste, ein paar Damenbinden. Nur wenige Dinge, die mir aber sagten, dass es eine Zeit gegeben hatte, als Barbara noch auf sich geachtet hatte, nicht nur auf ihre Fitness, sondern auch auf ihr Äußeres.

Dann hatte sich das geändert.

Ich kehrte ins Wohnzimmer zurück und versuchte, die Quelle dieses furchterregenden Geruchs auszumachen, der von irgendwo hinter dem Sofa zu kommen schien. Erst da entdeckte ich die Holztreppe, die so dunkel war, dass sie sich nicht von der Holzvertäfelung abhob, mit der die Wand dahinter bedeckt war. Eine schmale, steile Holztreppe ohne Geländer, die in das Obergeschoss führte, wo sich, wie ich annahm, das Zimmer des Vaters befand.

Barbaras fiebrige Fantasien hallten in meiner Erinnerung wider. *Hat Papa gegessen?*

Ein nagendes Gefühl trieb mich dazu, zu der kleinen Galerie hinaufzusteigen, die größtenteils mit Staub, Cornflakes-Verpackungen, Chipstüten und leeren Dosen bedeckt war.

Ein zerschlissener Schlafsack lag an der Wand vor den einzigen beiden Zimmern, die das Obergeschoss bildeten, beide Türen waren ebenfalls geschlossen.

Der Gestank hier oben war unerträglich.

Hat Papa gegessen?

Ein schrecklicher Gedanke beschlich mich. Was, wenn er nie ins Krankenhaus eingeliefert worden war? Was, wenn Barbara und ihr kranker Vater immer allein gewesen waren?

Ich öffnete die erste der beiden Türen und fand ein zweites Bad vor, das womöglich noch kleiner war als das im Erdgeschoss, aber ebenso aufgeräumt. Auf der Ablage standen ein Rasierer und ein Aftershave mit Pinienduft fein säuberlich nebeneinander.

Die Wahrheit verbarg sich hinter der zweiten Tür, und inzwischen war ich mir nicht mehr so sicher, ob ich sie wirklich wissen wollte. Der Verwesungsgeruch war furchtbar, und ich hatte die Wahl: aufmachen und nachsehen oder wieder hinuntergehen, an die frische Luft, diesen ganzen Albtraum hinter mir lassen, nach Hause zur Nonna zurückkehren und die Polizei den Rest erledigen lassen.

Meine Hand drückte auf die Klinke, und die Tür sprang mit einem kleinen Ruck auf. Drinnen herrschte vollkommene Dunkelheit. Vor den geschlossenen Fensterläden hing ein schwerer Vorhang, sodass kein Licht durch die feinen Ritzen dringen konnte. Der Gestank des Todes wehte mir als feuchter Hauch entgegen. Das war zu viel für meinen Magen. Vornübergekrümmt übergab ich mich zwischen die leeren Verpackungen auf der Galerie. Da ich notgedrungen weiteratmen musste, presste ich mir die Innenseite des Arms gegen Mund und Nase und schaltete die Taschenlampenfunktion an meinem Smartphone ein.

Das kühle Displaylicht war zwar nicht sehr hell, aber ausreichend, um das triste Bild abzurunden, das ich bei meinen Recherchen von Barbara und ihrem Vater gewonnen hatte.

Der Mann lag im Bett – wo er vermutlich verschieden war – und bis zur Brust unter einem Laken. Überall im Zimmer verteilt standen Teller, Gläser und Packungen von Fertigmahlzeiten, und auf dem Boden lag neben dem Bett eine Matratze mit einem Kissen. Auf dem Kissen lagen ein aufgeklapptes Buch und ein Heft.

Seit wann war der Mann tot?

Hastig eilte ich rückwärts die Treppe hinunter, bis ich gegen das Sofa stieß, und stürzte dann hinaus ins Freie. Kaum draußen überfiel mich ein Schwindelgefühl, und ich musste mich an den Geräteschuppen gelehnt erneut übergeben, woraufhin ich taumelnd das Grundstück verließ, um mir vom Regen das Grauen abwaschen zu lassen, das ich soeben erlebt hatte. Nur die Trauer nicht, die würde für immer an mir haften.

Er war gestorben, und sie hatte so getan, als wäre nichts geschehen. Aus Furcht, sich eingestehen zu müssen, dass sie allein war, hatte sie weiterhin mit ihrem toten Vater zusammengelebt und neben seiner Leiche geschlafen, so verängstigt und verzweifelt war sie gewesen.

Nein. All das würde ich nie mehr vergessen.

Dort, wo Barbara in meinen Armen gestorben war, waren bereits Polizisten eingetroffen, und als ich näher kam, wies der Notarzt sie auf mich hin.

Ich beantwortete sämtliche Fragen, die mir ein Mann stellte, der sich als Inspektor Marchi auswies, und machte Angaben zu meiner Person. Ich erzählte ihm auch, dass ich mich kurzzeitig entfernt hätte, um nach Barbaras Haus zu suchen, weil ich ihren Vater verständigen wollte. Er fragte nicht nach, ob ich ihn angetroffen hätte, und ich sagte auch nichts.

In diesem Moment traf Emilia ein, sie humpelte immer noch sichtlich und schloss mich in die Arme. Ich zitterte vor Kälte und Müdigkeit.

Die Polizisten steuerten derweil durch den Matsch Barbaras Haus an.

»Das heißt wohl, dass wir jetzt gehen können«, sagte Emilia. »Komm mit zu mir, dann kannst du mir alles in Ruhe bei einer schönen heißen Tasse Tee erzählen, in Ordnung?«

»Okay«, sagte ich und warf einen letzten Blick auf den schwarzen Sack, der Barbara Righis Leiche enthielt.

16

»Jetzt stelle ich mal die Fragen. Du hast mir nie erzählt, dass deine Nonna Carolina Heilerin war. Das heißt, ich wusste, dass sie eine war, aber du hast nie ein Wort darüber verloren. Wer weiß, welch merkwürdige Szenen sich dir als Kind geboten haben.«

Das flauschige Flanellhemd auf der trockenen Haut, der heiße Tee in meiner Hand und das weiche Sofa unter mir waren Balsam für die Seele nach den surrealen Ereignissen von eben.

»Wir haben als Kinder nie darüber gesprochen, weil du das alles nicht ausstehen konntest. Außerdem hat zweiundzwanzig Jahre lang Funkstille zwischen uns geherrscht, wie du sehr wohl weißt.« Emilia legte mir eine Decke um die Schultern und befühlte meine Haare, um sicherzugehen, dass sie auch wirklich trocken waren.

»Und was spielt das jetzt überhaupt noch für eine Rolle?«

»Keine. Mich hat nur Silvanas Geschichte berührt. Mir war nicht klar gewesen, dass Claudias Vater an Depressionen und Verfolgungswahn gelitten hat, dir?«

»Nein. Er hatte den Ruf, ein wenig verschroben und menschenscheu zu sein, aber mehr nicht.«

Ich nahm schweigend einen Schluck und genoss die angenehme Wärme im Hals.

Menschenscheu. Womöglich war er psychisch krank gewesen.

»Erzähl mir lieber von Barbara. Ich wäre gern noch geblieben, aber der Inspektor, der vorerst mit Rebeccas Fall betraut ist, war über meine Anwesenheit wenig erfreut. Er gehört nicht unbedingt zu denen, die mir nach dem Disziplinarverfahren noch freundschaftlich gesinnt sind.«

»Kann man mal erfahren, was du eigentlich angestellt hast? Und was meinst du mit ›vorerst‹?«

»Das erzähl ich dir ein anderes Mal. ›Vorerst‹ deshalb, weil die Staatsanwaltschaft abgezogen und der Fall dem diensthabenden Inspektor anvertraut wird, sofern keine Hinweise auf eine Entführung auftauchen. Marchi ist nicht gerade bekannt dafür, entscheidungsfreudig zu sein, aber ich weiß, dass er sich bemüht. Anfangs werden diese Fälle immer auf die leichte Schulter genommen. So nach dem Motto: Das war nur eine Mutprobe, ein Streich, ein Unfall. Aber jetzt bist du dran, erzähl mir von Barbara Righi.«

»Mach hier nicht einen auf Polizistin, Emi.« Ich setzte eine drohende Miene auf, und sie lächelte. Mit offenen Haaren aufs Sofa gekuschelt, war sie wie verwandelt.

»Zwing mich nicht dazu, dich zum Reden zu bringen, Sara Romani.«

Wir mussten lachen, mehr um dem Albtraum dieses Nachmittags seinen Schrecken zu nehmen denn aus echter Heiterkeit, bis ich mich dazu durchrang, ihr in Kürze zu schildern, was ich in Erfahrung gebracht hatte.

»Das heißt, sie hat die ganze Zeit mit einem Toten unter einem Dach gelebt. Morgen werden sämtliche Zeitungen voll davon sein, die *Gazzetta di Parma* eingeschlossen, und danach wird man beide wieder vergessen. So läuft das jedes Mal«, zog Emilia ihr Resümee.

»Sie hat dort gelebt, aber infolge des Drogenkonsums in einem konstanten Wahnzustand. Schon als ich mit ihr auf dem Markt geredet habe, war sie nicht sonderlich klar, sie schien es eilig zu haben, nach Hause zu kommen, wahrscheinlich meinte sie, ihren

Vater versorgen zu müssen. Auf dem Boden neben seinem Bett lag eine Matratze. Ich nehme an, dass sie dort geschlafen hat.«

»Um ihm Gesellschaft zu leisten.«

»Wohl eher, um nicht allein zu sein.«

»Es tut mir leid, dass ich deine Sorge um ihren Gesundheitszustand nicht richtig ernst genommen habe. Du hast mit deinem Befund ganz richtig gelegen, Sara.«

»Dafür hätte es keines Medizinstudiums bedurft, Emi. Alles an diesem Mädchen hat nach Hilfe geschrien, aber niemand hat sie erhört. Das stimmt mich auch nachdenklich, was Claudia angeht. Bestimmt war sie besorgt wegen ihres Vaters, aber sie hat es bis zum Schluss geheim gehalten.«

»Vielleicht hätte sie es uns erzählt, wenn ... egal, lassen wir das, sonst regst du dich nur wieder auf. Über Marco beschwerst du dich, dabei bist du selbst nicht besser.«

Da war sie wieder, die alte angriffslustige Emilia. Der Moment der trauten Einigkeit war vorbei.

Ich stand auf und streifte mir die Decke ab.

»Ich geh jetzt. Die Nonna wartet mit dem Abendessen auf mich, und dann gehe ich runter ins Dorf zum Fackelzug, ich muss unbedingt mit Marco reden.«

Sie holte mich am Eingang ein.

»Sara, es gibt keine Verbindung zwischen Claudia und Rebecca, hör auf, irgendwelchen Hirngespinsten nachzujagen, okay? Du kannst dich auf tausend Arten nützlich machen, nur nicht auf diese Weise.«

»Was hast du gesagt, wie ist deine Nonna gestorben?«

Sie zog einen Schmollmund. »Was soll das jetzt?«

»Nun sag schon.«

»Sie ist sanft entschlafen. In den letzten Monaten hat sie immer mehr abgebaut. Sie hat an keiner bestimmten Krankheit gelitten, vielleicht war sie einfach müde vom Leben.«

»Und was ist mit Gertrude? Wo wohnt sie? Ich würde morgen gern bei ihr vorbeischauen. Silvana hat mir erzählt, dass sie ihren Mann behandelt hat, bevor Claudia verschwand.«

»Gertrude ist vor über vier Jahren gestorben.«

»Ah.«

»Ihr Grab befindet sich im Wald, auf dem Weg zur Tränke, ganz am Ende. Dort hat sie nämlich gelebt.«

»Man hat sie im Wald beerdigt?«

»Ja. Mich würde übrigens brennend interessieren, auf welche abwegigen Theorien du diesmal kommst, Sara.«

»Keine abwegigen Theorien, ich habe lediglich ein paar Fragen, die ich gerne klären würde. Danke für alles, was du heute für mich getan hast, Emi. Wir hören uns später.«

Als ich aus Emilias Haus auf die Straße hinaustrat, war es bereits dunkel. Das Rätsel um den mysteriösen als Cernunnos maskierten Dieb war gelöst und hatte das traurige Schicksal von Barbara Righi offenbart, aber von Rebecca fehlte weiterhin jede Spur.

Ich aß mit der Nonna zu Abend, die bereits über alles Bescheid wusste: über Barbaras Tod, ihr Hirschkostüm und den Vater, der seit wer weiß wie langer Zeit schon tot war. Diese und andere Fragen würde die Spurensicherung klären.

Das *Pling* meines Handys verkündete eingehende Nachrichten, als ich das zweite Mal an diesem langen Tag duschte; die Kälte steckte mir noch immer in den Knochen, und mir schien, als könnte nichts mich wärmen. Außerdem tat mir alles weh, die Arme, die Beine, der Rücken.

Während ich mir eine Aspirin einwarf, las ich Emilias Nachricht, dass nun auch für Barbaras Leiche eine Autopsie angeordnet worden war und dass es noch keine Neuigkeiten gab, was die fehlenden Knochen von Claudia betraf.

Als ich gerade zur Tür hinaus wollte, klingelte mein Telefon, es war Giulia. Einen Augenblick lang starrte ich auf das Display und war versucht, nicht ranzugehen. Ich war nicht in der Stimmung für einen Freundinnenplausch, außerdem, was hätte ich ihr schon über meinen Horrorurlaub erzählen sollen? Dass ich losgefahren war in der Hoffnung, das Verschwinden eines Mädchens aufzuklären, das meine Schnittwunde geheilt hatte, und dass ich stattdessen eine junge Frau geschnappt hatte, die als Hirsch verkleidet alte Leute ausraubte?

Letztlich ging ich ran. »Giulia!«

»Hallo, Sara. Wie geht's dir? Fehlen wir dir?«

»Machst du Witze?« Ihre Frage hatte mich kalt erwischt: Seit ich in Borgo Cardo angekommen war, war ich so beschäftigt gewesen, dass ich keinen – wirklich keinen einzigen – Gedanken an das Krankenhaus, meine Kollegen und meine Arbeit verschwendet hatte. Unglaublich, aber wahr. Giulias Anruf kam mir deshalb anachronistisch vor, geradezu absurd und wie aus einer anderen Welt. Bologna und mein Leben dort erschienen mir unendlich weit weg, fast wie ein Paralleluniversum zu den Bergen, wo ich es mit Geistern und Vermissten zu tun hatte. Hoffentlich klang ich nicht allzu entfremdet.

»Alles bestens. Und bei euch? Kommt ihr ohne mich klar, oder muss ich mir Sorgen machen?«

»Nöö. Alles unter Kontrolle, Frau Doktor. Ich habe gerade Dienst und soll dich von allen grüßen. Seit wann bist du noch mal weg? Es kommt mir vor wie eine Ewigkeit.«

»Du bereust es schon, mir Urlaub verordnet zu haben, was? Das sollte dir eine Lehre sein. Stell dir nur mal vor, ich käme nie mehr zurück.«

Diesen dummen Spruch hatte ich bloß so dahingesagt, keine Ahnung, woher der plötzlich kam. Aber der heutige Nachmittag hatte mir echt Angst eingejagt und gezeigt, dass einem jederzeit etwas zustoßen konnte, wenn man den gewohnten Alltag hinter sich ließ, um sich anderweitigen Abenteuern zuzuwenden. Worauf hatte ich mich da bloß eingelassen?

»Sag so was nicht mal im Spaß. Komm lieber schnell zurück, du fehlst mir nämlich. Ich geh auch mit dir einen Aperitif trinken in dieser schrecklichen Bar, die du so gerne magst, okay?«

»Okay, Chefin.«

»Aber mal im Ernst, Sara. Du klingst gut. Irgendwie befreit und lebendig.«

Befreit und lebendig, soso. Wenn sie wüsste.

»Na, schönen Dank auch.«

Sie brach in Lachen aus, das so ansteckend war, dass ich einstimmte. Ich verabschiedete mich und versprach, mich öfter mal zu melden und ihr Fotos von meinen pittoresken Ausflügen in die Wälder zu schicken. Dann trat ich hinaus auf die Straße und mischte mich unter die überschaubare Menge, die sich auf dem Platz für den Fackelzug versammelt hatte.

Ringsum hüpften kleine Lichtlein durch die Dunkelheit der Berge, als würde Sonnenlicht durch schmale Ritzen in schwarzem, schwerem Samt hindurchblitzen.

Vor der Kirche entdeckte ich eine Ansammlung von Schulkindern aus den umliegenden Dörfern, die bunte Fahnen schwenkten, und etwas weiter hinten eine Delegation von Lehrern, zusammen mit Vertretern der Gemeinde.

Erneut fühlte ich mich beobachtet, als ob es eine Mauer des Misstrauens zwischen mir und dem Dorf gäbe. Ich hoffte, dass sich die Gerüchte, die irgendjemand über mich in Umlauf gebracht hatte, bald zerstreuen würden, und sah mich um.

Rodolfo Bramanti, Rebeccas Vater und Bürgermeister von Borgo Cardo, war am Rande des Dorfplatzes in ein hitziges Gespräch vertieft, aber die Person, mit der er sich unterhielt, stand im Schatten des Kirchturms, sodass ich sie nicht sehen konnte.

»Alte Geschichten, neue Probleme.« Cesare stellte sich neben mich und drückte mir eine Fackel in die Hand, die noch entzündet werden musste. Ich nahm sie entgegen, hielt die Spitze an seine und sah, wie sie Feuer fing. Es wehte kein Lüftchen, selbst die Wälder ringsum standen reglos da wie ein Heer beim morgendlichen Appell.

»Was meinst du damit?«, fragte ich ihn. Cesare machte den Eindruck, als besäße er eine gute Menschenkenntnis. Vielleicht konnte ich ihm Dinge entlocken, die das Rätsel um Rebeccas Verschwinden entwirren konnten.

»Guten Abend, Sara. Ach, nichts. Ich habe nur laut nachgedacht«, erwiderte er.

»Aber wer ist das, mit dem der Bürgermeister da herumdiskutiert?«

»Ach, nur ein armer Tropf. Ich fürchte, der Bürgermeister hat im Moment ganz andere Probleme.«

Als ich genauer hinsah, kam Carlos blasses Gesicht aus dem Schatten hervor. Ich sah, wie er den Bürgermeister knapp grüßte und mit großen Schritten auf die Straße zuschritt, die zur Klinik führte, wo er lebte.

»Hat er Feinde?« Diese Möglichkeit hatte ich bislang völlig außer Acht gelassen und mich lediglich auf Rebecca konzentriert, aber Cesare hatte mit seiner Bemerkung nicht unrecht. Die Entführung konnte auch mit politischen oder wirtschaftlichen Konflikten zu tun haben, von denen ich nichts wusste, und nichts mit Claudia und der Vergangenheit. Ich war mir sicher, wäre Emilia hier, hätte sie diese Vermutung gestützt: Ich hatte da meine Zweifel, andererseits war ich keine Polizistin.

»Er hat überall Feinde«, antwortete Cesare und lief hinter der leuchtenden Prozession her. »Unverschuldet, natürlich. Rodolfo ist ein tüchtiger Mann, aber wenn man eine Bande von Idioten regieren muss, ist das Risiko, den Hass der Leute auf sich zu ziehen, groß. Nicht, dass wir uns falsch verstehen, bestimmt hat er auch die eine oder andere umstrittene Entscheidung getroffen und ist kein Heiliger, aber mir scheint, er muss ziemlich teuer bezahlen für ein paar kleine Verfehlungen.«

»Willst du damit sagen, Rebecca wurde von jemandem entführt, dem Rodolfo auf den Schlips getreten ist?«

»Ich sage gar nichts, meine Liebe. Ich beobachte nur, das ist alles. Ich muss jetzt leider weiter. Meine Frau wartet schon ungeduldig in der Bar auf mich. Bis bald!«

Cesare eilte mit seiner Fackel Richtung Kirche davon.

»Sara!« Marco kämpfte sich just in dem Moment durch die Menge, als die Kapelle einen Marsch anstimmte und die Spitze der Prozession in die Straße einbog, die zu unserem Haus hinaufführte.

»Hallo, Marco. Hast du gar keine Fackel dabei? Ich glaube, die werden da unten verteilt.« Ich deutete auf einige Körbe am Rande des Platzes. »Und Giacomo?«

»Ach, mir reicht deine. Giacomo ist vorne bei seiner Klasse, ich hole ihn am Ende des Spaziergangs ab.«

Spaziergang.

So nannte er also die Mahnwache für ein spurlos vermisstes Mädchen. Seine Unbekümmertheit, ob gestellt oder echt, fing allmählich an, mich zu nerven.

Wir reihten uns in die Schlange ein.

»Hier oben gibt es doch gar keine Grundschulen. Geht Giacomo in eine Schule im Tal?«

»Ja, dort wird er auch auf die weiterführende Schule gehen. Für die Uni ist es noch ein bisschen früh.« Er grinste.

Aus meiner Tasche holte ich die Zeichnung hervor und zeigte sie ihm. Die Straßenlaternen spendeten ein angenehm warmes Licht, verstärkt von zig kleinen Flammen.

»Wo hast du das her?« Mit einem Mal war Marco völlig verändert. Er sah verängstigt, regelrecht verstört aus.

»Die hat mir Giacomo am Tag der Beerdigung geschenkt«, sagte ich und ließ ihn das Bild erst einmal betrachten, ehe ich über den Inhalt redete. Er drehte und wendete es in den Händen, als müsste er die richtige Seite finden.

»Darauf ist eine Art Reigen zu sehen«, erklärte ich und gab ihm damit einen Hinweis, den er jedoch nicht aufgriff.

»Ja, verstehe. Er zeichnet ständig. Ich glaube, er hat wirklich Talent. Es freut mich, dass ihr euch angefreundet habt, sonst ist er recht zurückhaltend bei Leuten, die er nicht kennt.« Er wandte sich von mir ab, und sein Blick verlor sich in der Ferne. Dass er angesichts dieser Krakeleien von Talent sprach, wunderte mich. Andererseits, in den Augen eines Vaters ...

»Giacomo hat mir gesagt, dass es sich bei den Kindern auf der Zeichnung um die Mädchen handelt, die im Laufe der Zeit aus dem Dorf verschwunden sind.« Ich deutete auf die Figur mit dem verkürzten Bein und dem großen »C« über dem runden Kopf. »Das zum Beispiel ist Claudia.«

»Was willst du damit sagen, Sara? Bist du jetzt verrückt geworden?«

Plötzlich war er todernst, was mir eine gewisse Genugtuung bereitete.

»Nein. Ich glaube, mein Verstand war nie klarer. Woher kennt dein Sohn die Namen der Mädchen, die vor über zwanzig Jahren verschwunden sind, als er noch nicht einmal geboren war? Woher weiß er, dass Claudia, die hier eindeutig mit einem C gekennzeichnet ist, ein verkürztes Bein hatte und hinkte?«

Marco blieb stehen und sah mir geradewegs in die Augen. In seinem Gesicht standen nun blanke Wut, Genervtheit, Schmerz und vielleicht auch Angst geschrieben.

»Weißt du was, Sara? Kümmere dich um deine eigenen Angelegenheiten«, versetzte er schroff. »Das ist nur die unschuldige Zeichnung eines achtjährigen Jungen, der in Borgo Cardo mit den Geschichten über die verschwundenen Mädchen aufgewachsen ist. Er hat irgendwas aufgeschnappt und sich in seiner kindlichen Fantasie etwas zusammengereimt. Giacomo ist ein ganz besonderes Kind. Wenn er sich für etwas interessiert, prägt er sich Dinge unglaublich schnell ein, sodass ich manchmal völlig baff bin; es ist fast, als hätte er Superkräfte.«

»Es könnte sich auch um eine Neurose handeln.« Diesmal sah ich ihm fest in die Augen.

»Was sagst du da?«

»Psychische Störungen sind erblich, Marco. Du als Arzt solltest das wissen. Ist Giacomo in Behandlung?«

Perplex über die Tatsache, dass ich etwas wusste, was er lieber vor mir geheim gehalten hätte, sah er mich an.

»Das geht dich gar nichts an«, sagte er. »Giacomo ist nicht psychisch krank, er ist einfach nur ein sehr einsamer Junge, der die Trennung von seiner Mutter verkraften musste und sich oft in Fantasiewelten flüchtet, das ist alles. Ich dachte, wir wären Freunde.«

»Wie kommst du auf die Idee, wir wären keine Freunde?«

»Weil du dich in mein Privatleben und das meines Sohns einmischst, um was genau herauszufinden? Glaubst du etwa, Giacomo und ich hätten Rebecca entführt? Und halten sie irgendwo im Keller versteckt, oder was?«

Nun kam hinter der heiteren Fassade Marcos wahres Gesicht zum Vorschein. Das eines frustrierten, einsamen, potenziell aggressiven Mannes, der unfähig war, sich mit den Widrigkeiten auseinanderzusetzen, die ihm das Leben erschwerten. Eine verrückte Frau, ein wunderlicher Sohn. Eine dunkle Vergangenheit.

»Ich versuche nur herauszufinden, was mit Rebecca geschehen sein könnte. Außerdem war nicht ich es, die euch ins Visier genommen hat, sondern Giacomo hat mir die Zeichnung geschenkt, als wollte er, dass ich ihm dazu Fragen stelle.«

»Und, hast du?«

»Ja. Und ich glaube, dass dein Sohn von irgendwem manipuliert wurde, aber keine Ahnung, von wem.«

Marco lachte laut auf, just in dem Moment, als der Kinderchor *We are the world* anstimmte.

»Sara, mach dich nicht lächerlich. Ich sage es dir ein letztes Mal: Misch dich nicht in meine Familienangelegenheiten ein, okay?«

»Drohst du mir etwa?«

»Nein. Das sage ich dir als dein Freund.«

»Als mein Freund könntest du vielleicht mal aufhören, diese Mafia-Nummer abzuziehen, und mir beispielsweise von deiner Frau erzählen. Wann genau hätte ich denn mal von ihr erfahren?«

Ich versuchte, ihn bei seinen Schuldgefühlen zu packen, die er sonst immer so locker abzustreifen schien, und traf mitten ins Schwarze.

»Rachele hatte einen schlimmen Nervenzusammenbruch und wohnt nicht mehr bei uns: Es hieß, sie stelle eine Gefahr für sich und unser Kind dar, deshalb wurde sie vor zwei Jahren in eine Klinik in Parma eingewiesen. Einmal pro Woche bringe ich ihr Giacomo vorbei, wobei sie die ganze Zeit nur am Heulen ist.«

Hatte ich sie bei unserem Telefonat im Hintergrund gehört?

»Das tut mir leid«, sagte ich. Als wir an Emilias Haus vorüberkamen, sah ich, wie sie sich auf dem Balkon ein Bier genehmigte.

»Meine Reaktion vorhin tut mir leid«, sagte er mit einem tiefen Seufzen. »Ich fühle mich ständig beobachtet und bin es leid. Du kannst dir ja vorstellen, wie das hier im Dorf die Runde gemacht hat, als Rachele abgeholt wurde.«

»Kann ich mir vorstellen. Das war bestimmt nicht leicht. Übrigens glaube ich auch nicht, dass Giacomo psychisch krank ist, nur dass wir uns nicht missverstehen. Man sollte nur gewisse Tendenzen, die einem komisch vorkommen, im Auge behalten.«

Ich dachte an Barbara Righi, die ihre Einsamkeit und ihre Unfähigkeit, sich Hilfe zu holen, umgebracht hatten, und einen Moment lang vergaß ich zu atmen. Die gesamte Erschöpfung des Tages machte sich mit einem Mal bemerkbar. Ich blieb stehen. »Lass uns noch mal von vorne anfangen, ja?«

»Okay«, erwiderte er mit einem wehmütigen Lächeln.

»Ich glaub, ich gehe. Ich schaue noch kurz bei Emilia vorbei, und dann gehe ich schlafen. Das war ein langer Tag.«

»Ich habe gehört, dass du der Polizei geholfen hast, diesen Irren dingfest zu machen, der alte Damen ausgeraubt hat, diesen Hirsch.«

Betrübt schüttelte ich den Kopf.

»Ziemlich traurige Geschichte«, brachte ich hervor.

»Davon gibt es hier zuhauf«, erwiderte er.

Wir verabschiedeten uns, nachdem er mir das Versprechen abgenommen hatte, dass wir uns bald auf ein Bier treffen würden. Fünf Minuten später stand ich unter Emilias Balkon, die telefonierte und mir bedeutete raufzukommen.

Als sie mir die Tür aufmachte, erschrak ich. Mit den weit aufgerissenen Augen und dem bleichen, beinahe transparenten Gesicht wirkte sie in dem dunklen Eingang wie ein Gespenst. Sie hielt das Smartphone noch immer fest in der Hand, die Knöchel weiß, der Atem kurz.

»Was ist, geht's dir gut?«, fragte ich und suchte ihr Gesicht nach irgendeinem Anzeichen ab.

»Auf einer Geröllhalde.« Sie zog scharf Luft ein. »Rebecca. Man hat sie gefunden.«

17

»Wie bitte?!« Ich ging hinein und packte sie an den Schultern, erfasst von einem neuerlichen Adrenalinstoß.

Emilia taumelte nach hinten, und erst jetzt fiel mir ihre Beinverletzung wieder ein, sodass ich sie schnell stützte. Wir nahmen beide auf dem Sofa Platz.

»Geologen der Universität Bologna, die dort in der Gegend zelten, um die Grotten zu vermessen, haben jemanden weinen gehört und das Polizeipräsidium in Parma alarmiert. Dort hat man dann das Polizeirevier Querceto verständigt, woraufhin Marchi jemanden losgeschickt hat. Die Nachricht kam gerade erst rein, jemand hat es mir gesteckt. Man hat ein blondes Mädchen gefunden, auf das ziemlich genau die Beschreibung von Rebecca passt und das mit gebrochenem Bein zwischen den Steinen lag. Als ob sie von einem Waldausläufer weiter oberhalb in den Bergen auf den Geröllhang hinuntergerutscht wäre, womöglich durch den starken Regen heute. Vielleicht ist es ihr gelungen, ihrem Entführer zu entfliehen, wer weiß.«

Ich bemerkte, dass ich weinte.

»Geröllhang, wo? Ich fahr direkt mit dem Auto hin. Wir können nicht abwarten, bis sich dein Kontakt wieder meldet. Ich will sie mit eigenen Augen sehen.«

Ich wollte gerade aufstehen, als Emilia mein Handgelenk umklammerte. Sie hatte einen eisernen Griff.

»Bist du verrückt? Diese Neuigkeit ist noch streng geheim, nicht mal der Vater wurde informiert, und da willst du hinfahren und womöglich noch so tun, als seist du rein zufällig um zehn Uhr abends dort vorbeigekommen? Willst du, dass meine Tarnung auffliegt? Willst du, dass sie meine Informantin drankriegen und mich endgültig hochkant rauswerfen?«

»Nein, ich ...« Die Konsequenzen hatte ich nicht bedacht. Rebecca war lebend gefunden worden, unten an einer Geröllhalde, das war alles, was zählte. Ich nahm wieder Platz. Dann stand ich erneut auf und setzte Wasser auf, während Emilia auf das Display ihres Smartphones starrte und auf den Anruf wartete, der uns bestätigen würde, dass Rebeccas Eltern noch heute Abend ihre Tochter wieder in die Arme schließen konnten.

»Und was, wenn sie es nicht ist?«, fragte ich.

»Alles ist möglich. Was mich jedoch zuversichtlich stimmt, ist, dass in unserer Gegend sonst keine Meldungen über vermisste Mädchen vorliegen, weder beim Polizeipräsidium in Parma noch auf dem Revier in Querceto. Insofern kann es sich eigentlich nur um sie handeln.«

Plötzlich kamen mir all meine Hypothesen, die ich in meinem Kopf entworfen hatte und die nun wie ein Kartenhaus ins Wanken gerieten, wie törichte Fantastereien vor. Marco war angesichts meiner anmaßenden Anschuldigungen zu Recht aus der Haut gefahren. Es stimmte, ich hatte mich in sein Privatleben eingemischt, mit welchem Recht eigentlich?

Nach Rebeccas Verschwinden und dem Fund von Claudias Gebeinen hatte ich mich in eine Schnüfflerin verwandelt. Meine Fantasie war mit mir durchgegangen, und ich war infolge meiner wilden Theorien einem maskierten Mädchen im Wald nachgerannt, hatte es mir mit Silvana verscherzt und hätte mich beinahe mit Marco in die Haare gekriegt, nachdem wir uns zweiundzwanzig Jahre lang nicht gesehen hatten.

Nicht schlecht für die ersten zwei Tage Urlaub in Borgo Cardo.

Was mich am meisten erleichterte, war, dass diese Geschichte nun ein Ende hatte. Erst mal würde ich schön ausschlafen und morgen früh Nonna Dada ins Auto laden und ans Meer fahren. Vielleicht nach Rimini oder Riccione, wo ich ein Hotelzimmer mit Blick aufs Meer buchen und meinen restlichen Urlaub gemeinsam mit der Nonna verbringen würde.

»Sara, was ist eigentlich in dich gefahren, dass du heute im Wald der Righi nachgelaufen bist? Du konntest ja nicht wissen, dass sie dahintersteckt, es hätte also auch irgendein Irrer sein können, der womöglich bewaffnet und gefährlich ist. Was geht bloß in deinem Kopf vor? So leichtfertig kenne ich dich gar nicht. Als Kind warst du die Vernunft in Person.«

»Keine Ahnung, was mich da geritten hat, wirklich. Ich habe keine Sekunde darüber nachgedacht, vielleicht war das das Problem. Seit Rebecca verschwunden ist, steht mein Leben kopf. Aber was dieses Hirschwesen angeht, bin ich ihm nachgelaufen, weil ich sein Versteck ausfindig machen wollte. Ich hatte nie vor, es zu stellen. Aber dann ist es vor meinen Augen zusammengebrochen ...«

»Lass mich raten: Und du hast es als deine Pflicht empfunden zu helfen.«

»Mehr oder weniger, ja.«

Ich kehrte mit den beiden dampfenden Teetassen zum Sofa zurück und stellte sie auf dem kleinen Tisch ab, ehe ich mich setzte.

»Ich hatte eine Heidenangst, Emi. Ich glaube, ich hatte noch nie in meinem Leben so große Angst wie in diesem Moment.«

»Und wie geht es dir jetzt?«

»Ich warte nur noch auf den erlösenden Anruf, dann kann ich beruhigt schlafen gehen, und morgen fahre ich.«

Emilia lachte nervös und verschüttete ein wenig Tee auf dem Holztisch. Ihre Hände zitterten.

»Ich hab gesehen, wie du mit Marco heftig diskutiert hast. Was sagt er dazu?«

»Er war völlig überrumpelt. Ich habe ihm absurdeste Fragen zu seinem Sohn und seiner Frau gestellt. Eigentlich ein Wunder, dass er mir keine Ohrfeige verpasst hat.«

»Und?«

»Nichts. Es ist unfassbar, wie er alles kleinredet. Er meinte, Giacomo könne das von den Mädchen irgendwo im Dorf aufgeschnappt haben, und hielt es für ausgeschlossen, dass ihm irgendjemand etwas eingeflüstert hat. Das halte ich für wenig überzeugend. Was meinst du denn, ist das glaubwürdig? Ist das mit den vermissten Mädchen der letzten Jahre so ein großes Thema in der Bar oder auf der Straße, dass man als Kind damit aufwächst und die Geschichten auswendig kennt?«

Emilias Antwort fiel lapidar aus: »Nein, so ein Schwachsinn.«

»Nein?«

»Hier redet man eher über Oberflächliches, Sara, du kennst die Leute. Man tratscht über das neue Kleid der Frau des Bürgermeisters, über den Metzger, der sein Haus in Schwarzarbeit renovieren lässt, über diesen und jenen, der jemanden betrogen hat. Ernste Themen machen den Leuten Angst, und man meidet sie wie die Pest. Hier oben herrscht noch hinterwäldlerischer Aberglaube. Eins kannst du mir glauben: In all den Jahren habe ich höchstens zweimal jemanden laut etwas über dieses oder jenes vermisste Mädchen reden hören. Marco hat schlichtweg gelogen.«

In diesem Moment klingelte das Handy. Emilia drückte es sich ans Ohr, ohne auch nur einen Blick aufs Display zu werfen.

»Hallo? Ah ... Dada, ja, sie ist hier, aber ich erwarte einen wichtigen Anruf. Ich sag ihr, sie soll dich zurückrufen, ja?«

Damit legte sie auf. Offenbar hatte die Nonna versucht, mich anzurufen, aber inmitten der Menschenmenge beim Fackelzug hatte ich das Klingeln nicht gehört. Ich rief sie an und versprach, bald heimzukommen.

»Und der Bürgermeister? Ich habe gehört, dass er sich mit einigen seiner Entscheidungen nicht nur Freunde gemacht hat. Was hat er denn angestellt?«, fragte ich und machte in meinem Kopf Platz für neue Hypothesen. Rebeccas wundersame Wiederkehr war sicherlich eine gute Nachricht, aber sie konnte nicht die Zweifel zerstreuen, die die letzten Tage hier im Dorf bei mir aufgeworfen hatten.

»Ach.« Emilia vergewisserte sich, dass die Tasse nicht mehr brennend heiß war, und nahm einen Schluck. »Ich habe seine Entscheidungen immer befürwortet, er ist wirklich progressiv. Das einzige Mal, dass er wirklich Mist gebaut hat, war vielleicht die Sache mit der Raststätte ...«

»Erzähl.«

»Vor ein paar Jahren gab es einen Deal mit der Infrastrukturgesellschaft, die infolge der massiven Urbanisierung der Städte einige Straßenabschnitte veräußert und die Verwaltung und Instandhaltung den jeweiligen Kommunen übertragen hat. Im Prinzip haben sie die Bergregionen abgestoßen. Daraufhin hat er Folgendes gemacht: Er hat die Bundesstraße, die unterhalb der Ortschaften verläuft, für die er zuständig ist, zu seinem Kompetenzbereich erklärt.«

»Wieso das?«

»Das kann ich dir sagen. Er hat praktisch ein Bauprojekt für eine Zubringerstraße entwickelt, die die Landstraße, die vom Tal hinaufführt, mit der Bundesstraße oben am Berg verbinden soll, und entlang der Strecke entsteht eine riesige Raststätte mit allem Drum und Dran: Tankstelle, Restaurant, öffentliche Toiletten, Waschanlage ... Ein Projekt, das unsere Berge ganz schön in Mitleidenschaft zieht.«

Ich dachte an den Kahlschlag am Berg, den ich auf der Rückfahrt von der Beerdigung gesehen hatte, wirklich eine ganz schöne Verschandelung der Landschaft.

»Stimmt, mir ist die riesige Baustelle aufgefallen.«

Emilia seufzte. »Die Leute waren außer sich. Es sind schon zwei Jahre vergangen, und die Baustelle ist immer noch da. Die Bauarbeiten gehen nur schleppend voran, irgendjemand sabotiert sie nachts, aber alle wissen, dass das Projekt letztlich realisiert wird. Der jetzige Bürgermeister hat ganz andere Vorstellungen als noch sein Vater: Er will den Tourismus hier oben in den Bergen um jeden Preis wiederbeleben und opfert dafür den Waldbestand. Was nicht wenigen hier oben übel aufstößt, wie du dir vorstellen kannst.«

»Er hat die Flanke des Monte Argento zerstört«, sagte ich wie zu mir selbst, dann fiel mir die Szene auf dem Dorfplatz wieder ein. »Ich habe gesehen, wie Rodolfo mit Carlo, dem Vertrauten von Marco, gestritten hat. Weißt du, worin da die Verbindung besteht? Gab es Unstimmigkeiten zwischen der Klinik und der Gemeinde?«

Eine Hypothese, die ich sogleich wieder verwarf: Ich konnte mich gut daran erinnern, wie vertraut Rodolfo und Marco an dem Tag gewirkt hatten, an dem Rebecca entlassen wurde; das war sicher nicht gespielt gewesen.

»Puh, keine Ahnung. Aber ich weiß, dass Marco gelogen hat, was Giacomo angeht. Vielleicht aus völlig banalen Gründen, das soll nicht heißen, dass er etwas verschweigt. Vielleicht hat er ihm selbst von den vermissten Mädchen erzählt.«

»Er, dem der Name Claudia niemals über die Lippen kommt? Glaube ich kaum, Emi. Wo, hattest du gesagt, ist seine Frau untergebracht?«

»In der psychiatrischen Klinik Figlie del Sacro Cuore in Parma, die von Ordensschwestern betrieben wird.«

Die Klinik kannte ich. Der Leiter war der Vater eines Studienkollegen von mir.

Emilias Smartphone leuchtete auf, und wir stürzten uns beide darauf, um aufs Display zu sehen, aber es war nur eine WhatsApp-Nachricht. Ich konnte noch den Namen des Absenders lesen, Eleonora, ehe Emilia schnell das Handy an sich nahm und wortlos etwas tippte.

»Dein Kontakt?«, fragte ich gespannt.

»Nein. Meine Ex.«

»Ah.«

Ohne zu wissen, weshalb, überraschte mich diese Information wenig. Ich trank meinen Tee aus und beschloss heimzugehen. Ich wollte mich hinlegen und etwas nachdenken.

»Sagst du mir Bescheid, sobald sie anrufen?«

»Klar.« Emilia begleitete mich zur Tür, es war kurz vor Mitternacht.

Drei Minuten nach Mitternacht lag ich in meinem Bett, das Smartphone auf Vibrationsalarm gestellt, damit ich es hören würde, sollte ich schon eingeschlafen sein.

Doch aus irgendeinem Grund konnte ich nicht schlafen.

Zwanzig Minuten später stand ich in der Küche, um mir ein Glas Wasser zu holen, weil ich einfach nicht zur Ruhe kam. Ich stellte einen Stuhl neben das Fenster und nahm in der Duftwolke aus Basilikum Platz, das die Nonna zusammen mit anderen Kräutern auf der Fensterbank zog. Ich schob den kleinen Vorhang beiseite und ließ frische Nachtluft herein. In diesen Stunden, während die Dörfer im Apennin schliefen, wurde auf einem Geröllhang ein Mädchen geborgen, das mit ziemlicher Sicherheit Rebecca war, und dennoch fand ich keinen inneren Frieden.

Ich kehrte in mein Zimmer zurück und nahm mein Kopfkissen in die Hand. Ein altes Wollkissen, das ich als Kind im Sommer zusammen mit den anderen Frauen im Hof aufschüttelte. Sofort hatte ich ein Bild vor Augen: das Meer aus Wolle, das auf einem großen Laken ausgebreitet war, und die Finger der im Kreis sitzenden Frauen, die emsig die Knötchen auftrennten und die Fasern lockerten, damit Luft hineingelangte und die Kissen später schön weich und bequem waren.

Ich zog den Reißverschluss des Innenfutters auf und betastete die Füllwolle.

Was tat ich da?

Meine Finger ertasteten Knubbel und Knoten, aber das war normal, die Wolle war seit Jahrzehnten nicht mehr gepflegt worden. Erneut wurde mir schlagartig die Vergänglichkeit der Dinge bewusst, was mir mit eiserner Faust das Herz zusammenpresste. Die Nonna war fast neunzig, und ich zwang sie, den Überlandbus und den Zug zu nehmen, um mich zu treffen, um ein wenig Zeit mit mir zu verbringen. Ich, die ich ein Auto besaß und für die es ein Leichtes gewesen wäre, jedes Wochenende herzukommen.

Ein Schauer lief mir über den Rücken, und ich konzentrierte mich auf meine Hand, die im Kissen steckte. Meine Finger hatten sich um ein längliches, festes Wollgebilde geschlossen, das einige Zentimeter dick war.

Fühlt sich an wie ein großes, verpupptes Insekt.

Was machte dieses Ding in meinem Kissen? Auf was hatte ich da nichts ahnend meinen Kopf gebettet?

Ganz ruhig. Das sind nur Ammenmärchen aus den Bergen.

Langsam zog ich es heraus. Dergleichen hatte ich nie gesehen in all den Jahren, in denen wir die Wolle im Hof gelüftet hatten, nie. In diesem Augenblick stellte ich mir vor, dass der Akt des Kissenöffnens, das Ritual des Auslüftens, das Lockern der Fasern eine Art Vorsichtsmaßnahme war. Ein Schutzzauber, den die Frauen ausübten, um die Mitglieder ihrer Familie und der gesamten Gemeinde vor Bösem zu bewahren. Ich versuchte mich zu erinnern, ob die Alten etwas vom bösen Blick und Wollkränzen erzählt hatten, aber meine Erinnerung war wie vernebelt. Wenn eins von uns Kindern einen dieser Wulste gefunden hätte, hätten sie sich bestimmt darum gekümmert, ihn zu beseitigen ... und kurz sah ich sie vor mir, wie sie mitten in der Nacht diese grässlichen Fetische ins Feuer warfen.

Ruhig atmend drehte ich es in den Händen. Mein Verstand sah einfach nur eine bizarre Formation aus Wolle, die sich im Lauf der Jahre verdreht hatte. Die Form erinnerte tatsächlich an einen offenen Kranz, aber wahrscheinlich verknäulte sich die Wolle einfach durch all das kräftige Aufschütteln und Wenden beim Neubeziehen der Betten. Kein böser Blick.

Nichts.

Zwei Minuten später stand ich in der Küche und schürte die Glut. Der Kranz fing Feuer und wärmte mir einen Moment lang das Gesicht, ehe er zu Asche zerfiel.

Was zum Teufel tat ich da?

Ich stand auf und schnappte mir das Notizheft, das ich vormittags auf der Anrichte abgelegt hatte, sowie einen Stift.

Ich schrieb: »Rachele. Carlo. Gertrudes Grab. Familien der vermissten Mädchen.« Ich nahm mein Smartphone zur Hand und schrieb Emilia: »Kannst du mir eine Auflistung der Namen und Adressen der Mädchen besorgen, die seit Claudia verschwunden sind?«

Sie antwortete prompt: »O Mann, na gut.«

Aufgeweckt vom Lärm kam die Nonna in die Küche.

»Ich hatte ganz vergessen, wie schön es ist, junge Leute im Haus zu haben«, sagte sie und wärmte Milch auf, »da ist immer was los, es kommt nie Langeweile auf.«

Ich stand auf, um sie zu umarmen. Auch ich hatte vergessen, wie schön es war, mit einer Nonna zusammenzuwohnen, die sich um mich kümmerte und das Haus mit Leben erfüllte, während ich mit tausend Dingen beschäftigt war, doch ich sprach es nicht laut aus.

»Ich habe unbequem gelegen, also habe ich mal im Kissen nachgeschaut«, erwähnte ich beiläufig und hatte sofort ihre Aufmerksamkeit, »und so ein verfilztes Wollgebilde gefunden.«

Sie fixierte mich. »War es offen oder geschlossen?«

»Jetzt machst du mir Angst.«

»Sara!«

Ich schüttelte den Kopf. »Offen. Es sah so aus.« Ich beschrieb die Form mit den Händen.

»Sah?«

»Ja, ich habe es ins Feuer geworfen.«

»Ah, sehr gut. Ich glaube zwar nicht an diesen Kram, aber sicher ist sicher ...«

»Was ist der Unterschied zwischen offen und geschlossen?«

Sie lächelte. »Es heißt, wenn es geschlossen ist, stirbt man, aber wie gesagt, ich glaube nicht daran.«

»Ah, gut. Man hat mir auch gesagt, der Erste, den man trifft, nachdem man es verbrannt hat, ist derjenige, der einen verflucht hat. Und schon stehst du vor mir!« Ich fing an zu lachen, nicht um es herunterzuspielen, sondern weil mir diese ganze düstere Atmosphäre zu Kopf stieg.

Auch die Nonna musste lachen.

»Es gibt aber auch Ausnahmen«, sagte sie und drückte sich ein Taschentuch an die Augenränder. »Manchmal ist es nämlich der Zweite, den man trifft, Ehrenwort!«

Wir lachten minutenlang, dann wurde sie plötzlich ernst. »Hattest du Angst vor ... diesem Mädchen? Wer hätte das gedacht? Sie war größer als so mancher Mann, dann noch mit der Maske, da konnte ja niemand drauf kommen.«

»Ja, ich hatte Angst«, erwiderte ich, »aber weil mir sofort klar war, dass ich sie nicht würde retten können. Die Drogen in ihrem

Blut und die körperliche Anstrengung, als sie wie irre gerannt ist, haben sie umgebracht.«

Ich nahm wieder am Tisch Platz, während der Duft von warmer Milch den Raum erfüllte.

»Nonna, wusstest du, dass Giovanni depressiv war?«

»Der Ehemann von Silvana?«

»Genau.«

»Nein, ich wusste nur, dass er immer ziemlich abweisend war, du weißt schon, diese Leute, die nie lächeln, er hat sich selten im Dorf blicken lassen und war immer bei der Arbeit.«

Oder in einem abgedunkelten Haus eingesperrt.

»Silvana hat mir erzählt, dass er unter Paranoia und Depressionen litt und dass ihn eine ganze Weile lang Gertrude behandelt hat. Soweit ich weiß, haben alle sie immer nur ›die Alte‹ genannt. Als ich klein war, wurde sie hier oben in den Dörfern beinahe wie eine Heilige verehrt, wenn ich mich recht erinnere. Bilde ich mir das nur ein, oder stimmt das?«

Die Nonna goss die Milch in zwei Tassen, kippte jeweils einen Löffel Malzkaffee hinein, rührte um und trug sie dann zum Tisch.

»Das stimmt. Die Alte war die größte Heilerin, die es je in dieser Gegend gegeben hat. Ich wusste nicht, dass sie Giovanni geheilt hat, aber das ist nur logisch. Die Heilerinnern geben nie die Namen derjenigen preis, die sich an sie wenden. Und wer sich von ihnen behandeln lässt, schämt sich oftmals zuzugeben, dass er bei der Alten im Wald oder bei einer der anderen Kräuterhexen war, die mit mystischen Symbolen heilen. Man geht heimlich hin.«

»Was, immer noch?«

In der nächtlichen Stille stieß ein Nachtvogel – womöglich ein Uhu – einen lauten Schrei aus.

»Nein ... von den anderen Dörfern weiß ich es nicht, aber hier bei uns gibt es keine Heilerinnen mehr.«

Das heißt, Rebecca ist die letzte?

»Wie das?«

Die Nonna zuckte mit den Achseln und reichte mir die dampfende Tasse.

»Die Zeiten ändern sich. Die Alten sind alle tot und haben ihre Heilkünste an niemanden weitergegeben, vermutlich weil sie niemand mehr erlernen wollte. Es besteht kein Interesse mehr. Heute ziehen die Mädchen direkt nach der Schule weg, um zur Universität zu gehen, und kommen nur gelegentlich zu Besuch, sodass das Wissen verloren gegangen ist.«

»Alle alten Heilerinnen sind tot?«

»O ja. Leonilda, Teodora, Amalia, Gertrude und zuletzt Carolina, Emilias Großmutter, nicht wahr? Sie ist einen frommen Tod gestorben, Gott segne sie.«

Die Nonna bekreuzigte sich und trank ihre Milch.

An Leonilda konnte ich mich gut erinnern. An Carolina auch. Von den anderen waren mir jedoch nur die Namen und verschwommene Gesichter im Gedächtnis geblieben.

»Aber offenbar hat Gertrude ihm nicht helfen können«, bemerkte ich.

Die Nonna schüttelte mit ungläubiger Miene den Kopf.

»Das kann ich mir beim besten Willen nicht vorstellen. Gertrude war ein wahres Wunder. Da muss etwas anderes vorgefallen sein, wovon wir nichts wissen, aber ich glaube kaum, dass sie außerstande gewesen ist, ihn zu heilen.«

Ich unterstrich »Gertrudes Grab« in meinem Heft. Vielleicht hatte sich Giovannis Zustand nicht verschlechtert, weil Gertrude versagt hatte, sondern aus einem anderen Grund. Was, wenn er sich nicht mehr von ihr behandeln lassen wollte? Vielleicht hatte es auch Streit gegeben zwischen ihm und der Alten oder seiner Frau und der Alten?

Ich meinte, mich zu erinnern, dass Silvana unter anderem erwähnt hatte, Giovannis Zustand habe sich nach der Behandlung durch Gertrude vorübergehend gebessert.

Insofern musste es einen anderen Grund gegeben haben, wieso er die Behandlung abgebrochen hatte.

»Weiß nicht. Silvana ist nicht näher darauf eingegangen.«

»Sara«, sagte die Nonna plötzlich, »in letzter Zeit verhältst du dich merkwürdig. Ganz anders als die Sara, die ich kenne. Warum warst du eigentlich im Wald, als dieses bemitleidenswerte Mädchen mit der Maske vorbeigerannt kam? Was hattest du dort zu suchen? Ich erkenne dich gar nicht mehr wieder und mache mir Sorgen um dich.«

Sie hatte recht. Ich beschloss, ehrlich zu ihr zu sein, umso mehr als sich das Rätsel allmählich löste.

»Nonna, als ich Rebecca getroffen habe, hat sie eine Schnittwunde an meinem Finger geheilt, und du weißt doch, dass man immer etwas zurückgeben muss?«

»Ja.«

»Aber wir waren in der Klinik, und ich hatte nichts dabei. Es kam mir unpassend vor, einem Kind Geld zu geben, abgesehen davon, dass ich nicht gewusst hätte, wie viel ich ihr für ihre Hilfe geben soll, auch wenn ich sie nicht darum gebeten hatte. Und so bin ich ihr etwas schuldig geblieben. Als ich gehört habe, dass sie spurlos verschwunden ist, bin ich instinktiv hergekommen, um etwas zu tun, auch wenn ich selbst nicht wusste, was. Ich bin keine geübte Bergsteigerin und kann nicht mit den anderen Freiwilligen die Wälder durchforsten. Ich bin auch keine Polizistin, die Ermittlungen durchführen kann. Ich bin einfach nur Sara und tue das, was ich kann, um ...«

Ich hielt inne. Um was zu tun? Hatte ich mir wirklich, wenn auch nur entfernt, eingebildet, ich könnte sie wiederfinden? Und dann war da noch die Sache mit Claudia. Doch davon erwähnte ich meiner Nonna gegenüber nichts.

»Verstehe, meine Liebe«, sagte sie plötzlich sanftmütig. »Jetzt erkenne ich dich wieder. Meine Enkelin, die sich als Kind um jedes verletzte Tier gekümmert hat.«

Ein Schlag in die Magengrube.

Ich stand auf.

»Lass uns wieder zu Bett gehen, es ist schon spät …«

Sie stellte ihre Tasse ins Waschbecken und folgte mir den langen, dunklen Flur entlang bis zu unseren Zimmern.

»Morgen mache ich dir Lasagne«, sagte sie, ehe sie die Tür öffnete.

»Und ich werde sie kiloweise in mich reinschaufeln, wie immer«, scherzte ich.

In meinem Zimmer angekommen, warf ich mich aufs Bett, wo ich die To-do-Liste mit den neuesten Informationen vervollständigte, die ich von der Nonna erhalten hatte, sodass ich das leuchtende Display beinahe nicht bemerkt hätte.

Eine Nachricht von Emilia. Mit zitternden Händen öffnete ich sie.

Es war ein PDF-Dokument. Ich lud die Datei mit der entsprechenden App herunter und sah, dass es sich um eine Liste der seit 1997 aus unserem Ort verschwundenen Mädchen handelte. Samt Namen, Adressen und Telefonnummern.

Ich speicherte die Datei im Dokumente-Ordner auf meinem Handy und malte im Heft ein Sternchen neben »Familien der vermissten Mädchen«. Erneut leuchtete das Handydisplay auf, aber diesmal war es ein Anruf.

»Schieß los«, flüsterte ich. Ich brauchte dringend eine gute Nachricht.

»Sie ist es nicht.« Die Bitterkeit in Emilias Stimme war unüberhörbar.

»Was? Wie das?«

»Es ist eine Deutsche. Ingrid, dreizehn Jahre alt. Ist abgerutscht, nachdem sie sich vom Wohnmobil entfernt hatte, um Pipi zu machen. Die Eltern sind gar nicht dazu gekommen, Anzeige zu erstatten, da wurde sie auch schon gefunden. Sie war höchstens vierzig Minuten verschwunden und …«

Ich hörte nicht mehr zu. Eine tiefe Finsternis aus Müdigkeit, Angst und Resignation bemächtigte sich meiner wie ein Dämon aus der Nacht.

18

4. JULI 2019

Das fahle Morgenlicht hüllte mich ein, klebrig und stickig. Ich warf einen Blick auf die Wanduhr. Halb sieben. In den wenigen Stunden, in denen mein Körper und mein Geist in der vollkommenen Dunkelheit der Erschöpfung versunken waren, hatte ich laute, grellbunte Halluzinationen gehabt. Das verschwommene Bild von Kindern, die Ringelreihen tanzten, stand mir immer noch vor Augen. Sie hatten gesungen, aber es hatte blechern geklungen wie eine zerkratzte Schallplatte.

Ich stand auf. Im Badezimmerspiegel erblickte ich dunkle Augenringe und hängende Schultern. Ich wusch mir das Gesicht, band meine Haare zusammen, zog einen Trainingsanzug an und ging hinaus, ohne die Nonna zu wecken.

Der obere Teil des Waldes war von blassem Dunst verhangen, der sich allmählich ins Tal senkte. Auf den Blättern glitzerte Raureif, und die Sträucher erwachten zum Leben.

Ich rannte den Weg zur Tränke beinahe hinauf und kletterte über den weichen, matschigen Boden. Der erste Teil der Strecke war von einem Lattenzaun begrenzt, der vom Unwetter halb verwüstet war, danach kam nur noch Wald. Mich fröstelte in meiner Jacke, und ich blickte auf mein Handy. Ich hatte Empfang. Allein diese simple Feststellung vermittelte mir ein Gefühl der Sicherheit. Meine Muskeln in den Armen und Beinen schmerzten noch immer von der Anstrengung und der ungewohnten Bewegung vom Vortag, aber ich versuchte, nicht darauf zu achten.

Als ich an der Tränke eintraf, fiel dichter Nieselregen vom Himmel; das Plätschern des Wassers, das aus dem im Laufe der Jahre braun angelaufenen Metallrohr strömte und sich in das Steinbecken ergoss, passte gut in die Szenerie. Unter anderen Umständen hätte ich den Anblick genossen. Wie Emilia es mir erklärt hatte, stieg ich weiter hinauf, zwischen den riesigen Kastanien hindurch, die im Wind rauschten, und fuhr bei jedem Geräusch zusammen, das aus den Felsspalten drang. In der Ferne, wo die Baumstämme zu abstrakten geometrischen Formen verliefen wie die krakeligen Bleistiftlinien eines Kindes, meinte ich, menschliche Gestalten auszumachen, die auf etwas warteten, oder Köpfe, die emporragten und mich beobachteten, aber immer, wenn ich mich umdrehte, um nachzuschauen, sah ich bloß Bäume, Bäume so weit das Auge reichte.

Nachdem ich eine halbe Stunde bergan gelaufen war, ließ sich zwischen den Baumkronen eines Eichenwalds das schräge Schieferdach eines alten Hauses erahnen. Ich blieb stehen, um Luft zu holen, und versuchte, mir beim Weitergehen den Rückweg einzuprägen, denn in diesem letzten Abschnitt war der Weg kaum noch zu erkennen.

Auf einmal vernahm ich ein leises Wimmern, wie von einem verletzten Tier, und blieb abrupt stehen.

Das ist nicht real.

Im nächsten Moment war es schon verstummt.

Ich ging weiter hinauf. Das Haus war groß, rechteckig, imposant. Erst als ich vor der mit wildem Wein berankten Trockenmauer stand, sah ich, dass sich die Rückseite des Hauses, die beim Aufstieg nicht einsehbar war, unmittelbar an einen Gebirgsgrat schmiegte, gar mit ihm verschmolz, als ob es hineinkriechen und sich im Fels verstecken wollte.

Die flache Lichtung, auf der das Haus stand, war wahrhaft magisch: Zu drei Seiten von Eichen und auf der vierten vom Berg geschützt brauchte es nichts zu fürchten, weder Regen noch Schnee noch den Wind, der manchmal durch das Gebirge fegte, als wolle er es mitreißen.

Die Stille begleitete mich, während ich die Mauer umrundete. Vor der Fassade mit der Veranda stand ein alter Brunnen, dessen Einfassung im Laufe der Zeit verwittert und der deshalb mit Brettern abgedeckt war. In diesem Augenblick bewegte ein Luftzug die Kette in der Winde, und sie quietschte erbärmlich. Das Wimmern, das ich vorhin gehört hatte.

Ich setzte meine Runde um das Anwesen fort, das auf den ersten Blick gut erhalten war, auch wenn es sichtlich verlassen dalag.

Auf der Veranda schwang ein Schaukelstuhl, in den dunklen Fenstern rührte sich nichts.

Hier also hatte Gertrude, die Alte, gelebt.

Ich hätte es zwar nie vor anderen zugegeben, aber dieser Ort flößte mir eine gewisse Ehrfurcht ein wie uralte, mystische archäologische Stätten und alles, was unerklärlich ist. Ein Flügelschlagen zu meiner Linken erschreckte mich dermaßen, dass ich auf die Felswand zurannte, an die sich das Haus schmiegte. Der Rabe verschwand im Tiefflug zwischen den Baumstämmen, und ich stieß einen langen Seufzer aus. Ich sah mich um. Mein Blick fiel auf den Vorhang aus Efeu, der vom Wald herabhing und einen Teil des Daches sowie eine gesamte Seite des Hauses überwucherte. Inmitten dieser dunkelgrünen Übermacht ragte ein langes, schmales Fenster hervor, das von einem kleinen schmiedeeisernen Balkon umgeben war. Ohne zu wissen, weshalb, vermutete ich dahinter Gertrudes Zimmer. Aus diesem Fenster hatte sie morgens geschaut, um mit der Hand den Berg zu berühren, und abends, um die Sterne zu betrachten, die am Himmel funkelten.

Mein Blick wanderte nach unten, und da sah ich es. An der Stelle, an der die Hauswand in den Felsen überging, befand sich ein natürlicher Bogen von drei, vier Metern Breite und mindestens fünf Metern Höhe. Wäre er tiefer gewesen, hätte ich das Ganze für eine Höhle gehalten, aber die Rückwand war nur wenige Meter hinter dem Eingang zu sehen. Eingebettet in diese Felsnische befand sich das Grab der Alten; ein schlichter Grabstein aus grauem Marmor, beinahe in derselben Farbe wie der Fels, den lediglich eine große, tönerne Amphore zierte, die vermutlich ein Gefäß symbolisieren sollte, das all ihr Wissen enthielt.

Auf dem Grabstein war nur ihr Vorname eingraviert, kein Nachname, keine Geburts- und Sterbedaten, kein Foto. Auch im Tod wollte Gertrude offenbar die bleiben, die sie zu Lebzeiten gewesen war: eine Heilerin, ein zeitloser Geist. Eine Frau, die getreu der Tradition ihr Leben dem Wohle anderer Menschen gewidmet hatte.

Was mich jedoch überraschte war, dass das Grab vollständig bedeckt war mit Papier-, Stoff- und Plastikblumen, brennenden Teelichtern und Kerzen sowie Hunderten von Karten, Kärtchen und Briefen in allen erdenklichen Farben.

Ich setzte mich auf den Rand der Grabplatte und las ein paar davon.

»Danke für alles, was du für meine Schwester getan hast! Gott segne dich!« Als Unterschrift ein »P.«.

»Du hast meinem Sohn das Leben gerettet. Dafür werde ich dir immer dankbar sein. Ruhe in Frieden.« Darunter ein Herz, aber kein Name und keine Initialen.

Ich öffnete weitere. Auf keiner der Karten hatte jemand namentlich unterschrieben. Die Nonna hatte recht gehabt. Die Leute suchten die Heilerinnen heimlich, vielleicht bei Tagesanbruch oder im Schutz der Dämmerung, auf und ließen sich heilen, aber sie wollten nicht, dass irgendjemand davon erfuhr. Einen handfesten Beweis dafür in den Händen zu halten, stimmte mich traurig, und einen Moment lang sah ich Gertrude am Fenster sitzend vor mir, einsam und verlassen.

All die Dankesbekundungen und Geschenke, die die Leute im Gegenzug für die Heilungen vorbeibrachten, hätten ihr ein Trost sein sollen, aber ich bezweifelte, dass das auch nur entfernt ein Ersatz für menschliche Gesellschaft, eine Umarmung in aller Öffentlichkeit, ein Abendessen unter Freunden sein konnte.

Ich fragte mich, wie sie es geschafft hatten, eine Genehmigung für eine Bestattung im Wald zu erwirken, quasi direkt vor der Haustür, andererseits herrschten hier oben ganz eigene Gesetze, insofern überraschte es mich wenig. Außerdem hatte Rodolfo selbst eine Heilerin als Tochter, daher war es nur logisch, dass er Respekt für diese Frauen empfand und vermutlich ein gutes Wort für sie eingelegt hatte.

Ich nahm eine andere Karte. Sie war hellgrün, und jemand, vermutlich ein Kind, hatte mit Filzstiften Blümchen darauf gemalt.

»Danke, Gertrude, dass du dafür gesorgt hast, dass Mama keine Angst mehr hat.«

Angst. Offenbar hatte diese Frau ebenfalls an Depressionen oder anderen psychischen Problemen gelitten, aber hier oben kannte man weiterhin nur »Angst«.

Als Ärztin hatte ich schon immer eine gewisse Abneigung gegen Naturheilverfahren, Homöopathie, ganzheitliche Behandlungen und all den Hokuspokus der Bergbewohner, und ganz bestimmt würde ich auch heute nicht meine Meinung ändern. Es schmerzte mich, mir vorzustellen, wie viele Menschen sich an Wunderheiler wendeten in der Hoffnung, geheilt zu werden, während ihre Krankheit alle Zeit der Welt hatte, sich weiter auszubreiten und chronisch zu werden. Diese Heilkunst muss in alten Zeiten eine fantastische Einrichtung gewesen sein, als die Dörfer wirklich vom Rest der Welt abgeschnitten waren und die Kräutermittelchen der Heilerinnen Schmerzen lindern, bei der Geburt helfen oder jemanden von einem Leiden befreien konnten, das nur in dessen Kopf existierte, aber heutzutage fand diese Form der Medizin keinerlei Beachtung in der Öffentlichkeit mehr, und ich konnte kaum glauben, dass all diese Menschen sich auf das Wissen der Alten verlassen hatten, wo es doch nur ein paar Kilometer von Borgo Cardo entfernt hervorragende Krankenhäuser gab. Ich musste an Marcos Klinik denken und fragte mich, ob ihm dieser Gedanke auch schon mal gekommen war. Er hatte just zu der Zeit, als die Heilerinnen ausstarben, eine medizinische Grundversorgung nach Borgo Cardo gebracht.

Ich nahm noch ein Kärtchen hoch und noch eins. Gertrude war überaus beliebt gewesen, so viel stand fest.

Das Geräusch von raschelndem Laub hinter mir ließ mich aufspringen. Gab es in dieser Gegend Wölfe? Das hatte ich ganz vergessen, die Nonna zu fragen. Früher als Kind hatte ich keinen Gedanken an so etwas verschwendet, wenn ich in den Wald ging, und manchmal fehlte mir diese Unbekümmertheit.

Ich konnte nichts entdecken, bis auf ein paar kleine Wachteln, die am Boden pickten, und ein Eichhörnchen, das an den Ästen hinaufkletterte. Die Sonne war inzwischen aufgegangen und wärmte allmählich das Blätterdach. Ich beschloss, dass ich genug gesehen hatte.

Aus meinem Rucksack holte ich das Notizheft und kritzelte: »Hat Gertrude noch lebende Verwandte?« Ich schickte mich gerade zum Gehen an, als mir zwischen all den Kärtchen ein einfach gefalteter Zettel auffiel, der womöglich aufgrund seiner Schlichtheit herausstach. Ich entfaltete ihn. Die von Hand geschriebenen Druckbuchstaben waren klar und deutlich, als hätte sie jemand mit Kraft auf das Papier gebannt, jedoch völlig lieblos. Keine netten Bildchen, keine Andeutungen, keine Initialen, nichts.

Mit rasendem Puls las ich: »Ich wünschte, es wäre wahr. Ich hasse dich. Verflucht seist du in alle Ewigkeit!«

19

Um neun stand ich vor dem Haus des Bürgermeisters.

Ich klingelte. Eine Haushälterin öffnete mir. Wo hatte ich dieses Gesicht schon mal gesehen? Diese kalten Augen?

»Sie wünschen?«

»Ich würde gerne Rodolfo Hallo sagen, falls er da ist.« Während ich mich vorstellte, versuchte ich krampfhaft, mich zu erinnern, wer die kräftige Frau mit der Schürze war. »Mein Name ist Sara ...«

»Sara!«, ertönte Rodolfos Stimme von hinten aus dem Garten. Er trug schlichte helle Jeans und ein weißes Hemd. In der Hand hielt er einen Metallrechen, wie man ihn für Laub verwendet, und er lächelte, auch wenn man ihm die Erschöpfung der letzten Tage ansah.

»Lass nur, Rosa. Sara ist eine Freundin.« Tatsächlich wirkte es nicht so, als würde ihn mein Überraschungsbesuch stören.

Die Haushälterin trat beiseite und ließ mich herein, jedoch nicht ehe sie mich aufmerksam gemustert hatte.

Ihr Beschützerinstinkt war eigentlich lobenswert.

Rodolfo ging voraus zu einem Pavillon, der auf dem englischen Rasen vor der abgestuften Veranda der Villa aufgebaut war, und ließ Getränke bringen.

»Setz dich doch. Wie geht es dir?«

Ich schüttelte den Kopf und lächelte. »Ich warte auf gute Neuigkeiten. Und du?«

In diesem Moment trat durch die Glasfront, die zum Garten hinausging, eine barfüßige blonde Frau in einem luftigen, geblümten Kleid. Da hatte die kleine Rebecca also ihr gutes Aussehen her. Ihre Mutter war bezaubernd. Schlank, leger, elegant.

»Sara, ich möchte dir Rossella vorstellen, meine Frau.«

Ich stand auf und schüttelte ihr die zierliche, kühle Hand.

Rebeccas Mutter war höchstens fünfunddreißig. Sie musterte mich mit ihren grünen, mit Gold gesprenkelten Augen.

»Dann ist sie die Ärztin, die ...«

»Die Rebecca am Tag ihrer Entlassung kennengelernt hat, genau«, beendete Rodolfo ihren Satz, während er sich setzte. Ich fragte mich, ob die Familie mich verdächtigte nach dem, was man sich im Dorf über mich erzählte.

»Freut mich, dich kennenzulernen, Sara. Mein Mann hat mir erzählt, dass du unserer Tochter ein wenig Gesellschaft geleistet hast, bevor sie ...« Das war es, woran mich ihre Augen erinnerten: an Gebirgsflüsse, die ins Tal hinabströmten; an schäumendes Wasser, das Äste und Blätter der Bäume am Ufer mitreißt.

»Ja, ich war an dem Tag in der Klinik meines Kollegen Marco zu Besuch, und Giacomo wollte mir eine Freundin vorstellen. Ich war nur wenige Minuten bei ihr, aber eure entzückende Tochter hat mich sofort für sich eingenommen. Es tut mir schrecklich leid, was passiert ist, und ich möchte mich gerne nützlich machen, wenn ich kann.«

Beide wechselten einen flüchtigen Blick.

»Deine Rückkehr ins Dorf hat ein gewisses ... Interesse erregt«, sagte Rodolfo und schenkte mir Eistee ein. »Aber ich möchte, dass du weißt, dass wir den unsinnigen Gerüchten, die manche Leute verbreiten, keinerlei Beachtung geschenkt haben.«

Er wirkte aufrichtig. Über Rossella ließ sich das nicht sagen, aber auch ohne Mutter zu sein, konnte ich sie verstehen. Ich an ihrer Stelle hätte jedem misstraut.

»Als ich ungefähr in Rebeccas Alter war, wurde eine meiner Spielkameradinnen entführt«, sagte ich. Ich hatte beschlossen, ganz offen zu sein und bestimmte Schlüsselbegriffe fallen zu lassen, um herauszufinden, was wirklich in ihnen vorging. »Claudia ist damals verschwunden, aber weil wir Kinder waren, durften wir uns nicht an der Suche beteiligen und konnten auch sonst nichts tun. Und jetzt Rebecca. Irgendetwas hat mich dazu getrieben, an jenen Ort zurückzukehren, den ich zwanzig Jahre lang gemieden habe, vielleicht hat es auch mit alten Schuldgefühlen zu tun, das Ganze nimmt mich wirklich mit. Rebecca hat an jenem Tag eine Heilung an mir vollzogen.«

Ich setzte absichtlich eine Pause, um in ihren Gesichtern zu lesen. Rossella tupfte sich eine Träne weg. Rodolfo wandte mit angespanntem Kiefer den Blick von mir ab.

»Bitte, erzähl weiter«, ermutigte mich die Mutter, und ich berichtete kurz von meinem Schnitt am Finger und merkte an Rodolfos Körpersprache, wie er immer ungehaltener wurde. Nun wusste ich, wer von beiden ihre Tochter in ihrer Rolle unterstützte und wer eigentlich nichts davon hielt.

»Darf ich den Brief sehen, den ihr bekommen habt?«, fragte ich.

»Sicher, sicher.« Der Bürgermeister hatte offenbar nur auf einen Vorwand gehofft, um aufstehen und ins Haus gehen zu können.

»Meine Tochter liebt es, andere zu heilen«, flüsterte Rossella, als er weg war. »Jetzt weiß ich, dass ich dir vertrauen kann, denn sie hat dir auch vertraut.«

Ich lächelte sie an. Das schien mir zwar ein dürftiger Grund zu sein, andererseits war diese Frau durcheinander, und es war nur logisch, dass sie sich an jeden Strohhalm klammerte, um Halt zu finden.

Rodolfo kam wieder heraus und überreichte mir einen linierten Zettel, der aus einem Heft herausgerissen war und nasse Flecken hatte.

Tränen.

Schweigend las ich: *Liebe Mama, lieber Papa, ich brauche mal ein wenig Zeit für mich. Sucht nicht nach mir, ich komme bald wieder, versprochen. Ihr braucht nicht die Polizei zu rufen, das ist nicht nötig. Eure Rebecca.*

Ich hob den Kopf und sah erst Rossella, dann Rodolfo völlig entgeistert an. Sie nickten wie zur Bestätigung. Offenbar konnten sie mein Erstaunen gut nachvollziehen.

»Bei einem solchen Beweisstück wird die Staatsanwaltschaft natürlich nicht tätig. Alles sieht danach aus, als wäre meine Tochter spontan und aus eigenem Wunsch weggegangen, aber das ist unmöglich! Gleichzeitig konnten wir den Brief aber auch nicht unterschlagen, immerhin ist es das einzige Lebenszeichen von Rebecca ...«

Ich nickte wortlos. Dasselbe dachte ich auch.

»Und das ist ihr Tagebuch.« Er reichte mir ein Hello-Kitty-Buch mit einem kleinen Schloss, zu dem ein goldener Schlüssel gehörte. Ich schlug eine beliebige Seite auf und verglich die Handschrift. Es war eindeutig dieselbe.

Derweil hallten die Worte in meinem Kopf wider: *Ihr braucht nicht die Polizei zu rufen.*

Offenkundig war sie gezwungen worden, das zu schreiben. Ein Kind hätte niemals an solche Details gedacht.

Ein Kind wäre auch nie von der Familie weggelaufen, weil es »Zeit für sich« brauchte.

Was war geschehen? Wer hatte Rebecca entführt und weshalb? Wozu zwang jemand ein Kind, solch erbärmliche Lügen aufzuschreiben? In meinem Kopf fügten sich einzelne Puzzleteile zusammen, die mir bislang zusammenhanglos vorgekommen waren. Aber ich hatte noch immer kein Gesamtbild.

»Darf ich ein Foto davon machen?«, fragte ich.

»Klar, mach ruhig.« Rodolfo nahm mir das Tagebuch wieder ab und ließ mich den Brief mit dem Smartphone abfotografieren.

»Was hat Rebecca an dem Tag gemacht, als sie entführt wurde?«

»Dasselbe wie immer.« Diesmal antwortete Rossella. »Sie ist aufgestanden, hat sich fürs Sommercamp fertig gemacht, und ich habe sie hinbegleitet. Aber an diesem Tag hat sie darauf bestanden, allein zurückzukommen. Das habe ich nie von ihr verlangt, aber ich fand es auch nicht seltsam. Hier im Dorf gehen viele allein zur Schule und wieder nach Hause, und Rebecca wird schließlich älter. Ich dachte, vielleicht schämt sie sich, immer in Begleitung ihrer Eltern gesehen zu werden.«

»Wir sind bestimmt keine Helikoptereltern«, schaltete sich der Vater ein, klang aber wenig überzeugend, »es ist nur so, dass man allerlei hört, und in meiner herausgehobenen Position mache ich mir nicht nur Freunde. Es handelt sich lediglich um eine Vorsichtsmaßnahme; aber wie du siehst, hat das alles nichts genützt.«

Ich dachte an Cesares Worte zurück – *Alte Geschichten, neue Probleme* – und sagte: »Ich nehme an, die Polizei ermittelt in alle Richtungen und hat auch Auseinandersetzungen im Blick, die mit deinem Amt zu tun haben. Hast du irgendeinen Verdacht?«

Er schüttelte den Kopf. »Die Polizei. Mich würde ja wirklich brennend interessieren, was dieser Marchi konkret macht, außer uns zu Unzeiten mit den unmöglichsten Fragen zu überfallen und seitenweise Protokoll zu führen. Aber was soll ich von einem Inspektor auch erwarten? Ich habe dem Staatsanwalt geschrieben, aber noch keine Antwort erhalten.«

Nun klang er gereizt. Ich stellte mir vor, dass es für einen Mann in seiner Position nicht leicht war, über alles Rechenschaft ablegen zu müssen. Insbesondere hier oben.

»Wir müssen los«, sagte Rossella und stand auf, mit einem Mal sah sie gealtert und müde aus.

»Ach ja. Entschuldige, Sara, aber heute Vormittag wird der Fluss vollends abgepumpt. Sie hatten vor zwei Tagen schon mal begonnen, aber dann hat es angefangen zu regnen.«

»Ich gehe schon.« Ich schüttelte ihnen die Hände und ging über den Gartenweg, vorbei an den Blumen, auf das ausgeblichene schmiedeeiserne Tor zu, wo mich bereits die Haushälterin erwartete, deren Stimme und Gesicht mich an irgendwas erinnerten, was ich nicht einordnen konnte.

»Auf Wiedersehen«, sagte ich im Vorbeigehen.

»Was willst du hier?« Bei dieser Bemerkung machte ich augenblicklich kehrt, bis ich vor ihr stand.

»Kennen wir uns?«

»Wieso bist du zurückgekommen?«

»Wa ...?« Plötzlich konnte ich die kräftigen Arme, das Bulldoggengesicht und den tiefen Bariton zuordnen und stellte mir alles auf einer Vespa vor, die am Straßenrand hielt.

»Wer sind Sie? Und was wollen Sie von mir? Ich bin eine Freundin des Bürgermeisters, das hat er selbst gesagt. Also, wo ist Ihr Problem?«

Die Frau, die am Straßengraben gehalten hatte, um sich zu vergewissern, ob es mir gut ging, hatte mir in Wirklichkeit nur nachspioniert. Womöglich gehörte sie zu denjenigen im Dorf, die glaubten, meine Rückkehr hätte etwas mit Rebeccas Verschwinden zu tun. Ich schaute grimmig und trat noch näher an sie heran: »Zwingen Sie mich nicht, bei der Polizei Informationen über Sie einzuholen.«

»Wer ich bin, tut nichts zur Sache«, antwortete sie mit einem alarmierten Blitzen in den Augen, »mach lieber, dass du wieder nach Bologna kommst, du hast hier nichts verloren.«

Ich wollte gerade etwas entgegnen, als das automatische Tor

langsam aufging und die glänzende Motorhaube von Rodolfos BMW auf der Rampe der Tiefgarage zum Vorschein kam.

»Ich behalte Sie im Auge«, sagte ich, vor allem um sie einzuschüchtern, woraufhin sie mich nur anstarrte, bis ich mich umdrehte und die Straße hinunter in den Ort nahm.

Ich rief Emilia an.

»Mmm?«

»Schläfst du noch?«

»Mmm ... ja, vielleicht. Neuigkeiten?«

»Ich hatte auf welche von dir gehofft. Gibt es noch nichts Neues wegen der fehlenden Knochen von Claudia?«

»Nein. Aber meinem Bein geht's besser. Nach dem Mittagessen gehe ich mit den anderen Freiwilligen die Geröllhänge und Brunnen nördlich der Dörfer ab. Und was machst du?«

»Ich höre mich um«, erwiderte ich. »Sag mal, kennst du die Haushälterin des Bürgermeisters? Sie hat mir gedroht.«

»Warum das denn?«

»Sie hat mich unmissverständlich aufgefordert, mich um meine eigenen Angelegenheiten zu kümmern und besser wieder nach Bologna zu verschwinden.«

»Mmm. Wahrscheinlich meint sie, du hättest das Kind entführt. Einige glauben das ja, wie du weißt. Aber das ist dummes Gerede.«

»Dummes Gerede, das irgendwann auf mich zurückfallen kann. Meinst du, ich sollte sie anzeigen?«

»Weswegen denn? Sie hat dich ja nicht verleumdet.«

»Das heißt, ich soll mich von irgend so einer dahergelaufenen Tussi bedrohen lassen?«

»Nein. Ignorier sie einfach. Wenn das noch mal vorkommt, überlegen wir uns eine Strategie. Heute wird übrigens der Fluss abgepumpt.«

»Ich weiß. Hoffen wir das Beste.«

Ich legte seufzend auf und machte in der Bar halt, um einen

Saft zu trinken. Als ich am Tisch saß, öffnete ich das PDF, das mir Emilia geschickt hatte, und erblickte den ersten Namen auf der Liste: Daniela Santilli, Via Rigo 13, Borgo Cardo. Dahinter stand die Telefonnummer, doch im Moment brauchte ich sie nicht.

Das Haus, in dem Daniela gewohnt hatte, lag außerhalb des Ortskerns, nahe der Bundesstraße. Um dorthin zu gelangen, bräuchte ich das Auto, also ging ich zu Hause vorbei. Die Nonna rollte gerade die Pasta für die Lasagne aus, und da es ohnehin Mittagszeit war, röstete ich mir schnell ein paar Scheiben Brot im Backofen und bereitete dazu einen Dip aus Tomaten, Sellerie, Basilikum, Kapern und Oliven zu.

Wir setzten uns auf den kleinen Balkon mit Blick über die Dächer und genehmigten uns einen kleinen Happen.

»Hast du sie eigentlich persönlich gekannt, die Alte?«, fragte ich. Ich hatte das Kärtchen eingesteckt, und mir war, als würde es mir ein Loch in die Tasche brennen.

»Natürlich. Jeder kannte Gertrude persönlich.«

»Leben denn im Dorf noch Verwandte von ihr?«

»Ihr Sohn.«

Ihr Sohn.

Ich fuhr die Antennen aus. »Und wer ist das?«

»Bis vor ein paar Jahren war er Holzfäller, aber jetzt arbeitet er unten bei Marco in der Klinik. Du bist ihm bestimmt schon begegnet, er heißt Carlo.«

Carlo, der Sohn der berühmten Alten.

»Ja, ich kenne ihn. Als Kinder haben wir ihn immer aufgezogen. Der verschrobene Carlo.«

»Er war schon als Junge ein Einzelgänger und hat sich nie groß im Dorf eingebracht. Mag sein, dass er eigenbrötlerisch ist, aber er hat nie jemandem was getan.«

Dennoch hatte ich ihn gestern gesehen, wie er am Rande des Dorfplatzes mit dem Bürgermeister herumdiskutiert hatte.

»Wie es wohl gewesen ist, als Sohn der großen Heilerin aufzuwachsen? Wie war Gertrude denn so als Mutter?«

»Woher soll ich denn über diese privaten Dinge Bescheid wissen? Vor vielen Jahren ging mal das Gerücht, er sei gar nicht ihr richtiger Sohn, sondern sie habe ihn einer kinderreichen Familie gestohlen und an seiner Stelle etwas in die Wiege gelegt, das ihm ähnlich sah.«

»Nonna.«

»Was denn? So was erzählt man sich eben in den Bergen.« Sie stand auf. »Und jetzt lass mich weitermachen, sonst gibt es heute Abend keine Lasagne.«

Kaum hatte ich abgeräumt und die Zähne geputzt, saß ich schon wieder im Auto.

Das Haus der Familie Santilli war ein verfallener Bauernhof, nur einen Katzensprung von der Bundesstraße entfernt. Ich fuhr die Schotterstraße entlang, die zum Eingang des Anwesens führte, parkte und ging zu Fuß weiter. Es gab kein Tor, nur eine verrostete Schranke. Die Felder zu beiden Seiten des niedrigen Gebäudes mit Flachdach waren nicht bestellt, und die wenigen Olivenbäume mussten dringend mal gestutzt werden. Es war ungewöhnlich, hier in den Bergen ein Haus mit Flachdach vorzufinden. Ich nahm an, dass zum Zeitpunkt des Baus ein Obergeschoss geplant war, das dann nie verwirklicht wurde.

Vielleicht sollte dort Danielas Wohnung entstehen.

Da erblickte ich einen alten Schäferhund, der seine Hinterbeine nachzog und dessen Augen vom Star verschleiert waren. Dennoch kam er mir freudig entgegen und wollte gestreichelt werden. Ich strich ihm über das struppige Fell, woraufhin er mich halb hinkend, halb sich dahinschleppend zur Rückseite des Hauses führte, wo eine hagere Frau mit blauem Kopftuch in einem kleinen Gemüsegarten zwischen den Salatpflanzen kniete.

Zehn Minuten später saßen wir in der kahlen Küche. Lorena putzte den Salat, und ich streichelte den Schäferhund, der seinen großen Kopf auf meinen Knien abgelegt hatte.

Das Wasser für den Kaffee brodelte im Kessel, der über dem brennenden Kamin aufgehängt war, wo auch eine Suppe vor sich hin köchelte, die vorzüglich roch.

Am Fenster saß reglos ein Mann im Rollstuhl und blickte mich finster an.

»Das da ist Mario, mein Mann, auch wenn er inzwischen zu nichts mehr zu gebrauchen ist«, sagte die alte Frau und machte sich nicht die Mühe, leise zu sprechen, doch er grunzte nur. »Hast du meine Daniela gekannt?«

»Nein, aber ... ich versuche, das Rätsel um die verschwundenen Mädchen aus dem Dorf zu lösen, und Ihre Tochter ist eine davon.«

»Aber Daniela ist nicht verschwunden, sie ist weggegangen.«

Na bitte.

»Wie?«

»Ja. Sie hat immer gesagt, dass sie von hier wegwollte. Mit fünfzehn ist sie dann abgehauen, und wir haben sie nie mehr wiedergesehen. Sie ist nach Parma gegangen.« Lorena nickte, wie um ihre Worte zu bekräftigen, und stand auf, um den Kaffee aufzugießen.

»Nach Parma? Das heißt, sie hat sich danach noch mal gemeldet? Sie hat angerufen und gesagt ...?«

»Sie hat uns einen Brief geschickt, das war alles. Wir sind keine Freunde großer Worte.«

Einen Brief.

»In welchem Jahr ist Daniela weggegangen?«

»Das war 2000«, antwortete sie. »Sie ist nie zurückgekehrt, weil es ihr dort offenbar gut geht. Anders als hier.«

Ich warf einen Blick auf den alten Mann im Rollstuhl und

zuckte zusammen. Er sah mich an, als wollte er mich mit bloßen Händen erwürgen.

»Darf ich den Brief mal sehen? Haben Sie ihn aufbewahrt?«

Lorena nahm den Blick von den Tassen und sah mich an. In ihrem runzligen Gesicht stand der Schmerz geschrieben, den sie nie zugegeben hätte.

»Das ist das Einzige, was mir von ihr geblieben ist. Ich bewahre ihn immer hier auf.« Sie fummelte mit der Hand am Kragen ihres Shirts und zog ein silbernes Medaillon hervor, auf dem das Porträt der Madonna eingeprägt war. Sie öffnete es, und heraus fiel ein Zettel, der sorgfältig so oft gefaltet worden war, bis er winzig klein war.

Mein Herz schnürte sich zusammen. Offenbar spürte der Hund das und verzog sich leise winselnd nach draußen.

»Da ist er.« Lorena reichte mir ihre Reliquie. »Sie können ihn lesen, wenn Sie wollen.«

Vorsichtig und mit wachsender Unruhe entfaltete ich den Zettel. Die Schrift war im Laufe der Zeit und vom vielen Falten verblasst und das Papier entlang der Faltlinien teilweise eingerissen, aber ich konnte sie dennoch entziffern.

Mama, ich gehe weg, um in Parma ein neues Leben anzufangen. Ich will Friseurin werden, du weißt ja, dass das schon immer mein Traum war. Such nicht nach mir. Ich komm dich mal besuchen, sobald ich dort Fuß gefasst habe. Deine Daniela.

Mein Herz schlug so heftig, dass es wehtat. Mein Mund war trocken. Ich wischte mir über die Stirn, die mit Schweiß bedeckt war, obwohl es alles andere als warm war.

»Dürfte ich den Brief abfotografieren?«, fragte ich.

»Ja«, antwortete sie, stellte die Tasse vor mir ab, aus der Kaffeeduft aufstieg, und nahm wieder Platz.

»Das heißt, Sie haben Daniela nie als vermisst gemeldet?«

»Nein. Sie hat uns doch gesagt, was sie vorhatte. Klar würde ich mich freuen sie wiederzusehen ... mittlerweile sind neunzehn Jahre vergangen, und ich bin eine alte Frau. Wer weiß, ob ich sie vor meinem Tod noch mal sehe? Womöglich hat sie Kinder, und ich bin Oma. Schade, dass sie nie zu Besuch gekommen ist, wirklich schade.«

Mir war zum Weinen zumute, aber ich drängte meine Rührung aus Respekt vor dieser Mutter zurück.

»Neunzehn Jahre sind lang«, sagte ich, damit sie sich gehört fühlte.

»Sie ist nie mehr zurückgekehrt.«

»Der Brief ist nur an Sie gerichtet, Lorena. Vom Vater ist an keiner Stelle die Rede, wieso?«

Sie zuckte mit den Achseln und sagte nichts mehr.

Ich trank den Kaffee, gab ihr den Brief zurück und verließ das Haus, während sie den Zettel mit unendlicher Sorgfalt wieder zusammenfaltete und so vertieft war, dass sie nicht einmal merkte, wie ich ging.

Wieder im Auto, rief ich Emilia an.

»Daniela Santilli hat einen Brief hinterlassen, der dem von Rebecca gleicht: Dahinter steckt ein und dieselbe Person, Emi.«

»Oder ein cleverer Nachahmer, der eine falsche Fährte legen will, indem er Verwirrung stiftet.«

»Seltsam war nur, dass der Vater in dem Abschiedsbrief gar nicht erwähnt wurde.«

»Er hat sie vergewaltigt. Deshalb sitzt er jetzt auch im Rollstuhl. Nachdem seine Tochter weg war, hat er es mit Kindern von anderen versucht. Das fand jemand gar nicht lustig und hat ihm in den Hintern geschossen. Das war's dann mit dem Steißbein. Lebenslänglich Windeln, ahoi.«

»Gott.«

»Ganz genau. Den hab ich auch angerufen, als ich davon erfahren hab.«

»Insofern ist es möglich, dass Daniela abgehauen ist, um der Hölle daheim zu entfliehen«, überlegte ich, »aber doch nicht so. Ihre Mutter hatte sie doch gern, nicht?«

»Du, ich muss jetzt mit dem Suchtrupp los. Wir hören uns später. Vom Fluss gibt's nichts Neues. Rebecca wurde nicht gefunden.«

»Noch eine Sache, Emi: Rodolfo hat mir zu verstehen gegeben, dass er mit der Ermittlungsarbeit der Polizei in Rebeccas Fall nicht zufrieden ist. Weißt du, ob sie vorankommen, oder tappen sie völlig im Dunkeln?«

Emilia lachte freudlos. »Marchi ist wie gesagt inkompetent. Warum sonst wäre er Inspektor in einem gottverlassenen Nest, das nur eine Polizeistation hat, weil einmal im Jahr in Querceto eine Kunsthandwerksmesse stattfindet und man die Touristen beschützen muss? Im Moment ermittelt er in Richtung öffentliche Gelder und Ausschreibungen. Er schnüffelt im Leben des Bürgermeisters herum, in der Hoffnung, irgendwas zu finden, das auf potenzielle Feinde hinweist, die das Mädchen entführt haben könnten. Mit anderen Worten ...«

»Schmiergeld, Bilanzfälschung, so was ...«

»Genau.«

Wir verabschiedeten uns, und ich hielt in einer Parkbucht, um meine Notizen zu aktualisieren.

»Mit Carlo reden. Mit Giacomo reden (fragen, von wem er die Informationen hatte – hartnäckig bleiben).

Dinge, über die ich nachdenken muss: Parallelen zwischen den Briefen der verschwundenen Mädchen.

Rachele.

Beauftragung der Gemeinde durch die Infrastrukturgesellschaft.«

Ich steckte das Kärtchen, das ich von Gertrudes Grab entwendet hatte, zwischen die Seiten, aber vorher las ich es mir noch einmal aufmerksam durch: »Ich wünschte, es wäre wahr. Ich hasse dich. Verflucht seist du in alle Ewigkeit.«

Was mich besonders verwunderte, war der Satz »Ich wünschte, es wäre wahr«. Was wollte der Verfasser damit sagen? Was, wünschte er sich, solle wahr sein?

Was war das große Geheimnis der Alten, von der es hieß, sie stehle Kinder aus der Wiege und hinterlasse Wechselbälger, wie in den klassischen Feenmärchen?

Ich öffnete erneut das PDF und las den zweiten Namen auf der Liste.

Giannina Casadei, Via Sant'Antonio 1, Borgo Cardo.

Ich wusste, wo das war. Das war eine der Querstraßen, die zum neuen Sportzentrum führten. In einer Minute wäre ich da. Der dritte Name stimmte mich traurig: Allegra Marinetti, beide Eltern tot, keine lebenden Verwandten.

Ich startete den Motor und wollte mich gerade wieder auf die Straße einordnen, als etwas trudelnd von oben aus dem Wald herunterfiel und auf meine Windschutzscheibe prallte. In der Annahme, es handle sich um einen Stein, der den Hang heruntergerollt war, hielt ich mir die Hände vors Gesicht und schrie, doch das Glas zersplitterte nicht. Das Auto geriet ins Schleudern und streifte die Leitplanke.

Ich zog die Handbremse und stieg aus. Die Parkbucht war von meinem Bremsmanöver in eine Staubwolke gehüllt, der Wald ragte reglos über mir auf. Auf der Windschutzscheibe lag eine beim Aufprall getötete Amsel in einer frischen Blutlache.

Ich presste mir die Hände auf den Bauch.

Die Flügel ausgebreitet, der gelbe Schnabel schief, das Genick gebrochen, und an einem Fuß war mit rotem Nähgarn ein Zettel befestigt.

Was ging hier vor sich?

Mit zitternden Händen und Tränen in den Augen fotografierte

ich den toten Vogel sowohl von außen als auch aus dem Inneren des Fahrgastraums. Dann hob ich ihn mithilfe eines Zweigs von der Scheibe und legte ihn ins Gras am Straßenrand. Erst jetzt entfernte ich den Faden mit dem Zettel, wobei ich ständig den Wald, der bis hinunter zur Straße abfiel, im Blick behielt.

Schwarze Tinte. Nur ein Wort.

Verschwinde.

20

Die psychiatrische Klinik Figlie del Sacro Cuore war nur eine Stunde am Vormittag und eine Stunde am späten Nachmittag für Besucher zugänglich. Inmitten eines Privatparks im Grünen, zwischen Pinien und ein paar hohen Rosskastanien, lag das zweistöckige Gebäude mit großen Fenstern und einem Säulengang mit Bänken und Tischen. Auch im Park selbst gab es hier und da Sitzecken mit Stühlen und Bänken, die zum Verweilen einluden.

In der Stadt war es irrsinnig heiß. Zum ersten Mal diesen Sommer vermisste ich Borgo Cardo und sein ganzjährig herbstliches Mikroklima. Bevor ich zur Klinik gefahren war, hatte ich in einer Waschanlage haltgemacht, um den Staub und die Reste der armen Amsel zu beseitigen.

Wenn mich jemand loswerden wollte, konnte das nur eins bedeuten: Ich war auf der richtigen Spur. Anders ließ sich das nicht erklären. Und es bedeutete noch etwas, das ziemlich beängstigend war: Wer auch immer Rebecca entführt hatte, war aus der Gegend oder kannte sich hier zumindest sehr gut aus.

Am Eingang zeigte ich meinen Ausweis vor und wurde anstandslos eingelassen. Ich hatte zuvor den Vater meines ehemaligen Kommilitonen angerufen und ihm kurz erklärt, dass ich die Patientin Rachele Mayorano sprechen müsse, worauf er mir gern weitergeholfen und am Empfang Bescheid gegeben hatte, dass ich bald da sein würde.

Ich hoffte inständig, dass Marco nicht ausgerechnet heute vorbeikommen würde, um seine Frau zu besuchen.

Eine Pflegerin führte mich durch die sauberen, stillen Flure, die geradezu verwaist wirkten, zu Racheles Zimmer.

Bevor sie mich allein ließ, erklärte sie mir, dass die Fixiergurte eine Vorsichtsmaßnahme darstellten und der Patientin keine Schmerzen zufügten, weil sie aus natürlichen Materialien bestanden und nicht kratzten.

Ich seufzte, bedankte mich und trat ein.

Rachele lag auf ihrem blütenweißen Laken wie ein kleines Kind in der Wiege.

Sie war mit drei Gurten fixiert. Einer war quer über ihre Brust gespannt, einer über die Taille und einer knapp über den Knien. Sie sahen zwar nicht sehr straff aus, dennoch erschien es mir unerträglich, mit jemandem unter diesen Umständen zu sprechen, sodass ich eine Pflegerin rief und sie bat, zumindest den Gurt an der Brust loszubinden. Sie protestierte zwar, doch ich versprach, sie sofort zu rufen, falls Rachele unruhig werden würde.

Ich löste den Gurt, und Rachele schlug die Augen auf. Niemand hatte sich die Mühe gemacht, ihr die Haare zu färben, die trotz ihrer jungen Jahre komplett weiß waren und ihr in Strähnen am Gesicht herunterhingen, das spitz war wie das einer Katze, die seit Wochen nichts mehr zu fressen bekommen hatte. Eine verschreckte und vorsichtige Katze. Schutzlos. Allein.

Ihre großen grauen Augen sahen mich ausdruckslos an, als würde sie einen Punkt hinter mir fixieren, nicht mich.

»Hallo, Rachele, ich bin Sara.«

Das Einzelzimmer war hell und sauber. Marco zahlte bestimmt ein Vermögen dafür. Auf dem Fensterbrett stand eine Vase mit frischen Blumen, und die Klimaanlage an der Wand gegenüber dem Bett war auf fünfundzwanzig Grad eingestellt.

»Ich heiße Sara«, wiederholte ich und versuchte, beruhigend auf sie einzureden, »wie geht es dir?«

»Nein«, sagte sie leise und zog den Kopf ein, als wollte sie verschwinden. »Nein.«

Ich versuchte, mich möglichst wenig zu bewegen, um sie nicht zu erschrecken, und lächelte.

»Nein? Möchtest du nicht mit mir reden?«

Wie eine Schildkröte streckte sie ihren Kopf ein wenig hervor und musterte mich, als würde sie mich zum ersten Mal sehen. Die blasse, durchscheinende Haut im Gesicht war von einem Netz aus blauen Äderchen durchzogen. Dieselbe Farbe hatten auch ihre Augenringe.

Sie bewegte die Finger, als sie merkte, dass ihre Arme teilweise befreit waren.

»Angenehmer so? Du kannst sie ganz bewegen, wenn du willst«, flüsterte ich und hob die Hände, um es ihr vorzumachen. Das war keine gute Idee gewesen. Rachele erstarrte am ganzen Körper, verzog das Gesicht zu einer Grimasse, wie um ein Monster oder ein Tier oder etwas anderes Angsteinflößendes nachzuahmen, und zog die Hände ruckartig zurück, um die Arme schützend auf der Brust zu überkreuzen und die Hände unter die Achseln zu stecken.

»Rachele, alles gut, alles gut, bitte beruhige dich …«

Ich atmete tief ein und schloss die Augen. Ehrlich gesagt wusste ich nicht, wie ich mit jemandem in ihrem Zustand kommunizieren sollte. Rachele hatte sicher nicht nur einen einfachen Nervenzusammenbruch gehabt, wie Marco behauptet hatte. Vielmehr war sie unheilbar krank, man musste kein Psychiater sein, um das zu erkennen.

Was hatte ich gesagt, das ihr solche Angst eingejagt hatte? Was hatte ich in ihr ausgelöst?

Ein paar Sekunden später hörte sie auf, die Zähne zu fletschen.

Stattdessen begann sie, mit dem Kopf hin und her zu wackeln, als spielte eine Musik, die nur sie hören konnte.

»Nein«, sagte sie, die Hände immer noch unter den Achseln versteckt. »Nein, das darfst du nicht.«

Mir lief die Zeit davon, und da es unwahrscheinlich war, dass ich etwas aus ihr herauskriegen würde, erlaubte ich mir, die Schubladen ihres Nachtschränkchens zu öffnen. In der ersten waren Plastiklöffel wie die, die man verwendet, um Kindern Babynahrung zu verabreichen, und eine Packung Feuchttücher mit Moschusduft. In der zweiten waren saubere, sorgfältig gefaltete Frotteelätzchen in allerlei Farben. In der dritten lagen ein Holzkamm, herumkullernde Filzstifte und Buntstifte und ein Stapel Blätter mit Krakeleien darauf.

Ich nahm an, das waren die Zeichnungen, die Giacomo seiner Mama schenkte, wenn er zu Besuch kam, und beschloss, sie danach zu fragen.

Vielleicht hätte sie mir gegenüber weniger Vorbehalte, wenn sie wusste, dass ich ihren Sohn kannte.

»Rachele, was für hübsche Zeichnungen ...« Ich nahm ein paar hoch, um sie ihr zu zeigen. Ich fühlte mich mies, in den Privatdingen von jemandem herumzuwühlen, der psychisch labil war, aber ich brauchte irgendeine nützliche Spur, um zu verstehen, inwiefern Vergangenheit und Gegenwart miteinander verflochten waren.

Sobald sie die Zeichnungen sah, wurde ihr Ausdruck sanfter. Vermutlich erinnerten sie sie an gemeinsame Momente mit Giacomo. Ich fragte mich, wie ein Kind von gerade mal acht Jahren es emotional verkraftete, mit einer Mutter in diesem Zustand umzugehen. Marco war wirklich fahrlässig, wenn er Giacomo nicht zu einem Therapeuten schickte, wenn auch nur, um die Trennung von seiner Mama und deren Gesundheitszustand aufzuarbeiten. Ich spürte, wie meine Irritation wuchs. Wieso verhielt Marco sich so? Wieso tat er lieber so, als wäre nichts? Und wieso log er?

»Tick, tick, tick«, sagte Rachele und wackelte weiter mit dem Kopf, »tick tick«, doch ich dachte an etwas anderes. Die Zeichnungen, die ich in der Hand hielt, glichen jener, die Giacomo mir geschenkt hatte, beide zeigten Kinder beim Ringelreihen. Die Farben waren anders, die Formen, die Anordnung, aber der Inhalt war der gleiche.

Ich griff nach den anderen Blättern. Mädchen, die im Wald liefen; Mädchen, die flogen; Mädchen, die quer übers Bild verteilt waren; liegende, stehende, sitzende Mädchen.

Giacomo war regelrecht davon besessen. Wie konnte es sein, dass Marco nicht bemerkte, was direkt vor seinen Augen vor sich ging?

»Rachele«, sagte ich und wagte kaum zu atmen. Sie sah mich an und hielt den Kopf nun still. Mit den Augen deutete sie auf ihre Hände, die sie unter den Achseln verbarg, als wollte sie mir ein Geheimnis mitteilen, von dem nur ich wissen durfte.

»Warum versteckst du die Hände, Rachele? Hat dir jemand auf die Hand geschlagen?«

Sie schüttelte den Kopf. Endlich, vielleicht hatte ich doch noch einen Weg gefunden, um mit ihr zu kommunizieren.

»Hat ein Hund dir in die Hand gebissen?« Ich dachte an die Grimasse, die gefletschten Zähne. Sie schüttelte den Kopf, nein, nein, nein.

»Malt Giacomo die, wenn er zu dir zu Besuch kommt?«

Sie hielt abrupt inne, rollte den Kopf nach hinten und zog erneut eine Grimasse. Allmählich wurde ich nervös, da sie gleichzeitig die Beine aneinanderschlug und angefangen hatte, mit unerhörter Kraft den Oberkörper aufzubäumen. Wenn sie sich wehtat, könnte ich mir das nie verzeihen. Ich legte alle Zeichnungen, bis auf eine, zurück ins Schubfach und rief die Pflegerin.

»Was ist denn mit deinen Händen?«, sagte die Pflegerin, die mit zwei Assistentinnen kam. »Will jemand deine Hände berühren, Rachele? Nein. Komm, lass los …«

Während ich an der Tür stand, beobachtete ich die mühsame Prozedur, mit der die Frauen sie dazu brachten, ihre Hände wieder hervorzuziehen und an ihre Seiten zu legen. Die Worte der Pflegerin schienen sie zu beruhigen. Das verzerrte Gesicht löste sich zu einem Ausdruck vollkommener Apathie auf: reglos, der Mund offen, die Augen starr zur Seite gerichtet.

Ich hatte ein schlechtes Gewissen, weil ich sie aufgeregt hatte. Weil ich in ihren Sachen gewühlt hatte. Weil ich überhaupt da war. Ich hasste mich für das tiefe Mitleid, das ich für dieses arme Geschöpf empfand und das mich trotzdem nicht davon abgehalten hatte, in ihre Privatsphäre einzudringen.

Sobald der Gurt wieder festgezurrt war, warf mir die Pflegerin ein Lächeln zu.

»Die Besuchszeit ist vorbei, Frau Doktor. Kann ich noch etwas für Sie tun?«

»Ja«, erwiderte ich. »Wissen Sie, warum sie die Hände versteckt hält?«

Sie schüttelte den Kopf.

»Leider nein. Das hat sie schon immer gemacht. Sie lässt die Hände nur ungeschützt, wenn sie malen darf.«

Mit aufgerissenen Augen zeigte ich ihr das Blatt, das ich in der Hand hielt, und brachte kein Wort heraus.

»Ja, genau«, sagte sie, »sie malt immer das Gleiche, sie hat Hunderte davon.«

Auf der Rückfahrt im Auto verspürte ich das Bedürfnis, meine neuesten Erkenntnisse ins Handy zu sprechen.

»Also: Es war gar nicht Giacomo, der die verschwundenen Mädchen gemalt hat, sondern seine Mutter; von ihr muss er auch die Namen und die jeweiligen Schicksale erfahren haben. Er hat bis zum sechsten Lebensjahr mit ihr zusammengewohnt, genug Zeit also, um sich Racheles Erinnerungen einzuprägen und zu seinen zu machen. Aber Giacomo hat mir die Zeichnung am Tag vor Rebeccas Verschwinden geschenkt und sie wahrscheinlich noch früher von seiner Mutter bekommen: Woher wusste Rachele, dass Rebecca als Nächste entführt werden würde?«

Ich pausierte. Dann drückte ich erneut auf Start. Laut nachdenken war besser als Notizen in einem Heft.

»Und was hat Rachele mit diesen Mädchen zu schaffen? Klar, Rachele ist ungefähr in meinem Alter und könnte einige von ihnen persönlich gekannt haben. Und weiter? Was haben ihre sich obsessiv wiederholenden Zeichnungen mit ihrem Verschwinden zu tun? Und was ist mit den Händen? Wurden sie gefesselt oder ...«

Ich wurde von einem eingehenden Anruf unterbrochen. Eine unbekannte Nummer. Ich ging ran.

»Sara, hier ist Silvana.« Damit hätte ich nun weiß Gott nicht gerechnet.

»Hallo, Silvana ... wie geht's dir?«

»Ich rufe dich wegen dem Mädchen an.«

Sofort stellte ich den Ton lauter.

»Der Vater von Rebecca hat seit Jahren einen Feind, ein übler Bursche. Aber sag niemandem, dass du das von mir hast, ja?«

»Ehrenwort.«

»Er heißt Guerrino Caselli und wohnt in der Nähe der Baustelle am Monte Argento, die selbst dort oben in unmittelbarer Nähe zu den Ortschaften liegt, und zwar in Argento, das zu Querceto gehört. Aber pass auf, dieser Mann ist gefährlich.«

»Aber warum gibst du diese Information nicht an die Polizei weiter, sondern an mich? Ich kann nur wenig tun ...«

»Weil ich weder der Polizei noch sonst wem vertraue, aber du« – sie legte eine Pause ein, in der ich den Atem anhielt – »hast einiges, wofür du um Vergebung bitten musst, und suchst deshalb unablässig nach der Wahrheit. Und mit dieser Wahrheit wird Gerechtigkeit einhergehen, auch für meine kleine Claudia. Das spüre ich.«

Sie legte auf, ehe ich etwas erwidern konnte, aber das war auch besser so. Ich war viel zu erschüttert, um etwas zu sagen, aber nicht wegen ihrer vertraulichen Information über Guerrino, sondern wegen ihrer Bemerkung, was Vergebung anging, die Schuld, die ich auf mich geladen hatte.

Sie wusste also, was ich getan hatte, und dennoch redete sie noch mit mir und spuckte mir nicht ins Gesicht.

Ich war bloß ein Kind gewesen, eifersüchtig und dumm ...

Bevor ich auf die Bundesstraße fuhr, hielt ich an einer Raststätte, um mir ein kaltes Bier zu kaufen. Die ganze Angelegenheit war verzwickt, aber irgendwo zwischen all den Informationen, die ich zusammengetragen hatte, verbarg sich der entscheidende Hinweis, der mich zur Lösung führen würde. Silvana hatte es Wahrheit genannt, Gerechtigkeit.

Ich wollte bloß meinen Seelenfrieden.

Der Vollständigkeit halber ergänzte ich in meinem Heft die Info über Guerrino, den dicken Elektriker, den ich in Marcos Klinik gesehen hatte, und notierte mir auch den Ortsteil, in dem er lebte.

Dann schickte ich das Foto von der toten Amsel und dem blutverschmierten Zettel mit der Drohung an Emilia. Zuletzt warf ich noch mal einen Blick in das PDF, um meinem Gedächtnis auf die Sprünge zu helfen. Giannina Casadei. Via Sant'Antonio 1. Ich stieg wieder ins Auto.

Die Familie Casadei lebte in einer kleinen Wohnung in der Altstadt von Borgo Cardo, in den Räumlichkeiten einer alten entweihten Abtei, mit hohen Decken und einem Fischgrätparkett, das ein wahres Meisterwerk war.

Der Rest des Gebäudes, in dem der Nonno von Giannina als Hausmeister gearbeitet hatte, war Anfang der Siebzigerjahre zu einem Museum umgewidmet, aber nie von den zuständigen Behörden für die Öffentlichkeit freigegeben worden, weil es als einsturzgefährdet galt.

Fakt war, dass es immer noch stand und wunderschön war.

Die Eltern von Giannina, die Nonna Dada gut kannten, empfingen mich herzlich. Ich bat sie um ein Glas Wasser und stellte mich derweil an eines der Fenster des Raums, das auf den kleinen Kirchplatz hinausging. Was für ein bezaubernder Ort. Nun wusste ich wieder, warum es mir hier früher so gut gefallen hatte.

»Wie kann ich dir helfen?« Arturo Casadei war alt, aber noch immer sehr gut in Form. Ich bemerkte einige Gewehre, die hinter der Eingangstür an der Wand hingen, und musste an das unrühmliche Ende denken, das Mario Santilli, Danielas pädophiler Vater, genommen hatte.

Mein Hirn war vollgestopft mit Details und Erinnerungsfetzen, die sich noch immer nicht zu einem größeren Ganzen zusammenfügten, was mich beunruhigte. Wahrscheinlich könnte ich noch jahrelang in den dunklen Ecken des Dorfes stochern und würde zu keinem Ergebnis gelangen. Ich musste anfangen, das Ganze einzugrenzen, und dazu brauchte ich einen entscheidenden Wendepunkt.

»Es tut mir leid, wenn ich alte Wunden aufreiße«, begann ich, »aber ich hätte ein paar Fragen zu den Umständen von Gianninas Verschwinden. Ich habe Anlass zu der Vermutung, dass Rebecca nur ein weiterer Name auf der Liste des Täters ist, der sich seit vielen Jahren mitten unter den Dorfbewohnern verborgen hält. Ein Serientäter.«

Anita, die Frau von Arturo, stellte eine Karaffe mit Detox-Wasser auf den Tisch, das Zitrone, Ingwer und Gurke enthielt, dazu einen Teller mit Apfeltaschen, die frisch aus dem Ofen zu kommen schienen. Ihr zimtiger Duft entlockte mir ein Lächeln. Auf meinen überraschten Blick hin erklärte sie: »Ich mache gerade einen Kurs für gesunde Küche, probier ruhig.«

»Giannina war ein fröhliches, aufgewecktes Mädchen«, erzählte Arturo, während ich mich stärkte, »es ging ihr gut bei uns, es gab keine Gewalt, nie.« Er schwieg, und ich sah, wie er die Stirn in Falten legte.

»Darauf wollte ich gar nicht hinaus, wie kommst du darauf?«, fragte ich und dachte, er wolle betonen, dass es in seiner Familie nicht solche Probleme gegeben hatte wie bei der armen Daniela, doch seine Antwort erstaunte mich: »Weil diese Idioten vom Jugendamt in Reggio Emilia uns jahrelang Scherereien gemacht haben ... Ein einziger Albtraum, sodass wir zusätzlich zu dem Schmerz über den Verlust unserer Tochter um ein Haar im Gefängnis gelandet wären.«

»Diese verfluchten Beamten ...« Anita bekreuzigte sich.

»Wie bitte?«

»Ja. Giannina ist 2004 verschwunden, vier Jahre nach der Tochter von diesem Mistkerl Mario, und im Gegensatz zu diesen Proleten haben wir sofort bei der Polizei in Reggio Anzeige erstattet, weil Giannina in ihrem Brief angegeben hatte, nach Reggio zu gehen, und wir dachten, irgendein Typ mit üblen Absichten habe sie dazu gezwungen und wir würden sie dort ausfindig machen.«

Ihrem Brief.

Ich fragte mich, wie es möglich war, dass in all diesen Jahren niemand auf die Idee gekommen war, in diesen Vermisstenfällen Ermittlungen aufzunehmen, wo es doch eindeutige Beweise dafür gab, dass hier in den Bergen jemand lebte, der es auf junge Mädchen abgesehen hatte. Ein Serientäter.

Als ich Emilia dasselbe gefragt hatte, hatte sie geantwortet, es habe eben nie Leichen gegeben, und ohne einen Mord gäbe es auch keine Ermittlungen; außerdem würden jedes Jahr scharenweise Menschen verschwinden, die in den meisten Fällen nicht mehr auftauchten, und dass es sich oft um einen spontanen Entschluss handelte, nicht um Entführung. Dennoch hatte mich diese Argumentation nicht überzeugt.

Daniela erwähnte Parma.

Giannina Reggio Emilia.

Rebecca hatte nichts erwähnt. Sucht nicht nach mir. Ruft nicht die Polizei.

Klar, wieso auch.

Ich bat darum, den Brief sehen zu dürfen, und Arturo stand auf und verließ das Zimmer.

»Was ist mit dem Jugendamt vorgefallen?«, fragte ich seine Frau, die den Kopf schüttelte: »Sie haben es geschafft, dass wir bereuten, unsere Tochter als vermisst gemeldet zu haben ... Sie haben uns allerlei Tests unterzogen, uns verhört, uns gefragt, ob wir Giannina misshandelt hätten, und uns unseren Sohn Andrea, der damals noch klein war, vier Jahre lang weggenommen ...«

Ich sah sie an, außerstande, irgendwas zu sagen. Das erinnerte mich an einen Vorfall, der sich vor vielen Jahren in einer ländlichen Gegend in der Emilia zugetragen hatte.

»Sie haben uns vorgeworfen, wir würden unsere Kinder vergewaltigen und sie an Bekannte weiterreichen, damit diese sie vergewaltigen.« Anita fing an zu weinen. Arturo kam wieder ins Zimmer, setzte sich neben sie und legte ihr einen Arm um die Schultern.

»Ich schwöre bei meinem Leben, dass ich nie, wirklich nie ...« Auch er brach in Schluchzen aus. Er hatte ein Foto von Giannina mitgebracht, auf dem sie lächelnd ein Sträußchen Feldblumen in der Hand hielt, sowie ein Heft und einen Zettel. Ich rückte mit dem Stuhl näher heran und ergriff ihre Hände. Wortlos drückte ich sie und sah ihnen in die Augen.

»Ich bin niemand«, sagte ich, »aber ich schwöre euch, dass ich alles tun werde, was in meiner Macht steht, um herauszufinden, was vor all den Jahren mit eurer Tochter und den anderen Mädchen geschehen ist. Ich kann gewiss nicht die Wunden der Vergangenheit heilen, aber ich werde alles versuchen, damit ihr in Zukunft etwas leichter durchs Leben geht.«

Anita küsste meine Hand, Arturo legte sie sich an die Brust.

Natürlich stimmten die Handschrift auf dem Zettel und die in Gianninas Heft perfekt überein.

Ob derjenige, der die Mädchen entführte, sie zwang, ein paar Abschiedszeilen an ihre Familien zu verfassen, oder ob es sich um einen Fälscher handelte, der Handschriften perfekt nachahmte, war letztlich unerheblich.

Inmitten der Berge gab es jemanden, der seit über zwanzig Jahren unschuldige kleine Mädchen verschwinden ließ, und dieser Jemand musste aufgehalten werden.

»Wie alt war eure Tochter, als sie verschwand?«

»Sie war vierzehn.« Anita strich über das Foto. Giannina hatte darauf lange hellblonde Haare.

»An diesem Tag war sie nach Fogliaia hochgegangen, um die Verstauchung einer Frau zu heilen, aber dann ist sie nicht nach Hause zurückgekehrt.«

In meinem Kopf schrillte eine Alarmglocke und bedeutete mir, dass ich kurz davor war, Ordnung ins Chaos zu bringen. Ich kreiste die Sache immer weiter ein.

»Giannina war eine Heilerin?«

»Ja.« Arturo lächelte stolz. »Verstauchungen konnte sie besonders gut. Sie hat alle geheilt – Tiere, Menschen, …«

Zehn Minuten nachdem ich Gianninas handgeschriebenen

Zettel abfotografiert hatte, stand ich draußen an die Ecke der alten Abtei gelehnt und betrachtete den Platz.

Da war er. Der rote Faden.

Der Esel der Nachbarin hat sich ein Bein verstaucht, und die Nonna schickt mich los, um Leonilda zu rufen.

»Wäre es nicht besser, einen Tierarzt zu rufen?«, frage ich, aber ihr Gesicht sagt alles, und so renne ich los. Leonilda ist gerade auf dem Weg ins Dorf, sie kommt mir mit einem Korb Gemüse auf der Straße entgegen. Sie hat kleine, schlitzförmige blaue Augen, und wenn sie lacht, verschwinden sie gänzlich zwischen Wangen und Stirn. Ein weißer Zopf fällt ihr über die Schulter, und an den Ohrläppchen trägt sie zwei Goldreifen, mit denen sie eher aussieht wie ein Pirat als wie eine Heilerin. Als sie mich sieht, ruft sie meinen Namen und lächelt.

Ich tippte die Festnetznummer der Familie Santilli ein und wartete. Ich nahm an, dass Lorena im Gemüsegarten war, und ließ es lange klingeln. Endlich ging sie ran.

»Wer ist da?«

»Lorena, hier ist Sara, ich bin gestern vorbeigekommen, um über Daniela zu sprechen. Erinnern Sie sich?«

»Ja, was gibt's?«

»Nur eine Frage«, sagte ich und nahm das Zittern in meiner Stimme wahr. Ich schluckte ein paarmal, um mich zu beruhigen, doch es nützte nichts.

»War Ihre Tochter eine Heilerin?«

»Ja, sie hat den Magen wieder eingerenkt, wenn er sich verdreht hatte und die Leute Verdauungsprobleme hatten.«

»Ich danke Ihnen unendlich.«

»Kommen Sie aber nicht mehr her, mein Mann will das nicht.«

»Ich komme nicht mehr. Versprochen.«

Da haben wir's.

Nachdem das Gespräch beendet war, saß ich still da. Ich ließ das Auto am Rand des Platzes stehen, schlug einen beliebigen Weg ein, der hinauf in das Dickicht führte, und ließ mich vom Grün und vom Gold der Sonnenstrahlen verschlucken, die fächerartig auf die Lichtungen fielen.

Vor meinem geistigen Auge entstand ein klares Bild. Das Letzte, das ich hätte sehen wollen. Aber deshalb war ich hier. Deshalb war ich hergekommen. Um hinzuschauen.

Rebecca stillte Blutungen.

Inzwischen lag der Ortskern relativ weit hinter mir. Ich streckte mich auf einem umgekippten Baumstamm aus und beobachtete gedankenverloren das kaleidoskopische Spiel aus Licht und Schatten, doch die Schatten überwogen und starrten mich an.

Giannina heilte Verstauchungen.

Es war Zeit, mich ein für alle Mal der Vergangenheit zu stellen.

Daniela renkte Mägen ein.

Wenn ich das nicht täte, würde ich bei meinen Nachforschungen nicht weiterkommen, weil ich Teil des Ganzen war.

... Und auch wenn es abgesehen von drei kleinen Kindern nie jemand erfahren hatte: Claudia vertrieb die Angst.

ZWEIUNDZWANZIG JAHRE ZUVOR

Wir haben seit ein paar Wochen Schulferien. Meine Schuhe versinken im frischen, stets feuchten Gras der Bergwiesen. Neben mir versucht Emilia in Jeans-Latzhose, die Haare zu zwei seitlichen Zöpfen gebunden, auf die unteren Äste einer vom Sturm halb umgeworfenen Eiche zu klettern.

»Wenn ich groß bin, werde ich Mathelehrerin!«, ruft sie und reißt den Arm in der klaren Bergluft hoch.

Um den Stamm herum ist der Waldboden weggerutscht, und der Baum hat ebenfalls nachgegeben und sich so weit geneigt, dass die langen Zweige das Gras berühren.

Marco steht bereits mit aufgescheuerten, schmutzigen Knien auf einem dicken Ast und fuchtelt mit einem Stock herum wie mit einem Schwert: Seine Lockenmähne wippt in den Sonnenstrahlen, die, je nachdem, wie der Wind die Baumwipfel wiegt, bis zu uns hinunter dringen und uns sowie die Wurzeln, die Alpenveilchen und die gerade aufblühenden Levkojen zum Leuchten bringen.

»Wenn ich groß bin, werde ich Anwalt, wie Papa«, antworte ich. »Und du, Marco? Was wirst du später?«

»Polizist!«, ruft er von oben, dann wedelt er mit der freien Hand zum Weg hinüber. »Hey, Cla! Wir sind hier!«

Ich drehe mich um und sehe, wie Claudia aufgrund des verkürzten Beins langsam auf uns zukommt. Sie strahlt.

»Ich muss euch was erzählen!«, ruft sie von Weitem. Sie sieht aus wie das Glück höchstpersönlich.

»Nun sag schon!« Marco springt vom Ast herunter, als Claudia ganz abgehetzt bei uns ankommt.

»Bisher weiß es noch keiner«, flüstert sie und sieht sich um, als könnten die Bäume sie hören und ihr Geheimnis ausplaudern. »Ich will, dass ihr es als Erste erfahrt, und heute Abend habe ich dann eine Überraschung für Mama und Papa. Vor allem aber für Papa.«

»Tu nicht so geheimnisvoll, jetzt sag schon«, sporne ich sie an, woraufhin sie errötet und flüstert: »Ich bin eine Heilerin.«

»Nee, oder? Du auch?« Emilia lacht und umarmt sie. »Bestimmt hat dir das meine Nonna beigebracht, oder?«

»Ja!«, ruft sie überglücklich aus.

»Und was heilst du?«, erkundigt sich Marco.

»Ich vertreibe die Angst«, erklärt sie mit Stolz in der Stimme und strahlt mit jeder Faser ihres Körpers, selbst ihre aschblonden Haare scheinen zu leuchten.

»Und wozu soll das nütze sein, die Angst zu vertreiben?«, sage ich so dahin, genervt von all ihrem Strahlen, ihrer Freude. »Und wozu braucht man eigentlich Heilerinnen, die heilen doch sowieso nicht wirklich, das ist doch Schwachsinn. Angst ist überhaupt keine Krankheit. Die haben dir die blödeste Fähigkeit von allen gegeben!«

»Sehr nett, wie du über meine Nonna redest.« Emilia runzelt die Stirn, und ich lache und werde noch fieser, noch unsympathischer, weil ich wütend bin und Lügen hasse. Jeder weiß, dass die Heilerinnen Scharlatane sind, an die nur die Alten und dumme kleine Mädchen glauben.

»Ganz im Gegenteil, die Angst ist eine schwere Krankheit«, sagt Claudia und ist den Tränen nah. »Warum sagst du so was, Sara?«

»Weil ich ungern mit Doofen befreundet bin, und du bist doof!«, schreie ich und deute mit dem Finger auf sie. »Wie blöd kann man sein zu glauben, man könnte mit den Händen heilen? Das ist totaler Quatsch, kapiert? Nur Ärzte können heilen, und nicht du!«

»Sara, meinst du nicht, du übertreibst ein bisschen? Ich dachte, du machst nur Spaß, aber du meinst es wohl ernst, und ich verstehe gar nicht, weshalb. Entschuldige mal, aber was kümmert es dich?« Emilia mustert mich. Marco ist auf Abstand gegangen, wie um zu signalisieren, dass er nicht meiner Meinung ist.

Claudia fängt an zu heulen, und ich stehe wie die Böse da, nur weil ich die Wahrheit ausgesprochen habe.

»Alle denken das, es traut sich nur keiner, dir das ins Gesicht zu sagen, weil du ein Hinkebein hast!«

»Das stimmt nicht!« Marco beginnt, gegen meinen Ranzen zu treten, der zwischen den Wurzeln am Boden liegt. »Ich denke überhaupt nicht so, Claudia! Nur Sara denkt so.«

»Ich hasse dich, Sara!«, schreit sie. »Wenn du eines Tages Angst hast, heile ich dich bestimmt nicht davon!«

Mit diesen Worten macht sie kehrt und versucht wegzurennen, aber das verkürzte Bein hindert sie daran, und sie fällt vornüber mit dem Gesicht ins Laub. Ich lache.

Marco und Emilia bitten sie zu bleiben und helfen ihr auf, aber sie ist außer sich vor Wut, schubst sie beiseite und humpelt in den Wald hinein.

»Du hättest dir wenigstens zeigen lassen können, wie man ein Hinkebein heilt!«, rufe ich ihr hinterher. Dann spüre ich ein Brennen im Gesicht. Emilia hat mir eine saftige Ohrfeige verpasst. Marco sieht mich nur kopfschüttelnd an, als würde er mich nicht wiedererkennen.

»Du blöde Kuh«, sagt Emilia, »wieso hast du das gemacht? Du hast sie zum Weinen gebracht!«

»Weiß nicht«, antworte ich, und meine Augen füllen sich mit Tränen. Jetzt tut es auch mir leid, weil ich genau weiß, wieso ich mich so verhalten habe. Aber ich kann es nicht aussprechen.

Ich laufe in entgegengesetzter Richtung zu Claudia davon. Emilia brüllt mir hinterher und rennt mir nach, sie ruft Marco noch zu, er soll Claudia suchen gehen.

Aber Marco wird sie nicht finden.

Weder er noch irgendjemand sonst.

GEGENWART

Und nun wusste ich, dass sie ihren Vater hatte heilen wollen. Sie war klein und unschuldig gewesen. Allein ich trug Schuld.

Überwältigt von all den belastenden Gefühlen, die ich empfand, rutschte ich vom Stamm herunter und rannte Hals über Kopf los, durch das Dickicht des Waldes, in dem es allmählich dämmerte, und schrie all den Schmerz heraus, den ich zweiundzwanzig Jahre lang unter der Oberfläche gehalten hatte, wo er kilometerlange Höhlen gegraben hatte, wie ein unterirdischer Fluss.

Ein akuter, heftiger, zorniger Schmerz.

Nun, da dieses quälende Gefühl ans Licht gekommen war, war nichts mehr wie vorher. Ich schrie und rannte und fiel hin und zerkratzte mir Gesicht und Schultern an Brombeergestrüpp und Zweigen. Ich fiel so oft hin und rappelte mich wieder auf, bis ich irgendwann erschöpft, schmutzig und verzweifelt mitten im Wald sitzen blieb.

»Vergib mir, Claudia!«, schrie ich mit dem letzten bisschen an Stimme, das ich aufbringen konnte. »Bitte verzeih mir!«

Es war Abend, als ich ins Dorf zurückkehrte, langsam und innerlich leer, aber zwischen den Fingern spannte ich den roten Faden, der meiner Hypothese zufolge die Vergangenheit mit der Gegenwart verband.

Alle waren Heilerinnen gewesen.

Ich nahm eine Blisterpackung aus dem Rucksack und drückte eine Tablette heraus, weil mir der Kopf platzte.

Alle waren Heilerinnen gewesen.

Die alten Heilerinnen waren alle verstorben und konnten ihr Wissen an niemanden mehr weitergeben. Die entführten Mädchen würden gar nicht erst alt werden. Claudia war tot, und bestimmt lagen auch die Gebeine von Daniela, Giannina und Allegra irgendwo im Wald vergraben.

In der Logik des Täters war Rebecca die Letzte.

Die letzte Heilerin.

Am Dorfplatz angelangt, sah ich Cesare, der den Platz überquerte und in die Bar ging. Ich wollte ihm nachlaufen, da klingelte mein Handy.

»Sara, wo ist das passiert?« Es war Emilia.

»Wo ist was passiert?«

»Was ist denn mit deiner Stimme los?«

»Ich habe geschrien.«

»Das mit der Taube.«

»Ah. Das war eine Amsel. Auf der Landstraße, auf Höhe der Parkbucht aus gestampfter Erde, weißt du, wo?«

»Ja, verstehe. Das gefällt mir gar nicht. Komm so bald wie möglich bei mir vorbei, ich bin den ganzen Nachmittag zu Hause und ... jedenfalls bis nachher!«

»Warte mal, was wolltest du mir sagen?« Mir lief ein Schauer über den Rücken. »Emilia, los jetzt!«

»Ich habe die Angaben zu den fehlenden Knochen, Sara.«

Ich lehnte mich an die Steinwand und behielt die Bar im Blick: Ich wollte mir nicht die Gelegenheit entgehen lassen, Cesare ein paar Fragen zu stellen. Nur er konnte mir helfen, einen Ausweg aus diesem Durcheinander zu finden.

»Es waren die Hände.«

Etwas blitzte in meinem Kopf auf.

»Die Hände haben gefehlt, Sara. Also, komm vorbei, sobald du kannst.«

Die Hände, mit denen sie geheilt hatten. Ein weiterer Gedankenblitz. Rachele hatte ihre Hände versteckt und Rebecca gezeichnet, noch ehe sie verschwunden war: Was wusste sie, was sie nicht mit Worten ausdrücken konnte?

Und Marco? Worüber schwieg er sich aus? Was wusste er?

Ich zog die zerknitterte Zeichnung aus der Hosentasche, die ich in der Klinik hatte mitgehen lassen, und erschauderte. Die Mädchen auf der Zeichnung hatten keine Hände: Die Striche, die die Arme darstellten, endeten ohne die üblichen fünf fächerförmigen Striche, die Finger.

Konnte das ein Zufall sein? Oder bildete ich mir das nur ein? Wurde ich langsam verrückt?

Ich streifte mir den Rucksack ab und holte die Zeichnung heraus, die mir Giacomo geschenkt hatte. Haargenau dasselbe. Den Mädchen fehlten die Hände.

Hastig verstaute ich alles wieder und rannte über den Platz.

DRITTER TEIL

21

Die Bar war ziemlich voll und das Licht so schummrig, dass es den miserablen Zustand nicht preisgab, in dem sich meine Kleidung inzwischen befand. Immerhin hatte ich mir vor dem Eintreten über die Haare gestrichen. Was das Gesicht anging, konnte ich nichts tun, ich hatte nur das eine.

Ich bestellte am Tresen ein Bier. Cesare saß am selben Tisch wie beim ersten Mal, als ich ihn getroffen hatte, blätterte in einem Buch und schlürfte Weißwein.

Ohne auf die neugierigen Blicke von einigen der Anwesenden zu achten, ging ich im Lokal nach hinten durch.

Als Cesare mich sah, lächelte er breit und stand auf, um den freien Stuhl für mich zurückzuziehen.

»Sara, wie schön, dich zu sehen. Setz dich doch.«

»Danke. Ich würde dich ja auf ein Getränk einladen, aber wie ich sehe, bist du schon versorgt.«

»Ein Wein und ein gutes Buch: Was will man mehr? Wobei, zusätzlich in Gesellschaft einer schönen jungen Frau zu sein, ist ein echtes Privileg. Wie geht es dir?«

Ich bemerkte, wie sein Blick an meinem derangierten Äußeren hängen blieb und er die Stirn runzelte.

»Mir geht's gut«, log ich. Ich hatte keine Zeit für Small Talk. »Cesare, ich brauche deine Hilfe. Du kennst dich in dieser Gegend aus, und ich brauche dein Wissen«, sagte ich und verkniff mir hinzuzufügen, »und deine Weisheit«, um nicht anbiedernd zu wirken.

Er nahm die Brille ab und klappte das Buch zu. Es handelte sich um eine wunderschöne Ausgabe von *Das Parfüm*, ein Roman, der mich verstört hatte, als ich ihn im Gymnasium lesen musste, doch ich kommentierte es nicht. Nun, da ich seine volle Aufmerksamkeit hatte, musste ich die Gunst der Stunde nutzen.

»Weißt du, wer etwas gegen die Heilerinnen haben könnte?« Ganz direkt, ohne Umschweife. Wenn er Fragen stellen würde, wusste ich schon, was ich antworten würde.

»Uh. Wie kommst du denn auf eine so bizarre Frage?«

»Nur aus persönlicher Neugier.«

»Du denkst immer noch an die kleine Rebecca, stimmt's?«

»Ja«, gab ich zu.

»Der Kobold, der einem Streiche spielt, wenn man ihm nicht ein Schälchen frisch gemolkene Milch hinstellt. Die Angst, die sich zwischen den Zehen versteckt hält und mit einem Fußbad aus weißen Blüten fortgespült werden muss. Der böse Blick. Schädliche Worte. Die kranke Seele. Menstruationsblut, um den Liebsten an sich zu binden. Die dünne Linie zwischen Wunderheilerin und Hexe.« Er sah mich eindringlich an. »Die Heilerinnen sind schon immer ein wichtiger und lebendiger Bestandteil der Tradition hier in den Bergen gewesen«, sagte er und strich abwesend über den harten Einband des Romans, »über Jahrhunderte hinweg haben sie ihre uralte Heilkunst weitergegeben, irgendwo zwischen Magie und Schamanismus. Lange Zeit hat sie funktioniert, weil es nichts anderes gab. Aber, Sara, du bist selbst eine geachtete Ärztin, und ich bin Apotheker: Es liegt auf der Hand, dass keiner von uns beiden *je* auf die Idee käme, eine Warze mit ein paar Zaubersprüchen heilen zu lassen, aber es gab genug Leute, die daran geglaubt haben und das eigene Leben oder das eines Kindes oder eines Elternteils in die Hände dieser oder jener Heilerin gelegt haben. Manche glauben bis heute daran. Aber dass es jemand auf sie abgesehen haben soll, kann ich nicht glauben, ihr einziger Feind ist die Zeit. Die Heilerinnen gehören einer Welt der Mythen und Sagen an, die nicht mehr existiert, und wenn mich nicht alles täuscht, gibt es in Borgo Cardo auch keine mehr, aber es hat eine Zeit gegeben, da gab es jede Menge. Die Alten gaben ihr Wissen an die Jungen weiter: Aber wer sollte es heute noch erlernen? Rebecca war meines Wissens die Letzte, nicht wahr? Sie hat Carolinas Nachfolge angetreten. Eine gute alte Freundin, die uns vor einigen Monaten verlassen hat.«

Was er da sagte, klang logisch und glich dem, was die Nonna gesagt hatte, aber es stimmte mich nicht zufrieden. Er hatte meine Frage von einem theoretischen Standpunkt aus erörtert, ich hingegen suchte konkrete Hinweise auf einen jahrzehntealten abgrundtiefen Hass.

»Ja, das sehe ich auch so«, entgegnete ich. »Aber mir ging es um etwas anderes. Fällt dir jemand ein, der einen Hass auf Frauen haben könnte, nur weil sie Heilerinnen sind?«

»Ich glaube, da bist du auf dem Holzweg.« Er schüttelte den Kopf. »Rebecca ist das einzige Kind des reichsten und mächtigsten Mannes im ganzen Ort. Eines Mannes, der, wie ich dir neulich erklärt habe, nicht ganz unumstrittene Entscheidungen getroffen hat und wer weiß was noch alles, wovon wir nichts ahnen.«

Ich schwieg. Er nahm einen Schluck von seinem Wein und fügte hinzu: »Aber ich kann dir sagen, wer schon immer öffentlich gegen die Heilerinnen gewettert und sie mit allen Mitteln bekämpft hat, das ja.«

Sofort war ich ganz Ohr.

»Don Luigi. Er hat bestimmt einiges zu diesem Thema zu sagen, das kannst du mir glauben.«

»Ah!« Der Pfarrer. Wieso war ich da nicht von selbst drauf gekommen?

Cesare lächelte. »Habe ich dir weitergeholfen?«

Die Kirche lag nur rund zwanzig Meter Luftlinie von der Bar entfernt. Ich trat ein, warf einen Blick auf die dunklen Gestalten der Frauen, die ins Gebet vertieft waren, und begab mich direkt ins Pfarrhaus. Leer. Ich kehrte in den Flur hinter der Kapelle zurück und klopfte an die einzige geschlossene Tür. Eine Stimme ertönte: »Herein!«

Doch der Mann, der mich empfing, war nicht Don Luigi, sondern ein rund dreißig Jahre jüngerer Pfarrer.

»Ich suche eigentlich Don Luigi«, sagte ich. Ich wusste, dass er noch lebte, da er Claudias Bestattung geleitet hatte.

Der junge Geistliche schüttelte lächelnd den Kopf.

»Don Luigi ist im Ruhestand! Für alles, was die Gemeinde angeht, bin ich jetzt zuständig, ich bin Don Antonio, der neue Pfarrer. Aus welchem Ort stammen Sie?«

»Ich mache hier nur Urlaub ... als Kind bin ich öfter hier gewesen, und ich hätte ihm gerne Hallo gesagt. Ab und zu habe ich bei der Messe geholfen«, sagte ich und lächelte ebenfalls. Ich musste sein Vertrauen gewinnen.

»Ach so, na, dann freut er sich bestimmt, Sie wiederzusehen! Er wohnt gleich hier gegenüber, in der Nummer 4. Im Moment ist er sicher beim Abendessen, aber Sie können gern morgen Vormittag bei ihm vorbeischauen.«

Ich bedankte mich und ging. Der Abend hatte sich über den Dorfplatz und die Berge gesenkt. Ich war müde. Alles, was ich wollte war, mich in die Geborgenheit des Hauses meiner Nonna zurückzuziehen und eine Bestandsaufnahme der neuesten Erkenntnisse und Ereignisse zu machen. Zu der Haushälterin des Bürgermeisters, die mich in drohendem Ton vor die Tür gesetzt hatte, kam jetzt noch die Amsel mit dem gebrochenen Genick und dem Zettel am Fuß hinzu, dessen Botschaft unmissverständlich gewesen war.

Ich klopfte an Haus Nummer 4. Das Tor war aus Eichenholz und frisch gebeizt. Die Fensterläden im ersten Stock öffneten sich, und Don Luigi streckte seinen kleinen weißen Kopf heraus.

»Wer ist da?«

»Don Luigi, ich bin's Sara, die Enkelin von Benedetta, ich wollte kurz mit Ihnen sprechen!«

»Hat das nicht bis morgen Zeit?«

»Nein.«

Sein Kopf verschwand, und hinter dem Tor ging ein Licht an. Eine Minute später stieg ich die Steintreppe hinauf, die ins Obergeschoss führte, wo Don Luigi seine Küche hatte. Er war noch kleiner als in meiner Erinnerung. Und runzliger. Das konnte unmöglich der Entführer von Rebecca sein: vielleicht der anderen, aber nicht von Rebecca. Mit seinen Ärmchen hätte er Mühe, auch nur eine Katze hochzuheben.

Auf dem gedeckten Tisch standen leere Teller und eine halb volle mit Bast umwickelte, bauchige Flasche Rotwein.

»Wieso bist du hergekommen? Du bist nie gern in die Messe gegangen. Sag nicht, du hast es dir jetzt, mit vierzig, anders überlegt?«

»Eigentlich bin ich erst dreiunddreißig.« Seine Mentalität hatte sich in all den Jahren nicht verändert.

»Und?«

Er bot mir nicht einmal an, Platz zu nehmen, aber das war nicht weiter wichtig.

»Don Luigi, ich bin hier, um Ihnen ein paar Fragen zu den Heilerinnen zu stellen.«

»Wie bitte?«, entfuhr es ihm schrill, und sein Blick huschte umher, als suchte er nach etwas, womit er mir eins überziehen konnte. »Was fällt dir ein, zur Essenszeit mein Haus zu betreten und von Heilerinnen anzufangen? Raus mit dir, raus!«

»Warum regen Sie sich so auf? Ich möchte nur Ihre Meinung dazu wissen, ich will weder mit Ihnen streiten noch Sie belästigen.«

»Warum ich mich aufrege?« Er setzte sich. Ich hoffte, zu ihm durchzudringen, auch wenn ich aufgrund seiner Reaktion befürchten musste, dass er mehr als nur angeheitert war. »Ich rege mich deshalb so auf, mein liebes Kind von dreiunddreißig Jahren, weil diese sogenannte Heilkunst eine Geißel und ein Gift für unsere Berge darstellt, seit jeher! Und niemand in Rom hat das Ganze je ernst genommen, aber was weißt du schon von diesen Dingen. Weißt du, wer sich damit herumschlagen durfte? Ganz einfach! Die Provinzpfarrer, die ins kalte Wasser geworfen und den Gemeinden zugeteilt wurden, um den teuflischen Aberglauben, die Finsternis und die Geister zu bekämpfen! So sieht das aus!«

Ich versuchte, ihn zu beruhigen, aus Angst, er könnte einen Herzinfarkt erleiden, aber er war nicht zu bremsen: »Du machst dir keine Vorstellung, Mädchen, aber wenn ich vor dreißig, vierzig oder mehr Jahren, zur Blütezeit der Heilerinnen, Säuglinge getauft habe, musste ich sie jedes Mal durchsuchen!«

»Was? Wieso?« Ich wusste genau, weshalb, aber ich wollte ihm das Gefühl geben, dass ich genauso erschüttert war wie er.

»Tja! Weil die Verwandten ihnen Löffel, Gabeln, Zwirn, getrocknete Rosen und andere Blumen, Jesuskreuze und Briefchen beilegten; du hättest mal sehen sollen, was ich in den Kleidchen und Windeln alles gefunden habe! Sie waren überzeugt, dass die Segnung bei der Taufe ihrem Kind und den Gegenständen die Fähigkeit verleihen würde, bestimmte Krankheiten zu heilen ... dass es ihnen die Gabe verleihen würde. Möge Gott ihnen vergeben!«

Der Alte verstummte und genehmigte sich einen großen Schluck Wein, was ich nutzte, um noch eine Frage zu stellen und der Sache näherzukommen. Ich war relativ sicher, dass dieser Mann keine Kinder entführte, aber vielleicht gab es jemanden in seinem Umfeld, der infrage kam.

»Don Luigi, erlauben Sie mir eine Frage. Was genau an der Heilkunst bringt Sie so in Rage? Soweit ich weiß, sind die modernen Zaubersprüche fast alle Gebete …?«

»Ha!«, rief er aus und bekreuzigte sich. »Die magische Heilkunst war hier oben schon immer die wahre Religion. Jeder weiß, dass sie die Gebetsformeln geklaut haben, um im finsteren Mittelalter nicht auf dem Scheiterhaufen zu landen. Sie waren listig. Sie haben ihre Riten in falsche Gebete, Reime und Sprüche abgewandelt, die etwas vorgaukelten, was sie nicht waren. Es handelt sich um archaische Riten, die nichts, aber auch gar nichts mit Gott zu tun haben. Ihre Worte besitzen nichts von der Kraft, die derjenige besitzt, der glaubt! Sie sagen ›Im Namen der Dreifaltigkeit seist du befreit von deinem Leid‹, glauben aber gar nicht an Gott, sondern nutzen diese Worte nur, weil sie sich reimen, um sich über das lustig zu machen, was sie *das Böse* nennen, um zu verwirren. Weißt du, mit wie vielen dieser Hexen ich im Laufe der Jahre gesprochen habe? Mit vielen! Es ist nichts Religiöses und Gottesfürchtiges daran, einem Menschen Zwirn um den Bauch zu binden und mit den Händen irgendwelche Zeichen, Kreise, Kreuze zu machen, nichts! Das sind durch und durch heidnische Praktiken und als solche sündig. Die Heilerinnen, ob alt oder modern, sind nichts weiter als willige Sünderinnen!«

Für meinen Geschmack reichte das jetzt, und ich wollte mich umdrehen und gehen, doch Don Luigi war längst nicht fertig.

»Und dann haben sie sich auch noch bereichert mit diesen Lügenmärchen!« Dieser Satz traf mich wie der Schlag.

»Wie bitte? Was wollen Sie damit sagen? Etwa, dass sie sich im Gegenzug für die Heilung bezahlen ließen?«

Das konnte nicht sein. Don Luigi musste an einer Form von Demenz leiden, wenn er solche Behauptungen aufstellte.

»Du hast mich schon richtig gehört. Und jetzt lass mich allein. Geh, geh.«

In diesem Moment trat durch eine kleine Tür im hinteren Teil der Küche ein ebenfalls älterer Herr, der saubere Wäsche in den Händen hielt.

»Mein Bruder ist müde«, sagte er mit einem Lächeln an mich gewandt. »Es wird Zeit, dass Sie gehen.«

Ich ließ die beengte Wohnung des Pfarrers hinter mir und überquerte eilig den Dorfplatz. Es war fast zehn, und mir fiel auf, dass ich seit Stunden nichts gegessen hatte. Ein weiterer Tag neigte sich dem Ende zu, und eine weitere lange Nacht legte sich schwer auf meine Seele.

Wo bist du, Rebecca?

Ich versuchte, mir vorzustellen, wie hilflos und beklommen sich ihre Mutter fühlen musste, wenn schon mir – einer bloßen Bekannten – beim Gedanken daran himmelangst wurde, dass sie wer weiß wo steckte, allein und verängstigt, womöglich sogar verletzt oder ...

Ich verbot mir, den Gedanken zu Ende zu führen und zu spekulieren, und konzentrierte mich lieber auf die Fakten. Inspektor Marchi verfolgte die Spur mit den Ausschreibungen, und bestimmt hatte er dafür gute Gründe. Ich für meinen Teil empfand es als völlig legitim, meinem Instinkt zu folgen, zumal nicht gesagt war, dass die beiden Spuren nicht irgendwann zusammenlaufen würden. Was mich umtrieb, war der Wunsch, keine Zeit zu verlieren, nicht eine Sekunde.

Ich setzte mich auf die Stufen vor der Kirche und holte mein Heft heraus, um meine neuen Recherche-Schwerpunkte zu notieren.

»Rachele versteckt die Hände«, schrieb ich hastig. »Bei Claudias Skelett fehlen die Knochen der Hände.« Dann verband ich beide Gedanken mit einem Pfeil, zeichnete in die Mitte einen Kreis, in den ich in Großbuchstaben »Zufall?« schrieb.

Ein paar Zeilen weiter oben hatte ich Guerrinos Namen notiert, und nun zog ich von dort einen weiteren Pfeil nach unten, kreiste eine freie Fläche ein und schrieb hinein: »Wenn es nicht Barbara Righi war, die herumerzählt hatte, mich im Krankenhaus gesehen zu haben, könnte er es gewesen sein. Er war mit uns im Zimmer.« Von dort malte ich zwei kleinere Pfeile, einen links, einen rechts vom Kreis, und schrieb: »Marco?« und »Rodolfo?«

Die einzigen anderen Personen, die mich neben Rebecca hatten sitzen sehen, waren Marco und der Bürgermeister gewesen, abgesehen natürlich von Giacomo, aber ganz sicher war nicht er derjenige, der über mich getratscht hatte. Wer hätte schon einem Jungen geglaubt, der ohnehin als seltsam galt?

Fünf Minuten später war ich bei Emilia.

»Sara, du musst diese Geschichte auf sich beruhen lassen. Ich weiß, dass du zum Teil meinetwegen hierher zurückgekommen bist und dich auf die Suche nach Rebecca begeben hast, und es tut mir leid, wenn ich dich zu etwas gedrängt habe. Das habe ich nur getan, damit du endlich deinen Frieden mit jenem Tag damals machst, denn ich weiß, dass das der Grund ist, weshalb du dich jahrelang nicht hast blicken lassen, auch wenn du es nie zugeben würdest.«

Ich saß auf dem Sofa, während sie in der Küche mit geröstetem Brot und Salat herumhantierte. Innerhalb weniger Minuten hatte sie einen Snack für mich zubereitet.

»Doch, ich gebe es zu.«

»Was?« Ehrlich überrascht drehte sie sich um. »Hast du beschlossen, mir meine letzten Gewissheiten zu nehmen?«

Ich antwortete mit einem traurigen Lächeln, dann stand ich abrupt auf und ging auf den Balkon.

»Ich muss telefonieren.«

Ich rief Silvanas Nummer zurück und wartete, während es mehrfach klingelte, ehe ich am anderen Ende ihre unsichere Stimme vernahm.

»Sara, was …?«

»Wer hat dir erzählt, was an jenem Tag geschah?«

»Sara, ich …« Den Geräuschen im Hintergrund entnahm ich, dass sie irgendwo unterwegs war.

»Nein, wirklich, es ist wichtig. Weißt du noch: Ich suche die Wahrheit.«

»Ihr wart doch noch Kinder.«

»Bitte gib mir eine Chance, es wiedergutzumachen, Silvana.«

»Marco hat es mir unter Tränen erzählt, kurz nach Claudias Verschwinden. Er hat mir von eurem Streit berichtet und gesagt, dass du Claudia beschimpft hättest, weil sie eine Heilerin war. So habe ich davon erfahren. Außerdem weiß ich seitdem, dass sie die Heilformel für ihren Vater erlernt hatte, bevor sie an jenem Tag für immer verschwand.«

In der Stille, die darauf folgte, kam ich nicht umhin, darüber nachzudenken, dass ich Marco nie gefragt hatte, was er eigentlich gemacht hatte, nachdem Claudia und ich weggerannt waren. Ich machte mir geistig eine Notiz, dass ich ihn fragen würde.

»Es tut mir leid, Silvana. Du kannst dir gar nicht vorstellen, wie sehr ich wünschte, ich könnte die Zeit zurückdrehen. Ich danke dir dafür, dass du dich mir anvertraut hast. Jedes noch so kleine Detail ist nützlich, damit ich rekonstruieren kann, was an jenem Tag vorgefallen ist.«

»Gute Nacht, Sara. Denk daran, was ich dir gesagt habe. Denk an Guerrino.«

Als ich auflegte, hatte ich große Lust, mich sofort ins Auto zu setzen und zu diesem Elektriker zu fahren, aber ein leichtes Schwindelgefühl zwang mich, mich an der Brüstung festzuklammern. Der Hunger, die Erschöpfung und die Müdigkeit machten sich allmählich bemerkbar.

Ich aß den Toast, den Emilia mir zubereitet hatte, und leerte eine Flasche Wasser.

»Emi, eine Frage.«

»Schieß los.«

»Kanntest du Allegra?«

»Vom Sehen her, klar. Ein hinreißendes Kind.«

»War sie eine Heilerin?«

»Ja, wenn mich nicht alles täuscht, hat sie Gürtelrosen und Verbrennungen geheilt ... aber warum frags ... warte mal.«

Sie sah mich an, und ich erwiderte ihren Blick.

»Verstehst du jetzt, worauf ich hinauswill?« Ich nahm ihre Hand. »Alle waren Heilerinnen, Emi. Und bei Claudia haben die Hände gefehlt. Bringt dich das nicht auf eine Idee?«

»Das kann alles und nichts heißen. Die kleineren Knochen können sich auch einfach im Laufe der Zeit zersetzt haben. Claudia litt an Kalziummangel und war ziemlich zierlich ... aber es ist ein Zufall, der nachdenklich stimmt.«

»Wer kann ein Interesse daran haben, die Heilerinnen hier in der Gegend zur Strecke zu bringen?«

Bei dieser Frage schüttelte sie den Kopf.

»Sara, ich möchte mich gar nicht erst auf diese Fantasy-Hypothesen einlassen. Ich gebe zu, dass das merkwürdig ist, und ich werde darüber nachdenken, aber daraus zu schlussfolgern, dass ein Serienkiller unterwegs ist, der die Heilerinnen aus dem Weg schafft, scheint mir doch etwas weit hergeholt. Und ich bestehe darauf, dass du den Ort verlässt, und zwar morgen schon. Keine Ahnung, wem du mit deiner Suche nach der Wahrheit auf den Schlips getreten bist, aber das gefällt mir ganz und gar nicht. Weder die tote Taube noch, dass dir jemand offen droht.«

»Es war eine Amsel, verdammt! Und wenn ich jetzt gehe,

wäre das nicht nur Rebecca gegenüber respektlos. Sondern auch gegenüber Daniela, Giannina, Allegra ... und Claudia, abgesehen davon auch mir selbst gegenüber. Ich könnte nicht mehr in den Spiegel schauen. Ach, und übrigens hatte ich einen Wollkranz in meinem Kissen.«

Sie schüttelte den Kopf.

»Hast du ihn verbrannt?«

»Ja. Danach ist mir die Nonna über den Weg gelaufen.«

Mein Versuch, sie zum Lachen zu bringen, klappte, aber nur kurzzeitig.

»Du musst das hier nicht ausfechten. Deine Schulden gegenüber Rebecca hast du mehr als genug beglichen, indem du das Risiko eingegangen bist, gelyncht zu werden. Und was Claudia angeht«, sie nahm meine Hände, »weiß ich, dass das nicht du warst, die damals so gesprochen hat. Du hast das gesagt, weil es dir schlecht ging. Willst du mir heute, zweiundzwanzig Jahre später, sagen, was mit dir los war?«

Ich sah sie an, und es kam mir vor, als wäre ich Lichtjahre von ihr entfernt.

Nein, ich kann nicht.

»Ich muss los.«

Sie seufzte, war aber zu müde, um herumzudiskutieren, zumal Rebecca noch immer irgendwo da draußen war.

Ich war bereits auf der Treppe, als mir einfiel, dass ich noch eine wichtige Frage an sie hatte, und stieg die paar Stufen wieder hoch. Emilia sah mich mit schräg gelegtem Kopf an, nahm den Schlüssel und kam mit hinunter.

»Komm, ich begleite dich noch, so laufe ich noch ein paar Schritte, und mein neues Holzbein kriegt ein wenig Bewegung.« In Wirklichkeit wollte sie mich beschützen.

Emilia, die Mathematik studieren wollte und am Ende Polizistin geworden war, hätte nie zugegeben, dass es damit zu tun hatte, dass sie Claudia nicht hatte beschützen können. Im Grunde waren wir uns ähnlich. Wir litten an derselben Krankheit: alle retten zu wollen.

Wir traten auf die Straße hinaus, und lange Schatten huschten unter unseren Schuhen hervor, um die Wände der Häuser zu berühren.

»Emi, weißt du zufällig, ob es Frauen gegeben hat, die sich für ihre Heilkünste bezahlen ließen?« Ich hob die Hände. »Nur so ein blöder Gedanke.«

»Ehrlich gesagt habe ich mich damit nie näher beschäftigt, Sara, in der Hinsicht bin ich wie du. Ich glaube nicht an diesen Kram und habe mich mein ganzes Leben lang nicht von meiner Nonna heilen lassen. Ich weiß aber von ihr, dass es tatsächlich eine Person gab, die Geld für ihre Heilungen verlangt hat, was für meine Nonna absolut unvorstellbar war, eine Todsünde.«

»Wer war es?«, fragte ich, als wir schon bei mir zu Hause angelangt waren.

Sie sah mir in die Augen und flüsterte: »Gertrude, die Alte.«

22

Die Nonna war in der Küche und löste ein Kreuzworträtsel. Ich duschte kurz und gesellte mich zu ihr.

»Versprich mir, dass wir morgen gemeinsam zu Mittag essen«, brummte sie.

»Klar.« Ich öffnete den Kühlschrank und sah mehrere Portionen Lasagne sorgfältig gestapelt im Tiefkühlfach. Ich goss Eistee in zwei Gläser und setzte mich zu ihr. In meinem Heft notierte ich: »Heilte Gertrude für Geld? Hat Giovanni deshalb irgendwann die Behandlung abgebrochen?« Anschließend schrieb ich die Nachricht von dem Kärtchen ab, das ich von Gertrudes Grab mitgenommen hatte, wobei ich fest aufdrückte, als wollte ich mir Wort für Wort einprägen.

Ich wünschte, es wäre wahr.

»Nonna, weißt du, ob jemand im Dorf je Geld für seine Heilungen genommen hat?«

»Oh, keine Ahnung. Aber es gab im Laufe der Jahre einige hässliche Gerüchte. Ob da etwas dran war, weiß ich nicht. Ich habe mich in diese Dinge nie eingemischt.«

»Gerüchte über Gertrude?«

Sie sah mich missbilligend an.

»Ja.«

»Weißt du auch noch, wer sich beschwert hat?«

»Sara, wozu all diese Fragen? Was kümmert es dich?«

»Es kümmert mich, weil ich versuche, Licht in diese dunkle Geschichte zu bringen. Deshalb bin ich zurückgekommen.«

Sie faltete die Hände auf der Wachstischdecke und sah einen Augenblick lang in die Ferne, dann sagte sie: »Du könntest mal die Vallauri fragen. Nur so ein Tipp. Franca Vallauri wohnt in der Straße direkt hinter unserer, in der Via della Fonte Antica, Nummer 23.«

Ich notierte in meinem Heft »wegen der Heilung gegen Geld befragen: Franca Vallauri, Via della Fonte Antica 23« und malte einen langen Pfeil quer über die Seite bis zu meinen Informationen über Gertrude. Dann verband ich die Adresse durch einen dicken Pfeil mit der Botschaft vom Kärtchen und trank einen Schluck Eistee.

»Und wie ist Gertrude gestorben? War sie krank?«, erkundigte ich mich.

»Nein, nein. Sie hatte einen plötzlichen Herzinfarkt, das hat mir Carlo erzählt. Sie war im Wald Pilze sammeln. Dort ist sie auch begraben, direkt im Garten ihres Hauses. Du kannst dir nicht vorstellen, wie viele böse Kommentare es deshalb von manchen Leuten gab.«

»Na ja, normalerweise gibt es allerlei Vorschriften für Bestattungen. Man kann seine Toten nicht einfach verscharren, wo man will oder wo der Verstorbene es wollte. Gertrude scheint besondere Privilegien genossen zu haben, und ich frage mich, wieso.«

Tatsächlich fing ich allmählich an, schlecht von ihr zu denken. Sie hatte ihre Heilkünste gegen Geld angeboten und konnte sich somit, wie sich Don Luigi ausdrückte, »bereichern«. Vielleicht hatte sie sich ja mit ihrem dicken Finanzpolster die Genehmigung für die Waldbestattung »erkauft«. Das Ganze überzeugte mich nicht, hatte aber seine eigene Logik.

»Ach was, besondere Privilegien ... sie war bei der Mehrheit der Leute einfach überaus beliebt. Wir haben uns gefreut, dass sie quasi eine Art Privatgrab bekommen hat. Bei mir ginge das gar nicht, ich habe keinen Garten!«

Wir lachten beide.

Eine halbe Stunde später saß ich auf dem Bett, las mir noch einmal meine Notizen durch und versuchte zu schlafen.

Mein Körper fühlte sich schwer an wie Stein. Ich lag im Wald, direkt neben dem umgestürzten Baum, und konnte nicht aufstehen. Ich sah, wie Claudia auf das Dickicht des Waldes zurannte, und wollte ihr hinterherrufen, sie warnen, nicht hineinzugehen, weil dort etwas Gefährliches lauerte und sie sonst nie mehr zurückkommen würde. Aber sie drehte sich nicht mehr um, sie lief weiter, und ich spürte, wie mir das Blut in den Adern gefror. Dann tauchte auf einmal aus heiterem Himmel Marco auf, den ich anschrie, er müsse sich beeilen und sie suchen gehen, bevor ihr jemand etwas antat. Doch er sah mich nur an, schüttelte langsam den Kopf und zeigte mir die tote Amsel, die er in den Händen hielt.

Dann sagte er mit einer Stimme, die nicht seine eigene war: »Heile sie.«

Mit einem Ruck wachte ich auf und schlug um mich, in dem Versuch, wieder die Kontrolle über meinen Körper und meinen Geist zurückzuerlangen. Ich schrieb Emilia, ob es Neuigkeiten gab, doch sie war offline und antwortete nicht.

5. JULI 2019

Ein neuer, sonniger Morgen brach an und duftete nach Vanille und Zucker.

Die Nonna war in aller Frühe aufgestanden und hatte einen Rührkuchen mit Joghurt gebacken. Ich aß zwei große Stücke und verließ dann das Haus. Emilia hatte mir geschrieben, ich solle keinen Mist bauen und sie mit dem Auto abholen, damit sie mich auf meinen Touren begleiten könne. Ein Angebot, das ich nicht annahm, weil sie sonst jeden meiner Schritte hinterfragt hätte, und dafür hatte ich keine Zeit.

Zwanzig Minuten später erreichte ich den Hang des Monte Argento nahe der Baustelle. Von Nahem sah ich zum ersten Mal, wie riesig und ungleichmäßig die Fläche war, die man ausgebaggert hatte. Ich konnte nur erahnen, welchen Schaden sie dem Ökosystem zufügten, und erstmals verstand ich, wieso die Polizei diese Spur verfolgte.

Da hatte Rodolfo sich ja wirklich ein dickes Ding geleistet; angesichts dieser Naturzerstörung kochte selbst ich vor Wut, insofern fand ich es gar nicht abwegig, dass jemand einen Groll gegen ihn hegen und beschlossen haben könnte, aus Rache seine Tochter zu entführen.

Ich parkte vor den Metallgittern und stieg aus, um mir das näher anzusehen.

Im Schlamm standen mehrere Bagger verstreut, und am Zaun hatte man vier Holzhütten hochgezogen mit jeweils einer Chemietoilette auf der Rückseite. Dutzende gefällte Bäume waren am hinteren Ende der Baustelle aufgestapelt, direkt neben denen, die noch standen und die Baustelle auf natürliche Art begrenzten. Der durchdringende Geruch von Harz und trockener Rinde war unverkennbar.

Als hätte der Wald eine schmerzende Wunde.

Erst da bemerkte ich, dass am Zaun ein laminiertes Schild hing, auf dem eine Computersimulation abgebildet war, wie die Raststätte nach ihrer Fertigstellung einmal aussehen würde, mit Blumenrabatten und Kinderspielplätzen.

Eigentlich gar nicht schlecht und bestimmt nützlich, um den Tourismus anzukurbeln, aber zu welchem Preis?

An der Seite hingegen befand sich ein Metallsockel, auf dem die Reste von dem standen, was vermutlich ein 3-D-Modell gewesen war. Irgendjemand hatte es offenbar angezündet, denn es war fast geschmolzen.

Ich setzte mich wieder ins Auto und versuchte, der Wegbeschreibung von Silvana folgend, das Grundstück von Guerrino ausfindig zu machen.

Tatsächlich war das gar kein Problem, denn es lag direkt hinter der Kurve, an der die Baustelle endete. Ich ließ das Auto auf der Straße stehen und lief an dem meterhohen, straff gespannten Maschendrahtzaun entlang, der am oberen Ende mit Stacheldraht gesichert war, bis zum Eingang. Ein massives Eisentor trennte mich von einem Schotterweg, der von Oliven- und kleinen Obstbäumen gesäumt war. Zu beiden Seiten des Wegs lagen Felder, auf denen teils Wein angebaut wurde.

Das ganze Anwesen machte einen sehr gepflegten Eindruck. Abgesehen von dem zweistöckigen Bauernhaus am Ende der Auffahrt gab es eine Tenne aus Backstein, einen Getreidespeicher, ein Nebengebäude, das versteckt an der Rückseite lag, und einen großen Holzschuppen links vom Hauptgebäude.

»Weg da!«

Ein Schrei inmitten der klaren Stille der Berge ließ mich hochschrecken. Ich blickte auf und entdeckte Guerrino; er sah fuchsteufelswild aus und kam mit einem Gewehr in der Hand direkt auf mich zu.

»Ich komme mit guten Absichten!«, rief ich und hob instinktiv die Hände, wie ich es aus Filmen kannte.

»Das ist mir egal!«, schrie er. »Ich verkaufe keinen einzigen Zentimeter von meinem Grund und Boden, verstanden? Sag das deinem Chef! Sag ihm, dass Guerrino sich nicht bestechen lässt, und wenn auch noch einer versucht, mir mein Land abzuluchsen, fängt er sich eine Kugel ein!«

Er war wirklich ein Schrank von einem Mann. Dann trat er ans Tor, steckte den Gewehrlauf durch das Eisengitter und richtete ihn auf meine Brust.

»Hey. Sie können nicht einfach auf jemanden schießen, der sich außerhalb Ihres Grundstücks befindet. Das ist Ihnen schon klar, oder?«

Ich trat zurück, um das Ganze zu verdeutlichen.

»Ich bin in niemandes Auftrag hier und will über etwas ganz anderes reden.«

Der dunkle Metalllauf senkte sich langsam.

»Was wollen Sie dann? Arbeiten Sie nicht für den Bürgermeister?«

Guerrino war beinahe zwei Meter groß und von massiver Gestalt. Er hatte dichtes, grau meliertes Haar und einen struppigen Bart, der ihm bis auf die Brust reichte. Er erinnerte mich an den Feuerschlucker bei Pinocchio oder auch an Hagrid, den riesigen Freund von Harry Potter. Die dunklen Augen in seinem sonnengegerbten Gesicht zeugten vom harten Leben in den Bergen und schienen keine Kompromisse zu kennen.

»Nein. Ich bin hergekommen, um Sie zu fragen, ob Sie mich schon einmal gesehen haben.«

Diese ungewöhnliche Frage schien ihn ziemlich zu überraschen, denn er kratzte sich am Kopf und sah mich aufmerksam an.

»Und wo soll das gewesen sein, bitte schön? Du willst mir aber keine Schwierigkeiten machen, oder? Ich habe nie eine Frau belästigt. Na gut, ich hab mal welche für ihre Dienste bezahlt, aber da war ich jung. Bist du eine von denen? Ich hab kein Geld, falls du es darauf anlegst.«

»Sie haben mich also noch nie gesehen?«

»Was wird das, eine Falle? Ich geh nicht zu den Nutten. Hab ich dir doch schon gesagt.«

»Was fällt Ihnen ein? Ich bin keine Prostituierte. Wie kommen Sie überhaupt darauf?«

»Du musst dich schon klarer ausdrücken, Schätzchen.«

»In der Klinik in Borgo Cardo, vor ein paar Tagen. Sie waren dort, um irgendwas an der Stromleitung zu reparieren. Ich war auch da.«

»Ach was. An dein Gesicht kann ich mich nicht erinnern, tut mir leid, dass du mir nicht aufgefallen bist. Bei der Arbeit habe ich keinen Blick für nichts und niemanden.«

Tatsächlich erinnerte ich mich, dass er voll auf seine Reparatur konzentriert gewesen war und leise vor sich hingeflucht hatte. Er wirkte ehrlich. Später würde ich ihn von der Liste der Verdächtigen in Zusammenhang mit den Gerüchten über mich streichen.

»Verstehe. Trotzdem danke …«

»Sorry wegen eben …«, fuhr er in versöhnlicherem Ton fort, »das mit dem Gewehr und so. Aber hier herrscht Krieg. Die wollen eine Schneise in den Berg schlagen, nur um ihren modernen Schnickschnack hinzustellen. Die zerstören hier den Wald, seit einer sein Land gegen einen Haufen Kohle abgetreten hat, und jetzt kommt jedes Mal, wenn es regnet, der ganze Schlamm von oben runter und verursacht auch hier bei mir Erdrutsche. Die handeln ohne jeden Sinn und Verstand.«

Was er da sagte, war höchst interessant.

»Das heißt, der Bürgermeister hat Sie um ein Stück Ihres Landes gebeten?«

»Gebeten? Gefordert hat er es! Er hat mir einen Scheck mit etlichen Nullen angeboten, aber ich habe abgelehnt. Dieses Land hat vor mir meinem Vater gehört und davor meinem Großvater. Ich lasse darauf bestimmt keine Tankstelle bauen.«

»Und wissen Sie von anderen, die ihr Land freiwillig abgetreten haben …?«

»Und ob, und ob ich was weiß. Bis in die Sechzigerjahre wurden die Verträge hier per Handschlag geschlossen. Es gibt ganze Waldabschnitte, die unrechtmäßig veräußert und nie registriert worden sind, ganz hässliche Geschichten sind das. Sobald ich das raushatte, bin ich zum Notar gegangen und habe mein Grundstück eintragen lassen, denn auch das war nirgends verzeichnet. Die haben gemacht, was sie wollten. Der alte Bürgermeister war sogar noch schlimmer als sein Sohn. Das Einzige, was man ihm zugutehalten muss, ist, dass er sich immer für unsere Berge eingesetzt hat. Er hätte dergleichen niemals zugelassen.«

»Der Vater des amtierenden Bürgermeisters?«

»Der alte, ja. Er hat alles ein bisschen schludrig gemacht, aber er war in Ordnung, der hat nicht nur ans Geld gedacht wie sein Sohnemann.«

Während Guerrino sprach, sah ich mich um. Sein Grundbesitz lag abseits der umliegenden Ortschaften. Hier konnte man ungestört illegalen Aktivitäten nachgehen. Es gab keine Straßenbeleuchtung, und der einzige Weg in die umliegenden Dörfer war die von Wald gesäumte Landstraße, auf der seit meiner Ankunft kein einziges Auto vorbeigekommen war. Ich warf einen gründlichen Blick auf das Anwesen. Ein Kind konnte hier überall versteckt sein.

»Das angrenzende Waldstück gehört Ihnen?«, fragte ich.

»Ja, sicher, ein Stück davon gehört mir. Dort schlage ich Holz, ansonsten mache ich nichts weiter damit, aber das ist mir ganz recht so, ich habe nicht vor, es zu verkaufen.«

Beim Reden warf Guerrino immer wieder einen Blick über die Schulter aufs Haus, als ob er jemanden im Auge behalten oder etwas verbergen würde, aber es sah alles ruhig aus. Außer ihm sah ich niemanden und hörte auch keine verdächtigen Geräusche vom Grundstück oder Haus her.

»Kennen Sie Rebecca?«

»Klar, vom Sehen. Es tut mir leid, dass man sie entführt hat, aber ihr Vater ist wirklich ein Mistkerl, und wenn man sich danebenbenimmt, bekommt man früher oder später die Quittung serviert.«

»Wissen Sie, wer …?«

Ein metallisches Geräusch, und plötzlich zeigte der Lauf des Gewehrs direkt auf mein Gesicht.

»Ich weiß von gar niemandem, und ich will auch nichts wissen, haben wir uns verstanden? Warum schnüffelst du überhaupt herum und befragst Leute zur Tochter von diesem Dreckskerl? Bist du etwa Polizistin?«

Ich schüttelte den Kopf und schob den Lauf beiseite.

»Ich bin eine Freundin der Kleinen und mache mir Sorgen.«

Als ich auf mein Auto zuging, befiel mich ein seltsames Gefühl. Guerrino schien ehrlich, als er über das Land redete, hatte mich aber nicht hereingelassen. Und wieso hatte er sich die ganze Zeit umgedreht?

Ich fuhr die Landstraße weiter hinauf, und als ich am Ortseingang von Borgo Cardo angelangt war, klingelte mein Handy. Es war Giulia.

»Sara, alles gut bei euch da oben?« Sie klang besorgt.

»Klar, wieso?«

»Zwei Polizisten sind im Krankenhaus vorbeigekommen und haben Fragen über dich gestellt.«

Was?

»Giulia, ist das dein Ernst?«

»Sie kamen von einem Polizeirevier in … warte, ich hab's mir notiert: da ist es, Querceto, keine Ahnung, wo das liegt. Sie haben mit dem Chefarzt geredet. Aber nichts Weltbewegendes. Als er wissen wollte, weshalb sie nach dir fragen, erklärten sie, es handle sich um eine reine Kontrollmaßnahme, weil du in Begleitung eines Mädchens gesehen wurdest, das daraufhin verschwunden ist. Sara, wir machen uns alle große Sorgen.«

Ich war sprachlos. Wer mich in dieser Angelegenheit loswerden wollte, hatte diesmal schweres Geschütz aufgefahren. Die Amsel hatte nicht ausgereicht, um mir Angst einzujagen, also hatte sich jemand eine andere Strategie ausgedacht, wie er mir ein Bein stellen konnte.

»Na, ich gehe davon aus, dann wissen sie jetzt, was sie wissen wollten: dass ich völlig mustergültig bin.«

»Ja, klar! Der Chefarzt hat sich sogar einigermaßen echauffiert und sie niedergemacht. Er hat mich auch gebeten, dich anzurufen, weil er gerade im OP ist.«

Es entstand eine Stille, mit der mir Giulia, wie ich annahm, stellvertretend für den Chefarzt bedeutete, dass dieser eine Erklärung von mir wollte.

»Ja, vor nicht ganz einer Woche ist ein Mädchen verschwunden. Und ich kenne sie. Das ist alles. Irgendjemandem schmeckt es nicht, dass ich hier bin, und er hat mir einen bösen Streich gespielt.«

Ich war stinksauer. Marchi hatte sich in mein Privatleben, meine Arbeit eingemischt. Er hatte meine heile Welt befleckt, den Teil meines Lebens, den ich von den finsteren Geschehnissen in den Bergen ferngehalten hatte, und mir damit die Botschaft vermittelt, ich solle meine Nachforschungen einstellen und abhauen.

Ich bin auf der richtigen Spur.

»Sara, wenn du etwas brauchst, ruf mich gerne an, ja? Ich kenne einen hervorragenden Anwalt. Aber wieso kommst du nicht einfach zurück?«

»In ein paar Tagen, aber vorher will ich noch dieses Missverständnis aufklären. Was den Anwalt betrifft ...«, ich lächelte, »mein Vater hat mir seinen Terminkalender mit den Kontakten all seiner Kollegen vererbt, du musst dir also keine Sorgen um mich machen. Alles in Ordnung. Bitte richte dem Chefarzt aus, dass es mir leidtut, oder weißt du was: Grüß ihn von mir. Ich ruf ihn später selbst an.«

Kaum hatte ich aufgelegt, rief ich Emilia an.

»Offenbar macht es jemandem Vergnügen, mir Ärger zu bereiten.«

»Was meinst du damit?«

Ich erzählte ihr in Kürze, was ich von Giulia erfahren hatte, und sie versprach, sofort tätig zu werden und sich zu erkundigen, was mir angelastet wurde.

»Ich glaube, ich schaue persönlich bei Marchi vorbei«, erklärte ich, »dann können wir die Angaben vergleichen und herausfinden, was da eigentlich los ist.«

»Einverstanden.«

Musste ich Angst haben?

Keine Ahnung. Auf jeden Fall empfand ich keine. Man musste schon reichlich dumm und naiv sein, um zu glauben, dass man jemandem mit einem anonymen Hinweis die Entführung einer Minderjährigen zur Last legen konnte. Klar, ich bewegte mich auf vermintem Gebiet, aber ich hatte nichts zu befürchten.

Zum zigsten Mal rief ich Silvana an, und nach den üblichen Höflichkeitsfloskeln fragte ich sie, wieso Giovanni die Behandlung bei Gertrude abgebrochen hatte. Sie antwortete nur widerstrebend.

»Daran erinnere ich mich nicht mehr.«

»Klar erinnerst du dich. Erzähl mir, was du weißt, Silvana. Alles kann nützlich sein.«

»Warst du bei Guerrino?«

»Ja, aber ich muss noch mal hin.«

»Giovanni konnte nicht mehr hingehen, weil die Alte jede Menge Geld verlangt hat und wir sehr knapp bei Kasse waren. Mein Mann hat nur unregelmäßig gearbeitet, und phasenweise hätten wir ohne die Hilfe meiner Eltern nicht mal die Schulbücher für Claudia zahlen können, was die Alte auch wusste. Sie wusste, wie es um uns bestellt war, ist aber trotzdem nicht von ihrer Forderung abgerückt.«

In meinem Bauch spürte ich es vor Unmut grollen.

»Darf ich fragen, wie viel sie verlangt hat?«

»Fünftausend Lire für einfache Dinge, eine Million für kompliziertere Fälle.«

»Mmm.« Der Unmut hatte sich in Wut verwandelt.

»Pro Sitzung«, fügte sie voller Bitterkeit hinzu.

Ich verabschiedete mich und bedankte mich für ihre kostbare Hilfe.

Zwei Minuten später klingelte ich bei Vallauri. Eine weibliche Stimme erklang aus der Gegensprechanlage.

Sobald ich im Haus war, schüttelte ich Franca die Hand und stellte mich vor. Natürlich kannte sie Nonna Dada gut und war sehr freundlich zu mir, zumindest bis ich ihr die Frage stellte, wegen der ich gekommen war. In diesem Moment versteifte sie sich, und ihr Blick huschte einige Sekunden lang im Raum umher, ehe er wieder auf mir landete.

»Wer hat Ihnen denn so etwas erzählt? Gertrude – Friede sei mit ihr – war ein guter Mensch und eine herausragende Heilerin.«

»Das ziehe ich nicht in Zweifel. Was ich nur wissen möchte, ist, ob sie für ihre Behandlungen Geld genommen hat.«

»Davon weiß ich nichts, und mir ist auch schleierhaft, wieso Sie ausgerechnet mich danach fragen«, log sie.

»Verschiedene Leute haben ausgesagt, dass Sie sehr wohl Bescheid wissen«, beharrte ich. »Ich werde es auch nicht herumerzählen. Diese Information dient mir nur für private Recherchezwecke. Bei mir ist dieses Wissen gut aufgehoben, das verspreche ich Ihnen.«

Ihr Gesicht verzog sich zu einer Grimasse so voller Hass, dass er beinahe physisch greifbar war.

»Dieses Miststück«, zischte sie und fixierte einen Punkt vor dem Fenster, »seine Gabe so schamlos auszunutzen. Ich hoffe, sie schmort in der Hölle, wie sie es verdient.«

»Was ist vorgefallen?«, fragte ich.

»Am Anfang, das ist schon viele Jahre her, hat sie meine Mutter geheilt, so wie alle es gemacht haben, ganz ohne eine Gegenleistung zu verlangen, sodass ich ihr jedes Mal, wenn ich vorbeiging, ein kleines hausgemachtes Geschenk mitbrachte: Marmeladen und eingemachte Tomatensoße, einen Mürbeteigkuchen, eine Flasche Wein. Aber dann«, Franca hielt inne und strich mit dem Finger über das Kettchen, das sie am Hals trug, »dann hat sie angefangen, Tarife festzulegen, als wäre es ein Geschäft, in dem man Gesundheit käuflich erwerben könnte, und wenn man nicht im Voraus zahlte, hat sie einen nicht behandelt, diese niederträchtige Kuh.«

Ich hörte zu, ohne sie zu unterbrechen. Es war also wahr.

»Mit all dem Geld, das sie den Leuten aus der Tasche gezogen hat, hat sie nach und nach ganze Berge aufgekauft. Aber all der Reichtum hat ihr auch nichts genützt. Zum Glück ist sie tot.«

Mir ging ein Licht auf.

»Ganze Berge? Meinen Sie damit Wald und Grundstücke?«

»Ja, genau. Alles Mögliche. Damals, als Elio noch da war, hat sie die Gemeindekasse ganz schön zum Klingeln gebracht.«

Der alte Bürgermeister und Vater von Rodolfo.

»Ein einziges Mal habe ich ihr Grab aufgesucht und darauf gespuckt.«

Sobald ich Francas Haus verlassen hatte, flüchtete ich mich in die Bar und bestellte etwas zu trinken. Ins Heft notierte ich: »Gertrude war doch nicht die Heilige, für die sie viele halten oder halten wollen, sondern völlig eigennützig. Im Gegenzug für ihre Behandlungen verlangte sie exorbitante Summen.«

In diesem Moment leuchtete das Display auf. Es war Emilia.

»Also, es ist ein anonymer Anruf aus einer Telefonzelle in Parma eingegangen, in dem du für Rebeccas Verschwinden verantwortlich gemacht wurdest, aber Achtung, Sara: Die Befragung im Krankenhaus ist ein reiner Routinevorgang, keine Ermittlung, so wie es ein Routinevorgang ist, die betreffende Person direkt zu befragen. Das ist nur der nächste logische Schritt. Vermutlich werden sie dich anrufen, um dir ein paar Fragen zu stellen, aber keine Sorge, das heißt gar nichts. Sie haben nichts gegen dich in der Hand, wie du ja sicherlich weißt. Okay?«

»Danke, Emi.«

»Du heckst doch irgendwas aus, oder? Wenn du dich bedeckt hältst, heißt das, du hast was herausgefunden und lässt die Bombe bald platzen. Los, erzähl schon.«

Das Lokal war halb leer, und so berichtete ich ihr mit gesenkter Stimme von meinen Erkenntnissen über Gertrude, was sie allerdings kaltließ, da ihre Nonna ihr schon vor Jahren davon erzählt hatte.

»Auf ihrem Grab lag ein Kärtchen mit der Botschaft: ›Ich wünschte, es wäre wahr.‹ Was kann deiner Meinung nach damit gemeint sein?«

»Vielleicht, dass derjenige wünschte, es wäre wahr, dass die Heilerinnen wirklich Krankheiten kurieren?«

»Mmm.«

»Und sonst? Noch irgendwas Spannendes rausgekriegt?«

»Ich habe herausgefunden, dass man Guerrino Geld geboten hat, damit er sein Land am Monte Argento verkauft. Waldstücke, die für die Raststätte gebraucht werden, aber er hat abgelehnt. Er lässt kein gutes Haar an Rodolfo und sagt, dass ihm das mit seiner Tochter recht geschieht. Und dann besitzt er dieses riesige Anwesen inmitten von Feldern und Wäldern. Ich glaube, ich muss da noch mal hin …«

»Sieh dich vor, nicht dass er auf dich schießt.«

»Er hat mir auch erzählt, dass die Grundstücke früher per Handschlag weiterverkauft wurden und somit ...«

»Ja, ein schöner Schlamassel. Das stimmt. Aber in die Richtung ermittelt bereits unser Haudegen Marchi, wie du weißt. Sei vorsichtig, okay? Offenbar geht es um Bilanzfälschung, Bestechungsgelder, da gibt es noch einiges zu klären. Ich halte dich auf dem Laufenden.«

»Bilanzfälschung.«

»Ja. Sie versuchen, dem Bürgermeister irgendeinen Fehltritt nachzuweisen. Früher oder später baut ja jeder mal Mist. Sie glauben, Rebeccas Entführung könnte die Rache von jemandem in einer höheren Position sein und mit irgendwelchen Geschäften und Genehmigungen zu tun haben, quasi Korruption.«

»Und Grundstücken.«

»Aber was hat die Alte damit zu tun?«

»Tja. So langsam scheint mir, dass alles mit hineinspielt. Warte, ich schick dir zwei Fotos, dann ruf ich dich gleich zurück, Emi.«

Aus einem Impuls heraus hatte ich beschlossen, ihr von Rachele zu erzählen.

»Das Einzige, was da mit hineinspielt, bist du. Oder was meinst du damit?«

»Das mit der Alten stinkt zum Himmel.«

»Kein Wunder. Immerhin liegt sie seit vier Jahren unter der Erde.«

»Ich muss mit Carlo sprechen.«

Ich legte auf, weil das zu nichts führte. Ich schoss zwei Fotos von Racheles Zeichnungen und schickte sie ihr per WhatsApp mit den Worten: »Was fehlt?«

»Hat er dir noch welche geschenkt?«, kam einen Augenblick später ihre Antwort.

»Nein. Die habe ich von seiner Mutter mitgenommen ...«

Stille. Sie war noch online, tippte aber nicht.

»Wie bitte? Warst du etwa in der Klinik?«

»Ich musste hin, ja. Ich habe herausgefunden, dass die Zeichnungen nicht von Giacomo stammen, sondern von seiner Mutter. Sie scheint wie besessen von den Mädchen zu sein, sie muss es auch gewesen sein, die Giacomo als Kind immer wieder mit diesen Geschichten und Wahnvorstellungen bombardiert hat. So lange, bis er sie fälschlicherweise für eigene Erinnerungen und sich für einen Serienmörder hielt.«

»Steht es denn so schlimm um sie?«

»Sie ist schwer beeinträchtigt.«

»Und weiß Marco, dass du bei ihr warst?«

»Nein, aber er wird es erfahren. Ihm muss ich auch einige Fragen stellen. Also, was fehlt deiner Meinung nach auf den Zeichnungen?«

Stille.

Dann: »Scheiße, die Hände.«

23

Nach dem vorzüglichen Mittagessen, bestehend aus Lasagne und Salat, mit Nonna Dada rief ich den Chefarzt auf seiner Privatnummer an, um die Sache persönlich zu klären. Er wirkte unaufgeregt und bat mich lediglich in väterlichem Ton, keine Dummheiten anzustellen, was mich rührte.

Dann stieg ich ins Auto und begab mich zum Polizeirevier in Querceto, wo ich nach Inspektor Marchi fragte. Der Mann, den ich an dem Tag kennengelernt hatte, an dem Barbara Righi gestorben war, hatte einen integren Eindruck gemacht. Als er auf mich zukam, konnte ich nicht anders, als ihn insgeheim mit dem Spitznamen zu betiteln, den ihm Emilia verpasst hatte und der perfekt zu ihm passte: »Haudegen«. Wenn ich nicht so außer mir gewesen wäre, hätte ich laut losgelacht.

Er begrüßte mich, ohne zu lächeln, und bat mich in sein Arbeitszimmer neben dem Großraumbüro.

»Möchten Sie einen Kaffee, Doktor Romani?«

»Nein danke.«

Wir setzten uns auf zwei gepolsterte Stühle, und sofort übernahm er die Kontrolle über die Situation.

»Ich denke, ich weiß, weshalb Sie hier sind. Sie haben uns nicht einmal genug Zeit gegeben, um eine Vorladung aufzusetzen.« Der Anflug eines Lächelns umspielte seine Mundwinkel. »Gleich eines vorab: Es liegt keine Anklage gegen Sie vor, und unser Kontrollbesuch und Ihre Vorladung sind ein reiner … Routinevorgang.«

Du hast keine einzige heiße Spur, gib's doch zu.

»Soll mich das jetzt beruhigen?« Ich musterte ihn. Er hatte schmale graue Augen wie eine Ratte, dünne, ausdruckslose Lippen und schlaffe Wangen, auch wenn er insgesamt gesehen gar nicht so alt sein konnte.

»Ihre Kollegen haben sich dort, wo ich lebe und arbeite, nach mir erkundigt und damit meinen Ruf untergraben. Ich bin Chirurgin, Inspektor, und hier nur im Urlaub. Das, was ich Ihnen jetzt sage, ist genau dasselbe, was ich auch bei einer offiziellen Vorladung zu Protokoll geben würde: Ich habe mit Rebeccas Entführung nichts zu tun, zumal ich mich zu dem Zeitpunkt in Bologna aufgehalten habe, bei der Arbeit, wie Ihnen der Chefarzt sicher bestätigt hat.«

»Doktor Romani, bitte beruhigen Sie sich«, er hob beschwichtigend die Hände, »wie gesagt, unsere Befragung war eine reine Formalie und nur der logische nächste Schritt.«

Der logische nächste Schritt. Emilia hatte dieselbe Formulierung verwendet.

»Wir haben einen anonymen Hinweis aus einer öffentlichen Telefonzelle erhalten und den effizientesten Weg gewählt, um die Angaben zu verifizieren. Hier hat niemand etwas gegen Sie oder wacht morgens auf und beschließt, Ihnen das Leben zu ruinieren, aber offenbar haben Sie außerhalb dieses Büros einen Feind, und ich frage mich, weshalb, wenn Sie doch nur im Urlaub sind.«

Es war unschwer zu verstehen, worauf er hinauswollte.

»Es wird ja wohl noch erlaubt sein, sich ein wenig umzuhören? Ich mache mir einfach Sorgen um Rebecca.«

»Aber Sie sind keine Journalistin, richtig? Oder wurden Sie beauftragt, einen Artikel darüber zu schreiben? Nein. Insofern muss ich davon ausgehen, dass Sie aus irgendeinem Beweggrund, irgendeinem Impuls, irgendeiner Mission heraus auf eigene Faust in einer höchst sensiblen Angelegenheit wie der eines vermissten Kindes ermitteln, womöglich noch unterstützt durch Ihre Freundin ...«

»Emilia hat damit nichts zu tun. Die hat ihre eigenen Probleme.«

»Über die ich im Bilde bin, glauben Sie mir. Ich möchte Sie ganz unter uns darauf hinweisen, dass ich Sie leider bitten muss, Ihre privaten Befragungen einzustellen, weil Sie sonst riskieren, die polizeilichen Ermittlungen zu behindern – was womöglich schon passiert ist –, und damit das Leben des Mädchens aufs Spiel zu setzen. Sofern sie nicht einfach ausgerissen ist, natürlich.« Er zündete sich eine Zigarette an. »Habe ich mich klar genug ausgedrückt, Frau Doktor?«

Einfach ausgerissen. Klar.

»Moment mal.« Ich beugte mich vor und sah ihm durch die Rauchschwaden hindurch fest in die Augen. »Irgendjemand da draußen bezichtigt eine völlig unverdächtige Person, denn genau das bin ich, und anstatt sich zu fragen, was der Grund dafür sein könnte, versuchen Sie, mich einzuschüchtern? Ist Ihnen nicht zumindest einen Moment lang der Gedanke gekommen, dass derjenige, der die Aufmerksamkeit auf mich lenken will, vielleicht derjenige ist, der hinter Rebeccas Verschwinden steckt?«

»Nein.« Er drückte die halb aufgerauchte Zigarette im Metallaschenbecher aus und beugte sich nun seinerseits vor, als wolle er mir drohen. »Und wissen Sie wieso? Weil die Ermittlungen *unsere* Angelegenheit sind. Weil man Beweise braucht, um von einer Entführung sprechen zu können. Weil wir diese Gegend kennen und wissen, dass private Recherchen wie Ihre eine Hexenjagd hier in den Bergen auslösen können, die unmöglich zu kontrollieren ist. Der Staub, den Sie mit Ihren Fragen aufwirbeln, verschleiert nur den Blick auf die entscheidenden Spuren in diesem Fall. Wenn Sie das nicht verstehen ...«

»Marchi, was ich da mache, sind keine Untersuchungen, keine Ermittlungen, nichts dergleichen, das versichere ich Ihnen«, sagte ich, wusste aber, dass ich für ihn die sensationslüsterne Idiotin aus der Stadt war, die in ihrem Heimatdorf Privatdetektivin spielte, deshalb schwieg ich. In diesem Moment fühlte ich mich sogar schuldig.

Was machte ich hier eigentlich? Ich brachte Emilia in Schwierigkeiten und behinderte die Polizeiarbeit. Mit welchem Recht?

»Was auch immer es ist, ich würde Sie bitten, es einzustellen«, er sah mich an, »und Ihren Urlaub zu genießen.«

Mit Tränen in den Augen und einem Stich im Herzen ob der Niederlage verließ ich Querceto und begab mich schnurstracks zu Marcos Klinik, wo ich Carlo über den Weg lief, der mit einem großen Metallrechen das Laub auf dem Rasen einsammelte. Ich ging auf ihn zu, um mich mit ihm zu unterhalten, doch da rief mich Marco vom Eingang der Villa her und lud mich auf einen Kaffee ein.

Er trug einen Jogginganzug und Tennisschuhe und schien enorm entspannt. Ich nahm die Einladung ein wenig widerwillig an, aber nur, weil ich noch nicht bereit dafür war, ihm gegenüberzutreten nach dem, was ich in Parma entdeckt hatte.

Ich beschloss zu improvisieren und trat ein.

Auf dem Wohnzimmerboden waren Legosteine verstreut, und mittendrin lag Giacomo auf dem Teppich und malte. Als er mich sah, zog er eine Augenbraue hoch und winkte müde mit einer mit Filzstift verschmierten Hand, ehe er sich wieder seinem Bild widmete.

Er sah nicht sonderlich glücklich und vergnügt aus. Auch als ich ihn im Sommercamp aufgesucht hatte, hatte er nicht mit den anderen im Pool gespielt. Mir kam es so vor, als weigerte sich Marco anzuerkennen, wie gravierend die Situation war, aber ich wollte mich auch nicht einmischen, denn das war schon einmal reichlich danebengegangen.

Wir setzten uns in die geräumige Küche, die im Shabby-Chic-Stil eingerichtet war, mit weißen und lila Fliesen mit Lavendel-Relief und weiß gestrichenen Möbeln.

Vom Stil her sehr weiblich.

»Also, Sara, wie läuft's? Wie verbringst du deine Zeit in Borgo Cardo? Genießt du deinen Touristen-Status?«

Ich war immer mehr davon überzeugt, dass es Marco in Wirklichkeit gar nicht gut ging und er eine große Show abzog. Er sprach mit mir, als hätte er eine Reset-Taste gedrückt und alles, worüber wir zuvor gesprochen und gestritten hatten, gelöscht. Ob er mich bei der Polizei angeschwärzt hatte? Als jemand, der offenkundig von meiner Anwesenheit genervt war, hätte er allen Grund dazu gehabt. Und so wie ich ihn bisher erlebt hatte, war er gut darin, heuchlerisch und berechnend zu sein.

»Ich mache das, was alle hier machen, und pendle zwischen zu Hause und der Bar hin und her«, antwortete ich. »Ansonsten mache ich lange Spaziergänge in die Wälder, auf den Friedhof, kurzum: was man halt so macht.«

»Entschuldige, der Tod dieser Frau scheint dich ganz schön mitgenommen zu haben, meine Frage eben war eigentlich ironisch gemeint. Wie geht's dir?«

»Gut. Erste Hilfe zu leisten, ist schließlich mein Job, nicht wahr?«

»Das stimmt. Aber lass uns zur Abwechslung mal über was anderes reden als über Tod und Entführung, einverstanden?«

»Okay, versuchen wir's.«

»Wie muss ich mir dein Leben in Bologna vorstellen, bist du verheiratet?«

»Nein, nein, ich war nie verheiratet, nicht mal annähernd. Sagen wir's mal so: Erst war ich mit dem Studium ausgelastet und jetzt mit dem Job. Ich gehöre zu denen, die nicht mehrere Dinge gleichzeitig gut hinkriegen.«

Ich schenkte ihm ein Lächeln, um nicht bitter rüberzukommen, was er erwiderte. In diesem Moment stand Giacomo auf und kam mit einem Blatt in der Hand auf mich zugerannt. Es sah ganz anders aus als die Zeichnungen seiner Mutter: Darauf war eine Art Raumschiff zu sehen, das in einen unendlichen Sternenhimmel davonflog. Er besaß wirklich Talent.

»Das sieht ja super aus! Möchtest du ins Weltall fliegen?«, fragte ich ihn, während er sich an meine Schulter schmiegte und zuließ, dass ich ihn umarmte.

»Malst du mit mir?«

»Giachi, lass Sara in Ruhe, wir reden doch gerade.« Giacomos Anwesenheit schien eine Belastung für Marco darzustellen. Vielleicht war er müde. Sich ganz allein um einen Jungen dieses Alters zu kümmern, noch dazu um einen so problematischen, war sicher nicht einfach.

»Bring doch die Stifte mit hoch an den Tisch«, schlug ich vor, »dann können wir malen und reden.«

»Das ist nicht das Gleiche«, beschwerte er sich und zog ab wie eine beleidigte Katze.

»Lass ihn, er fängt sich wieder.«

»Jetzt bist du dran, erzähl mir von dir. Wie hast du deine Frau kennengelernt?«, fragte ich beiläufig. Er verzog das Gesicht, aber er konnte nicht immer die Kontrolle an sich reißen. Daran konnte man ablesen, dass er wirklich sehr viel allein war, dass die Einsamkeit schon fast chronisch wurde.

»Ich habe sie in der Grundschule kennengelernt, sie hat in Querceto gewohnt, kam aber oft her, um Verwandte zu besuchen. Als junge Frau war sie wunderschön und faszinierend, irgendwie rätselhaft. Sie hat Märchen verfasst und gemalt, sie war ganz anders als alle, die ich kannte.«

Bei der Erinnerung daran lächelte er, aber ich hätte nicht sagen können, ob er das nur spielte. Immerhin hatte er sie in eine psychiatrische Klinik gesperrt.

Warum hatte er sie nicht eher behandeln lassen? Rachele kämpfte mit Sicherheit schon lange mit psychischen Problemen, nicht erst seit zwei Jahren.

»Und dann?«

»Ach, nichts weiter. Wir haben uns ineinander verliebt, uns verlobt und so weiter. Den Rest kennst du ja bereits. Giachi und ich gehen sie einmal in der Woche besuchen, in der Regel donnerstags.«

In der Regel donnerstags.

Genau der Wochentag, an dem ich dort gewesen war. Waren wir uns nur nicht begegnet, weil er die Besuchszeit am Vormittag in Anspruch genommen hatte, oder log er schon wieder?

Mein Handy klingelte. Ich sah, dass es Emilia war, also stand ich auf und ging hinaus in den Garten, um ranzugehen.

»Was gibt's, Emi?«

»Ich bin heute Nachmittag mit den Freiwilligen unterwegs, deshalb bin ich erst mal ein paar Stunden offline. Wie lief's mit Marchi? Ein Arschloch, was?«

»Ziemlich. Er hat gesagt, ich solle mit meinen Recherchen aufhören, mit meiner Fragerei, mit allem im Grunde.«

»Hat er auch meinetwegen was gesagt?«

»Weniger gesagt als vielmehr angedeutet. Aber ich habe ihn gleich mal in seine Schranken verwiesen.«

»Dachte ich mir schon. Wir bewegen uns auf vermintem Gebiet. Mach keinen Blödsinn, okay?«

»Okay.«

Als ich ins Haus zurückkehrte, hatte Marco aus dem Tiefkühlfach eine Packung Hähnchenkeulen herausgeholt und hantierte mit einem Backblech und Gewürzen herum.

»Bleibst du zum Abendessen?«, fragte er mich in heiterem, lockerem Ton, vermutlich, um Giacomo eine Reaktion zu entlocken, der sogleich aufsprang und mich umschwirrte wie eine Motte das Licht. »Ja, Tante Sara, bleibst du?«

»Ein andermal vielleicht.« Ich strich ihm über den Kopf und warf einen Blick auf die Uhr. Es war erst halb fünf, und ich hatte vor, vor dem Abendessen noch ein paar Dinge zu erledigen.

»Wenn du es dir anders überlegst, weißt du ja, wo du uns findest«, sagte Marco lächelnd.

Als ich hinausging, lagen der Garten und der Hof der Klinik verwaist da. Carlo würde ich ein anderes Mal ansprechen. Im Auto konsultierte ich Google Maps und sah, dass ich in weniger als einer Stunde in Parma wäre.

Auf dem Weg machte ich in einem Schreibwarenladen halt und kaufte einen Zeichenblock sowie eine Packung Filzstifte.

Ich kam gerade noch rechtzeitig für die Besuchszeit am Nachmittag. Ehe ich hineinging, gab ich meinem Kontakt Bescheid, der mich wie beim letzten Mal an der Rezeption ankündigte, ohne mir Fragen zu stellen.

Ich zeigte meinen Ausweis vor und ging hinein.

Rachele schlief. Die Pflegerin, eine andere als beim letzten Mal, weckte sie sanft und erklärte ihr, sie habe Besuch. Derweil überlegte ich, wie lange Marco wohl brauchen würde, um herauszufinden, dass ich hier gewesen war.

Als ich zuvor bei ihm gewesen war, hatte ich mehrmals mit dem Gedanken gespielt, ihm ganz offen von meinem Verdacht und meinem Besuch in der psychiatrischen Klinik zu erzählen, doch irgendwas hatte mich zurückgehalten. Marco verbarg etwas, und mein Instinkt hatte mir gesagt, ich solle meine Beichte lieber für mich behalten.

Mit Sicherheit riskierte ich eine Anzeige, weil ich seine Frau ohne jede Berechtigung besucht hatte, das war mir bewusst. Ich würde diesen zweiten Besuch so gut wie möglich ausnutzen, damit ich nicht noch einmal wiederkehren musste.

Rachele schlug die Augen auf und bewegte den Kopf, es war ihr sichtlich unangenehm, im Schlaf gefesselt zu sein.

»Da ist jemand für dich«, flüsterte ihr die Pflegerin zu und strich ihr eine schneeweiße Locke hinters Ohr, »na, komm schon, sei höflich zu deinem Gast.« Und dann, an mich gewandt: »Ich bin dann am Ende des Flurs. Wenn Sie etwas brauchen, rufen Sie mich einfach.«

Auch diesmal bat ich die Pflegerin, den Gurt um Racheles abgemagerte Brust zu lockern und ihre Arme zu befreien, eine Bitte, der sie anstandslos nachkam, ehe sie das Zimmer verließ. Mir fiel auf, dass jemand den Strauß in der Vase auf dem Fensterbrett ausgetauscht hatte, es duftete nach frischen Blumen.

»Hallo, Rachele, ich bin's wieder, Sara. Erinnerst du dich an mich?«

Sie rührte sich nicht. Nicht einen einzigen Muskel. Das Gesicht auf unnatürliche Art verdreht, der Blick gen Fenster gerichtet.

»Ich habe dir Blätter zum Malen und neue Filzstifte mitgebracht.«

Sie drehte sich zu mir, betrachtete meine Hände, die in der dünnen Tüte kramten, und begann zu keuchen.

Sie ist aufgeregt.

»Wenn du magst, können wir zusammen malen. Hast du Lust?«

Sie nickte und streckte widerwillig die Hände aus, um den Block entgegenzunehmen.

Ich legte ihn ihr behutsam in den Schoß, fuhr das Kopfteil ihres Betts hoch, sodass sie fast aufrecht dasaß, und reichte ihr die Schachtel mit den Stiften.

»Was willst du denn heute gern zeichnen?«, fragte ich und zog den Besucherstuhl näher heran.

Sie bewegte die Lippen, aber es kam keinerlei Laut heraus.

Stattdessen wählte sie sorgfältig die Farbe, mit der sie anfangen wollte: Rot.

Sie zog eine vertikale Linie und unterteilte das Blatt in zwei Hälften, dann fing sie, wie es schien, an, die gesamte linke Hälfte auszumalen.

Um sie nicht dabei zu stören, stand ich auf und nutzte die Gelegenheit, um eben bei der Nonna anzurufen und zu sagen, dass ich später kommen würde.

Als ich mich umdrehte, um mich wieder hinzusetzen, sah ich, dass sie die gesamte linke Hälfte knallrot ausgemalt hatte, auch über die Ränder hinweg. Inzwischen hatte sie den roten Filzstift weggelegt und konzentrierte sich erneut auf die Packung mit den verschiedenen Farben. Nach ein paar Sekunden kippte sie sie alle auf der Bettdecke aus und lachte.

Wie ein Kind.

Die zweite Farbe, die sie auswählte, war Grün. Damit skizzierte sie drei rudimentäre menschliche Figuren mit großen, runden Köpfen, von denen die Haare gerade abstanden wie Sonnenstrahlen. Mir fiel auf, dass eine der drei Figuren kleiner war als die anderen: womöglich ein Kind.

Giacomo?

»Und, wer ist das?«, fragte ich und deutete auf die drei grünen Männlein.

Rachele sah mich an, als hätte sie völlig vergessen, dass ich da war, machte die Augen zu, ließ die Stifte und den Block fallen und versteckte die Hände unter den Achseln wie beim letzten Mal. Sie zitterte.

»Bitte, hab keine Angst vor mir …«, flüsterte ich. Ich wollte die Pflegerin nicht schon nach zwanzig Minuten rufen müssen. Bestimmt hätte sie mich gebeten zu gehen, und ich konnte nicht eher das Zimmer verlassen, bevor ich nicht noch einen Hinweis bekam, der mich weiterbringen würde.

Bitte, beruhige dich. Ich tue dir nichts.

»Wovor hast du Angst?« Instinktiv versteckte ich meine Hände ebenfalls unter den Achseln. »Was ist los?«

Als sie meine Geste sah, beruhigte sie sich. Ihr Blick, ihre Nacken- und Schultermuskeln, ihre Knie entspannten sich, und sie streckte die Beine unter der Bettdecke wieder aus.

»Sie ...«, flüsterte sie und reckte ihren Hals zu mir herüber, als wollte sie mir ein Geheimnis anvertrauen. »Sie!«

»Wer, sie?«, fragte ich, ohne die Hände hervorzuziehen. So waren wir ebenbürtig, und ich stellte keine Gefahr mehr für sie dar.

Rachele wiegte ihren Oberkörper vor und zurück und sang dabei ein Wiegenlied, womöglich im Dialekt, denn ich verstand die Worte nicht.

»Was macht sie? Muss ich Angst haben?«, fragte ich erneut, und diesmal fixierte Rachele mich mit Augen, in denen sich Abgründe aufzutun schienen, und schrie bebend mit einer heiseren, monströsen, für einen so zierlichen Körper enormen Stimme: »Sie schneidet dir die Hände ab!«

Ich sprang vom Stuhl auf, während dieses arme Geschöpf mich weiterhin anschrie und mich mit Filzstiften bewarf, bis die Pflegerin hereingeeilt kam.

Die Frage, die ich mir auf der gesamten Heimfahrt stellte, war: Wen meinte sie mit *sie*? Wer schnitt Hände ab und hatte für immer das sensible Gleichgewicht von Rachele gestört? Was mochte diese arme Frau gesehen haben, dass sie derart zerrüttet war?

Bevor ich gegangen war, war es mir gelungen, Rachele die Zeichnung abzunehmen, die sie vor meinen Augen gemalt hatte. Die Figuren waren eindeutig männlich, und die Farben, die sie gewählt hatte, waren hübsch und bedeuteten bestimmt etwas, aber abgesehen von diesen banalen Beobachtungen wusste ich nichts damit anzufangen.

Ich rief Angela an, eine Kollegin, die als Psychologin bei uns im Krankenhaus todkranke Menschen und ihre Angehörigen begleitete und sich in den letzten Jahren auch öfter mal meine Klagen hatte anhören müssen. Ein angenehmer, von Natur aus hilfsbereiter Mensch.

»Sara! Was für eine Überraschung!«

»Hallo, Angela, störe ich dich? Ich bräuchte deinen fachlichen Rat.«

»Du störst gar nicht, ich ruhe mich gerade aus, weil ich später Nachtschicht habe. Schieß los.«

Ich hielt in einer Haltebucht, stellte Angela auf Lautsprecher und knipste schnell ein Foto von Racheles Zeichnung, das ich ihr per WhatsApp schickte.

»Ich habe dir gerade was geschickt, das du dir bitte mal ansehen sollst.«

Ich hörte, wie sie an ihrem Handy herumfummelte.

»Warte, ich schließe eben die Freisprechanlage an ... da bin ich wieder. Ah, eine Zeichnung.«

»Ja, das hat die Frau eines Freunds gemalt, die in einer psychiatrischen Klinik lebt. Was meinst du dazu?«

»Ich schaue es mir gerade an. Natürlich kann ich anhand einer Zeichnung nicht allzu viel Konkretes ablesen, aber eins ist klar: Die drei Figuren, die sie gezeichnet hat, geben ihr in ihrem Leben Halt. Sie hat dafür Grün gewählt, eine Farbe der Offenheit und Freude. Ein gutes Zeichen, würde ich sagen. So, mal schauen, was wir sonst noch so haben. Warte, ich zoome das Bild kurz mal heran.«

»Kein Stress.«

Drei Figuren, die ihr Halt geben. Das könnten Marco und Giacomo sein. Und der Dritte? War das ihr Vater?

Ich konzentrierte mich auf die Zeichnung.

»Wie du siehst, ist die andere Hälfte ein einziges Durcheinander aus roter Farbe, das der Vorstellungskraft keinerlei Anhaltspunkt liefert. Da ist nichts.«

Nach einigen Sekunden erfüllte Angelas Stimme erneut den Fahrgastraum.

»Doch, da ist was. Man sieht es nur nicht, weil es absichtlich versteckt wurde. Das Rot ist so etwas wie ein Vorhang zwischen ihr und der Welt. Dahinter befindet sich etwas, das man laut der Patientin nicht sehen kann. Offensichtlich etwas, das bloß in ihrem Kopf existiert, aber der rote Vorhang beweist, dass es da ist.«

Nachdem ich mich bei Angela bedankt und verabschiedet hatte, aktualisierte ich mein Heft und notierte im Eintrag zu Rachele: »Wer sind die drei Männer, die Rachele in ihrem Leben Halt geben?« Und: »Wer ist hingegen diese ›Sie‹, die Hände abschneidet?« Dann fügte ich noch hinzu: »In Racheles Vergangenheit stöbern.«

Aber die eigentliche Fragestellung war eine andere.

Wie konnte ich Marco auf die Zeichnung ansprechen, ohne dass er sauer wurde? Wie konnte ich herausfinden, welches Geheimnis Rachele in ihrer geschundenen Seele mit sich herumtrug, ohne mir eine Anzeige einzufangen oder, schlimmer noch, eine gehörige Abreibung?

Ich sah, dass es bereits nach sieben war, und rief Emilia an, die sofort ranging.

»Alles gut? Lebst du noch?«, foppte sie mich. »Was machst du?«

»Alles gut, ich lebe noch. Wollen wir uns am Dorfplatz auf ein Bier treffen in, sagen wir, zwanzig Minuten?«

»Bin dabei.«

Eine halbe Stunde später saßen wir mit unserem Bier auf den Stufen vor der Kirche. Es war ein schwüler Abend, ganz anders als die anderen, und am Horizont zogen bereits Gewitterwolken auf.

»Und, wie lief's in den Bergen? Gibt's was Neues?«

»Nichts. Mit meinem Bein habe ich mich echt herumgeplagt, aber zum Glück konnte ich die Erkundungstour ohne größere Probleme durchziehen. Nur, dass dieses Mädchen wie vom Erdboden verschluckt zu sein scheint.« Emilia schüttelte den Kopf und starrte auf den Wald hinter den Steinhäusern, die dicht aufeinanderhockten wie reglose Tiere mit zig Augen.

»Man findet einfach nichts. Ich weiß, dass die Kollegen die Unterlagen im Rathaus wie blöde auseinandernehmen, aber offenbar ist alles ordnungsgemäß ...«

»Hast du über meine Spur nachgedacht?«

»Ja, jede Menge, und ich bin der Meinung, dass du damit direkt zu Marchi gehen und die Zeichnungen mitnehmen solltest. Auch wenn ... hör mal, Sara. Selbst wenn Marcos Frau irgendwelche Details kennt, die Rückschlüsse auf Claudias Tod zulassen, inwiefern hilft uns das in Rebeccas Fall?«

»Weil beides miteinander zusammenhängt!«, rief ich mit Bestimmtheit aus. »Wer Rebecca entführt hat, ahmt keinen Serientäter der Vergangenheit nach, sondern derjenige, der Rebecca in seinen Fängen hat, hat auch die anderen Mädchen entführt!«

»Oder jemand führt sein Werk fort«, mutmaßte Emilia. Das klang nicht ganz abwegig. Konnte schon sein.

Aber wer?

»Wenn ich diese Zeichnungen der Polizei vorlege, denkt Marchi endgültig, ich sei verrückt geworden. Außerdem würde er mich bestimmt fragen, wie ich in ihren Besitz gelangt bin. Was glaubst du, wie er reagiert, wenn ich ihm erzähle, wie Giacomo mich beiseitegenommen und mir heimlich die Zeichnung geschenkt hat, die eigentlich seine Mutter angefertigt hat? Ich möchte dich daran erinnern, dass ich das lediglich entdeckt habe, weil ich ohne Erlaubnis der Familie und nur mithilfe eines

Bekannten eine Patientin in einer psychiatrischen Klinik besucht habe. Und ich möchte dich auch daran erinnern, dass Marchi extra bis nach Bologna gefahren ist, um Erkundigungen über mich einzuholen. Der kann mich nicht ausstehen, so viel steht fest, der hört sich bestimmt nicht meine Theorien an.«

»Mmm.« Emilia legte den Kopf in die Hände. »Aber was zum Teufel geht hier vor sich? Das ist alles so verzwickt. Auf jeden Fall glaube ich, dass du trotzdem zur Polizei gehen solltest, allein schon, um dein Gewissen zu erleichtern. Marchi gebärdet sich zwar wie ein Mistkerl, aber er ist nicht völlig dämlich. Er weiß, dass du nichts mit dieser Sache zu tun hast, er will dich nur aus dem Weg haben. Wenn du ihm den Eindruck vermitteln würdest, ihr arbeitet zusammen ...«

»Ich habe kein schlechtes Gewissen«, korrigierte ich sie. In diesem Moment klingelte das Handy. Marco.

Mist. Bestimmt hat er von meinem Besuch in der Klinik Wind gekriegt.

Mit verkrampftem Magen und leerem Kopf führte ich das Handy zum Ohr und ging ran. Ich würde die volle Verantwortung übernehmen und alles erklären oder es zumindest versuchen, auch wenn ich nicht wusste, wie ich das genau anstellen sollte.

»Ja, hallo?«

»Tante Sara.«

»Giacomo?«

Zusammen mit dem abfallenden Adrenalinschub fielen mir auch Schweißperlen von der Stirn. Ich seufzte tief und stand auf.

»Giacomo, was ist denn los? Geht es deinem Papa gut?«

»Ja, ja«, flüsterte er. »Er ist vor dem Fernseher eingeschlafen. Deshalb rufe ich dich auch an.«

»Und dir geht es auch gut?«

»Ja, auch wenn ... ich nachts Angst habe.«

»Wieso? Wovor Angst? Du bist doch nicht allein.«

»Vor der Dunkelheit. Weil ich all diese Mädchen umgebracht habe, und nachts sehe ich sie immer.«

Es klang, als wäre er den Tränen nahe.

»Nein, Giachi, ich kann dir versichern, du hast niemanden umgebracht. Schlag dir das aus dem Kopf, okay?«

Stille am anderen Ende der Leitung.

Ich versuchte es erneut. »Giacomo, wer auch immer dir von den Mädchen erzählt hat, hat sich geirrt und dir Angst eingejagt. Du warst noch so klein, als man dir diese Geschichten erzählt hat, dass sie dir heute wie deine eigenen Erinnerungen vorkommen, verstehst du? Aber das sind nur erfundene Erinnerungen. Sie sind nicht echt.«

»Heißt das, ich bin verrückt?«

»Nein, nein, nein. Absolut nicht. Das kann jedem passieren. Du musst nur endlich begreifen, dass mit dir nichts verkehrt ist und diese Erinnerungen nicht der Wahrheit entsprechen. Das sind nur Fantasien, die überaus echt wirken. Kannst du mir das glauben? Vertraust du mir?«

»Ja.«

Emilia sah mich mit einer Mischung aus Neugier und Skepsis an, aber zumindest wusste ich nun, was ich tat. Kinder sind nicht dumm, sie verstehen sehr viel mehr, als wir ihnen oftmals zutrauen. Und dieser Junge musste endlich begreifen, dass er unschuldig war und nichts mit diesen vermaledeiten Geschichten zu tun hatte.

»Ja. Aber es wirkt so echt ... ich erinnere mich.«

In diesem Moment hatte ich eine Eingebung. Was wusste Giacomo sonst noch?

»Giacomo, sag mal, weißt du auch noch, wie du die anderen umgebracht hast?«

»Ja.«

Okay. Ganz ruhig, beruhige dich.

»Magst du es mir sagen?«

»Nein, weiß nicht ... komme ich dann ins Gefängnis?« Giacomo zog die Nase hoch.

»Nein, auf keinen Fall. Außer mir erfährt niemand davon. Ich will dir nur helfen zu verstehen, dass du das gar nicht getan hast, wir werden auch noch mal mit deinem Vater darüber reden und ...«

»Nein!«

»Nein, okay. Dann bleibt es nur zwischen uns beiden. Los, erzähl mir von deiner Erinnerung.«

Es folgte völlige Stille, bis auf das Gemurmel im Hintergrund, das sicherlich vom eingeschalteten Fernseher im Wohnzimmer kam. Dann begann er leise und zögerlich zu reden: »... zuerst habe ich sie einen Brief schreiben lassen, danach habe ich ihnen eine Medizin gegeben, damit sie einschlafen, sie gefesselt und ihnen die Hände abgetrennt, und dann sind sie für immer gestorben«, flüsterte er.

Ich starrte Emilia an, die gestikulierend versuchte herauszufinden, was da vor sich ging.

Angesichts dessen, dass diese vermeintlichen Erinnerungen von einem Achtjährigen stammten, in dessen Familie ein Fall von schwerer Schizophrenie vorlag, erschütterten mich seine Ausführungen zum Tathergang bis ins Mark.

Ich habe sie einen Brief schreiben lassen.

»Giacomo, wer hat dir all diese Dinge erzählt? Du weißt genau, dass nicht du das getan haben kannst. Du hättest weder die Kraft dazu noch die Erfahrung.«

Erneut schwieg er.

»Du musst meiner Mama helfen«, sagte er ganz leise, und ich spürte, wie mein Herz zu rasen anfing.

Sie war es, die ihm all diese Dinge erzählt hat. Aber woher kennt sie all diese Einzelheiten? Rachele ist in meinem Alter, sie kann un-

möglich Claudia und die anderen entführt haben, aber vielleicht war sie dabei? Heißt das, die anderen sind ebenso wie Claudia tot? Rebecca auch?

»Wieso soll ich ihr helfen, was hat sie getan? Was ist mit ihr?« Ich versuchte, ruhig und gefasst zu klingen, auch wenn ich kaum noch Luft bekam.

»Das Monster.« Das war bestimmt schon das zweite oder dritte Mal, dass Giacomo ein Monster erwähnte. Zuerst bei unserer ersten Begegnung, dann als er am Abend meiner Ankunft im Dorf mit Carlo auf den Stufen vor der Kirche Eis gegessen hatte, aber damals hatte ich es auf den Dieb bezogen, der verkleidet als Hirsch alte Damen überfiel. Dabei hatte er offenbar etwas anderes gemeint. Ein anderes Monster.

Aber welches?

»Das Monster, das die Mädchen entführt? Hat es auch Rebecca in seiner Gewalt?«

»Nein ...«, sagte er kaum hörbar. »Das Monster in ihrem Kopf. Bitte mach, dass es weggeht.«

Und damit legte er auf.

24

»Der Junge macht sich Sorgen um seine Mutter, wer weiß, was er hat mitansehen müssen ... aber wir können daraus nicht ableiten, dass sie es gewesen ist, die ihm den Floh ins Ohr gesetzt hat, er habe die Mädchen umgebracht, nur weil die Zeichnungen von ihr stammen. Die Informationen, die sie hat, waren öffentlich zugänglich: Jedes Mal, wenn ein Mädchen aus dem Dorf als vermisst galt, gab es allerhand Gerüchte, Nachforschungen und Vorwürfe, na gut, nicht in allen Fällen, aber in jedem Fall hat man davon erfahren. Deshalb glaube ich auch eher, dass es eine Besessenheit von Rachele ist – vielleicht hatte sie in ihrem verwirrten Zustand Angst, sie könnte ebenfalls so enden und spurlos verschwinden, wer weiß ...«, sagte Emilia.

Sie stand auf und ging vor mir auf und ab, den Blick zu Boden gerichtet.

»Und das Detail mit den Händen? Rachele hat doch eindeutig ausgesagt, eine *Sie* habe die Hände abgeschnitten? Claudia wurde ohne Hände aufgefunden. Glaubst du wirklich an einen Zufall?«, hielt ich ihr ziemlich überzeugt entgegen.

»Weiß nicht. Noch ein Grund mehr, die Zeichnungen auf die Wache zu bringen und eine Aussage zu machen, auch wenn ich mich frage, wozu das gut sein soll. Marchi würde augenblicklich eine Genehmigung einholen, um Rachele zu verhören, die verängstigt herumschreien und ihre Hände unter die Achseln klemmen würde. Dann würde er Marco ein paar Fragen stellen, und es könnte sein, dass für Giacomo ein psychiatrisches Gutachten erstellt wird und er aus der Familie genommen wird ... wer weiß. Es erscheint mir unwahrscheinlich, dass Rachele etwas Entscheidendes weiß, aber ich kann es auch nicht ausschließen. Ich kann dir aber auch nicht zuraten, noch mal hinzugehen, um sie zu befragen. Das wäre enorm unprofessionell von mir.«

»Aber es ist das, was du denkst.«

»Ja, aber ich denke auch, dass es in deiner Position am klügsten wäre, wenn du einfach nach Hause zurückkehrst, Sara. Jemand hat dich im Visier, schon vergessen?«

»Ist das da nicht Guerrino?«, rief ich aus und richtete den Blick auf den Hünen, der gerade aus einem Geländewagen mit abgeblättertem Lack ausgestiegen war und auf die Bar zuschlenderte.

»Ja, und? Sara, hörst du mir überhaupt zu?«

Ohne zu antworten, huschte ich im Schatten der Häuser und Bäume um den halbkreisförmigen Platz herum auf den alten Jeep zu. Sobald ich den Wagen erreicht hatte, spähte ich in die Bar. Guerrino war drinnen. Dann suchte ich mit dem Blick Emilia, die dort stehen geblieben war, wo ich sie zurückgelassen hatte, und in meine Richtung sah. Sie schien den Kopf zu schütteln.

Ich schaltete die Taschenlampenfunktion meines Handys ein und leuchtete damit ins Wageninnere. Auf dem Beifahrersitz lagen ein Stapel zerknitterter Zeitungen und eine zusammengeknüllte Jeansjacke. Das Armaturenbrett war dreckig. Oben auf einem verstaubten Fach erkannte ich zwei Musikkassetten, einen Schlüsselbund, einen noch eingeschweißten Duftbaum und ein Paar Gummihandschuhe.

Ich spähte zum Platz. Alles ruhig. Emilia bedeutete mir, sofort dort wegzugehen. Sie wirkte verärgert.

Ich rückte ein Stück weiter und begann, die Rückbank zu inspizieren, wobei ich das Smartphone so drehte, dass der Lichtschein mich nicht verriet, aber der Jeep stand ohnehin ein gutes Stück von den letzten Häusern entfernt, direkt am Waldrand geparkt. Die Einzigen, die etwas hätten bemerken können, waren die Gäste der Bar, aber im Moment waren alle drinnen.

Der Lichtkegel fiel auf zwei große Einkaufstüten und einen dünnen, durchsichtigen Beutel, in dem ein zusammengerolltes Seil und ein paar Rollen Klebeband lagen. Gerade als ich herausfinden wollte, was sich zwischen den Sitzen verbarg, zerriss Emilias Stimme jäh die Stille auf dem abendlichen Platz.

»Guerrino, dich habe ich gesucht!«

Ich hatte ihn gar nicht aus der Bar kommen sehen. Sie schon.

Schnell steckte ich das Smartphone in die Jackentasche, schlich weg und schlüpfte heimlich in die erste Gasse davon, die sich mir bot.

Ich sah, wie sich Guerrino und Emilia in der Mitte des Dorfplatzes unterhielten und wie er anschließend zum Jeep lief, die Jeansjacke herausholte, die ich auf dem Beifahrersitz gesehen hatte, und wieder in die Bar ging.

Ich gesellte mich wieder zu Emilia auf den Stufen.

»Was sollte das denn, verdammt?«

»Entschuldige, Emi, danke, dass du ihn abgelenkt hast, aber ich habe in seinem Auto merkwürdigen Kram entdeckt.«

»Verdächtigst du jetzt schon Guerrino?«

»Ja. Silvana ist überzeugt, dass er den Bürgermeister auf den Tod nicht ausstehen kann. Er hat ein Seil im Auto. Und Paketklebeband.«

»Er hat immerhin einen Bauernhof.«

»Weißt du, ob sonst noch jemand dort lebt?«

»Nein. Er ist Witwer. Sara, du musst endlich aufhören, ernsthaft.«

»Wieso werfen wir nicht jetzt gleich mal einen Blick auf sein Haus?«

»Weil wir jetzt schlafen gehen, du und ich. Weil du ganz bestimmt nicht nachts allein auf dem Kamm des Monte Argento herumkraxelst. Dort oben gibt es keine Straßenbeleuchtung, und du bist für keine der zahlreichen Gefahren gerüstet, die dich dort erwarten könnten, angefangen von einem platten Reifen bis hin zu Straßenabschnitten ohne Leitplanke …«

»Emi, aber wenn dieser Typ Rebecca gefangen hält …«

»Nein, Sara. Bitte hör auf damit. Womöglich hast du schon vergessen, dass ich Polizistin bin. Beurlaubt, aber immer noch Polizistin. Bevor mir die Disziplinarstelle in den Arsch getreten und mich heimgeschickt hat, war ich die, die anderen in den Arsch getreten hat im Einsatzkommando für Gewaltverbrechen in Parma. Das hat Marchi nie verkraftet, nicht mal, als ich mich nach Querceto habe versetzen lassen, um näher bei der Nonna zu sein, und ihm unterstellt war. Es gibt jede Menge Neid in dem Laden, aber das ist ein anderes Thema. Ich hatte eine glänzende Karriere vor mir, und das allein aufgrund meiner Fähigkeiten. Dass ich das vermasselt habe, darüber brauchen wir gar nicht zu reden, aber die Fähigkeiten habe ich mir bewahrt. Und mein verdammter Instinkt sagt mir, dass ich dich zur Vernunft bringen muss, damit du endlich mit diesem unsinnigen Detektivspiel aufhörst. Lass es und verschwinde, okay? Das hier ist kein Film. Das ist das echte Leben, wenn man da Mist baut, geht das schnell mal ins Auge.«

»Darf man wissen, was du angestellt hast?«

Anstatt mir zu antworten, schlug sie den Heimweg ein.

»Hey! Ich hab dich was gefragt!«

»Leck mich.«

Ich rannte ihr hinterher und blieb dann an ihrer Seite. Unsere langen, traurigen Schatten eilten uns auf dem nassen Pflaster voraus.

»Also? Was hast du gemacht, dass sie dich rausgeworfen haben?«

Es ging rasend schnell.

Eben noch hatte ich gesprochen, im nächsten Augenblick klebte ich schon mit der Wange an der seitlichen Mauer der Kirche, glücklicherweise auf Höhe einiger Anschlagbretter aus Metall mit Plakaten zu diesem oder jenem Fest. Emilia hatte mir die Arme auf den Rücken gedreht, und ich spürte ihren Atem im Nacken, der nach Zigaretten und Lakritze roch.

»Du gehst jetzt nach Hause, grüßt deine Nonna von mir und sagst ihr, das Krankenhaus hätte angerufen, und du müsstest zurück nach Bologna. Und zwar heute Abend noch.«

Sie übte leichten Druck aus, doch mir war, als würden meine Schultern auseinanderreißen. Das schmutzige Plakat stank nach Kleber und Druckerschwärze.

»Du tust mir weh ...«

»Weil du es offenbar nur auf die harte Tour verstehst. Wenn du mir versprichst, dass du noch heute abhaust, lasse ich dich los.«

»Emi, bitte ...«

Der Druck wurde stärker, der Schmerz kam in meinem Gehirn an. Ich schloss die Augen und stöhnte auf.

»Emi, einen Scheiß! Du weißt gar nichts über mich und diesen Ort. Du musst aufhören, an allen Ecken Fragen zu stellen und den Leuten auf den Senkel zu gehen, okay? Es war ein Fehler, dich zu unterstützen. Es war ein Fehler, dich zu bitten herzukommen. Alles war ein Fehler.«

»Wovor hast du Angst?«, brachte ich zwischen stechenden Schmerzen im Schulterbereich hervor.

Da ließ sie mich los. Ich konnte mich umdrehen, doch sie stand direkt vor mir. Sie hatte die Augen weit aufgerissen, und gespenstische Wellen der Wut huschten über ihr Gesicht. Ich hatte Angst, sie würde gleich zuschlagen, und riss instinktiv die Arme hoch, um mein Gesicht zu schützen. Ich sah, wie sie innerlich mit sich kämpfte. Schließlich beruhigte sie sich und trat einen Schritt zurück, um mir Raum zum Atmen geben.

»Vor deinem Leichtsinn«, antwortete sie und wandte sich gebeugt zum Gehen. »Ich kann nicht auch noch dich verlieren, aber das willst du einfach nicht kapieren.«

Ihre letzten Worte waren kaum mehr als ein Flüstern, und sie entsetzten mich. Ich blieb wie angewurzelt stehen, so wie sie mich zurückgelassen hatte, mit dem Rücken an die Anschlagtafel gepresst und die schmerzenden Arme an die Brust gedrückt, während ich ihr nachsah, wie sie davonhumpelte.

Ich sagte nichts. Und versuchte nicht, sie aufzuhalten.

Ich wartete, bis die Anspannung aus meinem Körper wich, und erst nach langen Minuten schaffte ich es, mich von der Wand zu lösen und mit unsicheren Schritten auf die Straße zuzugehen, in der ich nachmittags das Auto abgestellt hatte.

Genau wie früher konnte sich Emilia besser mit Gesten ausdrücken als mit Worten. Das Klatschen der Ohrfeige, die ich mir vor zweiundzwanzig Jahren eingefangen hatte, hallte noch immer in meinem Gedächtnis nach, und jetzt das. Vielleicht besaß ich ein angeborenes Talent dafür, Emilia zur Weißglut zu treiben.

Ich wusste, dass sie Drogenprobleme gehabt hatte, aber Nonna Dada konnte mir nichts Genaueres sagen, und mir war klar, dass das praktisch alles Mögliche beinhalten konnte. Hatte Emilia im Dienst gekifft? Gekokst?

Erneut erstaunte mich daher, wie sehr sie Barbara Righi wegen ihres Lebenswandels abgelehnt hatte, aber dafür wollte ich sie lieber nicht vorschnell verurteilen, weil es womöglich jeglicher Grundlage entbehrte.

Emilias Worte nagten noch immer an mir. In all diesen Jahren hatte ich nichts ahnend in meiner eigenen Blase gelebt, nur auf meinen eigenen Schmerz und meine eigene Verantwortung in dieser Geschichte fokussiert. Dabei hatte ich nie darüber nachgedacht, welcher Belastung ich Emilia und Marco an jenem Tag mit meinem idiotischen Verhalten ausgesetzt hatte. Ich hatte mich nie gefragt, wie sie mit diesem Schmerz umgingen und mit der Verantwortung dafür, was damals meinetwegen geschehen war.

Doch ich verdrängte diese Gedanken. Ich hatte genug anderes, worüber ich mir den Kopf zerbrechen konnte, anstatt zu spekulieren, wieso man eine Top-Polizistin suspendiert hatte, und erst recht nicht, welche Schuldgefühle etwas ausgelöst hatte, das über zwanzig Jahre zurücklag.

Giacomo, zum Beispiel.

Unser Telefongespräch hatte sich mir eingebrannt. Ich ließ es mehrmals von Anfang bis Ende Revue passieren, ehe mir auffiel, was mich so schockiert hatte.

Für Giacomo stand fest, dass die anderen Mädchen genau wie Claudia tot waren. Für ihn waren sie nicht einfach verschwunden, sondern umgebracht worden: Zuerst wurden sie betäubt, dann wurden ihnen die Hände abgetrennt, und dann wurden sie getötet. Und dann das Detail mit den Briefen.

Einleuchtend.

Wo hatte er etwas von dieser Folter gehört oder gesehen? Hatte ihm das seine Mutter erzählt?

War es nur ein tragisches Hirngespinst?

Und Carlo? Welche Rolle spielte er in dieser leidgeprüften Familie?

Mir fiel auf, dass ich gar nicht auf die Straße achtete. Glücklicherweise war ich diese Strecke heute schon einmal gefahren und erinnerte mich an den Weg. Während ich Serpentine um Serpentine den Monte Argento hinauffuhr, rief ich mir alle Teile dieser Geschichte ins Gedächtnis, auf der Suche nach etwas, das sie verband.

Die allseits verehrte beziehungsweise verhasste Gertrude, die seit Jahren tot war und noch immer von sich reden machte, bot reichlich Stoff für die wildesten Theorien.

Wer war die große Heilerin der Berge wirklich gewesen?

Eine skrupellose Frau, die sich an ihren Patienten bereichert hatte, oder eine starke, einsame Persönlichkeit, die ein leichtes Ziel für böswillige Unterstellungen war?

Ich hoffte, ein Gespräch mit Carlo würde mir mehr Klarheit verschaffen.

Auf der letzten Serpentine vor dem Straßenabschnitt, an dem sich Guerrinos Grundstück befand, schaltete ich die Scheinwerfer aus und fuhr langsamer. Der Bauernhof zu meiner Rechten lag im Dunkeln, ein riesiger rabenschwarzer Fleck, der durch den dunklen Schattenwurf der Berge noch finsterer wirkte. Nicht einmal das Sternenlicht drang bis hierher durch. Guerrino musste sich wirklich vor nichts fürchten, weder vor Menschen noch vor Geistern, wenn er stundenlang das Haus verließ, ohne auch nur das Licht auf der Veranda anzulassen.

Selbst die Straße schien nun, da die Scheinwerfer aus waren, verschwunden zu sein. Mein Auto schwebte durch die Dunkelheit. Erst als ich spürte, dass die Reifen an der rechten Seite über etwas rumpelten, das kein glatter Asphalt war, beschloss ich, sie wieder einzuschalten, sonst würde ich bald die Einfriedung streifen.

Zufällig hatte ich rund zehn Meter vom Eingangstor entfernt gehalten, zwei Reifen auf dem Randstreifen. Die Lichtkegel meiner Scheinwerfer beleuchteten die Umrisse eines Wagens, der direkt vor Guerrinos Tor stand.

Schnell lenkte ich das Auto wieder auf die Fahrbahn, beschleunigte, damit ich nicht noch mehr auffiel als ohnehin schon, und brauste am Tor vorbei.

Diesen Wagen kannte ich.

Ich fuhr ein paar Hundert Meter, und hinter der ersten Kurve fuhr ich in eine schmale Ausweichbucht an der Gegenspur und schaltete den Motor aus.

Ich stellte das Smartphone auf stumm und stieg aus.

Es war kalt, und augenblicklich wurde ich von etwas eingehüllt, das weitaus schwerer und tiefer war als die Dunkelheit, die alles umgab: die Stille.

Die Wälder lagen reglos, schwarz und lauernd da. Ich sog den Geruch der feuchten Erde und der Pflanzen ein, der viel penetranter war als im Dorf, als ob der Einfluss des Menschen hier oben, inmitten der Berge, nichts gälte.

Ich dachte an die Baggerarbeiten nur ein Stück von hier entfernt und stellte mir vor, wie der Wald vor Zorn brodelte, weil er nichts gegen einen Angriff dieses Ausmaßes hatte ausrichten können. In manchen Fällen ist Abwarten die beste Strategie. Der Wald würde sich bei den ersten schweren Regen- oder Schneefällen für diese Wunde rächen, vielleicht indem er tonnenweise Schlamm und Felsbrocken auf die neue Raststätte herabstürzen ließ, wer weiß.

Irgendeinen Weg würde er finden. Das spürte ich, es lag in der Luft.

So schnell wie möglich ging ich die paar Meter bis zur Kurve zurück, wobei ich am Straßenrand entlanglief und allerlei Ranken und Zweige beiseiteschob, die am Waldrand wucherten und auf die Fahrbahn hingen. Die Kälte, die ich beim Aussteigen empfunden hatte, erwies sich als angenehme Gebirgsluft, in der man eigentlich einen Kapuzenpulli brauchte, aber ich genoss sie auch in leichterer Kleidung. Das klärte den Geist.

Nur in einer solchen Umgebung konnte jemand in aller Seelenruhe neben dem toten Vater weiterleben.

Nur in einer solchen Umgebung konnte jemand in einer natürlichen Grotte an der Bergflanke im eigenen Vorgarten beerdigt werden.

Nur in einer solchen Umgebung konnten seit fast dreißig Jahren Mädchen verschwinden, ohne dass irgendjemand aktiv wurde.

An der Kurve angekommen, kletterte ich zwei, drei Meter den Hang hinauf und positionierte mich hinter einem Baum. Von hier aus konnte ich den weißen BMW und den Bürgermeister, der auf dem Fahrersitz saß, perfekt sehen. Er war allein. Ich fragte mich, wie lange er warten würde. Guerrino war in der Bar, das konnte sich die ganze Nacht hinziehen; es musste sich also um etwas Wichtiges handeln.

Hinter mir fiel etwas auf den Teppich aus Blättern. Ich schaltete die Taschenlampenfunktion meines Smartphones ein und richtete es in die Richtung, aus der das dumpfe Geräusch gekommen war, und um ein Haar hätte ich geschrien.

Die gelben Augen einer Eule starten mich aus dem Wurzelgeflecht an. Mit ihrem gekrümmten Schnabel gab sie ein, zwei, drei Mal einen kurzen, durchdringenden Laut von sich, der durch die Bäume hallte.

Bleib schön, wo du bist.

Eulen überbringen Nachrichten. Ich konnte nur hoffen, dass sie mir gute bringen würde.

Dann flogen meine Gedanken direkt nach Parma, zu Rachele, die im Bett saß und einen roten und einen grünen Stift über das Papier fliegen ließ. In Grün malte sie drei Menschen und in Rot etwas, das man gar nicht malen konnte.

25

Eine halbe Stunde später zitterte ich vor Kälte, aber umzukehren wäre an diesem Punkt dämlich und unsinnig gewesen. Wenn Rodolfo noch immer wartete, dann, weil er mit ziemlicher Sicherheit Guerrinos Gewohnheiten kannte; klar, er konnte bequem im Auto sitzen, während ich nach einem enorm anstrengenden Tag auf einem rutschigen Hang in der Kälte stand, kein unerheblicher Unterschied, aber wenn ich endlich etwas Durchblick in dieser Angelegenheit haben wollte, musste ich ausharren.

Es vibrierte in meiner Tasche. Es war Angela, die Psychologin, die ich wegen Racheles Zeichnung zurate gezogen hatte. Mit gesenkter Stimme ging ich ran, auch wenn Rodolfo mich aus der Entfernung, noch dazu im geschlossenen Wagen, nicht hören konnte.

»Sara, tut mir leid, wenn ich dich so spät noch störe. Aber ich bin in der Klinik und habe gerade eine freie Minute, um noch mal mit dir über diese Zeichnung zu sprechen. Ich hoffe, ich habe dich nicht geweckt, immerhin bist du im Urlaub und ...«

»Ach was, die letzten fünf Tage habe ich eh so wenig geschlafen wie nie, das kannst du mir glauben.«

»Hör mal. Nachdem wir heute Nachmittag telefoniert haben, bin ich ins Fitnessstudio gegangen und habe all das gemacht, was ich sonst so mache, wenn ich freihabe.«

Mir war nicht ganz klar, worauf Angela hinauswollte. Normalerweise kam sie direkt auf den Punkt, aber nun wirkte sie völlig durch den Wind.

»Als ich im Krankenhaus angekommen bin, habe ich gemerkt, dass irgendwas nicht stimmt. Wie ein Gedanke, der an irgendetwas hängen geblieben ist, wenn du weißt, was ich meine? Und als ich in der Kinderabteilung an der Wand mit all den Zeichnungen der Kinder vorbeigelaufen bin, wurde mir schlagartig klar, dass der Gedanke mit der Zeichnung zu tun hatte, die du mir gezeigt hast. Mir war, als hätte ich nicht aufmerksam genug hingeschaut. Als wäre mir etwas entgangen. Deshalb wollte ich dich anrufen und dich bitten, sie mir in echt zu zeigen.«

Ein Blick zur Straße. Sie war leer. Von Guerrino fehlte weiter jede Spur. Ein Blick auf das Dickicht und die Dunkelheit hinter mir. Alles schien ruhig zu sein.

»Du willst sie in echt sehen?«

»Wieso flüsterst du? Störe ich dich gerade bei etwas? Willst du, dass ich morgen früh zurückrufe?«

»Ach was, nein. Sprich ruhig weiter. Ich rede nur leise, weil meine Nonna nebenan schläft und einen leichten Schlaf hat, das ist alles.«

»Sara, da ist etwas unter all dem Rot, aber um sicherzugehen, muss ich das Original sehen. Was hältst du davon, wenn wir uns morgen um die Mittagszeit treffen? Ich muss ein paar Dinge in Parma erledigen, wir könnten irgendwo zusammen essen und über die Zeichnung reden.«

»Du sagtest, du seist gerade im Dienst.«

»Ja.«

»Ich komme nach Bologna. Heute Nacht noch.«

»Was? Ab ...«

»Morgen könnte es zu spät sein, Angela. Ich gebe dir Bescheid, wenn ich im Hof des Krankenhauses bin. Bis dann.«

»Okay, du weißt ja, wo du mich findest.«

Meine Finger bebten.

In diesem Moment blitzten zwischen den Bäumen an der Kurve zwei Scheinwerferlichter auf, die zum Bauernhof heraufkamen.

Guerrino.

Der grüne Jeep quetschte sich gerade so zwischen die Grundstücksmauer und den BMW.

Ich hielt mich an Ästen fest und rutschte ein paar Meter weiter den Hang hinunter, gerade rechtzeitig, um zu sehen, wie die beiden Männer aus ihrem jeweiligen Auto ausstiegen und sich in den Lichtkegeln des Jeeps gegenüberstanden.

Guerrino hatte den Motor nicht ausgeschaltet, sodass es mir unmöglich war zu verstehen, was gesprochen wurde, aber es war ersichtlich, dass sie heftig miteinander stritten und Rodolfo derjenige von beiden war, der an solche Auseinandersetzungen weniger gewöhnt war. Ich war versucht, Emilia zu schreiben, aber angesichts der jüngsten Entwicklungen zwischen uns nahm ich davon Abstand. Emilia redete weiter all meine Thesen klein, all meine Beweise, all die seltsamen Zufälle, die ich in den letzten Tagen aufgedeckt hatte. Ich konnte verstehen, dass ihr Beruf ihr diktierte, sich nicht von Gefühlen mitreißen zu lassen, und sie die laufenden Ermittlungen respektieren musste, auch wenn sie ihren Kollegen nicht allzu viel zutraute. Allerdings verstand ich nicht, weshalb sie nicht einsehen wollte, dass die Polizei eine falsche Fährte verfolgte und die Wahrheit womöglich die ganze Zeit direkt vor unserer Nase lag, wie in klassischen Krimis.

Vielleicht war diese Auffassung der Wahrheit nur für Augen sichtbar, die sich der Berge und ihres Lebensrhythmus entwöhnt hatten, wie meine, aber eins war klar: In diesen Wäldern ging ein Monster um, das die Heilerinnen eine nach der anderen vernichtet hatte. Geistig machte ich mir eine Notiz, dass ich Recherchen zu den alten Heilerinnen anstellen würde, die in den letzten Jahren verstorben waren, angefangen bei Emilias Nonna.

Derweil schien der Streit auszuarten. Ich sah, wie Guerrino Rodolfo am Kragen packte, der ihm daraufhin mit der Faust ins Gesicht schlug.

Daraus schloss ich, dass ihr Gespräch ergebnislos verlaufen war.

Das Gebrüll des Hünen übertönte den Motor des Jeeps. Kurz darauf wurde der Bürgermeister von zwei kräftigen Armen hochgehoben wie eine Feder und rücklings auf die Motorhaube des BMW geknallt, wo er einige Sekunden lang regungslos liegen blieb. Ich sah, wie Rodolfo an der Seite seines Autos hinuntergerutschte und neben dem Vorderreifen zusammensank. Doch Guerrino war noch nicht fertig. Erneut packte er ihn, und einen Moment lang fürchtete ich, er wolle ihn umbringen. Schnell zückte ich das Handy, bereit, den Notruf zu wählen, doch dann hielt ich inne. Guerrino setzte den Bürgermeister in den Wagen, und an seinen Gesten las ich ab, dass er ihn verjagen wollte.

Die Scheinwerfer des BMW schalteten sich ein, und Rodolfo setzte ganz langsam auf die Straße zurück. Einen Augenblick später fuhr er die Serpentinen hinunter.

Wie ein wildes Tier starrte der Hüne auf die nun leere Fahrbahn, bis er schließlich das Tor öffnete.

Bevor er jedoch ins Auto stieg, drehte er eine Runde auf dem kleinen Vorplatz und sah sich wachsam nach allen Seiten um. Als sein Blick auf den Waldabschnitt fiel, in dem ich mich befand, bekam ich Angst und kauerte mich hinter einen Baum. Wenn er beschließen würde, die Gegend weiter abzusuchen, würde er mein Auto finden, und dann wäre alles aus.

Glücklicherweise schien ihn die Stille der Nacht zu überzeugen, hineinzugehen, und ich konnte mich entspannen.

An meinem Auto angekommen, merkte ich, dass ich zitterte.

Ich spürte meine Arme kaum noch, die ich die ganze Zeit gegen die Rinde gepresst hatte, und mein Kopf drehte sich. Mit einem hatte Emilia recht: Ich war weder Polizistin noch Detektivin. Ich war es nicht gewohnt, solche Gewaltszenen mitanzusehen, sie jagten mir Angst ein. Und trotzdem hatte mich, seit ich mit meiner privaten Recherche begonnen hatte, nichts und niemand aufhalten können.

Ich schaltete den Motor ein, und ohne abzuwarten, bis er warm lief, fuhr ich auf die Landstraße.

Geh zur Polizei, wenn du dein Gewissen beruhigen willst.

Das also hatte Emilia mit diesem Satz gemeint. Sie glaubte, ich würde mich deshalb in alle möglichen Gefahren begeben, weil ich Schuldgefühle wegen Claudia und ihres schlimmen Endes hegte, und hatte mir den traditionellen Weg aufgezeigt, wie man da wieder rauskam, aber ich wusste, dass das ganz und gar nicht der Fall war.

Es gab etwas, das sowohl sie als auch Marco, Nonna Dada und all die anderen übersahen.

Ich war Teil der Geografie dieses Ortes.

Ich war ein Kapitel seiner schmerzhaften Geschichte.

Die Wahrheit zu ergründen, war nun nicht mehr eine Mission, sondern eine Notwendigkeit.

26

Auf dem Weg nach Bologna dachte ich darüber nach, was sich vor Guerrinos Grundstück abgespielt und was Angela über Racheles Zeichnung gesagt hatte. Die frische Nachtluft klärte die Gedanken, und in gewisser Weise war ich ganz dankbar für diese Abwechslung.

Angela kam mir am Eingang entgegen. Wir setzten uns in einen Pausenraum, wo ich, um keine Zeit zu verlieren, sofort die Zeichnung herausholte und sie zunächst in den Händen drehte, ehe ich sie ihr reichte.

»Da … da ist es.« Angela hielt die Zeichnung gegen das Licht und kniff die Augen zusammen, als prüfe sie einen Geldschein. »Dachte ich's mir doch! Es waren gar keine Schattierungen, sondern unter dem Rot sind eingeprägte Zeichen versteckt, als hätte sie sie mit einem spitzen Gegenstand eingeritzt oder mit dem Fingernagel und hätte danach alles rot übermalt: Man sieht Einkerbungen, aber sie sind farblos. Es wirkt quasi so, als habe sie auf einem anderen Blatt, das oben auf dieser Zeichnung lag, etwas gemalt, was sich durchgedrückt hat.«

»Unmöglich«, sagte ich, ehrlich erstaunt, »das war das oberste Blatt im Block und völlig unbenutzt, deshalb habe ich es ihr ja gegeben. Den Block hab ich ihr gekauft und mitgebracht. Und sie hatte auch kein anderes Blatt.«

Ich war ziemlich sicher, dass Rachele kein anderes Blatt darüber gelegt hatte, immerhin war ich die ganze Zeit im Raum gewesen.

Nein.

Mein Anruf bei der Nonna.

Was hatte sie in den zwei Minuten ausgeheckt?

»Sieh nur, Sara.«

Nun hielt auch ich die Zeichnung ins Licht der Deckenleuchte, dann zum Fenster hin, drehte das Blatt um, um auf der Rückseite nachzusehen, konnte aber nichts erkennen.

Ich stand auf. »Ich glaube, ich brauche einen Kaffee.«

Die Maschine spuckte die dünne Brühe in zwei Becher. Als ich Angela einen davon reichen wollte, bemerkte ich, dass sie mich hinter ihren Brillengläsern fragend ansah.

»Was ist da eigentlich los, Sara? Ich habe gehört, dass die Polizei hier war und sich über dich erkundigt hat. Und dann tauchst du mitten in der Nacht auf mit der Zeichnung einer Frau aus einer psychiatrischen Klinik, mit der du nicht mal verwandt bist. Du siehst ganz blass und angespannt aus. In was für einen Schlamassel bist du da hineingeraten, wenn ich fragen darf?«

Damit hatte ich gerechnet. Ich seufzte und bedeutete ihr, sich zu mir zu setzen.

»Ein Mädchen aus dem Dorf ist verschwunden, und gegen meinen Willen wurde ich da mit hineingezogen«, erklärte ich, »und jetzt bin ich an einem Punkt angelangt, an dem ich nicht mehr zurückkann, komme, was wolle. Mehr kann ich dir nicht sagen, Angela. Ich hoffe nur, dass diese Geschichte bald ein Ende hat und ich es dir hinterher erzählen kann. Bei meiner Arbeit habe ich gelernt, nicht an ein Happy End zu glauben, aber diesmal ist es anders. Diesmal *bete* ich, dass es bald zu Ende ist und gut ausgeht.«

Sie nickte unmerklich.

»Gib mir deine Hand«, sagte sie und führte meine Finger sanft zum Papier, bis ich darüberstrich. Das Grün war glatt, beinahe weich.

»Was spürst du?«

»Nichts.«

»Okay, und jetzt hier.« Angela schob meine Hand ein paar Zentimeter weiter, bis meine Fingerspitzen über die rote Fläche wanderten.

Wir sahen uns an und lächelten.

Ich spürte es. Da war etwas. Es stimmte, da waren Kratzer im Papier, es waren Kerben eingeritzt, ohne das Papier jedoch zu durchlöchern. Ich drehte es um und tastete die Rückseite ab, wobei ich mit den Fingern nach kleinen Erhebungen suchte. Tatsächlich waren an dieser Stelle zackenförmige Linien spürbar. Wie Angela gesagt hatte, war es gut möglich, dass Rachele mit dem Fingernagel etwas hineingeritzt hatte, als ich mich zum Telefonieren ans Fenster gestellt hatte.

Ich spüre das Böse. Ich habe es immer gespürt, seit dem Tag, als ich ins Dorf zurückgekehrt bin. Ich spüre, wie es um die Felsen streicht, wie es atmet. Es ist nah.

Ich legte die Handfläche aufs Papier und schloss die Augen.

Es war, als würde man eine Narbe vermessen. Die Konturen einer Verletzung nachzeichnen. Der Moment, in dem man mit dem Körper eines Patienten in Berührung kam, ihn kennenlernte. Alle Sinne geschärft, um zu entdecken, zu verstehen, zu sehen, zu spüren.

Das Böse hat seine ganz eigene Form und Konsistenz, auch dieses Übel, das sich listig heranschleicht, muss eigene Merkmale haben wie jedes andere auch. Ich muss es erkennen, um ihm einen Namen geben zu können. Erst wenn ich es erkannt habe, kann ich es verjagen.

Dann die Eingebung. Ich griff nach dem Bleistift, der aus der Brusttasche von Angelas Bluse ragte, und schraffierte mit sanftem Druck die Stelle auf der Rückseite, an der sich die durchgedrückten Linien befanden, bis vor meinen Augen dunkelgraue Spuren im Hellgrau entstanden.

Mehrere Sekunden lang starrte ich einfach nur darauf, dann hob ich den Blick und sah Angela in die Augen, die nun ihrerseits mit den Fingern über das Blatt strich.

»Da sind sie, unsere geheimen Kritzeleien. Es ist gar nicht selten, dass man hinter einer so grellrot bemalten Fläche etwas findet. Rot verbirgt immer etwas.«

»Du bist die Größte, Angi.«

»Aufmerksam beobachten ist schließlich mein Beruf, nicht?«

Wieso waren mir die Kerben nicht gleich aufgefallen?

Sie stellten eindeutig ein G und ein E dar.

Ich zog mein Heft aus dem Rucksack hervor und schob das Blatt säuberlich gefaltet hinein, suchte den Eintrag zu Gertrude und malte einen Pfeil, der auf das Blatt deutete.

»Sagen dir diese Buchstaben etwas?«, fragte sie, nippte an ihrem Kaffee und verzog das Gesicht. Inzwischen musste er kalt sein.

»Mehr, als mir lieb ist.«

GE. Emilia würde sagen, dass das alles und nichts heißen konnte. Aber ich war mir sicher, dass es sich auf die Alte bezog, die für Geld geheilt hatte und über die man hier oben in den Bergen auch nach ihrem Tod noch immer sprach – voller Furcht, Hass und Ernüchterung, aber immerhin, man redete über sie.

Ihre Präsenz hatte sich in das Antlitz des Orts eingeprägt. Sie war in der Luft, im Boden. Im vergifteten Blut der Leute.

Ich bedankte mich bei Angi mit einer Umarmung und versprach ihr, gut auf mich aufzupassen.

Während ich darauf wartete, dass der Motor warm lief, kontrollierte ich mein Smartphone. Keine Nachricht von Emilia. Ich tippte auf das Galerie-Icon, öffnete den Ordner mit den Fotos der Abschiedsbriefe und las sie mir alle noch einmal durch, auf der Suche nach irgendeinem aufschlussreichen Detail, fand aber nichts. Nur ein paar Zeilen, immer die gleichen nüchternen Sätze, die keinerlei Emotion, keinerlei Gefühl verrieten.

»Liebe Mama, lieber Papa, ich gehe weg, sucht nicht nach mir.«

Das war im Grunde die Botschaft, die überhaupt keinen Sinn ergab.

Ich öffnete WhatsApp und schrieb Emilia.

»Weißt du, ob das grafologische Gutachten zu dem Brief schon da ist, den Rebecca hinterlassen hat?«

Sie sah die Nachricht sofort und antwortete: »Ja. Die Handschrift im Brief ist zu hundert Prozent identisch mit der in Rebeccas Heften. Sie hat ihn definitiv geschrieben. Sag mal, schläfst du eigentlich nie?«

Wie naiv und dumm musste der Entführer eigentlich sein, der seine jungen Opfer dazu zwang, sich von ihren Eltern mit ein paar läppischen Zeilen zu verabschieden, die völlig unglaubwürdig waren? Wozu? Und doch war er ganz und gar nicht dumm, wenn er seit über zwanzig Jahren ungestört sein Unwesen treiben konnte. Außerdem durfte ich nicht die Tatsache außer Acht lassen, dass einige der Familien den Köder geschluckt hatten, weil ihre Töchter ihren Schritt damit begründet hatten, sie seien auf der Suche nach einem besseren Leben hinunter ins Tal oder in die Stadt gezogen. Womöglich hatte die Leichtsinnigkeit gerade darin bestanden, denselben *modus operandi* auch bei Rebecca zu wählen, ohne zu bedenken, dass es im Jahr 2019 wenig plausibel war, dass ein Mädchen von elf Jahren wegging, weil es Zeit für sich brauchte.

»Ich kann schlafen, wenn Rebecca wieder sicher zu Hause bei ihren Eltern ist«, schrieb ich.

»Wie ich sehe, haben Marchis und meine Drohungen sowie

die tote Taube dich erst recht davon überzeugt weiterzumachen«, schrieb sie zurück und fügte das Smiley mit den Lachtränen hinzu. »Du bist echt ein Sturkopf, wie man ihn kein zweites Mal findet, weißt du das?«

»Emi, ich kann jetzt nicht aufhören.«

»Wie lautet deine Theorie? Na, sag schon.«

»Ich glaube, dass der Täter schon älter ist. Wer auch immer Rebecca entführt hat, hat auch die anderen Mädchen gekidnappt und in all den Jahren seine altmodische Vorgehensweise kaum geändert. Kein Mädchen von heute – aber wenn du mich fragst, auch nicht von früher – würde seine Eltern so mir nichts, dir nichts verlassen und einen derart zynischen Abschiedsbrief hinterlassen.«

Ich fasste die Briefe im Kern zusammen: »Ich gehe weg, macht euch keine Sorgen, ich melde mich, aber denkt daran: keine Polizei, das könnte meinen Selbstfindungstrip als Elfjährige enorm stören.«

»Da stimme ich dir zu.«

Zu Hause angekommen, schlüpfte ich sofort ins Bett.

In dieser Nacht schlief ich wenig und schlecht.

6. JULI 2019

Um acht Uhr kam ich in Marcos Klinik an und lief geradewegs in Carlo hinein, der die Blumen entlang des Gartenwegs pflegte. Offenbar schien es ihm unangenehm zu sein, dass ich ihn ansprach, denn er fing an, vom Wetter zu reden. Ich beschloss, darauf einzugehen.

»Ja, dafür, dass es Sommer ist, ist es angenehm kühl. In der Stadt geht man fast ein.«

»Ah ja, das kenn ich nur zu gut«, sagte er lachend und schob die Schiebermütze auf dem Kopf zurecht.

Was war eigentlich sein Problem? Er war um die fünfzig und ein einnehmender Mann mit attraktiven Gesichtszügen und tief liegenden Augen. Ja, er besaß sogar eine gewisse Empfindsamkeit. Kurzum: Wieso war ich dann mit der Vorstellung aufgewachsen, Carlo sei der Dorfdepp?

»Ach wirklich? Das müssen Sie mir erzählen!«

»Ja, ich bin lange Zeit weg gewesen. Vor ein paar Jahren bin ich wiedergekommen, wer weiß, ob das die richtige Entscheidung war.« Er kratzte sich an der Schläfe. Nun war er nicht mehr nervös, sondern schüchtern. Als ob er es nicht gewöhnt wäre, über sich zu reden. Als ob er davon ausging, dass das, was er zu erzählen hatte, niemanden interessierte.

»Und wo haben Sie gelebt?«

»In Ravenna«, antwortete er. »Ich war Müllmann mit unbefristetem Vertrag. Es lebt sich nicht schlecht dort, das Meer ist nicht weit.«

Ich bezeugte lebhaftes Interesse: »Uh, und dann?«

Er zuckte die Achseln, und einen Moment lang warf er einen Blick auf die Berge hinter mir.

»Dann ist meine Mutter gestorben. Ich bin zurückgekommen, um alles zu organisieren, und letztlich bin ich geblieben. Marco hat mir den Job als Hausmeister in der damals gerade neu eröffneten Klinik angeboten, und ich habe angenommen.«

»Und warum sind Sie überhaupt weggegangen?« Wenn er geblieben war, hat es wohl nicht am Dorf gelegen.

»Wir haben uns nicht gut verstanden.«

Aha, sieh an.

»Ihre Mutter war eine starke Persönlichkeit«, tastete ich mich vor, um zu sehen, ob er sich noch weiter öffnen würde, »das war bestimmt nicht immer leicht ...«

Mit einem Schlag wandelte sich sein Gesichtsausdruck wie das Wetter im Gebirge, das blitzschnell umschlagen kann. Sein Gesicht verdunkelte sich, und er trat wutentbrannt gegen den Laubhaufen, den er zusammengerecht hatte, sodass sich die Blätter auf dem Kies verteilten.

Das war also sein Problem. Er konnte seine Gefühle nicht kontrollieren.

»Was hat man Ihnen erzählt?«

»Wie?«

»Über meine Mutter. Was hat man Ihnen erzählt?«

»Man hat mir gar nichts erzählt, Carlo. Alle kennen Gertrude, die große Heilerin. Eine außergewöhnliche Persönlichkeit. Mehr wollte ich damit gar nicht sagen.« Aber es war zwecklos, unsere vertrauliche Unterhaltung war dahin.

»Sie war, wie sie war«, sagte er, ehe er wieder dazu überging, das trockene Laub zusammenzukehren. »Aber nur, dass das klar ist.« Nun wirkte er gestresst. Die Knöchel um den Stiel des Rechens waren weiß, die Augenringe dunkel. »Genau deshalb bin ich weggegangen, weil ich nicht gutheißen konnte, was meine Mutter tat. Das ist ein Kreuz, das ich bis heute mit mir herumtrage. Ich dachte, nach ihrem Tod könnte ich endlich in Frieden leben, aber da hatte ich mich getäuscht.«

Er ging auf dem Weg davon und verschwand im Geräteschuppen, noch ehe ich etwas erwidern konnte. Was hatte er da gesagt? Er war aus dem Dorf weggezogen, weil er nicht einverstanden war mit dem, was seine Mutter tat.

Wahrscheinlich meinte er das Heilen gegen Bezahlung. Jeder, der nur ein wenig mit den Regeln der Berge vertraut war, wusste, dass die Gabe im Gegenzug für die Behandlung freiwillig war und keineswegs finanzieller Natur sein musste. Ich erinnerte mich, dass Leonilda, die abgesehen vom Stillen von Blutungen gut darin war, Infektionsherde zu heilen, früher die Geldspenden, die sie erhielt, immer wohltätigen Organisationen stiftete und sich eher über eine selbst gebackene Crostata oder eine Flasche Pignoletto freute.

Ein jeder, der mit der alten Heilkunst vertraut war, wusste, dass es eine Verfehlung war, dafür Geld zu nehmen.

Aber Carlo hatte es als Kreuz bezeichnet. Welches Kreuz sollte er als Sohn mit sich herumschleppen, wenn die Mutter ein Aasgeier war? Das war ja kaum seine Schuld.

Es sei denn ...

Es sei denn, er hatte ihr in der Vergangenheit irgendwie geholfen.

War er es gewesen, der den Leuten am Ende die Rechnung präsentiert hatte? Musste er gegen seinen Willen den Schatzmeister spielen? Hatte er den Hass der Dorfbewohner auf sich gezogen wegen der Dienste für seine Mutter?

Und wozu hatte sie ihn noch herangezogen?

Ich lief zum Parkplatz und vermerkte, sobald ich im Auto saß, in meinem Heft die neuen Infos über Carlo und unterstrich seine letzten Sätze, aus denen eine solche Wut gesprochen hatte, als ob er sein ganzes Leben lang nach Erlösung gesucht hätte, die ihm jedoch verwehrt geblieben war.

Ehe ich das Klinikgelände verließ, warf ich einen letzten Blick auf den kleinen Platz. Carlo stand in der Tür des Geräteschuppens und sah mir nach.

Wieder zurück im Ort, ließ ich das Auto am Rand des Dorfplatzes stehen, weil vor der Kirche Betrieb herrschte. Eine Beerdigung mit zwei Leichenwagen und einer Handvoll Trauergästen.

Barbara Righi und ihr Vater hatten nie richtig zur Dorfgemeinschaft dazugehört, zumal die Tochter als Kleinkriminelle galt. Es ging mir unter die Haut, wenn ich mir die gehässigen Kommentare der Dorfbewohner vorstellte, ihre Gleichgültigkeit diesen beiden bemitleidenswerten Geschöpfen gegenüber, und ich gesellte mich zu den Trauergästen.

Ich setzte mich auf eine der hinteren Kirchenbänke, und während ich die beiden nebeneinanderstehenden Särge betrachtete, fragte ich mich, ob man das hätte verhindern können.

»Inzwischen gibt es mehr Tote als Lebende in Borgo Cardo.« Das Flüstern kam von hinten und roch nach Tabak.

Nach dem Trauergottesdienst kam Emilia noch zum Mittagessen mit zu mir. Als wir eintraten, sortierte Nonna Dada gerade Medikamentenschachteln in der Vorratskammer ein.

»Bist du zu Fuß bis da runter gelaufen?«, fragte ich sie, während ich den Tisch deckte. »Warum hast du mir nicht gesagt, dass du zur Apotheke musst? Ich hätte dich hinfahren können.«

Sie lächelte.

»Nicht nötig. Cesare bringt die Sachen vorbei. Man muss nur anrufen, und wenn der Laden mittags schließt, dreht er mit dem Auto eine Runde und liefert die Medikamente aus. Wir sind ja nicht viele hier oben. Die hier hat er mir gestern gebracht.«

»Ja, meine Nonna hat er auch beliefert«, schaltete sich Emilia ein. »Anfangs hat sie ihn immer wütend weggejagt, weil er ihr tausend Fragen zu ihren Symptomen gestellt hat. Aber Cesare hat schnell dazugelernt: Später brachte er dann die – wie sie es nannte – handverlesenen Medikamente vorbei, hat kurz mit ihr geschwatzt und ist wieder gegangen. So was freut die Leute. Aber zuletzt war sie ganz schwach und verängstigt und meinte, sie erkenne sich gar nicht mehr wieder. Ich habe ihr dann versichert, dass alles in Ordnung ist, das hat sie beruhigt.«

Cesare. Ich machte mir geistig eine Notiz, dass ich ihn eventuell später mal im Laden aufsuchen würde. Vielleicht konnte er mir helfen, ein wenig Klarheit in das Durcheinander aus Theorien und Geschichten zu bringen, allen voran die über Gertrude und ihre dubiosen Geschäfte. Was hatte sie in der Abgeschiedenheit des Waldes sonst noch angestellt? War sie es, die einen solchen Hass auf die jüngeren Heilerinnen verspürt hatte, dass sie sie mithilfe ihres Sohnes entführt, verstümmelt und verscharrt hatte?

War das das Kreuz, von dem Carlo gesprochen hatte, um sich zu rechtfertigen, und mit dem er sich verraten hatte? Carlo war ständig mit Giacomo zusammen und kannte Rebecca vermutlich.

Ist er es, der das schmutzige Werk seiner Mutter weiterführt? Hat er Rebecca entführt?

Das hätte erklärt, wieso er es so eilig hatte, meinen Fragen zu entkommen, wieso er sich vor mir gerechtfertigt hatte: Ich war zwar nicht einverstanden mit dem, was meine Mutter getan hat, war aber gezwungen, ihr zu helfen. Mehr noch: Ich war zwar nicht einverstanden mit dem, was meine Mutter getan hat, war aber gezwungen, ihr zu helfen, und nun muss ich zu Ende führen, was sie begonnen hat.

Als die Nonna die Teller an den Tisch brachte, war mir der Appetit vergangen.

Eine halbe Stunde später lauerten wir an der Straße, die zum gezackten Gipfel des Monte Argento führte, und beobachteten Guerrino, der auf dem Feld arbeitete.

»Und du sagst, sie haben sich geprügelt?«

»Äh, ja. Aber das war schnell vorbei. Guerrino hat Rodolfo hochgehoben und auf den BMW geworfen.«

»Kaum zu fassen. Dabei scheint alles seine Richtigkeit zu haben. Die Kollegen schauen gerade in den Unterlagen zur Baustelle nach, können aber keine Unstimmigkeiten finden.«

»Vielleicht sind die Unstimmigkeiten nirgends schwarz auf weiß festgehalten«, warf ich ein, »oder vielleicht hat Rodolfo seine Tochter auf eigene Faust gesucht, ein paar unbequeme Fragen gestellt, und Guerrino ist ausgerastet. Auf jeden Fall bleibe ich dabei, dass es sinnvoll wäre, sich mal im Haus umzuschauen.

Der Typ ist irgendwie seltsam, ständig schaut er sich über die Schulter.«

»Mmm. Und Carlo?«

»Carlo hat mir erzählt, dass er die Praktiken seiner Mutter nicht guthieß und erst nach ihrem Tod zurückgekehrt ist, in der Hoffnung, endlich seine Ruhe zu haben.«

»Stimmt, er war lange Zeit weg.«

»In Ravenna. Wie er mir erzählt hat, hat er dort jahrelang als Müllmann gearbeitet. Und er meinte, er habe es als Kreuz empfunden, was seine Mutter getan hat.«

»Sich fürs Heilen bezahlen zu lassen?«

»Vielleicht.«

»Worüber denkst du nach, Sara?«

In diesem Moment schaltete Guerrino den Traktor aus und starrte uns an. Schnell legte ich den Gang ein, und wir bogen um die Kurve.

»Rachele schreit und versteckt die Hände unter den Achseln, weil sie Angst vor einer grausamen Frau hat, die die Hände abschneidet. Wie besessen malt sie immer dasselbe Motiv: die vermissten Mädchen ohne Hände. Claudia wird ohne Hände gefunden. Und dann finde ich unter der roten Fläche zwei ins Papier gekratzte Buchstaben: GE.«

»Und was schlussfolgerst du daraus?«

»Gertrude, die Alte, die die alleinige Heilerin in den Bergen sein wollte, die beste, die mächtigste, die reichste, hat nach und nach alle Mädchen verschwinden lassen, die die Geheimformeln erlernten, und zwar mithilfe ihres Jungen, Carlo, der offensichtlich emotional gestört ist und bestimmt leicht manipulierbar.«

Womöglich sogar aggressiv.

»Carlo wohnt bei Marco und Giacomo«, schloss Emilia und blinzelte unbewusst. »Mmm.«

Ich hielt am Straßenrand direkt neben einer Tränke, hinter der sich eine Hochebene mit grünen Wiesen erstreckte, getüpfelt mit gelben Wildblumen, so weit das Auge reicht. Wir gingen auf den blaugrün spiegelnden See zu, der inmitten der Ebene lag und vor Jahrhunderten bei der Eisschmelze entstanden war.

»Im Frühjahr ist der dreimal so groß.« Emilia setzte sich auf den leichten Hang, und ich tat es ihr nach.

»Sara, die Alte mag sich unanständig bereichert haben, aber weder sie noch ihr Sohn haben etwas mit den vermissten Mädchen zu tun.«

»Und woher weißt du das?«

»Das weiß ich, weil 2004 nach Gianninas Verschwinden im Polizeipräsidium ein anonymer Brief einging, in dem Gertrude beschuldigt wurde, sie entführt zu haben, wie auch Claudia und Daniela. Mehr noch, sie wurde des Mordes beschuldigt.«

Ich drehte mich zu ihr und sah ihr in die Augen, und sie nickte.

»Ja, so ähnlich wie es dir ergangen ist.« Sie kratzte sich am Ohr, schüttelte den Kopf und fuhr fort: »Marchi hat damals alles durchsuchen lassen, ihr Haus im Wald, das Grundstück, den Brunnen, und nichts gefunden, was darauf hindeutete, dass die Alte heimlich Mädchen abschlachtete, so haben es die Kollegen erzählt. Er hat Gertrude auch verhört, die stets sehr kooperativ und offen war, ohne um den heißen Brei herumzureden. So war sie eben. Letztlich wurde nichts unternommen, verstehst du?«

»Nein, verstehe ich nicht. Rachele erwähnt sie in ihren Zeichnungen, da bin ich mir sicher. Sie war vermögend. Es wäre ein Leichtes für sie gewesen, einen Killer zu engagieren, der ihr die kleinen Heilerinnen vom Hals schafft.«

»Einen was?«

»Na ja, irgendeinen Idioten, der nichts zu verlieren hat.«

Nun herrschte in meinem Kopf völliges Chaos. Einerseits erkannte ich in den anonymen Anschuldigungen erneut ein gewisses Muster im Vorgehen des Täters, zusätzlich zu den handschriftlichen Abschiedsbriefen der Mädchen, andererseits hegte ich starke Zweifel an der Unschuld von Gertrude und ihrem Sohn Carlo. Ich spürte, dass da irgendwas war, konnte die Puzzleteile aber nicht zusammenfügen.

Emilia legte mir lächelnd eine Hand auf die Schulter. Ich lehnte meinen Kopf gegen ihren, und so blieben wir schweigend sitzen und schauten auf den See.

»Ich habe starke Drogen genommen«, sagte sie nach einem schier endlosen Moment. »Als ich in der Abteilung für Gewaltverbrechen war, hatte ich mit den abgefahrensten Fällen zu tun. Ich habe Pädophile, Mörder, Zuhälter festgenommen und sie der Justiz überstellt. Ich habe ihre Opfer getroffen. Ich habe Leid gesehen. Jeden Tag nur Schmerz und Elend, dazu die Besessenheit, wenigstens einen einzigen Menschen zu retten. Ein Mal rechtzeitig zu kommen. Doch das erfüllte sich nie. Ich habe praktisch nicht mehr geschlafen, nicht mehr gegessen. Das Kokain hat mich am Laufen gehalten. Die Amphetamine. Erst haben sie mich aufgeputscht, und hinterher war ich einsam und verzweifelt. Ich konnte nicht mehr ohne. Ich wurde unausstehlich, aggressiv, also habe ich angefangen zu trinken, um mich wieder lebendig zu fühlen, aber das hat alles nur noch schlimmer gemacht. Die Frau, die ich geliebt habe, hat mich verlassen, sie hat es einfach nicht mehr ausgehalten mit mir und meinem Lebensstil. So ein Arschloch von Kollege hat gedroht, mich anzuschwärzen, und hat es dann auch gemacht.«

»Anzuschwärzen?«

»Ja, einen Bericht zu schreiben, mich dranzukriegen. Sie konnten mich nicht mehr halten. Also habe ich mich nach Querceto versetzen lassen, bis Gras über die Sache gewachsen wäre, aber ... vor anderthalb Jahren kam ein Anruf aus dem Tal. Ich habe die Anweisungen von Marchi ignoriert und bin mit Vollgas losgerauscht. In dieser Nacht habe ich einen Mann getötet.«

Sie schwieg, und für einen weiteren langen Moment war außer dem Wind nur unser Atem zu hören. Ihre Haare kitzelten meine Stirn, ihre Hand auf meiner Schulter war warm und stark.

»Es war der Stiefvater eines Mädchens mit Downsyndrom. Sie hatte geweint, und er hatte sie daraufhin in ihrem Bett erstickt, weil sie ihn nicht schlafen ließ. Ich habe ihren Puls am Hals gefühlt. Sie hat nicht mehr geatmet, war aber noch warm: Einmal mehr war ich zu spät gekommen. Verfluchte drei Minuten vielleicht.

Er ist aus dem Fenster im ersten Stock gesprungen, und ich bin ihm dann draußen nachgelaufen. Meine einzige Mission war in dem Moment, ihn zu schnappen. Er hatte ein unschuldiges Mädchen getötet, und jetzt haute er ab. Kannst du dir das vorstellen?«

Ich trocknete mir eine Träne und nickte.

»Und dann habe ich ihn gekriegt. Ich hab sie immer gekriegt. Nur dass er kein Geständnis mehr ablegen kann.«

Ein großer Schatten verdunkelte den See und verwandelte ihn in einen gespenstischen Abgrund. Donnergrollen erschütterte die Mulde, in der wir saßen.

»Dann kamen die Laboruntersuchungen, die Fragen, die Verhöre, die Wahrheit, das Disziplinarverfahren. Das war's dann. Ende Gelände.«

Die ersten Regentropfen durchlöcherten den See wie Nadeln. Das Gras rings um uns bog sich im Wind. Ein gelbgrünes Meer aus Grillen und Schmetterlingen setzte sich in Bewegung auf der Suche nach einem Unterschlupf.

Ich strich ihr die Haare aus dem Gesicht und küsste sie.

All die Tropfen waren wie unzählige Finger, die auf einem Klavier der Einsamkeit spielten.

Doch es war unsere Musik. Nie hatte ich mich einem Menschen so nah gefühlt wie ihr in diesem Moment.

Der Himmel hüllte uns in eine Decke aus Regen und Wind.

27

Zu Hause duftete es nach Kaffee und brodelnder Pilzsoße.

Ich zog meine völlig durchnässten Schuhe, Strümpfe und meine Trainingsjacke aus. Ich wollte gerade ins Bad schlüpfen, aber neugierig ob des Gemurmels im Hintergrund, ging ich in die Küche.

Am Tisch saß neben meiner Nonna ein blasser Rodolfo, die Finger beider Hände um die noch volle Tasse geschlungen, mit gelockerter Krawatte und Augenringen.

»Bist du schon wieder in einen Regenguss gekommen.« Die Nonna stand auf, um mir ein Küsschen zu geben.

»Du weißt doch, dass ich gegen Regenschirme allergisch bin.« Ich lächelte schief. »Hallo, Rodolfo, was für eine Überraschung.«

»Hallo, Sara.« Auch er stand auf, um mir die Hand zu geben, und setzte sich gleich wieder, als sei er hundemüde. »Ich bin vorbeigekommen, um die Vorhänge für Rebeccas neues Zimmer abzuholen, und da sind wir ins Plaudern gekommen ...«

Der Klang ihres Namens erschütterte die Luft zwischen den Kacheln und dem Basilikum auf dem Fensterbrett. Und ließ das Blut aller Anwesenden erzittern.

»Sie wollte pinkfarbene Vorhänge, bestickt mit Einhörnern. Sie liebt Einhörner.«

Das überraschte mich nicht. Rebecca war immerhin erst elf Jahre alt, in dem Alter ist man noch ein Kind, auch wenn der Verfasser oder die Verfasserin der gefälschten Abschiedsbriefe der verschwundenen Mädchen etwas anderes zu glauben schien. Vor zehn, fünfzehn Jahren mochte das anders gewesen sein, aber Rebecca war durch und durch ein Kind. Ein Kind, das mit Sicherheit reingelegt, manipuliert, entführt und gezwungen worden war, einen Brief zu schreiben, der viel zu erwachsen für eine Elfjährige klang.

»Gibt es Neuigkeiten von den Polizeirecherchen?«, fragte ich.

Er schüttelte leicht den Kopf. Nun war er nicht mehr der Bürgermeister, sondern einfach nur ein Vater.

»Es kommt mir so vor, als tappten sie im Dunkeln«, sagte er. »Kannst du mir noch einmal von der Begegnung mit ihr erzählen? Nur wenn es dir nichts ausmacht, natürlich.«

Ich ging mich schnell umziehen und setzte mich, nachdem ich mir trockene Kleidung übergezogen hatte, zu ihnen an den Tisch.

»Wie ich dir bei euch zu Hause schon erzählt habe, habe ich wirklich nur kurz mit ihr gesprochen«, begann ich und rekonstruierte gedanklich den Moment, als ich vor ein paar Tagen im Krankenhaus auf Rebecca getroffen war. »Giacomo hat mich zu ihr geführt, um mich ihr vorzustellen, und ist dann weggelaufen, um seinen Block zu holen. So war ich ein paar Minuten mit ihr allein. In einer Ecke des Zimmers hat Guerrino, der Elektriker, gekniet und die Steckdosen repariert. Er hat aber nichts zu uns gesagt.«

»Und worüber habt ihr euch unterhalten?«

»Rebecca wollte unbedingt die Wunde an meinem Finger heilen, die ich mir zugezogen hatte, als ich eine Drahtrolle beiseitegeräumt habe«, erzählte ich. »Ich habe mich geweigert, ich wollte das nicht ...«

»Ich kann mir vorstellen, dass das für eine Ärztin lächerlicher Aberglaube ist.«

»Nein, gar nicht. Sie hat mich nur überrumpelt, aber letztlich hat sie darauf bestanden, und ich konnte nicht Nein sagen. Sie ist wirklich ein liebenswertes, aufmerksames Mädchen. Innerhalb kürzester Zeit war sie fertig, und dann seid ihr reingekommen. Du, Marco und Giacomo. Das war alles.«

Aus dem Augenwinkel sah ich, dass die Nonna sich mit einem Stofftaschentuch die Augen tupfte und es wieder in den Ärmel ihres Pullovers steckte.

»Sie war schon immer sehr aufgeschlossen.«

Rodolfo stand auf, sein Gesicht wirkte hart. Der Versuch, seine Gefühle zu verbergen.

Ich begleitete ihn zum Auto, das im Hof geparkt stand.

»Sara, es tut mir leid, was vor sich geht«, sagte er, sobald wir allein waren, und ich verstand sofort, worauf er sich bezog.

»Irgendjemand stört sich daran, dass ich hier bin«, antwortete ich, »und versucht, mir Ärger zu machen, aber das sind völlig blödsinnige und unhaltbare Vorwürfe, vielleicht auch, um vom eigentlichen Fokus abzulenken.«

Er sah mir in die Augen.

»Welchem Fokus?«

»Weiß nicht.« Ich erwiderte seinen Blick. »Sag du es mir.«

»Was meinst du?« Er machte einen Schritt zurück, wie um in die Defensive zu gehen, und plötzlich wurde mir kalt.

»Ich habe gesehen, wie du neulich abends mit Guerrino vor seinem Haus gestritten hast. Stellst du auf eigene Faust Nachforschungen an?«

Er riss die Augen auf.

»Was? Nein. Das fehlte noch, dass ich auch noch ermittle, die Polizei hat mich sowieso schon auf dem Kieker. Die stellen das gesamte Rathaus und meine privaten Räumlichkeiten auf den Kopf und ...«

»Aber du hast ihnen nicht alles gesagt ...«, versuchte ich, ihn aus der Reserve zu locken.

Rodolfo senkte den Kopf und starrte auf seine Schuhe, ehe er mit herausforderndem Blick wieder aufsah.

»Meine Diskussion mit diesem Mann hat in keinster Weise mit Rebecca zu tun, sondern rein bürokratische Gründe: Guerrino stellt sich gegen die Zukunft und den Fortschritt an diesem abgelegenen Ort. Er stellt sich gegen die Interessen der Wirtschaft, den Fortschritt und alles, was der Tourismus hier oben in den Bergen mit sich bringen könnte, bevor auch der letzte Alte stirbt und Borgo Cardo genau wie Fogliaia und Ponte del Diavolo ausgestorben ist. Ein Geisterdorf mit leer stehenden Häusern. Aber das will er einfach nicht kapieren.«

»Geht es um die Raststätte?«

»Ja, sicher. Es geht immer nur um diese verfluchte Raststätte.« Einen Augenblick lang wurde er laut, fuhr dann aber in gemäßigtem Ton fort: »Ein Projekt, das mich in den Augen vieler Bewohner zum Buhmann gemacht hat. Diese Bergbewohner. Würden eher aussterben, als Veränderungen zuzulassen. Ich bin es so leid. Neulich abends habe ich versucht, vernünftig mit ihm zu reden, aber er hat mich angegriffen.«

»Verstehe.«

»Was hast du eigentlich dort oben in den Bergen zu so später Stunde gemacht, wenn ich fragen darf? Du gehst noch immer deiner Privatrecherche nach, nehme ich an. Pass bloß auf, dass du dir keine Feinde machst.«

»Ich bin zufällig vorbeigekommen«, antwortete ich. »Was Feinde angeht, dafür ist es, fürchte ich, schon zu spät. Noch eine Frage, Rodolfo.«

»Schieß los.«

»Hast du Gertrude, die Alte, persönlich gekannt?«

Sein Blick schnellte von mir zum Wald und wieder zu mir zurück. War er verlegen? Wieso brachte man alle ins Schwitzen, wenn man über die Alte sprach?

»Weshalb diese Frage?«

Ich schüttelte den Kopf. »Sie ist eine umstrittene Figur. Ich versuche, mehr über sie herauszukriegen. Sie ist zwar tot, aber man begegnet ihr im Dorf auf Schritt und Tritt, sie ist in aller Munde. Und ich frage mich, wieso.«

»Sie ist eine Heilige«, sagte er lediglich. Er betätigte den Autoschlüssel und öffnete die Tür des BMW.

»Weißt du von den Gerüchten, wonach sie für ihre Heilungen Geld verlangt haben soll?«

Er schüttelte den Kopf, in seinen Augen lag etwas Dunkles.

»Nein, nie gehört. Ich muss jetzt los.«

Überzeugt, dass er mich angelogen hatte, ging ich nach oben und sprang unter die Dusche. Während das warme Wasser auf mich herabprasselte, musste ich daran denken, wie Rodolfo gezögert hatte, als ich Gertrude erwähnte. Mit welchem Zauber hatte diese mysteriöse Frau alle belegt?

Oder sollte ich eher sagen, Geschäftsfrau oder Manipulatorin?

Was hatten ihre eingeritzten Initialen in Racheles Zeichnung zu bedeuten?

Angestrengt überlegte ich, was dieses GE noch bedeuten könnte, aber alles, was mir einfiel, kam mir albern vor und passte vorn und hinten nicht zusammen.

Eine halbe Stunde später parkte ich das Auto vor einer Schule in Querceto, ging durch die von Bäumen gesäumte Straße und betrat die Apotheke. Hinter dem Tresen standen Cesares Sohn und dessen Frau. Ich wartete, bis ich dran war, und kaufte eine Packung Aspirin. In diesem Moment kam Cesare aus dem hinteren Bereich, und als er mich sah, lächelte er breit. Siehe da, im gestärkten weißen Kittel mit der grünen Anstecknadel in Form einer Schlange am Revers: So kannte ich ihn aus meinen Kindheitserinnerungen, als sich die Apotheke noch am Dorfplatz in Borgo Cardo befand und Claudia, Emilia und ich bei ihm ein und aus gingen, um Fruchtbonbons, Lutscher mit Vitamin C und andere Süßigkeiten zu kaufen, wobei wir überzeugt waren, dass die aus der Apotheke gesünder wären als die aus der Bar, was uns dazu berechtigte, sie in rauen Mengen zu vertilgen.

Auf dem Dorfplatz von Querceto gab es eine kleine Eisdiele. Cesare und ich setzten uns an einen Tisch im Schatten eines alten Olivenbaums und bestellten je zwei Kugeln Schokoladen- und Pfefferminzeis.

»Also, Sara Holmes, wie läuft deine Arbeit als Privatdetektivin ›auf der Suche nach dem verlorenen Kind‹? Und mit diesem Kind meine ich dich, nicht dass wir uns falsch verstehen.«

Ich lief rot an. Ich liebte es, mit ihm zu reden, weil er alles immer sofort durchschaute. Er war derjenige, mit dem ich im Dorf am meisten auf einer Wellenlänge war, in diesem merkwürdigen Sommer, in dem sich alles wandelte. Daraus machte ich auch kein Geheimnis. Vielleicht fehlte mir auch eine Vaterfigur, denn auch mit Anfang dreißig fühlt man sich noch nicht ganz erwachsen. Vielleicht war Cesare inmitten von all dem Tumult aus Ängsten, Emotionen und Ereignissen auch einfach nur ein verlässlicher, vernünftiger Gesprächspartner, der mir Ruhe vermittelte.

»Weiß nicht. Ich suche und suche ... und je mehr ich grabe, auf umso mehr Dinge stoße ich, die die Leute lieber verbergen wollen, indem sie nicht darüber reden oder sie einfach vergessen, als würde es reichen, diesen Olivenbaum nicht mehr anzuschauen, um dafür zu sorgen, dass er nie existiert hat. Und ich, die ich mich für so viel besser, ganz anders und weiter entwickelt gehalten hatte, habe in den letzten zweiundzwanzig Jahren, in denen ich Borgo Cardo den Rücken gekehrt hatte, genau dasselbe gemacht. Und so getan, als ob das mit meiner verschwundenen Freundin nur ein böser Albtraum gewesen und alles in bester Ordnung wäre.«

»Aber so war es nicht.« Cesare aß in aller Ruhe sein Eis und sah mich an.

»So war es nicht. Ich habe eine ganze Episode meines Lebens einfach verdrängt. Meinen Schmerz über den Verlust und über die Entfremdung. Meine Sehnsucht nach der Nonna, die ich sehr viel öfter hätte besuchen können. Und alle möglichen anderen Dinge, die ...«

»Die du jetzt, zwanzig Jahre später, angehst, um die verlorene Zeit wieder aufzuholen.«

Ich seufzte. Einerseits stimmte es, andererseits nicht.

»Ehrlich gesagt habe ich auch das bis vor Kurzem noch verdrängt. Ich dachte, ich hätte Schuldgefühle Claudia gegenüber, aber vor allem war ich wütend auf mich. Claudia ist tot. Sie war all diese Jahre tot, während ich ein Schattendasein führte und mir vorgaukelte, alles wäre gut.«

»Und was ergibt sich daraus für dich?«

»Daraus ergibt sich für mich, dass auch Allegra, Giannina und Daniela irgendwo im Wald begraben liegen, dass sie verstummt sind und niemand je ihre Geschichte wird erzählen können.«

»Und was ist mit Rebecca? Immerhin wird sie im Hier und Jetzt vermisst.«

Ich sah ihn an. Er hatte ins Schwarze getroffen.

»Alle waren Heilerinnen, Rebecca auch. Das ist ein nicht zu unterschätzender Faktor, und ich frage mich, wieso die Polizei das nicht berücksichtigt ... dieser Marchi wirkt auf mich ziemlich begriffsstutzig. Das Böse, das hier oben umgeht, wurzelt in der Tatsache, dass sie Heilerinnen sind: Diese Mädchen sind nie von zu Hause ausgerissen, sind nicht weggelaufen, nie freiwillig weggegangen. Sie wurden verschleppt. Ein Opfer hat der Wald bereits freigegeben, bei den anderen ist es nur noch eine Frage der Zeit.«

Betrübt schüttelte er den Kopf.

Nur bei ihm konnte ich laut aussprechen, was ich dachte,

konnte ich reden wie mit mir selbst. Seiner Frage war ich absichtlich ausgewichen, weil sie zu beängstigend war. Ich wusste nicht, wo Rebecca war, ob sie noch lebte. Nach allem, was ich wusste, war es denkbar, dass sie irgendwo unter einer Eiche verbuddelt lag, ohne Hände und mit aufgerissenen Augen zwischen Wurzeln und Insekten.

Ich drängte das Bild beiseite und schluckte schwer.

»Du kennst das Böse?« Nun sah er mich aufmerksam an.

»Ich bin onkologische Chirurgin«, antwortete der rationale Teil in mir angesichts dessen, dass ich einen Pharmazeuten vor mir hatte, der mich sicher verstand. »Ohne dieses Wissen könnte ich nie versuchen, kranke Menschen zu heilen.«

Ich schwieg und aß mein Eis auf, das sich in der Zwischenzeit in eine dunkelgrüne Matsche verwandelt hatte.

»Aber das ist nicht alles«, fügte ich hinzu, und mein Blick wanderte zum Wald. »Es gab einen Moment in meinem Leben, von dem ich nie jemandem erzählt habe und der sich mir bis in die Knochen, die Muskeln, die Haut eingegraben hat.«

»Ein Moment des Scheiterns?«, fragte er.

»Ja, ein Moment des Scheiterns. Nicht mal meine Nonna weiß davon, kannst du dir das vorstellen?«

»Jetzt bin ich neugierig. Dann scheint es ja wirklich wichtig zu sein. Das, was wir sogar vor uns selbst verbergen, hat die Kraft, uns umzubringen«, sagte er, »oder uns zu retten.«

In seinen blauen Augen fand ich ein Verständnis, wie ich es nie zuvor erlebt hatte. Einen Lichtschimmer. Als würde man etwas endgültig begraben; als hätte man einen sicheren Ort gefunden, an dem man ein Geheimnis loswerden konnte, das einem auf der Seele brannte.

Ich öffnete die Hände und betrachtete meine Handflächen. Der Lichtschimmer war verschwunden. Seine Augen waren nun ein Zimmer ohne Fenster.

Mein Handy klingelte. Es war Emilia. Ich lächelte Cesare zu und stand auf, um ranzugehen.

»Emi.«

»Was hast du?«

»Nichts, wieso?«

»Erzähl keinen Quatsch, deine Stimme zittert.«

»Es ist nichts ... aber wieso rufst du an? Gibt es Neuigkeiten?«

»Ich wollte dich zum Abendessen einladen. Heute Abend ist das Sommerfest, wollen wir eine Pizza essen gehen?«

»Ich weiß nicht ... ich ...«

Ich konnte nicht mehr atmen. Etwas war mir im Hals stecken geblieben. Aus der Tiefe meines Herzens war es hinaufgestiegen, doch ehe es meinen Mund verlassen konnte, hatte ich es aufgehalten, und nun war es unmöglich, es wieder hinunterzuschlucken.

Rastlos lief ich um die Tische der Eisdiele herum. Ich drehte eine Runde, dann noch eine. Cesare schien in sein Smartphone vertieft.

»Sara, was hast du? Sag schon, oder ich komm dich suchen.«

Es steckt mir im Hals, wenn ich es jetzt nicht ausspreche, ersticke ich daran.

»Emi, es gibt da etwas, das ich dir nie gesagt habe.«

»Ist mir schon klar. Schieß los.« Ihre Stimme hatte ebenfalls angefangen zu zittern.

Ich blickte hinauf zu den Wäldern, und Harzgeruch stieg mir in die Nase. Wind kam auf, belebte die Bäume und schien auch meiner Stimme den Mut zu verleihen, sich zu erheben.

»Ich bin ... ich bin .... Nein, ich war es. Leonilda hat es mir als Kind beigebracht. Ich war eine Heilerin.«

Es war raus. Ich hatte es ausgesprochen.

Die Verbindung brach ab, oder vielleicht war Emilia das Handy vor Schreck aus der Hand gefallen. Ich nutzte die Gelegenheit, um mich von Cesare zu verabschieden, der in der Zwischenzeit mein Eis bezahlt hatte und zu mir auf den Platz gekommen war.

Lächelnd stand er vor mir.

»Ich muss wieder in den Laden«, sagte er, »aber wann immer du das Bedürfnis hast zu reden, bin ich da.«

»Danke und entschuldige, das war Emilia und …«

Er bedeutete mir mit einem Kopfschütteln, dass ich ihm keine Erklärung schuldete.

Dann hob er die Hand zum Gruß und ging davon.

28

Der Samstagabend kam und mit ihm der fröhliche Trubel, der das Sommerfest alljährlich begleitete.

Das Dorfkomitee hatte den Platz nachmittags mit bunten Girlanden und Papierlampions geschmückt. Neben der Kirche waren ein paar Stände mit Kunsthandwerk und Süßigkeiten aufgebaut worden, und Bänke und Stühle luden dazu ein, sich zum gemeinsamen Essen hinzusetzen.

Nachdem ich kurz mit Giorgio geskypt und ihn überzeugt hatte, nicht herzukommen, weil man hier nichts Interessantes unternehmen könne, begleitete ich Nonna Dada zum Dorfplatz, wo bereits einige Freundinnen auf sie warteten.

»Heute Abend will ich keine schwarzen Schleier sehen, der Priester ist eh nicht da!«, rief Laura, und die Nonna lachte.

»Wer heute Abend Schleier trägt, muss aufpassen, dass er nicht Feuer fängt!«, rief Verdiana, die einen Teller Grillfleisch in der Hand hielt. Es standen fünf Feuerschalen bereit, groß wie Satellitenschüsseln, die bereits qualmten und brutzelten, während ringsum das Gelächter der Bewohner und der Gäste aus den Nachbardörfern zu hören war.

Das Sommerfest war eine alte, gänzlich heidnische Tradition, die Don Luigi vergeblich versucht hatte abzuschaffen. Dabei fanden sich die Bewohner zum gemeinschaftlichen Essen auf dem Dorfplatz ein, es wurde getanzt, und um Mitternacht wurde die

Sfortuna, die Unglückbringende, verbrannt: eine riesige Puppe aus Pappmaché und Holz in Form einer Alten mit finsterem Blick und einem Buckel.

Solche Feste gab es in der Emilia Romagna Dutzende, die sich allesamt glichen.

Ich ließ die Nonna bei ihren Freundinnen und ging zu dem steilen Abhang, wo ich mein Auto auf dem Rückweg von Querceto geparkt hatte. Am hinteren Ende des Platzes spielte auf einer winzigen Bühne ein kleines Orchester.

Guerrinos Jeep stand nur wenige Meter von meinem Auto geparkt, der Motor war noch warm.

Bist du also zum Essen gekommen. Sehr gut.

In diesem Moment klingelte das Handy. Es war Emilia. Ich ging nicht ran, weil sie mich sonst gefragt hätte, was ich jetzt vorhatte, außerdem hatte ich keine Lust, darüber zu diskutieren, was ich ihr wenige Stunden zuvor anvertraut hatte. Ich würde später zurückrufen.

Ich stieg ins Auto und ließ die Wärme, das Licht des Festes hinter mir. Als ich in die erste Serpentine einbog, wurde ich von der Dunkelheit verschluckt, und mich überfiel der starke Drang zu bremsen, den Rückwärtsgang einzulegen und zurückzufahren, um mich unter die Leute zu mischen, Trost in der Geselligkeit, im Essen zu finden.

Und ich verspürte eine Art seltsamer Sehnsucht. Es war die Sehnsucht nach etwas, das ich nicht benennen konnte. Auf dem Papier war ich eine Heilerin, aber eigentlich war ich es nie richtig gewesen. Das einzige Mal, dass ich versucht hatte, ein Wesen zu heilen, ein verletztes Kätzchen, das ich im Wald gefunden hatte, war meine Patientin gestorben, und dieser Schock hatte dazu geführt, dass ich es danach nie wieder versucht und niemandem erzählt hatte, dass ich die geheimen Symbole und Sprüche kannte.

»Schäl die Kartoffeln, Saretta. Wasch sie gut im Brunnen, und dann schneidest du sie in ganz feine Scheiben, hauchdünn wie Hostien, und legst sie in die große Pfanne dort, die da am Balken hängt.«

Leonilda drückt mir einen Korb mit Kartoffeln in die Hand, an denen rote Erde klebt. Die Nonna hat mich hergeschickt, um ihr vier Eier zu bringen. Es kommt öfter vor, dass ich stundenlang dableibe, mit Leonilda rede und Körbe flechte. Sie ist oft allein und weiß so vieles.

Sie bringt mir allerhand bei.

Ich tue, was sie gesagt hat, und schon bald liegen in der Pfanne unzählige weiße Kartoffelscheiben.

»Und jetzt?«

»Und jetzt Öl und Salz. Dann gehst du nach draußen und brichst ein paar Zweige Rosmarin ab. Vermenge alles mit den Händen und hänge es übers Feuer. Das Geheimnis besteht darin, immer umzurühren, damit sie nicht anbrennen. Kreisen und noch mal kreisen, kreisen und noch mal kreisen, bis sie schön golden glänzen. Und dann können wir essen. So, ich muss kurz weg, um jemanden zu heilen, aber ich bin rechtzeitig zum Essen zurück.«

»Kreisen und noch mal kreisen. Klingt fast wie ein Zauberspruch«, murmle ich.

»Es ist auch einer«, erwidert sie und verlässt das Haus.

Bei der Erinnerung daran musste ich lächeln. Endlich reinen Tisch zu machen, hatte den Knoten gelöst, mit dem ich meine Glaubenssätze notdürftig zusammengehalten hatte. Das Kätzchen war in meiner Obhut gestorben, und als Claudia im Wald angerannt kam und freudestrahlend verkündet hatte, eine Heilerin zu sein, war ich ausgeflippt. Auf die anderen mochte das übertrieben gewirkt haben, aber eigentlich war darin nur ein Bruchteil des Schmerzes und Frusts zum Ausdruck gekommen, den ich empfand.

Ich hatte die ganze Nacht geweint.

Bei der Erinnerung daran, was mein Geständnis ausgelöst hatte, lief mir eine Träne über die Wange, die ich schnell fortwischte, um mich auf die Straße zu konzentrieren, diese grausilberne Spur durch die schwarze Nacht.

Emilia hätte mir bestimmt jede Menge Fragen zu meiner Initiation gestellt. Dieser Tag stand mir so klar vor Augen, als wäre es gestern gewesen. Die Nonna hatte mich zu Leonilda geschickt, um ihr eine Tischdecke zurückzubringen, die sie sich von ihr geliehen hatte. Leonilda saß am Boden zwischen den Scherben eines in tausend Stücke zersprungenen Tonkrugs, sie hatte eine tiefe Schnittwunde in der Handfläche.

»Komm her, ich will dir etwas zeigen«, hatte sie gesagt. »Du hast das Böse gespürt und bist hergekommen, um mir zu helfen, sehr gut, Saretta. Komm her, dann verrate ich dir die Worte, mit denen man eine Blutung stillt, dann kannst du meine Hand heilen. Schließlich bringe ich dir nicht nur bei, wie man gute Kartoffeln macht, oder?«

So war sie eben.

Blut, weiche zurück.

»Du spürst das Böse, nun musst du nur noch lernen, es zwischen all den anderen Dingen auszumachen und zu benennen. Und wenn du ihm einen Namen gegeben hast, musst du es mit aller Kraft fortjagen, du darfst keine Angst haben. Du befiehlst, und es verzieht sich. Aber zuerst musst du es richtig erkennen.«

Du musst es richtig erkennen.

Und dann hatte sie ihre Wunde von mir heilen lassen, aber noch ehe wir fertig waren, kam ihre Tochter herein, die sich beim Anblick von all dem Blut derart erschrak, dass sie ihre Mutter ins Krankenhaus geschleppt hatte.

Doch bevor Leonilda mit ihr hinausging, hatte sie meine Hände berührt und mir zugelächelt.

»Gut gemacht. Nun besitzt du die Gabe. Gott segne dich, und jetzt geh schon, geh, die Welt ist voll vom Bösen. Kreisen und noch mal kreisen, kreisen und noch mal kreisen.«

Ich war damals noch lange Zeit reglos sitzen geblieben. Ihr Blut klebte an meinen Händen, und in den Beinen, in den Armen und in der Kehle, aus der die Worte gekommen waren, kribbelte es wie von tausend Ameisen.

Ich heile und beschwöre dich.

Ich war keine Heilerin. War es nie gewesen. Stattdessen war ich das lebende Beispiel dafür, dass Leonilda als meine Heilpatin versagt hatte. Sie hatte geglaubt, ich sei ihr genau zur rechten Zeit zur Rettung geeilt, doch das stimmte nicht. Genau deshalb war ich Ärztin geworden. Weil das Einzige, was Leonilda hätte helfen können, eine Wundbehandlung und ein paar Nähte gewesen wären. Keine Symbole. Keine Wörter. Kein Kräuterwickel.

Was meine Patin wohl gesagt hätte, wenn sie mich so hören würde?

»Es stimmt nicht, dass du keine Heilerin bist, nur weil du diese Rolle ablehnst«, vermeinte ich, sie wispern zu hören. »Du trägst den Samen der Heilung noch immer in dir und hast ihn auf andere Weise keimen lassen. Du hast Medizin studiert. Du hast weiterhin versucht, das Böse ausfindig zu machen. Du hast dein ganzes Leben der Erforschung des Bösen und dem Kampf dagegen gewidmet, um es zu besiegen, um es aus den Körpern deiner Patienten zu vertreiben. Für mich klingt das nicht nach einem Scheitern, sondern nach einem Sieg.«

Leonilda war tot. Sie konnte nicht ahnen, dass ich laut Ansicht vieler regelrecht davon besessen war.

Du kannst nicht alle retten.

Das Kätzchen ist gestorben.

Du kannst es nicht.

Ein riesiger Uhu durchkreuzte die gelben Lichtkegel der Scheinwerfer und verschwand in der Dunkelheit auf der anderen Seite der Fahrbahn. Still und tief flog er dahin. Ich dachte darüber nach, wie viele Dinge lange Zeit still in uns schlummern, ehe wir uns ihrer bewusst werden, und der Veränderungen, die sie mit sich bringen, ob in guter oder schlechter Hinsicht.

Das, was wir sogar vor uns selbst verbergen, hat die Kraft, uns umzubringen oder uns zu retten.

Cesares Worte hallten in meinem Kopf nach, während ich Serpentine um Serpentine den Monte Argento erklomm.

Wie immer lag Guerrinos Anwesen völlig dunkel da, bis auf ein winziges Licht, das aus einem Zimmer im ersten Stock seines Bauernhauses drang, vermutlich das Schlafzimmer. Ich parkte das Auto in derselben Bucht wie schon ein paar Nächte zuvor und erreichte zu Fuß den Eingang. Ich kletterte über das Tor, und als ich festen Boden unter den Füßen hatte, blieb ich stehen und lauschte.

Völlige Stille. Die ohrenbetäubende Stille der Berge.

Mit großen Schritten ging ich den Weg entlang, der zu beiden Seiten von Bäumen gesäumt war. Hohe schwarze Figuren im Schwarz der Nacht, die mich stumm und scheinbar vorwurfsvoll beobachteten. Das Eindringen in ein Privathaus gehörte nicht gerade zu meinen Hobbys, aber das hier war ein Notfall. Guerrino verbarg etwas, dessen war ich mir sicher. Ebenso sicher war ich mir, dass Rodolfo etwas verheimlichte.

Der Vorhof des Bauernhauses war größer, als ich ihn mir vorgestellt hatte: Zur Rechten lag ein Gemüsegarten, der durch eine Trockenmauer von den Feldern abgetrennt war, wohingegen ich links einen alten, ausgetrockneten Brunnen sah, einen Holzschuppen und etwas, das womöglich ein großer Hühnerstall aus Maschendrahtzaun war.

Im Schutz der Schatten ging ich weiter, wobei ich die ganze

Zeit das Fenster im ersten Stock im Auge behielt, aus dem ein matter Lichtschein drang.

Ein noch blühender Blauregen, der vom Vordach hing und einen Vorhang vor dem Eingangstor bildete, verströmte einen betörenden Duft. Ich schlich an der Mauer entlang und näherte mich dem Gemüsegarten.

In diesem Moment zerriss das Geräusch eines Riegels die Stille. Schnell kauerte ich mich in den Schatten und heftete den Blick auf ein Fenster im Erdgeschoss, das mit einem leichten Quietschen geöffnet wurde und aus dem sich ein großer Schwall weißen Lichts in den Hof ergoss.

Wer war da im Haus? Guerrinos Jeep hatte ich nahe dem Sommerfest im Dorf gesehen.

Mein Kopf füllte sich mit allerlei Bildern und Spekulationen, und zum ersten Mal, seit ich ins Dorf zurückgekehrt war, verspürte ich wirklich Angst. Emilia hatte recht: Ich war weder Polizistin noch Privatdetektivin. Ich hatte keinerlei Erfahrung mit Nachforschungen dieser Art.

Ich besaß einen grünen Gürtel in Taekwondo, insofern verfügte ich nicht mal über ein Grundwissen in Sachen Selbstverteidigung.

Ich war völlig leichtsinnig. Wenn Marchi mich hier erwischte, würde ich in den Knast wandern.

Auf der Suche nach einem guten Beobachtungsposten, an dem ich selbst nicht gesehen wurde, huschte ich schnell hinter etwas, das wie ein alter Betonmischer aussah, und musste mir ein Fluchen verkneifen, als ich einen Blick zum offenen Fenster hin warf. Selbst aus dieser Entfernung und trotz der ungünstigen Perspektive erkannte ich im Gegenlicht ein Mädchen mit langen blonden Haaren.

Rebecca?

Mit hämmerndem Puls tastete ich mich im trockenen Gras vor

und schlich mich so nah heran wie möglich, um besser sehen zu können. Ich hatte Rebecca zwar nur ein Mal gesehen und war keine Expertin für Physiognomie, außerdem lag das Gesicht im Schatten, aber das war sie.

Sie war entführt worden.

Sie war blond und hatte lange, gewellte Haare.

Das war sie.

Ich sah, wie sie eine Katze behutsam aus dem Fenster hob und sie rund zwanzig Zentimeter über dem Backsteinboden im Hof losließ. Die große schwarze Katze miaute ein paarmal, ehe sie mit der Dunkelheit verschmolz, und das Mädchen lachte kurz. Ein reines, unbeschwertes Lachen.

Sie wirkt nicht wie eine Gefangene und weder verängstigt noch verzweifelt.

»Rebecca!«, flüsterte ich, aber die Fensterläden schlossen sich, ohne dass sie mich gehört hätte. Ich beschloss, einmal das ganze Haus zu umrunden, um ein anderes offenes Fenster zu finden, durch das ich einen besseren Einblick hätte, dann würde ich Emilia anrufen und die große Neuigkeit verkünden.

Ich hatte Rebecca gefunden, und es ging ihr gut.

Ich kam hinter meinem verrosteten Versteck hervor und flitzte zur Ecke des Hauses. Dann ging ich die Schmalseite entlang nach hinten, als mich ein Detail in Alarm versetzte. Meine Augen hatten etwas registriert, das gar nicht hätte da sein dürfen und durch das die Karten komplett neu gemischt wurden.

Guerrinos Jeep stand seitlich vom Haus unter einem Blechdach, was hieß, dass er da war. Der Geländewagen, den ich im Dorf gesehen hatte, musste jemand anderem gehören.

Dieses Wissen reichte, um in Panik zu verfallen. Guerrino war ein aggressiver und gefährlicher Mann, und ich war leichtfertig in sein Grundstück eingestiegen, in dem Glauben, er sei auf dem Fest.

Wenn er mich hier findet, bringt er mich um.

Spontan beschloss ich, dass das reichen musste. Rebecca wurde in Guerrinos Haus festgehalten, schien aber nicht in unmittelbarer Lebensgefahr. Das hieß, ich konnte in aller Ruhe von hier verschwinden, zu Emilia fahren und ihr alles berichten.

Dicht an der Hauswand entlang ging ich zurück, doch als ich an der Ecke ankam, ging die Haustür auf, sodass ich schnell zurückwich und mich zwischen ein paar Laubkübel und die Regenrinne kauerte. Mein Atem ging stoßweise, und nackte Angst hatte mich inzwischen gepackt.

Guerrino kam aus dem Haus und zerrte etwas hinter sich her, das nach einem riesigen Stoffsack aussah, außerdem hatte er einen Spaten und eine armlange Taschenlampe bei sich.

Der Lichtschein seiner Lampe durchschnitt die Dunkelheit, und er ging mit großen Schritten hinaus auf das Feld jenseits der Trockenmauer, wobei er nur wenige Meter entfernt von der Stelle, an der ich kauerte, vorbeikam.

Ich sah, wie er alles neben einem Erdhaufen ablud, ins Haus zurückkehrte und die Tür hinter sich schloss. Erneut trat völlige Stille ein, und mir war, als wäre jeder Herzschlag in meiner Brust ein Donnern, das man bis ins Tal hörte.

Diesmal dachte ich nicht groß nach. Sobald ich die Tür ins Schloss fallen hörte, rannte ich wie von der Tarantel gestochen durch den Gemüsegarten auf den Ausgang zu. Ich würde den Vorhof und den von Bäumen gesäumten Weg meiden und stattdessen über die Felder zum Zaun gelangen.

Ich kletterte über die Trockenmauer, verhedderte mich in einem Wasserschlauch und spürte einen Schmerz in der rechten Wade, aber um keine Zeit zu verlieren, achtete ich nicht weiter darauf. Weiter vorn hatte Guerrino einen Sack und eine Schaufel abgelegt, und ich wollte einen kurzen Blick darauf werfen, ehe ich das Grundstück verließ.

Das Handy fest in der Hand, umrundete ich den Erdhaufen und ließ mich zu Boden sinken, um Luft zu holen. Ich war auf halbem Weg zwischen dem Bauernhaus und der Freiheit, und nur zwei Meter vor mir lagen der Sack und der Spaten, die Guerrino zurückgelassen hatte.

Nachdem ich einen kurzen prüfenden Blick auf das Haus, das nun still dalag, geworfen und mich vergewissert hatte, dass auch das Licht im ersten Stock aus war, schaltete ich die Taschenlampenfunktion meines Smartphones ein und richtete den kleinen Lichtkegel auf den dunklen Fleck hinter dem Erdhügel.

Es war ein Loch. Nicht sehr tief, vielleicht einen Meter fünfzig. Und der Hügel, an dem ich stehen geblieben war, war nichts anderes als der Aushub. Mit der freien Hand schirmte ich den Lichtschein seitlich ab und leuchtete mit der Taschenlampe auf den Grund.

Er war voller Knochen.

Doch mir blieb keine Zeit mehr, um aufzustehen und wegzurennen, denn ich wurde von hinten gestoßen und fiel vornüber, direkt in die Grube. Erde, Knochen, Wurzeln, ein abgestandener, modriger Geruch.

Die Hände vors Gesicht geschlagen, schrie ich los.

Was für eine hässliche Art zu sterben.

»Hältst du endlich mal die Klappe, Schlampe!«

Ich ließ die Hände sinken. Guerrino thronte am Grubenrand über mir und zielte mit dem Gewehr auf mich.

»Was hast du hier zu suchen?«

»Emilia weiß alles, alles!«, schrie ich, den Mund voll Erde. »Sie weiß, dass ich hier bin, und trifft bald mit der Polizei ein, am besten, du lässt Rebecca und mich laufen.«

»Du bist ja völlig irre!« Er versetzte dem Erdhaufen einen Tritt und schleuderte mir eine Ladung Dreck ins Gesicht.

»Und du bist ein Mörder!«, schrie ich wieder. »Du hast sie alle umgebracht! Und das sind ihre Knochen ... du hast sie die ganze Zeit hier aufbewahrt und wolltest sie jetzt loswerden, stimmt's? Der Sack, die Schaufel ... kein Wunder, dass du niemanden auf dein Grundstück lässt ... Mistkerl!«

Ich bemerkte, dass ich schluchzte. Die Angst war in den Hintergrund getreten. Nun war ich vor allem verzweifelt und wütend, erschüttert über diesen grausigen Fund. Unter mir lagen die sterblichen Überreste von Giannina, Allegra und Daniela. Und schon bald würden meine hinzukommen.

»Raus da, los, beeil dich.«

Vor das Gewehr schob sich eine ausgestreckte Hand. Ich ergriff sie, und Guerrino zog mich mühelos aus dem Loch.

»Komm mit. Und nicht wieder schreien, sonst mach ich dich kalt, verstanden?«

Er stieß mir mit dem Gewehrlauf zwischen die Schulterblätter und zwang mich, zu einem gemauerten Bau aus hellem Stein hinüberzugehen, der nach Tieren stank.

»Was hast du mit mir vor? Wenn du mich einsperrst, werden sie mich finden, sie wissen, dass ich hier bin.« Ich zitterte.

»Halt die Klappe.«

Guerrino öffnete die Holztür, und wir liefen über Heu, das Sonnenwärme abstrahlte. Es war angenehm warm, aber der Gestank unerträglich.

Ein Grunzen ließ mich hochschrecken. Am Ende des Raums machte ich große Schemen aus, die Guerrino kurz mit seiner Taschenlampe erhellte.

Wildschweine.

»Ab und zu halte ich mir heimlich ein paar Wildschweine zum Schlachten«, sagte er, schaltete die Taschenlampe aus und strebte zum Ausgang. »Die Knochen, die du gesehen hast, stammen vom letzten, das dran glauben musste. Wenn das die Forstbehörde rauskriegt, bin ich dran, dann verliere ich alles. Ich habe niemanden umgebracht. Nie, selbst wenn ich gekonnt hätte. Selbst wenn ich gewollt hätte.«

»Aber das ist illegal. Wenn du das weißt, wieso machst du's dann? Lass sofort diese armen Tiere frei.«

»In ein Privatgrundstück einzudringen ist auch illegal. Warum hast du es trotzdem gemacht?« Er stupste mich mit dem Gewehrlauf von hinten an.

»Weil du Rebecca entführt hast! Ich hab sie bei dir im Haus gesehen, versuch gar nicht erst, es zu leugnen!«

Anstatt zu antworten, schlug er mit der Faust ein Brett neben meinem Kopf entzwei, als wäre es aus Papier. Holzstücke prasselten auf mich herab, während ich auf die Knie sank und das Gesicht hinter den Händen verbarg, doch es folgte kein weiterer Schlag.

»Ja, es ist ein Mädchen in meinem Haus. Komm mit, ich zeig sie dir.«

Drei Minuten später stand ich in der riesigen Küche, mit einer Tasse Filterkaffee in der Hand. Ich zitterte vor Kälte und war von Kopf bis Fuß mit Schlamm bedeckt, aber ich war am Leben. Eine halbe Stunde vorher hatte ich noch geglaubt, mein letztes Stündlein hätte geschlagen.

Guerrino trank billigen Whiskey, direkt aus der Flasche. Das Gewehr hatte er draußen gelassen.

»Ich dreh dir nur deshalb nicht den Hals um, weil du die Enkelin von Benedetta bist«, sagte er und blitzte mich aus dunklen Augenschlitzen an. »Eine nette Frau. Als meine Mutter krank war, ist sie zu Fuß bis hier rauf gekommen, um ihr Brot und Milch zu bringen, und hat sich mit ihr unterhalten, weil meine Mutter immer ganz allein war ... Aber wenn ich dich noch einmal erwische, wie du hier herumschnüffelst, wenn ich dich noch einmal hier rumschleichen sehe, mach ich dich alle.«

Auf diese Worte folgte ein Rülpsen, das wie das Grunzen eines Tiers klang. Dann schrie er: »Ana!« Er trat an die Treppe, die ins Obergeschoss führte. »Ana, Marije!«

Zuerst kam das Mädchen die Treppe heruntergerannt und flog ihm geradewegs in die Arme. Es war nicht Rebecca, bei genauerem Hinsehen war sie ein paar Jahre älter, ein Stück größer und hatte Gesichtszüge, die an Zarinnen erinnerten.

Kurz danach erschien eine Frau, und ich wusste sofort, dass es sich um die Mutter handeln musste.

»Das sind Ana und Marije«, erklärte Guerrino und sah mich eindringlich an, »mein großes Geheimnis.«

Ana rannte ins Bad und holte Pflaster und Desinfektionsmittel. Nun war mir auch klar, was es mit den großen Einkaufstüten in Guerrinos Jeep auf sich hatte.

»Meine Familie«, fügte er hinzu, »die Familie, die ich nie hatte, nachdem meine Frau jung gestorben ist. Die beiden kommen aus Osteuropa und haben keine Aufenthaltsgenehmigung, aber ich tue alles, damit sie legale Papiere kriegen, ehrlich.«

Ana forderte mich auf, mich hinzusetzen, dann versorgte sie fachkundig meine Kratzer.

»Sie ist Krankenschwester und würde gerne arbeiten, aber das geht ja nicht ...« Er schüttelte den Kopf. »Dieser Scheißkerl von Bürgermeister ... ich hab ihm davon erzählt, damit er mir einen Rat gibt, und neulich abends ist er hergekommen und wollte mich erpressen. Wenn du mir dein Land gibst, kümmere ich mich um Anas Papiere. Um ein Haar hätte ich ihn krankenhausreif geprügelt, echt wahr.«

Rodolfo.

Marije brachte mir ein Stück Apfelkuchen, das ich still weinend aß.

»Er lässt nicht locker, hm?«, brachte ich heraus.

»Nein. Nachdem er der Alten das ganze Land abgekauft beziehungsweise es zurückgekauft hat, will er sich jetzt auch noch meins unter den Nagel reißen, das direkt daran angrenzt.«

Verdutzt hob ich den Kopf und sah nun ihn eindringlich an. »Was? Du meinst, das Land von Gertrude? Was meinst du mit ›zurückgekauft‹?«

Er setzte sich an den Tisch, gegenüber von mir. Er faltete seine von der Arbeit und der Anstrengung rissigen Pranken auf dem Eichenholz und sagte: »Wie ich neulich schon gesagt habe, die Ländereien wechselten hier früher per Handschlag den Besitzer. Und was hat der alte Bürgermeister gemacht, der Vater von diesem Blödmann? Um die Kasse der Gemeinde aufzubessern, aus der immer mehr Leute wegzogen, hat er Grundstücke und Waldstücke verkauft. Und Gertrude hat sie gekauft, die war schließlich steinreich, aber nicht mit Notar, nee, das wurde auch nicht ins Grundbuch eingetragen. Mit diesen Waldstücken in den Bergen kann man eh nichts anfangen, höchstens Holz schlagen.«

»Sie war steinreich«, wiederholte ich wie hypnotisiert von der Wendung, die dieser Abend nahm.

»Ja. Und als dann der neue Bürgermeister ins Amt kam und gemerkt hat, was für einen Bockmist sein Vater angestellt hat, hat er versucht, es wieder zu richten. Das Land war offiziell Eigentum der Gemeinde, hat aber dieser schäbigen Alten gehört, die ihn mit Dokumenten erpresst hat, die der alte Bürgermeister unterschrieben hatte. Und was hat Rodolfo gemacht?«

»Was hat er gemacht?« Inzwischen hing ich förmlich an seinen Lippen.

»Er hat sie über die Jahre nach und nach wieder zurückgekauft, damit er sie für seine Scheißtankstelle verwenden kann. Dann ist sie gestorben, und das war's dann.«

Rodolfo hat also Geschäfte mit Gertrude gemacht und Ländereien zurückgekauft, die sein Vater unter der Hand weiterverkauft hatte ...

»Ich werde keinem was sagen, versprochen«, sagte ich, als ich bereit war, nach Hause aufzubrechen. Ich musste unbedingt nachdenken, am besten mit meinem Notizheft in der Hand und ein paar frischen Klamotten am Leib.

»Hör mal«, sagte er, »ich hab zwar nicht viel Geld, aber ich stell hier vieles selber her. Ich mach sogar Honig. Da, bring das deiner Nonna.« Er kramte in der Küche und drückte mir ein Glas des flüssigen Goldes in die Hand.

»Ich tu da immer Latschenkiefernnadeln rein, dann duftet er nach Kiefer. Damit will ich mir nicht dein Schweigen erkaufen, ich will nur sichergehen …«

»Ich werde dich nicht anzeigen«, kam ich ihm zuvor, »aber meiner Meinung nach solltest du die Wildschweine freilassen. Dieses Risiko darfst du nicht eingehen, wo du doch nun etwas viel Wertvolleres beschützen musst. Lass sie frei.«

Wir schüttelten einander die Hand, wobei meine in seiner verschwand, die fest war wie Holz.

Marije rannte an mir vorüber, zurück in ihr Zimmer. Sie duftete nach Blauregen.

Ana rührte sich nicht. Doch sie sah mir in die Augen, wie es nur eine Mutter kann, die schon viel mitgemacht hat.

Guerrino brachte mich vor die Tür. »Wenn ich dich noch mal sehe …« Er ließ das Gewehr, wo es war, aber sein Blick war unmissverständlich.

»Keine Sorge, hab schon verstanden. Ich suche nur nach Rebecca, deine Angelegenheiten interessieren mich nicht.«

Er zog ein grimmiges Gesicht. »Hier oben in den Bergen sind schon immer hässliche Dinge geschehen. Seltsame Todesfälle. Plötzliches Verschwinden. Als ich jünger war, ist mal eine Frau mit ihrem kleinen Sohn im Arm in den Fluss gesprungen. Es hieß, sie sei seltsam, verrückt gewesen, dann gab es Gerüchte, der Mann habe sie betrogen. Einige Zeit später ist der Mann vor den Augen seines Sohns am Geröllhang abgestürzt, armer Junge. Solche Horrorgeschichten gibt es zuhauf hier oben.«

»Das ist beängstigend«, entgegnete ich. Von diesem Familiendrama hatte ich nie gehört. Ich wusste fast nichts über diesen Ort, was mir erst jetzt auffiel, mit jedem neuen Tag, mit jeder neuen Stunde.

Guerrino bat mich, noch einen Moment hinter der Mauer zu warten, öffnete den Stall und schwang einen Laubzweig, woraufhin vier Schwarzkittel zuerst zögerlich herauskamen und dann in dem dichten, dunklen Wald hinter dem Haus verschwanden.

29

Es war gar nicht leicht, an der Straße, die zum Dorf hinaufführte, einen Parkplatz zu finden. Ich hatte das Sommerfest ganz vergessen, und all der Trubel und Lärm nach der Abgeschiedenheit auf Guerrinos Anwesen überforderten mich. Alle strömten zum Dorfplatz, die Musik dröhnte, und die Luft war erfüllt vom Duft nach Zuckerwatte und gerösteten Nüssen.

In der Nähe der Bar entdeckte ich Marchi, der mit zwei Kollegen ein Bier trank.

Um möglichst unbemerkt zu bleiben, schlich ich mich auf dem Platz an den Häuserfassaden entlang, und sobald ich konnte, bog ich in eine der Seitenstraßen ab. Vor Nonna Dadas Haus wartete schon Emilia auf mich. Sie saß auf den Eingangsstufen, ein aufgeklapptes Buch in der Hand und eine Zigarette zwischen den Lippen.

»Ach, sieh mal einer an«, rief sie aus, als sie mich sah, dann legte sie den Kopf schräg. »Mit wem hast du dich denn diesmal im Wald herumgetrieben? Angesichts dessen, dass es nicht mal geregnet hat, musst du dich ja ganz schön im Schlamm gewälzt haben.«

»Bist du etwa eifersüchtig? Komm lieber rein und mach mir was zu essen, während ich dusche.«

Ich hüpfte kurz unter die Dusche, dann setzten wir uns raus auf die Terrasse mit ein paar Panini und einem Bier und schauten zwischen den Antennen und den Wäscheleinen zu, wie die *Sfortuna* auf dem Scheiterhaufen landete.

Die Funken, die aus den Flammen stoben, und die Papierfetzen, die sich loslösten und in der Dunkelheit umhertanzten, sahen aus wie obskure, verrückt gewordene Schmetterlinge, denen nur ein paar Sekunden Leben vergönnt waren, ehe sie im Wind zu Asche zerfielen.

»Eine Heilerin. Bitte sag mir, dass du vorhin am Telefon nur im Fieberwahn gesprochen hast.«

»Nein, es ist wahr. Leonilda hat mir einmal, als sie gestürzt war und sich in die Hand geschnitten hatte, die Worte beigebracht, mit denen man Blutungen stillt. Ich habe sie nie bei jemandem angewendet, außer bei Leonilda an jenem Tag, aber letztlich wurde sie im Krankenhaus genäht. Und einmal bei einem Kätzchen, das allerdings gestorben ist. Insofern ...«

»Das heißt, als du damals so gemein zu Claudia warst ...« Emilia war aufmerksam und scharfsinnig. Sie hatte es sofort erfasst.

»Ja. Ich war wütend und enttäuscht und habe alles gehasst, was mit dem Heilen zu tun hatte. Ich hatte gar nichts gegen sie, aber ich konnte mich nicht beherrschen ...«

»Aber warum hast du mir das nie gesagt?«

»Weil ich mich geschämt habe. Ich bin keine echte Heilerin, sondern eine Heuchlerin. Ich hatte dieses Kapitel meines Lebens komplett gestrichen, verstehst du? Es hat einfach nicht existiert. Und dann komme ich nach zweiundzwanzig Jahren wieder und finde heraus, dass irgendjemand sämtliche Heilerinnen abschlachtet. Was soll das sein, bin ich verflucht? Wieso verfolgt mich dieses Kapitel meines Lebens immer noch? Wieso hat mich Rebecca an jenem Tag geheilt? Sie kannte mich kaum.«

»Ich schätze, man kann vor der eigenen Geschichte nicht davonlaufen.« Emilia schüttelte den Kopf und nippte am Bier. Mir schien, als redete sie von sich.

»Früher oder später muss man in den Spiegel schauen und sich seiner Vergangenheit stellen. Deine Geschichte hat dich wieder hierhergeführt, weil du sie unvollendet gelassen hast. Normalerweise glaube ich zwar nicht an diese Dinge, aber das scheint mir offensichtlich.«

»Tut mir leid, dass ich das vor dir geheim gehalten habe, Emi. Nicht mal Nonna Dada weiß es, und mir wäre lieb, wenn das so bliebe.«

Sie sah mich an. Unergründlich.

»Was hast du denn?«, platzte ich heraus.

»Nichts.« Sie wandte sich wieder dem bunten Treiben auf dem Platz zu. »Ich dachte nur, solange du es verschweigst, wird dich diese Sache immer verfolgen.«

Schweigend tranken wir unser Bier. Dann erzählte ich ihr von Guerrino.

»Das heißt, er hat sich eine Frau und ihr Kind ohne Aufenthaltsgenehmigung ins Haus geholt? Spinnt der?«

»Er ist verliebt. Und wollte nicht mehr allein sein.«

Von den Wildschweinen erzählte ich nichts.

»Und Rodolfo hat Geschäfte mit Gertrude gemacht, um die Ländereien zurückzubekommen. Interessant. Wir könnten uns ja mal seine Konten anschauen. Die Kollegen haben sich die Unterlagen zu den Ausschreibungen angeschaut und konnten keine Unstimmigkeiten finden, aber die Kontoauszüge ...«

»Meinst du, du könntest mir die beschaffen?«

»Müsste gehen, ja. Gib mir ein paar Stunden.«

Sie tippte auf ihrem Handy herum, dann blickte sie wieder zum Dorfplatz, wo Dutzende Leute im Kreis um das drei Meter hohe Feuer herumtanzten.

»Und was ist mit neulich? Darüber haben wir gar nicht mehr gesprochen.«

»Muss man das unbedingt?«

»Äh, ja. Heute Abend haben wir über alles Mögliche geredet, warum nicht auch darüber?« Sie zündete sich eine Zigarette an.

»Das war schön, Emi. Sehr schön.«

»Klar, ich weiß. Aber ich würde gern wissen, was dich geritten hat, mich zu küssen? Ich dachte, du wärst hetero. Du überraschst mich immer wieder aufs Neue, Sara.«

Ich schüttelte den Kopf und sah sie an.

»Männer, Frauen, Beziehungen. Keine Ahnung, Emi. Ich hab schon lange nichts mehr mit jemandem gehabt, und mir fehlt auch nichts, aber als wir da saßen, habe ich mich als Teil von etwas empfunden, das hatte ich lange nicht mehr. Keine Ahnung. Vielleicht war das der erste Schritt hin zu etwas, das ich bislang nicht kannte und von dem ich gar nicht wusste, dass ich es brauche ... aber müssen wir wirklich darüber reden?« Ich streichelte ihr über die Wange. »Wir müssen Rebecca finden. Das ist alles, was zählt. Besorg mir die Kontoauszüge, ja?«

Sie lächelte und drückte mir einen Kuss auf die Lippen, ehe sie ging.

Die frühen Morgenstunden brachte ich damit zu, alle Informationen in meinem Heft zu vermerken, und nach einem Frühstück, bestehend aus Kaffee und Aspirin, begab ich mich ins Sommercamp.

7. JULI 2019

Giacomo saß zum Malen unter einem Baum, und als ich ihn rief, schien er zu strahlen. Er kam an den Zaun gerannt, der das Gelände umgab, und schenkte mir ein breites Lächeln. Er sah Rachele frappierend ähnlich. Dieses blasse, zarte Gesicht mit den großen, ausdrucksvollen Augen.

»Tante Sara, wie geht's? Wieso hast du uns nicht noch mal zu Hause besucht?«

»Ich war sehr beschäftigt ... auch wegen dem, was du mir neulich abends am Telefon erzählt hast, weißt du noch?«

Er senkte den Kopf und nickte.

»Hör mal, Giachi, ich möchte deiner Mama wirklich gern helfen, damit es ihr besser geht, aber sie ist dort bei den Ärzten in guten Händen und ...«

»Nein!« Sein Blick durchbohrte mich. »Die können gar nichts, Mama geht es dort schlecht, sie weint immer!«

Mir zog sich das Herz zusammen.

»Und was sagt dein Papa dazu?«

Er zog einen Schmollmund. »Der will nicht darüber reden.«

Aus meinem Rucksack zog ich die rot-grüne Zeichnung von Rachele und zeigte sie dem Jungen.

»Das hat deine Mama gemalt.«

»Ja.« Sein Gesicht verzog sich schmerzerfüllt.

»Kannst du mir sagen, wer diese Personen hier sind?« Ich deutete auf die drei grünen Figuren, und er zögerte keine Sekunde. »Das sind die Guten.«

Die Guten, nichts weniger als das.

»Die Guten? Hast du die schon mal auf einer anderen Zeichnung von ihr gesehen?«

»Ja, von denen spricht sie immer, wenn sie Angst hat und anfangen muss zu weinen. Sie ruft sie zu Hilfe.«

»Und wem entsprechen diese Figuren im echten Leben? Es gibt sie ja vermutlich wirklich. Weißt du das?«

»Weiß nicht, wer das ist. Das hat sie mir nie gesagt.«

»Und ... Giachi.«

»Ja?«

»Du glaubst hoffentlich nicht mehr, dass du der Mörder dieser Mädchen bist, oder?«

»Solange du den echten Mörder nicht findest, bin ich es wohl«, antwortete er.

»Überhaupt nicht! Hör mal: Wer hat dir eigentlich davon erzählt und ihre Namen genannt? War das Carlo?«

Er schien darüber nachzudenken.

»Mama wollte nicht, dass er in der Klinik arbeitet, aber ich hab ihn gern.«

Noch ein Detail über Rachele.

»Wieso wollte sie ihn denn nicht dahaben?«

»Weiß nicht. Sie hatte Angst, dabei ist Carlo unser Freund.«

»Giachi, war es Carlo, der dir die Namen der Mädchen genannt hat? Dir erzählt hat, wie sie umgebracht wurden?«

»Nein, Mama, als ich noch klein war. Sie hat immer dieselben Geschichten erzählt, wie bei einem bösen Spiel.«

»Welche Geschichten? Welches Spiel?«

»Im Wald. Die Mädchen mit den Zauberhänden, und ich musste das Monster spielen, das sie fängt und festbindet und ihnen die Hände abschneidet, damit sie sterben.«

»Giachi, sag mir nur noch eins.«

»Was denn?«

»Hast du jemandem davon erzählt, dass ich an jenem Tag in der Klinik Rebecca getroffen habe?«

Er senkte den Blick.

»Ja ... Rebecca hat sich so gefreut, weil sie dich geheilt hat, das musste ich unbedingt jemandem erzählen ...«

»Und wem?«

»Meinem Freund Gianni im Sommercamp.«

»Gianni? Und wer sind seine Eltern?«

»Sein Papa ist Metzger.«

»Verstehe.« Ich seufzte. »Danke, Giachi.«

So also hatte die Frau des Metzgers davon erfahren und das Gerücht in die Welt gesetzt. Ein weiteres Rätsel war gelöst.

Zwanzig Minuten später brauste ich über die Bundesstraße nach Parma. Ich musste noch einmal mit Rachele reden, um herauszufinden, wer sich hinter den »Guten« und den Initialen »GE« verbarg, die sie auf der roten Hälfte der Zeichnung ins Papier gekratzt hatte.

Die Begegnung mit Giacomo war wie immer erhellend und zugleich Furcht einflößend gewesen. Racheles Besessenheit mit den Mädchen machte mir Angst. Giacomo schien davon überzeugt, dass sie alle tot waren, was heißen konnte, dass Rebecca dasselbe Schicksal erlitten hatte.

Dieser Gedanke erschreckte mich, ebenso wie die Gewissheit, dass Rachele in irgendeiner Form mit dieser Geschichte zu tun hatte, aber sich nicht auszudrücken wusste, außer über ihre kryptischen Zeichnungen.

Jemand musste ihr gesagt haben, dass Rebecca Gefahr lief, ebenfalls verschleppt zu werden.

Die Reifen flogen nur so über den Asphalt, und das Panorama half beim Nachdenken.

Es gab jede Menge neuer Aspekte, die es zu berücksichtigen galt, aber gleichzeitig durfte ich nicht den Fokus verlieren und keine Zeit verschwenden mit Dingen, die nichts mit Rebeccas Verschwinden zu tun hatten. Die Schwierigkeit bestand nur darin, sie herauszufiltern.

Die Geschäfte zwischen Gertrude und dem Bürgermeister, zum Beispiel. Ich spürte, dass mir diese Spur über die schnöden Grundstücksverkäufe hinaus einen tieferen Einblick in die Persönlichkeit von Rodolfo und der Alten verschaffen konnte, die das Dorf noch immer in Atem hielt. Doch vielleicht würden sich auch neue Szenarien auftun, von denen ich noch nichts ahnte, etwa dass die Mädchen für den Organhandel herhalten mussten oder vielleicht gar für einen Menschenhändlerring zur Prostitution von Minderjährigen?

Gedanklich notierte ich mir, dass ich noch mal mit Carlo reden musste. Er hatte mir nicht alles erzählt. Er war derjenige, der am meisten mit allen Beteiligten verstrickt war. Giacomo, Rachele, Marco, Gertrude, Rebecca, Rodolfo.

Des Rätsels Lösung steckte irgendwo dort. Innerhalb dieses Personenkreises.

Erstmals hegte ich Zweifel an der Theorie hinsichtlich der Heilerinnen. Was, wenn das nur ein Zufall war?

Das Handy klingelte. Eine Festnetznummer, die nicht in meinen Kontakten gespeichert war. Ich nahm den Anruf über die Freisprechanlage an.

»Ja?«

»Sara Romani?«

»Ja, bin dran. Wer ist da?«

»Hier ist Marchi, vom Polizeirevier in Querceto.«

Das riecht nach Ärger.

»Guten Tag, Inspektor. Was gibt's?«

»Wir waren heute früh bei Ihnen, nachdem Sie erneut gemeldet wurden, und haben eine Vorladung für heute Nachmittag um siebzehn Uhr dagelassen. Das letzte Mal habe ich Sie davonkommen lassen, aber diesmal müssten Sie vorbeikommen.«

»Wie bit ... Wieso gemeldet? Von wem? Und weswegen?«

»Dabei handelt es sich um vertrauliche Informationen, über die wir später in meinem Büro reden können, Frau Doktor Romani. Ich wollte nur sichergehen, dass Sie meine Vorladung erhalten haben.«

»Und Sie können mir nichts sagen? Echt jetzt? Es geht hier um mein Leben, ist Ihnen das klar?« Ich versuchte, die Fassung zu wahren, aber das war schwer. Die Schlinge um meinen Hals zog sich immer fester zu und schnürte mir die Luft ab.

Pass bloß auf, dass du dir keine Feinde machst.

Wer hatte das zu mir gesagt? Marco? Rodolfo? Cesare?

Sofort rief ich Emilia an.

»Emi, was geht da vor sich?«

»Wie, was geht vor sich? Sag du es mir.«

»Ich habe eine Vorladung ins Revier von Querceto für heute Nachmittag bekommen. Marchi war heute Morgen wohl bei mir zu Hause, weil mich jemand gemeldet hat, wie er sagte. Was zum Henker wollen die von mir?«

»Das weißt du doch. Der anonyme Anrufer hat festgestellt, dass du nach der ersten Aktion nicht wie gewünscht eingeschüchtert warst und sofort abgereist bist, sondern weiterhin in den dunklen Geheimnissen von Borgo Cardo herumwühlst. Also dachte er sich, er erhöht den Einsatz und schwärzt dich erneut an. Insofern glaube ich, Sara, dass du auf dem richtigen Weg bist und der Wahrheit näher kommst, anders kann ich mir das nicht erklären. Unter einem der zig Steine, die du umgedreht hast, verbirgt sich eine Schlange, und diese Schlange scheißt sich ein vor Angst, deshalb beißt sie dich.«

»Schöne Metapher.«

»Ach, nicht so förmlich, bitte. Ich werd mich mal umhören und geb dir dann Bescheid. Und wo gedenkst du heute Vormittag Schaden anzurichten, o *Heilerin*?«

»Blöde Kuh. Ich fahre nach Parma. Giacomo hat mir erzählt, dass Rachele die grünen Figuren in ihrer Zeichnung ›die Guten‹ nennt. Ich will sie fragen, wer diese Personen in der echten Welt sind.«

»Die Guten, wow. Langsam komme ich mir vor, als wäre ich in einer Horrorfolge von *Alice im Wunderland* gelandet.«

»Das ist ein Roman, der hat keine Folgen.«

»Aber das hier ist eine. Wie nennt sich das? Spin-off. Echt jetzt, Sara. Ich bin allmählich geplättet.«

»Ich auch.«

»Sara.«

»Was gibt's?«

»Du bist doch unschuldig, oder?«

»Leck mich.«

Ich legte auf und parkte vor der Klinik. Inzwischen war ich müde und wütend.

Mochte sein, dass ich mit meinen Recherchen den Täter aufgescheucht hatte, aber gleichzeitig hatte ich ein derartiges Wirrwarr aus Geschichten und Hypothesen vor mir, dass es schwierig, wenn nicht gar unmöglich war, die richtige Spur zu erkennen. Die, die mich geradewegs zur Wahrheit führen würde. Der Täter war mir noch immer einen kleinen Schritt voraus – ich musste mich beeilen.

Ich rannte praktisch in den Garten mit den Rosskastanien, blieb aber wenige Meter vom Eingang entfernt stehen und versteckte mich hinter einem weißen Pavillon, der wie aus einem Märchen zu stammen schien.

Die Besuchszeit am Vormittag hatte gerade begonnen, und Rachele war nicht allein. Selbst aus dieser Entfernung erkannte ich sie an ihrem schulterlangen weißen Haar, das sie wie immer offen trug. Sie saß in einem Rollstuhl und wurde von einem Mann geschoben.

Dieser Mann war nicht Marco.

Ich sah genauer hin und zog die Augenbrauen zusammen.

Es war Cesare.

Ich stieg wieder ins Auto und versuchte den ganzen Rückweg über eine Erklärung für das zu finden, was ich soeben gesehen hatte. Dabei stellte ich die absurdesten Theorien auf.

Konnte es sein, dass Cesare ehrenamtlich in der psychiatrischen Einrichtung aushalf?

Kannte Cesare Rachele persönlich so gut, dass er sie besuchen kam?

Und wusste Marco davon?

Ich parkte auf dem Platz neben dem Nebengebäude und sah,

wie Carlo hinter der Villa verschwand, sobald er mich sah. Offenbar mied er mich. Mit ihm würde ich später reden.

Ich klingelte, und nach ein paar Sekunden kam Marco, um mir aufzumachen. Er hatte einen Smoothie in der Hand und müde Augen.

»Sara, was für eine schöne Überraschung! Ist was passiert? Du siehst irgendwie mitgenommen aus ...«

Fünf Minuten und etliche Höflichkeitsfloskeln später saßen wir auf der Couch und blickten uns ins Gesicht.

»Ich kann nicht fassen, dass du das wirklich gemacht hast, Sara. Ich hatte dich gebeten, dich aus meinen familiären Angelegenheiten rauszuhalten, und du ...«

»Und ich habe mich nicht daran gehalten. Marco. Es gibt jemanden, der versucht, mich aufzuhalten, indem er mich für Rebeccas Verschwinden verantwortlich macht. Da muss ich doch wenigstens versuchen, mich zu verteidigen. Meinst du nicht, du würdest an meiner Stelle dasselbe tun?«

»Ja, aber verdammt noch mal, dieser Jemand bin doch nicht ich! Du hast gegen jede Form der Privatsphäre verstoßen, indem du meine Frau in der Klinik besucht hast, ist dir das klar? Gott, ich bin stinksauer!«

»Marco, nach allem, was ich weiß, könnte es sein, dass deine Frau in Gefahr schwebt, weil sie Dinge weiß. Wichtige Dinge, die sie auf ihre Art zu kommunizieren versucht, aber es geht ihr nicht gut, und so bleibt ihr nichts anderes übrig, als in ständiger Todesangst zu leben, ist dir das klar? Warst du schon mal an ein Bett gefesselt und schutzlos ausgeliefert? Siehst du, nein. Sie schon. Wenn ich dir sagen würde, dass ich dank ihr einige Dinge herausgefunden habe, die mit Rebecca und den anderen vermissten Mädchen zu tun haben, würdest du mir glauben?«

Marco stand auf, lief nervös durchs Zimmer und fluchte leise vor sich hin.

»Warum hast du mir das nicht früher gesagt?«

»Das habe ich mehr als ein Mal versucht, ohne Ergebnis. Es ist gar nicht so leicht, mit dir zu kommunizieren, weißt du das? Absurderweise geht das mit Giacomo leichter, obwohl er gerade mal acht ist. Giacomo hat mich von sich aus um Hilfe gebeten: gleich am Anfang, als er mir die Zeichnung seiner Mutter geschenkt hat, und dann noch mal, als er sich selbst bezichtigt und behauptet hat, die Mädchen umgebracht zu haben. Und neulich abends wieder, als er mich angerufen und mich gebeten hat, seiner Mutter zu helfen, sie von dem Monster in ihrem Kopf zu befreien.«

Nun sah Marco mich mit weit aufgerissenen Augen an.

Nachdem er sich einen Whiskey eingeschenkt hatte, nahm er wieder Platz.

»Was sagst du da?«

»Ja. Er hat mich von deinem Handy aus angerufen, als du geschlafen hast. Dieser Junge ist einsam und verzweifelt, wann willst du das endlich einsehen? Er hat mir Racheles Zeichnung geschenkt, um mich auf diese ganze Geschichte aufmerksam zu machen, bevor sie auch noch seine Mutter holen. Vielleicht haben die beiden Dinge auch nichts miteinander zu tun, aber mit Sicherheit weiß Rachele etwas, das uns helfen kann, Rebecca zu finden. Da bin ich mir sicher, Marco, und du musst mir helfen. Auf der Zeichnung war Rebecca abgebildet, und Giacomo hat sie mir bereits vor ihrem Verschwinden geschenkt. Marco, wer geht deine Frau außer dir und deinem Sohn noch besuchen?«

Er stand auf und schenkte sich nach. Als er diesmal zum Sofa zurückkehrte, brachte er die ganze Flasche mit und ein zweites Glas für mich, das ich jedoch ignorierte.

»Anscheinend jeder, der will«, antwortete er. »Immerhin bist du auch ohne mein Wissen hingegangen, oder?«

»Hör auf damit. Warum versteckt deine Frau ihre Hände, aus Angst, jemand könnte sie ihr abschneiden?«

Er schwieg und schüttelte den Kopf.

»Warum zeichnet deine Frau seit Jahren Mädchen ohne Hände? Wusstest du, dass Claudia ohne Hände gefunden wurde? Nein, das konntest du gar nicht wissen, das sind vertrauliche Informationen. Aber nun sage ich es dir: Bei Claudias Skelett haben die Handknochen gefehlt.«

»Hör auf, verdammt!«, schrie er.

»Nein.« Ich wollte ihn am Arm packen, doch er entwischte mir und lief mit gepeinigter Miene erneut im Zimmer auf und ab.

»Wenn Giacomo verschwunden wäre, würdest du nicht Himmel und Hölle in Bewegung setzen, um ihn wiederzufinden? Ich verstehe ja, dass es wehtut und unangenehm ist, die Vergangenheit wiederaufleben zu lassen, das weiß ich nur zu gut, weil ich in derselben Zeitmaschine sitze, aber manchmal muss man einfach alles auf den Tisch packen, Marco, um nach vorn schauen zu können. Das ist es, worum ich dich bitte: Erzähl mir alles, was du über diese Geschichte weißt, hilf mir, Rebecca zu finden, hilf mir zu verstehen, was in diesem Kaff seit über dreißig Jahren vor sich geht!«

»Verflucht, ich weiß nicht, was hier vor sich geht! Ich weiß gar nichts! Im Krankenhaus gehen jede Menge Leute ein und aus, Pfleger, Ehrenamtliche, die können wir nicht alle kontrollieren!« Er fuchtelte mit den Armen, wie um sich die Last von den Schultern zu schütteln, dann ballte er die Fäuste und drückte sie sich erst gegen die Stirn, dann gegen die Augen, konnte aber die Tränen nicht zurückhalten.

»Ich habe ihr nichts getan! Ich bin ihr nur hinterhergegangen, um sie zu suchen, verstehst du das denn nicht? Es war ein Unfall! Ich war es nicht, der sie umgebracht hat ... ich war es nicht, das schwöre ich!«

30

In meiner Laufbahn hatte ich schon öfter Menschen zusammenbrechen sehen, aber nie so wie Marco an diesem Tag.

»Von wem redest du?« Ich stand auf und ging mit ihm im Zimmer auf und ab, während er weinte und zitterte, mit weichen Knien und zum Bersten gespannten Schultern.

»Von Claudia! Das ist es doch, was du wissen willst, stimmt's? Ob ich sie umgebracht habe? Nein, nein, nein! Ich war es nicht!«

»Gut. Erzählst du mir, wie es passiert ist?«

Was war denn jetzt los? Noch mehr Geständnisse. Noch mehr Lügen, die nach all den Jahren wie Eiterbeulen platzten und all die schwärenden Wunden entlarvten.

»Emilia hatte gesagt, ich solle Claudia suchen, also bin ich ihr nachgelaufen. Ich wollte sie beruhigen, mich dafür entschuldigen, wie *du* sie behandelt hast!« Er rammte mir den Zeigefinger in die Brust, worauf ich erschrocken zurückwich.

»Marco, beruhige dich. Niemand hatte dich um irgendwas gebeten, ich am allerwenigsten. An dem Tag war ich total verzweifelt. Erzähl mir, was passiert ist, und beruhig dich, nicht dass du noch einen Herzinfarkt kriegst.«

Ich zwang ihn, sich hinzusetzen, doch er rutschte wie ein leerer Sack zu Boden, wo er weiterweinte.

»Sie ist weggerannt, und als ich sie eingeholt habe, hat sie angefangen, mich zu schubsen und zu schlagen, sie war stinksauer und hatte allen Grund dazu!«, erzählte er, während er noch weiter in sich zusammensank. »Sie ist auf mich losgegangen, hat mich beleidigt und sogar gekratzt, wie eine Katze hat sie mich angefallen, bis ich sie weggestoßen habe. Ich habe sie auf den Boden geschleudert, denn was konnte ich dafür, wenn du dich danebenbenommen hattest? Es war nicht meine Schuld, dass es ihr schlecht ging, aber sie hat nur herumgeschrien und herumgeheult und dann nichts mehr. Stille.«

»Was ... Was ist passiert?«

»Sie hatte sich den Kopf an einem Stein aufgeschlagen und hat sich nicht mehr gerührt. Also habe ich angefangen, sie zu schütteln, und dann ist Carlo vorbeigekommen, der damals noch jung war und Förster, er hat ihr zwei Finger an den Hals gelegt, um zu sehen, ob sie noch atmet ...«

»Und?«

»Und da meinte er, ich solle nach Hause gehen, er würde sich um sie kümmern. Dass sie noch lebe und sich nur ein wenig den Kopf angeschlagen habe. ›Geh nach Hause‹, hat er gesagt, ›und vergiss das hier, du hast nichts getan.‹«

»Und dann?«

»Ich bin davongelaufen, wie er es mir gesagt hat, und beim Hinuntergehen durch den Wald ist mir Rachele entgegengekommen. Das war das erste Mal, dass ich sie gesehen habe, und sie kam mir vor wie eine Erscheinung, wie eine gute Fee, ein magisches Wesen in dieser ganzen Scheiße. Ich glaube, ich habe mich auf Anhieb in sie verliebt, so überwältigt war ich.«

»Und Claudia? Hast du niemandem je davon erzählt, was dort oben vorgefallen ist? Nicht mal später, als klar war, dass sie verschwunden ist?«

Ich traute meinen Ohren kaum.

»Nie ... Aus Angst, dass ich schuld sein könnte, dass ich sie umgebracht und Carlo nicht den Mut besessen hatte, es mir zu sagen, weil ich sonst meines Lebens nicht mehr froh geworden wäre!«

»Marco, ist das dein Ernst? Und hast du Carlo je danach gefragt, was mit dem Mädchen am Ende passiert ist?«

»Klar! Was denkst denn du! Ein paar Tage nach Claudias Verschwinden bin ich zu ihm gegangen, um ihn zur Rede zu stellen, und er war genauso fassungslos wie ich, ganz ehrlich! Wenn sich jemand den Kopf anschlägt, darf man ihn nicht bewegen, also ist er losgegangen, um seine Mutter zu holen, die dort oben geheilt hat, diese Heilerin. Daraufhin musste er daheimbleiben, um das Feuer zu hüten, und sie ist losgegangen, um nach dem Mädchen zu sehen, doch als sie dort kurze Zeit später ankam, war Claudia weg. Und niemand hat sie danach je wieder gesehen.«

»Das hat er dir erzählt?« Ich versuchte, mir nicht anmerken zu lassen, wie dämlich und unglaubwürdig ich das alles fand.

»Ja, und ich habe ihm geglaubt. Carlo ist ein anständiger Mensch, das war er schon immer.«

Anders als seine Mutter.

Marco schlug die Hände vors Gesicht.

»Aber ich habe sie allein im Wald zurückgelassen, verstehst du? Ich trage Schuld! Und ehrlich gesagt könnte es gut sein, dass ich sie getötet habe, aber ich habe mich immer an Carlos Worte geklammert, um der Wahrheit nicht ins Gesicht sehen zu müssen ... dieser verdammten Wahrheit, die seit zweiundzwanzig Jahren an mir zehrt!«

»Ganz ruhig ... und Rachele? Wieso versteckt sie ihre Hände? Ist sie etwa auch eine Heilerin?«

»O nein ... bestimmt nicht. Sie ist nur verängstigt wegen irgendwas, was sie als Kind gehört oder gesehen hat, nehme ich an.«

»Was hat sie an jenem Tag im Wald gemacht, als Claudia verschwunden ist? Du sagtest, sie komme aus einem Nachbardorf.«

»Sie war auf dem Weg zu Gertrude für eine Behandlung.«

Mir ging ein Licht auf.

»Gertrude hat Schizophrenie mit Zauberformeln behandelt?«

»Ja. Rachele hat ihren Vater nie kennengelernt, und die Mutter war eine einfache Frau, die an so was geglaubt hat. Sie hat nicht verstanden, dass Rachele nicht einfach nur unter normalen Ängsten litt, sondern dass es eine schwerwiegende Erkrankung war. Deshalb hat sie sie zu der Alten geschickt.«

»Perfekt. Okay, hier ist meine Theorie: Gertrude hat Claudia verschwinden lassen und ihr die Hände abgetrennt. Rachele, die auf dem Weg zu ihr war, muss es gesehen haben und war seither traumatisiert«, dachte ich laut nach, »und im Laufe der Jahre hat Gertrude auch die anderen entführt, solange die Polizei ihr nicht auf die Schliche kam. Und nun, da sie tot ist, führt jemand anderes ihr Werk fort.«

Carlo.

Aber Marco hörte mir nicht mehr zu.

»Dann ist ihre Mutter gestorben, und ihre Tante und ihr Onkel haben sie bei sich aufgenommen, doch sie wollten nicht, dass sie sich weiterhin von Gertrude oder einer der anderen Heilerinnen behandeln ließ. Also haben sie sie in ein Psychiatrie-Zentrum gebracht, aber keine kontinuierliche Behandlung veranlasst, sodass sich ihr Zustand verschlimmerte.« Marco ballte die Fäuste. »Das werde ich ihnen nie verzeihen!«

»Wer waren diese Verwandten?«

»Die Apotheker.«

Das erklärte auch, was Cesare heute Vormittag in der psychiatrischen Klinik gewollt hatte.

»Cesare ist also Racheles Onkel?«

»Ja, er ist der einzige Bruder ihrer Mutter. Er hätte Rachele ein anderes Leben ermöglichen können, hat es aber nicht getan, er hat es einfach nicht getan!«

»Aber weißt du, weshalb? Klar, Cesare kommt aus der Schulmedizin, ich kann mir vorstellen, weshalb er ihr verboten hat, zu Gertrude zu gehen, aber ich verstehe nicht, wieso er sie nicht zu einem Facharzt geschickt hat.«

»Die ganze Familie ist verrückt!«, flüsterte Marco.

»Was sagst du da?« Cesare hatte nie einen verrückten Eindruck auf mich gemacht, ganz im Gegenteil.

»Nach dem Tod seiner Tochter Angelica hat er den Verstand verloren. Sie ist an einem Insektenstich gestorben oder so.«

»Cesare hatte eine Tochter?«

»Ja, sie war noch klein. Sie haben sie erst recht spät gekriegt, wohl ungeplant. Die Mutter rennt jeden Tag an ihr Grab, die spinnen alle miteinander. Das Mädchen ist an Fieber gestorben, und daraufhin ist er in eine Depression verfallen und hat Rachele jahrelang vernachlässigt, die eigentlich nur Zuwendung und eine richtige Behandlung gebraucht hätte ... aber Rachele hat ihn die ganze Zeit über verehrt, bis heute. Sie hat ihn gern, weil er sie aus ihrer Sicht vor dem Martyrium in der Klinik errettet hat, indem er sie nicht mehr hinschickte. So hat sie es gesagt.«

Durch einen Piepton benachrichtigte mich mein Smartphone über den Eingang einer E-Mail. Hastig öffnete ich sie. Emilia hatte mir verschiedene Anhänge geschickt.

Die berühmt-berüchtigten Kontoauszüge.

»Marco, wo ist Giacomo gerade?« Ich warf einen prüfenden Blick auf die Uhr. Es war drei. Noch genug Zeit bis zu meinem Termin auf dem Polizeirevier.

»Im Schwimmbad des Sommercamps, das hat nämlich auch sonntags geöffnet. Ich hole ihn um vier ab«, antwortete er.

»Okay. Lass ihn nicht mit Carlo alleine.«

»Aber was ...«

»Vertrau mir einfach. Bleib immer bei deinem Sohn.«

Ich rannte aus dem Haus und stieg ins Auto. Nun wusste ich,

wer die »Guten« auf der Zeichnung und in Racheles Vorstellung waren. Ihr Mann Marco, ihr Sohn Giacomo und zu guter Letzt ihr Onkel Cesare, der sie vor Gertrude gerettet hatte, dieser Kindesentführerin, dieser Mörderin.

Ich parkte in der Nähe des Friedhofs und begab mich in das Meer aus Grabsteinen und Kreuzen, die nach all den Jahren schief standen, entschlossen, das Grab der kleinen Angelica zu finden, von der Cesare mir nie erzählt hatte.

Eine große, breitschultrige Frau beugte sich über einen hellen Grabstein aus Marmor. Inzwischen kannte ich sie. Wie ich auch ihre Vintage-Vespa kannte, die nun auf der Straße zum Friedhof stand.

Ich wartete, bis sie die Blumen zurechtgemacht hatte und den kleinen Weg entlangging, der zur Straße führte, dann näherte ich mich dem Grab, das sie soeben verlassen hatte, und sah, dass hier ein kleines Mädchen lag.

ANGELICA, 20. JANUAR 1992 – 13. MÄRZ 1997.

Sie war im Alter von fünf Jahren gestorben. Im selben Jahr, in dem Claudia verschwunden war, nur vier Monate später.

Ich stieg wieder ins Auto und hatte Querceto in weniger als zehn Minuten erreicht.

Cesare fegte vor der Apotheke, und sein Sohn zog den Rollladen hoch, um den Laden zu öffnen.

»Hallo, Cesare.«

»Sara, meine Liebe. Wie geht es dir?«

»Gut. Lust auf einen Kaffee?«

Als wir vor der Kiosk-Bar saßen, kam ich direkt zum Punkt.

»Wieso hast du mir nicht erzählt, dass du Racheles Onkel bist und sie als Kind wegen ihrer Schizophrenie bei Gertrude in Behandlung war?«

Er hob rechtfertigend die Hände. »Na ja, weil ich dachte, das wüsstest du längst, ist ja schließlich kein Staatsgeheimnis. Ich war sie erst heute Vormittag besuchen, alle wissen das, genau wie alle wissen, dass ihr Mann und ich uns nicht grün sind. Was hat er dir gesagt? Lass hören.«

»Nichts weiter.« Ich wollte lieber nicht verraten, dass ich ihn mit eigenen Augen gesehen hatte, weil ich ohne Marcos Wissen die Klinik aufgesucht hatte. »Nur dass Rachele nicht richtig behandelt worden ist und sich deshalb ihr Zustand stetig verschlechtert hat ...«

»Na ja, wir haben getan, was wir konnten, aber es war schon zu spät. Ich habe sie höchstpersönlich mehrfach zu den angesehensten Ärzten in Reggio Emilia gebracht. Aber sie hat jedes Mal fürchterliche Anfälle gekriegt, mit Ohnmacht, Krämpfen und stundenlangem Zittern. Es war herzzerreißend, das mitansehen zu müssen. Meine Nichte ist das ängstlichste Wesen, das ich kenne. Sie befindet sich ständig in einem Zustand abgrundtiefer Furcht. Eine Zeit lang haben wir versucht, ihr Psychopharmaka zu verabreichen, die ihr ein Psychologe verschrieben hatte, bei dem sie Patientin war, aber sie hat alles sofort erbrochen. So lange, bis sie ein Magengeschwür bekam. Da haben wir sie in Ruhe gelassen, und nach und nach hat sie wieder zu einer Art Normalität zurückgefunden, die es ihr sogar erlaubt hat, einen Mann kennenzulernen, zu heiraten und einen Sohn zur Welt zu bringen. Es hat geholfen, dass sie sich bei uns zu Hause so wohlgefühlt hat, und dann ...« Er verstummte.

»Dann?«

»Tja. Nach der Geburt ist es wieder bergab gegangen mit ihr, und davon hat sie sich nie mehr erholt. Ihr Mann war nie da, der war viel zu beschäftigt mit der Eröffnung seiner Klinik, mit irgendwelchen Kursen, Konferenzen, Geschäftsreisen, und sie«, er hielt inne, und in seinen Augen sah ich Schmerz aufblitzen, »sie war die ganze Zeit mit dem Säugling allein zu Hause. Etwas, das selbst die ausgeglichenste Frau der Welt auf die Probe stellen würde, was aber in ihrem Zustand fatal war. Die ersten Jahre sind für alle frischgebackenen Eltern nervenaufreibend, aber für sie war es eine einzige Qual.«

»Das tut mir leid«, sagte ich und meinte es auch so. »Cesare.«

»Mmh?«

»Wer besucht Rachele noch? Außer dir und Marco?«

Ich sah, wie er überlegte.

»Der Priester kommt zum Segnen. Und dann kommen drei, vier Mal die Woche Ehrenamtliche, einige sind aus Querceto und den umliegenden Dörfern, es gibt da eine Gruppe ...«

»Das heißt, ihr seid nicht die Einzigen, die Zugang zu ihrem Zimmer haben und allein mit ihr Zeit verbringen?«

»Aber nein«, entgegnete er und breitete die Arme aus. »Zudem sind da noch die Ärzte und das Pflegepersonal, die Sozialarbeiter ... Aber warum fragst du mich das alles?«

»Weil Rachele Rebecca zusammen mit den anderen vermissten Mädchen gemalt hat, noch ehe sie verschwunden ist.«

»Ah. Bist du dir sicher? Sie kritzelt ständig was.«

»Ich bin mir beinahe sicher.«

Er seufzte und schüttelte den Kopf, ehe er fortfuhr: »Das klingt nicht gut. Ich werde mal mit ihr reden, und wenn ich etwas herauskriege, gebe ich dir sofort Bescheid.«

Ich lächelte.

»Danke. Ach, und ... noch eine letzte Sache. Ich glaube, deine Frau kann mich nicht ausstehen, weil ich mich in die Sache mit Rebecca eingemischt habe.«

Er sah überrascht drein.

»Rosa? Wieso sollte sie?«

»Vielleicht fürchtet sie, ich könnte irgendwie die offiziellen Ermittlungen behindern, sie scheint sehr an dem Mädchen zu hängen.«

»Das stimmt. Sie arbeitet bei der Familie, seit wir vor einigen

Jahren in Pension gegangen sind. Die Gartenarbeit war ihr nicht genug, und so hat sie diese Anstellung als Kindermädchen und Haushälterin gefunden. Ich war zwar nicht einverstanden, aber wenn sich eine Frau etwas in den Kopf gesetzt hat, kann man sie nur schwer umstimmen. Ich erinnere mich, wie ich ihr andere Beschäftigungen vorgeschlagen habe, die besser zu ihr als Akademikerin gepasst hätten: Sprachkurse, Theater – hier in Querceto gibt es ein hervorragendes Ensemble –, ein Chor. Irgendwas, aber doch nicht Dienstmagd in einem fremden Haushalt. Vergeblich. Ihr Entschluss stand fest. Sie liebt dieses Mädchen wirklich abgöttisch.«

»Ich habe schon vor einer Weile aufgehört, andere für ihre Entscheidungen zu verurteilen«, gab ich seufzend zu. »Jeder muss das machen, wonach ihm ist.«

»Sehr weise.« Wir standen auf, und ich beschloss, ihn nicht auf Angelica anzusprechen. Es war nicht meine Art, in alten Wunden zu stochern, zumal es mir nichts bringen würde, da nachzubohren. Aber vielleicht hatte Rosas große Zuneigung gegenüber Rebecca etwas Morbides. Oder vielleicht bildete ich mir auch nur Dinge ein.

»Danke, Cesare.« Ich umarmte ihn.

»Wofür?«

»Dafür, dass du immer so ehrlich bist.«

»Dasselbe könnte ich von dir sagen. Komm bald mal wieder vorbei. Ich werde noch heute Abend mit Rosa reden und ihr erzählen, was für ein fabelhafter Mensch du bist.«

Ich ließ die Kiosk-Bar hinter mir und setzte mich unter die Bäume der Allee. Halb fünf. Vor lauter Aufregung hatte ich gar nicht mehr an meine Vorladung bei der Polizei gedacht, aber nun stieg die Nervosität.

Marco, der abwesende Ehemann. Ja, das war plausibel, selbst von dem Wenigen her, was ich selbst beobachtet hatte. Giacomo war ständig mit Carlo unterwegs.

Es kam mir so vor, als hätte jeder seine Gründe, aber letztlich musste es eine Frau ausbaden, die in einer Irrenanstalt eingesperrt ans Bett gefesselt war und in Todesangst lebte.

Und ein Junge von acht Jahren, der glaubte, ein Serienmörder zu sein.

Das Handy vibrierte in meiner Tasche.

»Emilia! Sag mir, falls du was weißt. Ich geh gleich rein, aber wenn ich vorher wüsste, was sie gegen mich in der Hand haben, wäre ich vorbereitet.«

»Ich weiß es. Komm nach dem Termin direkt zu mir, ja?«

»Was ist denn los? Was ist denn passiert? Jetzt spann mich nicht auf die Folter ...«

»Schlechte Neuigkeiten. Aber meiner Meinung nach leicht zu entkräften. Was los ist? Wer auch immer es ist, gibt sich wirklich große Mühe, dich dranzukriegen. Du musst reinen Tisch mit Marchi machen, Sara, ihm von deiner These erzählen, was auch erklärt, weshalb dich jemand verfolgt. Erzähl ihm von Rachele, von der Zeichnung. Alles. Hast du mich verstanden? Es ist wichtig, dass er versteht, wer du bist und was du machst.«

»Ja, ich hab schon verstanden, dass du willst, dass ich dumm dastehe. Und jetzt red endlich, verdammt! Spann mich nicht auf die Folter!«

Emilia schwieg für einen langen Moment, dann sagte sie ohne Vorwarnung etwas, das mir den Boden unter den Füßen wegzog.

»Sie haben Rebeccas Rucksack gefunden. Er war in deinem Zimmer versteckt.«

31

»Nicht zu fassen, dass du das getan hast. Du bist eine blöde Kuh.«

Der kleine Hof vor Nonna Dadas Haus. Die anbrechende Nacht. Die Wut.

»Wenn du nicht verstehst, dass ich das für dich getan habe, haben wir uns von Anfang an missverstanden, Sara.«

»Das heißt, es war von Anfang an deine Absicht, mich verhaften zu lassen? Danke. Fast hättest du's geschafft. Vielleicht sollte ich langsam darüber nachdenken, ob nicht du diejenige bist, die mir tote Vögel auf die Windschutzscheibe knallt und Rebeccas Rucksack in meinem Zimmer versteckt.«

»Und du nennst mich blöde Kuh?« Emilia zündete sich die dritte Zigarette innerhalb von einer halben Stunde an.

»Ja, du. Du hast mich verraten. Marchi hat mich gefragt, was ich über die Heilerinnen weiß, woraufhin ich ihn und deine Kollegen erst mal daran erinnern musste, dass ich elf Jahre alt war zu dem Zeitpunkt, als Claudia verschwand, und dass ich in den Jahren, in denen die anderen Mädchen verschwunden sind, mit meinem Medizinstudium beschäftigt war und Chirurgin wurde. Ich habe mich gedemütigt gefühlt, weil ich mich für etwas rechtfertigen musste. Wofür eigentlich? Dafür, dass ich deiner Einladung gefolgt und hergekommen bin, um dir zu helfen!«

»Du bist aus freien Stücken gekommen und hattest eigene Motive. Niemand hat dich aus Bologna hergezerrt.«

»Und falls du's wissen willst, meine Theorie, dass hinter all den Fällen der letzten zweiundzwanzig Jahre, in denen Heilerinnen verschwunden sind, ein und derselbe Täter steckt, hat sie sehr amüsiert. Was die Zeichnungen betrifft, wollte Marchi noch kein Urteil abgeben, aber er hat sie behalten. Dann hat er mich gehen lassen, unter der Auflage, dass ich das Dorf nicht verlasse. Verstehst du?«

»Das heißt nichts. Du hast deine Schuldigkeit getan. Und was ist mit dem Rucksack?«

»Den hatte ich natürlich noch nie zuvor gesehen. Da waren Hefte drin, ein Taschenschirm und ein Mäppchen mit einem Lipgloss und einer Haarbürste. Alles, was Rebecca an diesem Morgen eingepackt hat, bevor sie zum Sommercamp aufbrach. Das heißt, nicht alles. Laut der Liste, die Rodolfo und seine Frau angefertigt haben, fehlt eine rosa Jeansjacke.«

»Okay. Denn vor einer halben Stunde habe ich eine SMS von einer unbekannten Nummer bekommen. Darin steht, die Jacke liege im Kofferraum deines Autos. Die spielen Katz und Maus, Sara, und nun wollen sie uns auch noch entzweien. Bist du sicher, dass du mir alles erzählt hast?«

Ich hielt es nicht mehr aus.

»Na los, geh schon, schau nach. Vielleicht liegt ja auch Rebecca im Kofferraum.«

»Sara.«

Ich hasste diesen Blick. Ich hasste es, dass sie mir nicht vertraute. Allmählich hatte ich wirklich die Nase voll.

Ich warf ihr meinen Autoschlüssel zu.

»Los! Geh schon und öffne das Scheißauto!«

Sie machte zwei Schritte auf mich zu und gab sie mir zurück.

»Es tut mir leid. Ich zweifle gar nicht an dir, aber ich bin Polizistin und muss sichergehen, dass du mir nichts verheimlichst. Nur so kann ich dir helfen, Rebecca zu finden, und vor allem verhindern, dass du dich in irgendwelchen bürokratischen Fallstricken verhedderst, so wie im Moment. Wollen wir uns kurz hinsetzen?«

Wir setzten uns auf die Stufen, die zur Haustür hinaufführten.

»Okay.«

»Also, versuchen wir mal, etwas Ordnung in die Sache zu bringen: Wer war in den letzten Tagen bei dir zu Hause?«

»Rodolfo. Er war neulich hier, als ich aus den Bergen zurückkam, und wirkte merkwürdig.«

»Rodolfo. Wieso sollte Rebeccas Vater versuchen, dich einzuschüchtern?«

»Vielleicht weil ich zu den Grundstücken recherchiere und er befürchtet, ich könnte seinen Geschäften auf die Schliche kommen? Ach übrigens, ich hatte noch keine Zeit, die Anhänge durchzuschauen, die du mir geschickt hast. Das mache ich heute Nacht. So träume ich wenigstens nicht davon, wie ich wegen Entführung Minderjähriger hinter Gittern lande.«

»Ich denke immer noch darüber nach, was den Bürgermeister dazu treiben könnte, etwas so Dummes zu tun. Und die Taube? Kannst du dir Rodolfo in Anzug und Krawatte vorstellen, wie er im Wald herumkraxelt und mit toten Vögeln Autos bewirft?«

»Es war eine Amsel. Und inzwischen traue ich niemandem mehr über den Weg.«

Ich stand auf, und sie erhob sich ebenfalls. Ich konnte keine Minute mehr still sitzen.

»Sara, lass uns vernünftig nachdenken und nicht die Ruhe verlieren. Heute hatte ich das zigste Telefongespräch mit einem meiner Vorgesetzten im Revier. Es gibt noch ein paar da drinnen, die meine Arbeit respektieren und sich dafür einsetzen, dass ich rehabilitiert werde, damit ich als vollwertiges Teammitglied an den Ermittlungen in Rebeccas Fall mitarbeiten kann. Marchi weiß davon nichts und wird sich bestimmt darüber ärgern, aber das kann uns egal sein. Wie ich dir vielleicht schon gesagt habe, besteht eine große Chance, dass ich noch vor Abschluss des Disziplinarverfahrens wieder zugelassen werde und ... das macht mich sehr glücklich. Ich wollte dich eigentlich zum Abendessen ausführen, aber vielleicht ein anderes Mal. Entschuldige, wenn ich meinem Kontakt von deiner These erzählt habe, aber das war das einzig Richtige, wenn wir Rebecca helfen wollen und wenn ich wieder zurück in den Dienst will, und nicht zuletzt auch, um deine Glaubwürdigkeit zu stärken. Wir dürfen nichts unversucht lassen. Ich bin mir sicher, dass du schon die richtigen Steine umgedreht hast, aber welche waren das? Rachele und Marco und die Spur mit Carlo, der das Werk der Alten fortführt? Rodolfo und seine Geschäfte? Aber letztlich spielt immer Gertrude mit rein, du hast schon recht. Gertrude scheint der rote Faden zu sein, der alle Geschichten, die du zutage gefördert hast, miteinander verbindet. Wirf mal einen Blick auf die Kontoübersichten und schau, ob du was findest. Ich kann mit Zahlen nichts anfangen, aber ich halt dir den Rücken frei.«

»Okay.«

»Und ... was den Kofferraum angeht: Das ist nur ein weiterer billiger Versuch, dich in meinen Augen zu diskreditieren, damit ich dir nicht mehr vertraue, verstehst du? Der Täter lebt hier, er ist von hier, und er versucht, dich zu isolieren, weil du ihm gefährlich wirst.«

»Also ist es jemand, mit dem ich schon mal zu tun hatte, genau wie ich vermutet hatte.«

»Genau.«

»Guerrino kann ich ausschließen. Rodolfo muss ich noch überprüfen. Carlo ...«

»Und was ist mit Marco?«

»Marco hatte eine Art Nervenzusammenbruch. Er hat mir eine Geschichte erzählt, die total surreal wirkt.«

»Und zwar?«

»Tja. Er hat erzählt, er sei Claudia an jenem Tag nachgelaufen, um sie um Verzeihung zu bitten, aber sie war stinksauer und ist auf ihn losgegangen, woraufhin er sie weggeschubst hat. Claudia ist mit dem Kopf auf einen Stein geknallt und hat sich nicht mehr gerührt.«

Sie erblasste. »Sara ... das hat er dir erzählt?«

»Wart erst mal ab, ich bin noch nicht fertig. Offenbar kam zufällig Carlo vorbei, der alles gesehen hatte und ihm versicherte, dass sie noch lebt. Er hat Marco nach Hause geschickt und ihn angewiesen, den ganzen Vorfall zu vergessen.«

Emilia starrte mich nun an.

»Und dann?«

»Ein paar Tage später hat Carlo ihm erzählt, er sei seine Mutter holen gegangen, nachdem Marco weg gewesen war, aber als die Alte zu der Stelle gelangte, an der Claudia bewusstlos gelegen hatte, sei sie weg gewesen.«

»Gott.«

»Allerdings. Und trotzdem vertraut Marco Carlo blind. Er meint, er würde ihn niemals anlügen.«

»Er vielleicht nicht, aber die Alte ...«

»Siehst du? Sie war es, die Jagd auf die Heilerinnen gemacht hat. Sie muss ihren Sohn derart manipuliert haben, dass er glaubt, ihr Werk fortführen zu müssen, ansonsten würde die Entführung von Rebecca ja gar keinen Sinn machen. Er hat sie sich geschnappt, Emi.«

»Wir sollten keine voreiligen Schlüsse ziehen. Aber wir sollten aufpassen, denn wir bewegen uns da auf dünnem Eis.«

»Du hast es heute wohl mit den Metaphern. Und Rodolfo? Meinst du, er ist in die Entführung seiner Tochter irgendwie involviert? Meinst du, er weiß, wer sie in seiner Gewalt hat, und wird erpresst?«

»Aber von wem?«

»Die von der Autobahn? Irgendein anderer Landbesitzer, den er wegen der Raststätte genervt hat? Die Mafia?«

»Sara, bleib mal auf dem Teppich und hör auf, diesen Netflix-Film zu schieben. Ruh dich aus. Morgen reden wir weiter.«

Ausruhen.

Ich legte mich hin, aber mir war, als läge ich auf einem Nagelbrett.

Jemand war in meinem Zimmer gewesen und hatte den Rucksack zwischen meinen Sachen versteckt – unvorstellbar.

»Nonna, bist du noch wach?«

Keine Minute später stand sie an meiner Tür.

»Hast du Hunger?« Sie setzte sich an mein Fußende.

»Nein danke. Nonna, hör mal. Wer ist außer Rodolfo in den letzten Tagen bei dir zu Besuch gewesen?«

Ich sah, wie sie nachdachte.

»Schätzchen, hier kommen ständig Leute her, meine Kunden, meine Freundinnen ...«

»Aber nicht alle laufen durchs Haus, oder? Hat irgendjemand gefragt, ob er das Bad benutzen darf? Ich muss herausfinden, wer unbemerkt in meinem Zimmer gewesen sein kann, während du in der Küche warst.«

»Das Bad? Rodolfo. Er kam direkt von einem Arbeitstreffen und hat mich gefragt, ob er sich die Hände waschen dürfe, bevor er von den Plätzchen aß, die ich ihm hingestellt hatte.«

Er.

»Ansonsten, nicht dass ich wüsste ... lass mich mal nachdenken. Aber mal was anderes, Sara ... wäre es nicht besser, wenn du wieder nach Hause fahren würdest? Ich habe Angst, dass dir jemand etwas Böses will. Wer sind diese Leute, die dich so hassen, und aus welchem Grund überhaupt? Ich war überglücklich, als du gekommen bist, aber jetzt mache ich mir ständig Sorgen.

Ich schlafe kaum mehr, weil ich nicht begreife, was da vor sich geht. Wieso fahren wir nicht zusammen nach Bologna, bis der ganze Spuk vorbei ist?«

Ich sah sie liebevoll an.

»Ich kann nicht weg. Die Polizei und dieser Marchi wollen, dass ich mich für weitere Fragen bereithalte. Sie haben mich gebeten, vorerst nirgendwo anders hinzugehen.«

Zwei Tränen wie aus Kristall perlten ihr über die helle Haut.

»Das heißt, du wirst beschuldigt?«

»Nein. Noch nicht, Nonnina. Deshalb ist es so wichtig, dass ich meine Nachforschungen zu Ende führe. Ich bin wohl jemandem lästig, der mit Rebeccas Verschwinden und dem der anderen Mädchen zu tun hat, aber ich bin ja nicht allein. Emilia ...«

»Aber was will Emilia schon ausrichten, nachdem man sie rausgeworfen hat?«

Ich lächelte und rückte näher an sie heran, um sie zu umarmen.

»Sie haben sie nicht rausgeworfen, nur suspendiert. Und vielleicht wird sie schon bald wieder zum Dienst zugelassen. Emilia ist eine super Polizistin, Nonna, ich kann mich glücklich schätzen, sie zur Freundin zu haben. Sie berät und beschützt mich.«

»Wenn du meinst. Aber wenn du mich fragst, raucht sie zu viel.«

Ich lachte und sah, wie sich ihr Gesicht aufhellte.

»Ach übrigens, heute Mittag kam Guerrino vorbei und hat uns drei große Tüten voll mit Tomaten, Zucchini, Paprika und Obst von seinen Feldern gebracht. Die Pfirsiche sind ein Traum! Er lässt dich schön grüßen. Ich wusste gar nicht, dass ihr euch kennt. Er hat gesagt, ich hätte eine tüchtige Enkelin. Aber das wusste ich natürlich schon.«

»Oh! So einen schönen Pfirsich hätte ich jetzt gerne!«

»Aber woher kennst du diesen Mann, der sonst so menschenscheu ist und mit keinem redet?«

»Tja, eine meiner Superkräfte.«

Kopfschüttelnd ging die Nonna in die Küche und kam kurze Zeit später mit zwei gewaschenen und geschnittenen Pfirsichen auf einem Keramikteller zurück. Gemeinsam aßen wir die süßen Früchte, und meine gute Laune kehrte allmählich zurück.

Immerhin hatte ich nicht nur Feinde.

»Nonna, darf ich dich etwas fragen?«

»Sicher.«

»Wie geht es deiner Hand?« Ich bin an dem Steinhaus angelangt, vor dem Leonilda sitzt und die Bäume betrachtet.

»Na, wie schon. Du hast mich geheilt, das wird bald wieder.«

»Aber du wurdest genäht.«

»Aber es hatte schon aufgehört zu bluten, als ich ins Auto gestiegen bin. Komm mal her, dann können wir noch einmal die Worte und Symbole wiederholen. Manchmal glaubt das Blut, es könne einfach machen, was es will.«

»Bringst du mir auch bei, wie man Verstauchungen heilt? Und Warzen?«

»Eins nach dem anderen, mein Kind. Wie läuft es mit den Kartoffeln? Übst du schön, wie man sie gut kocht?«

»Ja! Kreisen und noch mal kreisen, kreisen und noch mal kreisen …«

»Ich heile dich …«

»Und beschwöre dich!«

»Wie ist Leonilda gestorben?«

»Ihre Tochter hat sie eines Morgens tot im Bett gefunden. Sie litt an einer schweren Form von Arthritis und musste die Schmerzen behandeln lassen. Eines schönen Tages ist sie einfach nicht mehr aufgewacht, die Glückliche.«

»Nonna, was sagst du denn da!«

»Na ja, man muss sich doch schon mal mit dem Gedanken befassen, nicht wahr? Ich bin sechsundachtzig Jahre alt. Da wäre ich sofort dabei, wenn ich wüsste, ich sterbe im Schlaf, ohne was zu merken.«

Sie stand auf, strich dort, wo sie gesessen hatte, die Tagesdecke glatt und ging schlafen.

Ich rief Emilia an.

»Was gibt es denn noch? Nein, lass mich raten: Du hast Rebeccas Jacke im Kofferraum gefunden!«

»Nein.«

»Was dann?«

»Hatte deine Nonna Vorerkrankungen?«

»Leichten Alzheimer.«

»Aber sicher nicht tödlich.«

»Nein, nein. Aber wie ich dir bestimmt schon dreißigmal gesagt habe, war sie zuletzt sehr müde und verwirrt. Sie hat nicht gelitten, das ist doch die ...«

»Bist du sicher, ganz sicher, dass sie nicht umgebracht wurde?«

»Sara, von wem denn? Wenn du jetzt nicht endlich schlafen gehst, verpasse ich dir eine Tracht Prügel. In zwei Minuten bin ich da, gar kein Problem. Das hatte mir gerade noch gefehlt, die Heilerfreundin mit Visionen.«

Ich seufzte.

»Woran denkst du? Heraus damit!«

»An den Täter beziehungsweise die Täterin. Sie hat sämtliche neuen Heilerinnen aus dem Verkehr gezogen. Warum sollte sie nicht auch die alten loswerden wollen, damit sie niemandem mehr die Zaubersprüche beibringen können?«

»Gertrude wollte die Einzige sein«, dachte sie laut nach. »Aber wie hätte sie sie umbringen sollen? Gertrude hatte nie mit meiner Nonna zu tun, auch weil sie früher gestorben ist, und sie waren nicht gerade Freundinnen.«

»Carlo?«

»Carlo war nie bei uns zu Hause.«

»Er hat mir mal gesagt, er kann dich nicht ausstehen, da muss doch irgendwas dahinterstecken ...«

»Ja, ich habe ein wenig die Nase gerümpft, weil seine Mutter im Wald beerdigt wurde, das hat er mir nie verziehen.«

»Okay. Aber hat man bei der Hausdurchsuchung auch rings um das Haus nachgesehen?«

»Was glaubst du denn? Natürlich haben sie alles durchsucht. Das Haus, den Hof, die Grotte, den Brunnen, das Waldstück ringsum. Nichts. Die beiden hatten keinen Schutzraum in den Bergen oder im Wald und auch keine Hütte, wie so viele andere. Da war nichts, Sara.«

»Wahrscheinlich hat sie sie zerstückelt und gegessen oder im Kamin verbrannt. Sie hat sie zerbröselt.«

Ich hörte, wie sie am anderen Ende der Leitung lachte.

»Nichts von alledem.«

»Schutzräume oder Hütten, meintest du eben.«

»Aber ja. Alle in den Bergen haben mindestens eins davon, das ist bekannt. Die Männer verwenden sie als Geräteschuppen oder als Holzschuppen, manche nehmen ihre Nutten mit dorthin. Die Wälder sind voll davon: Mit den Ehrenamtlichen haben wir bestimmt schon zwanzig durchsucht. Einige stammen aus dem Zweiten Weltkrieg und sind regelrechte Bunker aus Stahlbeton, die man von außen gar nicht sieht, so tief sind sie in die Landschaft eingegraben. Die wurden extra klein und rund gebaut, damit sie nicht auffallen, und jetzt, mit lauter Efeu und Moos bewachsen, sind sie erst recht unsichtbar.«

Wir schwiegen. Beim Gedanken daran, dass es im Wald von solch unzugänglichen Verstecken nur so wimmelte, ließ ich beinahe alle Hoffnung fahren, Rebecca noch zu finden.

Emi schien meinen Gedanken erraten zu haben: »Wir brauchen eine gehörige Portion Cleverness und Glück, damit wir sie noch rechtzeitig finden, Sara. Wir leben auf einer kleinen Insel aus Stein inmitten von unzähligen Hektar Wald, Felsspalten, Hochebenen und Geröllhalden. Auch ohne Bunker und Hütten ist es nicht leicht, jemanden aufzuspüren. Ich weiß auch nicht ...«

»Emi, ich glaube, jemand hat die alten Heilerinnen nach und nach ermordet. Niemand stellt groß Fragen, wenn eine alte Frau stirbt. Wer ist der Hausarzt hier im Dorf? Gibt es einen, oder sind es mehrere?«

»Da gibt es mehrere. Keine Ahnung ...«

»Also ist das Gesundheitsamt in Parma zuständig, und sie schicken abwechselnd immer jemand anderen her. Das ist, als würde man die Nadel im Heuhaufen suchen.«

»Ja, das Gesundheitsamt schickt entweder einen bestimmten Arzt auf Wunsch oder den, der gerade Dienst hat. Die wechseln ständig durch. Aber jetzt, wo ich darüber nachdenke, waren Carolina und Leonilda nicht die Einzigen, die friedlich entschlafen sind. Ich glaub, darüber muss ich erst mal nachdenken, Sara. Deine Intuition wirft einen dunklen Schatten auf dieses Dorf. Ganz allgemein. Da kriegt man ja direkt Gänsehaut.«

»Carlo ist für alles verantwortlich.«

»Ja, aber vorgestern war es Rodolfo, der bei dir zu Hause war.«

»Stimmt. Dann sind sie eben Komplizen. Sie haben doch gestritten, erinnerst du dich noch?«

»Wir sehen uns morgen. Gute Nacht ...«

»Gute Nacht, Emi.«

»Ich lasse das Handy an, falls dir noch was einfällt, okay?«

»Okay.«

Doch anstatt mich hinzulegen, setzte ich mich an den Schreibtisch und sah die Anhänge durch, die sie mir vor Stunden zugemailt hatte.

Ich ackerte Hunderte Zeilen mit Buchungen, Verwendungszwecken und Beträgen durch und fragte mich, wonach ich eigentlich suchte und was genau mir Aufschluss geben könnte. Bei den Transaktionen waren keine Namen der Kontoinhaber vermerkt, und ich hatte keinerlei Zugriff auf zusätzliche Informationen zur Art der Buchungen. Ich hatte nicht mal meinen Laptop zur Hand.

Immer und immer wieder ging ich jede Zeile durch. Ich fing an, mir auf einem separaten Blatt sämtliche Buchungen zu notieren, die in den letzten zehn Jahren mehrfach auftauchten, musste aber aufgeben. Das war eine Mammutaufgabe, die nicht von einer Person allein bewältigt werden konnte, nur mit einem Sieben-Zoll-Handy und einem Bleistift ausgerüstet.

Ich fing an, im Zimmer auf und ab zu laufen. Wonach suchte ich?

Ich suchte ein Detail.

Beispielsweise Hinweise darauf, dass zwischen Gertrude und dem Bürgermeister oder zwischen der Gemeinde und der Infrastrukturgesellschaft Geld geflossen war.

Ich wandte mich wieder den Dateien zu und konzentrierte mich auf den Verwendungszweck, aber auch davon gab es unendlich viele, die eine Bandbreite an Aktivitäten abdeckten, die schwierig zu analysieren war. Ich erwog, sie zu unterteilen in solche mit Bezug zur Kultur und solche, die rein mit der Wartung der Infrastruktur zu tun hatten, aber es waren trotzdem zu viele, und schon bald verschwammen die Zahlen und Buchstaben vor meinen Augen, und ich hörte auf.

Ich zog die Trainingsjacke an und ging in den Hof. Unruhe hatte mich gepackt. Eigentlich hätte ich Nonna Dada gern gebeten, keine Leute mehr ins Haus zu lassen, zumindest bis die Sache geklärt war, hatte es mir dann aber anders überlegt.

Zwanzig Jahre lang hatte ich mich nicht blicken lassen, und nun wollte ich die Regeln bestimmen. Ich fand es im Nachhinein selbst unmöglich von mir, es überhaupt erwogen zu haben.

In meiner Jackentasche fand ich den Autoschlüssel.

Ich deaktivierte die Verriegelung und öffnete sämtliche Türen. Dann fing ich an, unter den Sitzen nachzusehen und in den Taschen der Sitzbezüge, um sicherzugehen, dass sich nichts darin befand, was dort nicht hingehörte. Den Kofferraum hob ich mir bis zum Schluss auf.

Die Nacht war frisch und wolkenlos, und die Rufe der Nachtvögel drangen bis zu den Sternen hinauf. Hier oben konnte man die Milchstraße selbst mit bloßem Auge glasklar erkennen: Millionen von Lichtlein, unzählige silberne Stecknadeln, die im Blau steckten. Und unter diesem spektakulären Nachthimmel unsere Misere.

Ich drückte mit den Fingern in die Mulde, die die Heckklappe aufspringen ließ, und öffnete sie weit.

Zwischen dem Ersatzrad und meiner Sporttasche fürs Fitnessstudio blitzte ein knallpinkfarbener Stoff auf.

VIERTER TEIL

32

Ich wählte Emilias Nummer.

»Sie ist hier.«

»Grundgütiger, Sara. Wer ist da?«

»Rebeccas Jacke. In meinem Kofferraum.«

»Bitte sag mir, dass du sie nicht angefasst hast.«

»Ich habe sie nicht angefasst.«

»Gut. Du musst die Polizei verständigen. Ruf Marchi an und lass ihn herkommen. Es ist ihre Aufgabe, die Jacke sicherzustellen, Spuren zu sichern, alles zu protokollieren und so weiter. Das entlastet dich endgültig.«

»Alles, nur das nicht. Emi, ich will nicht ins Gefängnis wandern.«

»Da wanderst du nur hin, wenn dich jemand dabei filmt oder fotografiert, wie du diese Jacke aus dem Auto holst. Wenn du den Fund nicht unmittelbar anzeigst.«

»Ich kann nicht ...«

»Was willst du sonst machen? Die Jacke mit nach Hause nehmen? Oder im Auto lassen, bis sie Marchi dort findet? Oder das Auto anzünden und alle Beweise vernichten?«

Mit einem Mal erschöpft, schloss ich die Augen.

»Ruf diesen Scheiß-Marchi an und zwing ihn dazu, die Wahrheit anzuerkennen!«

Zwanzig Minuten später stand ich mit Inspektor Marchi vor

dem offenen Kofferraum. Er stellte die Jacke sicher und verifizierte, dass es sich um die handelte, die Rebeccas Eltern unter den Dingen aufgelistet hatten, die ihre Tochter am Tag ihres Verschwindens bei sich gehabt hatte.

Es war die richtige.

Ich unterließ es, die anonyme SMS zu erwähnen, die Emilia erhalten hatte, und den forschenden Blick zu kommentieren, den mir Marchi über den Rand seiner Lesebrille zuwarf, die er zum Verfassen des Protokolls aufgesetzt hatte.

»Frau Doktor Romani, scheint so, als würden wir uns bald wiedersehen. Ich muss das Protokoll abtippen und Ihnen eine erneute Vorladung dalassen«, sagte er abschließend und sah mir in die Augen. Im Auto wartete bereits ein Kollege auf ihn, der auf seinem Tablet herumtippte. »Sind Sie sicher, dass Sie mir nichts weiter zu sagen haben?«

»Marchi, ich habe Ihnen alles gesagt, was ich weiß. Meine Hypothese, was die Heilerinnen angeht, scheint Sie mächtig amüsiert zu haben, aber offenbar habe ich damit denjenigen verärgert, der mehr über die Vermisstenfälle weiß als wir. Ist das nicht offenkundig?«

»Es ist offenkundig, dass Sie immer zur falschen Zeit am falschen Ort sind«, sagte er. »Genau wie bei Barbara Righi. Was haben Sie da draußen im Wald überhaupt gemacht? Dort gibt es nicht einmal ausgewiesene Wege.«

Das blinkende Blaulicht auf dem Dach des Polizeiwagens störte die heitere Ruhe, die der nächtliche Platz ausstrahlte.

»Ich war auf dem Friedhof, am Grab meines Vaters«, antwortete ich, »und hatte danach einfach Lust, zu Fuß zu gehen und eine große Runde zu drehen, das ist alles.«

Er seufzte. Fing er an, mir zu glauben?

Als Emilia mich anrief, stand ich mit einem Zettel in der Hand reglos neben dem Tor und hätte am liebsten geschrien. Da traf es mich wie der Blitz. Ich würgte das Gespräch ab, ging in mein Zimmer hinauf und setzte mich im Schein der Lampe an den Schreibtisch. Erneut öffnete ich Emilias Mail-Anhang und suchte nach dem Detail, das mein Hirn registriert und in der Zwischenzeit verarbeitet hatte.

Das Detail.

Da war es, direkt vor meiner Nase: Eines der Konten, das häufiger vorkam, gehörte zu einer Bank in Ravenna, die Stadt, in der Carlo nach eigener Aussage bis zum Tod seiner Mutter gelebt hatte.

Ich rief Emilia zurück.

»Emi, notier dir mal diese Buchung und lass dir den kompletten Verwendungszweck nennen, hier in der Tabelle steht alles nur abgekürzt.«

»Hä?«

»Notier dir die Buchung.« Ich diktierte es ihr. »Hier steht: Beratung. Aber Beratung wofür? Das kommt mir etwas schwammig vor. Kannst du mir die Angaben zum Kontoinhaber und den ausführlichen Verwendungszweck besorgen?«

»Denke schon. Aber nicht mehr heute Nacht. Mein Kontakt ist morgen früh ab sieben wieder verfügbar. Lief alles glatt mit Marchi?«

»Na ja. Er hat mich skeptisch beäugt. Für morgen habe ich eine neue Vorladung und nichts in der Hand. Am Ende wird man mich beschuldigen, Rebecca entführt zu haben, wirst schon sehen.«

»Erzähl keinen Scheiß, aber sei vorsichtig, das ist nicht der richtige Zeitpunkt, um Dummheiten zu machen. Erstens: Halt dich von Giacomo fern – immerhin giltst du als potenziell verdächtig, Minderjährige zu entführen. Und zweitens: Geh nicht allein in den Wald. Wer auch immer versucht, dir eins auszuwischen, hat womöglich nicht alle Tassen im Schrank und könnte versuchen, dir wehzutun. Versprich mir das.«

»Versprochen.«

»Hör mal, ich könnte mit zwei Flaschen Bier vorbeikommen, vielleicht hilft uns das beim Einschlafen. Was meinst du?«

Eine Viertelstunde später saßen wir auf den Steinstufen wie vor tausend Jahren, nur dass wir, statt ein Eis zu essen, ein kühles Bier tranken.

Ich hatte mein Heft und einen Stift dabei, in der Absicht, Emilia ein paar Informationen über die »Jägerin« zu entlocken, wie ich sie insgeheim nannte.

»Vielleicht geht es gar nicht darum, dir eins auszuwischen, sondern darum, dich einzuschüchtern«, bemerkte sie. »Du stellst einen Störfaktor dar. Oder wie du als Onkologin sagen würdest: eine mutierte Zelle.«

»Du hättest Kabarettistin werden sollen.«

»Tja, zu spät.«

»Wer ist der Serienmörder, Emi?«

»Norman Bates.«

»Ach komm, hör auf!«

Emilia stellte ihre Flasche auf dem Pflaster ab und zündete sich eine Zigarette an.

»Wir wissen nicht, ob wir es mit einem Serienmörder zu tun haben, okay?«

»Okay.«

»Ein mehrfacher Mörder zeichnet sich durch eine hohe Intelligenz aus. Durch eine manipulative Persönlichkeit. Eine zutiefst gestörte Person, die zwanghaft agiert und normalerweise mit einer gewissen Regelmäßigkeit mordet, aber manchmal auch nicht. Und dann gibt es noch Serienmörder, die jahre-, manchmal jahrzehntelang inaktiv sind und in der Zwischenzeit ein völlig normales Leben führen. Das macht es so schwer, sie zu entlarven oder auch nur die verschiedenen Mordfälle über die Jahre miteinander in Verbindung zu bringen ...«

»Wie beispielsweise in diesem Fall.«

»Ja, wie in diesem Fall. Nur dass bislang lediglich die Leiche von Claudia entdeckt wurde. Das liefert wenige Anhaltspunkte, um nicht zu sagen, so gut wie nichts. Wir haben keine Beweise dafür, dass Giannina, Allegra und Daniela tot sind.«

Ich nahm einen Schluck.

»Dessen bin ich mir sicher. Und ich habe höllisch Angst, dass es auch für Rebecca zu spät sein könnte. Haben Serienmörder nicht vielleicht auch Regeln?«

»Ja, diesbezügliche Studien über einen Zeitraum von vierzig Jahren haben gezeigt, dass es bestimmte wiederkehrende Verhaltensmuster gibt, die die Wissenschaft *modus operandi* nennt. Also quasi welche Methode der Killer anwendet, wie er tötet, welche Handlungen er vor und während des Tötens vollzieht, die oftmals mit dem Trauma verknüpft sind, das ihn zum Mörder gemacht hat. Bei einem Serienmörder ist alles von Wichtigkeit, jedes noch so kleinste Detail, aber der *modus operandi* kann sich mit der Zeit auch wandeln.«

Während sie sprach, schrieb ich eifrig mit.

»Und welche Merkmale haben Serienkiller gemeinsam?«

»Na ja. Die psychologische Motivation beispielsweise. Sadistische Züge.«

Sadismus.

Ich malte einen Pfeil zum oberen Rand des Blattes und schrieb: »Gertrude, Carlo?«

Gab es womöglich Serientäter, die miteinander verwandt waren und von denselben Impulsen angetrieben wurden? Oder war nur einer der wahre Killer und der Nachfolger lediglich ein williger Lakai?

»Sie sind gefühlskalt«, stellte ich fest.

»Genau.« Emilia zerdrückte den Rest der Zigarette unter dem Schuh. »Es sind Menschen, die mit einem Gefühl der Unzulänglichkeit und einem geringen Selbstwertgefühl aufgewachsen sind; die in ihrer Kindheit Traumatisches erlebt haben. Indem sie töten, kompensieren sie ihr fehlendes Selbstvertrauen, sie fühlen sich vorübergehend mächtig und können sich selbst besser ertragen. Dann endet dieser magische Moment und ...«

Auch das schrieb ich mit. Das war genau, wonach ich gesucht hatte.

»Du sagtest etwas von Sadismus.«

»Sara, wir reden hier von Soziopathen, Psychopathen, die ihre Opfer auf unvorstellbare Weise quälen. Die eine Methode wählen, wie sie ihre Opfer besonders langsam und schmerzvoll töten können, sie regelrecht zu Tode foltern.«

Die Hände.

Vor lauter Verzweiflung hoffte ich, dass auch Rebeccas Entführer ein verdammter Sadist war, sodass er sich Zeit ließ und sie noch am Leben war.

Gedanklich notierte ich mir, dass ich noch mal Angela darauf ansprechen musste, wie das mit den vermeintlichen Erinnerungen funktionierte, und trank mein Bier aus.

»Aber ich würde sagen, im Augenblick ist es vor allem wichtig herauszufinden, wer um dein Haus herumschleicht. Wer es geschafft hat, Rebeccas Rucksack unter deinem Bett und ihre Jeansjacke in deinem Kofferraum zu verstecken.«

Bei diesen Worten blieb mir die Luft weg.

»Denn eins ist klar: Egal, ob es sich um einen Serienmörder oder einfach einen irren Kindesentführer handelt, um einen Pädophilen oder einen Schwachkopf, verdammt, Sara, wer auch immer es ist, er entzieht sich unserem Blick, weil wir ihn jeden Tag sehen.«

8. JULI 2019

Früh am nächsten Morgen traf ich mich mit Marco in der Bar in Querceto in der Nähe des Busbahnhofs, die schon bei Sonnenaufgang aufmachte. Wir bestellten Kaffee und Gebäck, während der Sommertag mühsam den Nachtnebel abstreifte und die Berge ringsum seufzend zum Leben erwachten. Ich stellte mir vor, dass irgendwo da draußen, in diesem grünen Dickicht, auch Rebecca die Augen aufschlug.

Das hoffte ich von ganzem Herzen.

»Ich zäume das Pferd mal von hinten auf«, durchbrach ich das Schweigen. Marco war erschöpft und müde, was er endlich nicht mehr zu verbergen versuchte, zumindest nicht vor mir. Mit seinem legeren Polohemd unter der Sportjacke und seinem schlichten Look sah er wieder aus wie mein guter Freund aus Kindheitstagen, ehe er sich in einen Arzt mit Krawatte verwandelt hatte.

»Ich komme direkt zum Punkt, Marco. Racheles Besessenheit, was die verschwundenen Mädchen betrifft, war Gift für Giacomo und hat womöglich einigen Schaden angerichtet. Er glaubt, er habe sie entführt und ihnen etwas angetan, weil ihm seine Mutter von klein auf ständig davon erzählt hat. Wie er sagte, haben sie ein Spiel gespielt, bei dem er der Böse war, der die Mädchen verschleppt und foltert. Allerdings sollten wir auch herausfinden, wer ihr diese Gehirnwäsche verpasst hat.«

Er schloss die Augen. Es tat mir leid, aber ich konnte ihn nicht schonen.

»Jedenfalls hat sie dadurch – unbeabsichtigt – Giacomo ganz konkrete Erinnerungen eingepflanzt, die er für seine eigenen hält, obwohl es eindeutige Beweise gibt, die dagegen sprechen: Er weiß, dass die Mädchen verschwunden sind, noch ehe er überhaupt geboren wurde, und dennoch hält er sich für den Täter, weil er sich daran *erinnert,* diese Dinge, diese Szenen erlebt zu haben. Es handelt sich dabei um einen Mechanismus, bei dem ... Ich fasse mal kurz zusammen, wie mir das eine Psychologin aus dem Krankenhaus erklärt hat: Also, es gibt viele verschiedene Formen von falschen Erinnerungen, und eine davon, die meines Erachtens hier am ehesten zutrifft, ist die, bei der die Erinnerungen durch Suggestion von außen eingepflanzt werden. Das heißt, sie entstehen durch den Einfluss einer anderen Person. Ein Beispiel: Eine Person erzählt einer anderen so lange von einem Ereignis, das nie stattgefunden hat, bis sich dieses bei ihr festsetzt und sie so detaillierte Bilder davon vor Augen hat, dass es zu einer Erinnerung wird. Kinder sind noch leicht zu beeinflussen, und eine große Rolle spielt dabei, welches Vertrauen sie demjenigen entgegenbringen, der ihnen eine manipulierte Version der Wahrheit erzählt. Das erinnert dich bestimmt an etwas, nehme ich an.«

Ich sah, wie er tief Luft holte, als hätte er jahrhundertelang nicht geatmet.

»Er hat mir nie davon erzählt, und ich weiß nicht, wieso er sich an dich gewandt hat, aber ich bin froh darüber. Vielleicht hat er in dir jemanden gesehen, der ihm zuhört und ihn versteht. Eine Art Muttersatz. Entschuldige, dass ich so blöd zu dir war, ich war echt ein Trampel. Und was meinen Sohn betrifft ... zum großen Teil bin ich für all das verantwortlich. Ich war als Vater abwesend, vor allem in den ersten Jahren ... erst habe ich den Facharzt gemacht, dann kam die Neueröffnung der Klinik hinzu, die viel zu viel Zeit in Anspruch genommen hat. Ich weiß, dass ich meine Familie vernachlässigt habe, und wenn ich darüber nachdenke, schäme ich mich in Grund und Boden. Wenn ich heute zurückblicke, erkenne ich meine Fehler, angefangen damit, dass ich Claudia am Boden liegend zurückgelassen und meinen Eltern nie die Wahrheit gesagt habe. Aber ich hatte fürchterliche Angst.

Ich wusste, dass das keine Kleinigkeit gewesen war und ernste Konsequenzen haben konnte.«

»Tja, wenn es danach geht, hat auch Carlo sich falsch verhalten, der damals immerhin schon erwachsen war. Aber ich verstehe deine Frustration und teile sie. Konzentrieren wir uns lieber auf die Gegenwart. Giacomo kommt da wieder raus, und Rebecca ist mit etwas Glück noch am Leben.«

»Das hoffe ich. Ich habe für ihn einen Termin bei einer Psychologin vereinbart, wir gehen am Freitag hin.« Marco nahm meine Hand. »Sara, was geht hier vor sich? Bevor du im Dorf aufgetaucht bist, um in all dem Mist zu wühlen, in dem wir uns eingerichtet hatten, dachte ich, die Wahnvorstellungen meiner Frau seien bloße Fantasien und kindische Ängste, ich hätte nie gedacht, dass da etwas dran sein könnte. Das musst du mir glauben.«

»Ich habe keinen Grund, dir nicht zu glauben. Auf den ersten Blick wirkt es ja auch völlig verrückt, aber wahrscheinlich ist etwas Wahres dran, das habe ich erst dank Rachele verstanden. Es gibt hier oben jemanden, der äußerst gefährlich ist. Der mitten unter uns lebt ...«

»Claudia, die ohne Hände gefunden wurde.«

»Ja. Aber nicht nur.«

»Also glaubst du, dass das Verschwinden der Mädchen in der Vergangenheit mit Rebeccas Fall zusammenhängt? Dass es einen Serientäter gibt, der die Mädchen aus dem Dorf entführt, dass es all die Jahre immer derselbe war?«

»Oder eine Täterin. Aber dazu weiß ich noch zu wenig, dazu müsste ich noch mehr Fragen klären. Und die Zeit läuft mir davon. Außerdem hat mich die Polizei im Visier, nachdem mich jemand anonym angeschwärzt hat ...«

»Wie bitte, was ...?«

»Ja. Aber lass uns jetzt nicht daran denken.«

»Seit zwanzig Jahren zermartere ich mir den Kopf, wer Claudia an jenem Tag verschleppt haben könnte, nachdem ich gegangen war und während Carlo seine Mutter geholt hat ... Gertrudes Haus lag nur einen Katzensprung entfernt, insofern können nur wenige Minuten verstrichen sein zwischen dem Moment, in dem Carlo Claudia allein gelassen und seine Mutter die Stelle erreicht hat. Wie kann ein Mensch einfach so von einer Minute auf die andere verschwinden?«

»Marco ...«

»Nein, Sara. Carlo ist kein Mörder.«

»Würdest du deine Hand für ihn ins Feuer legen? Wärst du bereit, dasselbe in aller Öffentlichkeit zu verkünden? Für seine Unschuld zu garantieren?«

Marco schwieg und starrte konzentriert in den Kaffee.

»Wie kann ich dir helfen?«, fragte er, nachdem er lange Zeit schweigend darin gerührt hatte.

»Bring mich zu Rachele. Besuchen wir sie zusammen. Vielleicht rückt sie eher mit der Sprache heraus, was die Hände angeht, wenn du dabei bist ...«

Zehn Minuten später fuhren wir in der warmen Morgensonne auf der Bundesstraße Richtung Parma. Ich spürte mein Handy im Rucksack vibrieren und ging ran.

»Hallo, Emi, gibt's was Neues?«

»Zu der Buchung, die du mir genannt hast – die Gemeinde hat in den letzten zehn Jahren mehrfach Unsummen auf dasselbe Konto überwiesen. Der Eintrag ist allerdings recht vage. Ich lese ihn dir mal vor: ›Beratung zur Hangstabilität‹. Genau deswegen konnten meine Kollegen nichts Auffälliges finden: Es erscheint völlig plausibel, dass man bei einem Bauprojekt am Berg geologische Expertise einholt. Was realistisch wäre, wenn ...«

»Wenn?«

»Wenn das Konto nicht auf Gertrude Caselli liefe.«

Da haben wir's.

»Bei einer Bank in Ravenna.«

»Ja, das muss Carlo 2008 für sie eröffnet haben. Das hast du wirklich gut gemacht, Sara, dieses Detail wäre jedem anderen entgangen.«

Mein Kopf produzierte am laufenden Band neue Thesen.

»Aber wieso überweist die Gemeinde Geld auf ihr Konto für Beratungsleistungen zur Sicherheit des Hangs? War Gertrude Vermesserin oder Geologin oder so was?«

»Keine Ahnung, aber ich denke eher nein. Soweit ich weiß, hat Gertrude gerade mal die Grundschule gemacht.«

»Und Carlo? Ist er Geologe?«

Marco, der den Anruf verfolgte, schüttelte den Kopf.

»Der ist nach der Achten von der Schule abgegangen«, antwortete er an ihrer Stelle.

»Wer ist da bei dir?«

»Marco ist bei mir, wir fahren nach Parma, Emi.«

»Okay. Ich glaube, danach müssen wir uns mal mit Carlo unterhalten.«

»Emi, das Geld war mit Sicherheit für die Grundstücke. Der Verwendungszweck ist nur eine Tarnung für eine ansonsten völlig unlogische Zahlung, da die Ländereien offiziell noch der Gemeinde gehört haben, als Rodolfo sie zurückgekauft hat. Eigentlich aber gehörten sie der Alten, auch wenn sie unter der Hand verkauft worden waren.«

Nach kurzer Pause antwortete Emilia: »Aber was mich stutzig macht, ist, dass es Überweisungen nach ihrem Tod gab. Normalerweise wird ein Konto von den Angehörigen aufgelöst, wenn jemand verstirbt.«

»Außer es ist noch jemand als Kontoinhaber eingetragen«, sagte ich. »In dem Fall hat Carlo sämtliches Vermögen von Gertrude geerbt und kassiert weiter Rodolfos Geld im Gegenzug für sein Schweigen. Und für die Ländereien, die dieser für die Raststätte benötigt.«

»Aber er ist nicht mit eingetragen, das hätte mir mein Kollege gesagt ... ich überprüfe das. Bis später.«

Rachele schlief.

Marco bat nicht darum, dass sie losgebunden wurde, und ich hielt meinen Mund.

Er weckte sie sanft, aber distanziert. Es schien, als sei es ihm unangenehm, sie zu berühren, als könnte sie ihn mit ihrem Wahnsinn anstecken. Es war offensichtlich, dass er sie nicht mehr liebte.

Sie schlug die Augen auf und starrte stoisch auf einen Punkt. Ein Speichelfaden rann ihr vom Mundwinkel am Kinn hinab.

»Hallo, Raki, wie geht es dir heute?«

Marco wirkte steif und beschämt. Vielleicht weil ich dabei war, vielleicht weil er seit Jahren nicht mehr mit ihr redete und bei seinen Besuchen mit Giacomo nur still dabeisaß, völlig hoffnungslos. Aber nun musste er aus naheliegenden Gründen versuchen, mit ihr zu kommunizieren.

»Nein«, sagte Rachele und bewegte die Hände unter der Decke. Sie wollte sie verstecken, aber die Riemen hinderten sie daran, was sie nervös machte.

»Lassen wir sie losbinden«, schlug ich vor, »so kann sie ihre Hände verstecken und muss keine Angst haben.«

Er war einverstanden, und ich übernahm es, die für diese Etage zuständige Pflegerin zu rufen.

Wie ich geahnt hatte, verschränkte Rachele die Arme vor der Brust und versteckte ihre Hände unter den Achseln, sobald es ihr möglich war.

Sie schien wenig begeistert über die Begleiterin ihres Mannes und fragte nicht nach Giacomo.

»Raki«, Marco setzte sich auf die Bettkante, »ich würde

dich bitten, mir eine deiner Geschichten zu erzählen. Einverstanden?«

»Ja.«

»Erinnerst du dich noch an die Frau, die im Wald gewohnt und dich behandelt hat?«

»Nein.«

»Sie hieß Gertrude, erinnerst du dich noch?«

»Nein.«

»Was hat Gertrude gemacht, wenn du bei ihr warst?«

»Tick, tick, tick.« Einen Augenblick lang streckte Rachele die linke Hand hervor und malte kleine Kreuze in die Luft.

Die Symbole.

»Sie hat dich geheilt?«

»Ja.«

»Und danach ging es dir gut?«

»Ja.«

»Hat sie dich je geschlagen?«

Rachele schüttelte nur den Kopf, als hätte jemand ihr eine unsinnige oder unpassende Frage gestellt.

»Hast du je gesehen, dass sie jemanden geschlagen hat?«

Wieder eine Verneinung, aber sie versteckte erneut die Hände.

Marco wartete kurz, ehe er fortfuhr.

»Raki, erinnerst du dich an Claudia? Du kanntest sie, ihr seid zusammen zur Schule gegangen.«

Rachele presste sich die Hände an den Kopf.

Marco wandte sich an mich: »Wie gesagt, Rachele war an dem Nachmittag auch im Wald, sie war unterwegs zur Behandlung bei Gertrude. Aber ich bin nie auf die Idee gekommen, sie zu fragen, ob ihr bei der Alten im Haus irgendetwas Merkwürdiges aufgefallen ist.«

Dann fuhr er, an seine Frau gewandt, fort: »Raki, war Claudia in Gertrudes Haus?«

»Nein, nein!«, antwortete sie und hielt sich den Kopf.

»Vielleicht will sie damit andeuten, dass Claudia sich den Kopf angeschlagen hatte«, äußerte ich meine Vermutung.

»Raki, hatte Claudia Kopfweh?«

»Ja, sie liegt am Boden. Ich renne los, um die Alte zu holen, und da kommt sie mir entgegen. Wir sind zusammen runtergegangen, aber das Mädchen ist weg.«

Das Mädchen war weg.

»Es war nicht die Alte, die das Mädchen entführt hat?«

»Nein! Verschwunden. Weg.«

Marco drehte sich zu mir um. Ich schüttelte den Kopf.

»Raki, hat die Alte den Mädchen die Hände abgetrennt?«

Bei dieser Frage ballte Rachele die Fäuste und verbarg sie hinterm Rücken, wobei sie sich halb verrenkte.

»Hat sie das gemacht, Raki?«

»Ja.«

Na also.

»Und du hast sie beobachtet? Magst du mir die Geschichte erzählen?«

Rachele geriet bei ihrem Versuch, ihre Hände gut hinter dem Rücken zu verbergen, immer mehr in Aufregung, sie beugte sich vor und riss den Mund zu einem stummen Schrei auf, der mich erschreckte. Marco sprang auf, und ich stützte sie rasch, in der Überzeugung, sie habe einen Anfall und bekomme keine Luft. Doch sobald ich sie berührte, richtete sie sich mit weit aufgerissenen, angsterfüllten Augen kerzengerade auf.

»Giachi ist noch klein und hat Husten, und ich gehe heimlich zur Heilerin. Onkel will das nicht. Er sagt, die Heilerin ist böse, aber ich gehe trotzdem, damit sie die Zeichen macht und der Husten weggeht. Als ich mich dem Haus nähere, höre ich, wie drinnen jemand wütend brüllt, und ich gehe ganz leise und verstecke mich im Keller von Ge.«

Ge.

»Und was hast du in Gertrudes Keller gesehen?« Marco setzte sich vorsichtig wieder hin.

»Ge brüllt was und ist wütend und ...« Rachele fing an zu husten. Am liebsten hätte ich sie besänftigt, aber aus Furcht, es noch schlimmer zu machen, blieb ich sitzen.

»Beruhige sie«, flüsterte ich Marco zu, der ihr ungefähr so begeistert über den Arm streichelte, wie man nach dem Essen den Tisch abwischt.

»Raki, alles gut, Gertrude ist tot. Sie kann niemandem mehr etwas tun. Erzählst du mir die Geschichte weiter?«

»Giacomo.«

»Du hast sie Giacomo erzählt?«

»Ja.«

Ich sah, wie Marco die Augen fest zusammenkniff, und konnte nur erahnen, durch welche Hölle er gerade ging.

»Dann erzähl sie mir auch noch mal«, bat er sie.

»Sie hat eine Hand«, erzählte Rachele zitternd, »und guckt und schreit Dinge wie Hände abschneiden und entführen und Mädchen umbringen, die Heilerinnen mit dem Tick, tick, tick! Die Hand blutet ins Taschentuch, und Ge schreit und schreit, und ich renne weg, jetzt weiß ich, dass mein Onkel recht hat und sie Mädchen entführt und ihnen die Hände abschneidet. Die Hände! Und sie ist tot?«

»Ja, sie ist tot.« Marco stand kreidebleich auf und verließ das Zimmer, eine Hand vor den Mund geschlagen.

»Raki.« Ich kniete mich neben ihr Bett und legte ihr die Hand aufs Herz, um sie zu beruhigen. Ich spürte, wie es heftig pochte wie bei einem gehetzten Tier.

»Raki, atme, es ist vorbei.«

»Vorbei ... sie ist tot?«

Vorbei, ja. Ich muss unbedingt Carlo schnappen.

»Ja, sie ist tot. Dein Onkel hielt sie für böse?«

»Ja, er hat gesagt, geht nicht zu Ge. Sie ist ein schlechter Mensch.«

»Raki, hast du bei Ge im Haus je eines der verschwundenen Mädchen gesehen?«

»Nein, nein, nein.«

Wo haben sie sie hingebracht? Wo haben sie ihre Opfer versteckt?

»Giachi war noch ganz klein, als das passiert ist?«

»Klein. Ist sie tot?«

»Ja, sie ist tot. Sie kann dir nichts mehr tun. Wer hat dir gesagt, dass man Rebecca entführen würde, genau wie die anderen Mädchen, Raki? Einer der Ehrenamtlichen? Eine Pflegerin? Ein Arzt? Carlo?«

Bei diesen Worten verfiel Rachele in einen katatonischen Zustand, sodass ich sofort eine Krankenschwester rief.

Als ich mich zu Marco im Flur gesellte, war er fertig.

»Gehen wir«, sagte ich. »Wir müssen Carlo suchen.«

33

»Carlo ist der Täter. Und solange seine Mutter noch lebte, war sie es. Ich gebe Emilia Bescheid«, rief ich, auch wenn mir irgendetwas seltsam vorkam. Rachele hatte im Voraus gewusst, dass Rebecca verschwinden würde, und kannte das Vorgehen des Mörders. Diese ganze verworrene Geschichte machte mich noch wahnsinnig.

In diesem Moment fiel mir auf, dass ich die Pflegerin gar nicht gefragt hatte, ob Rachele neue Bilder gemalt hatte. Aber vielleicht waren solche Details jetzt auch nicht mehr wichtig.

»... wäre es nicht besser, direkt die Polizei zu verständigen?« Marco redete mit mir.

Emilia ist die Polizei, du Idiot.

»Mmm. Erst mal muss ich mich beraten. Die Polizei hat vor Jahren schon mal Gertrudes Haus durchsucht, nachdem ein anonymer Hinweis eingegangen war, aber nichts gefunden.«

»Ich mache mir Sorgen um Giacomo. Wie konnte ich Carlo nur vertrauen? Wie konnte ich mich nur so reinlegen lassen?«

»Wo ist Giacomo heute?«

»Im Sommercamp. Heute ist der letzte Tag, deshalb machen sie später zu. Es gibt eine Art Abschiedsfest.«

»Okay. Sehr gut. Aber eine Frage noch: Wann ungefähr ist Rachele zum letzten Mal allein rausgegangen?«

»Ich glaube, ich weiß, wann sie diesen Schock wegen der

Hände erlitten hat, falls du darauf hinauswillst. Giacomo war ein, zwei Jahre alt und hatte Keuchhusten. Als ich von der Arbeit kam, war meine Mutter da und hielt ihn in den Armen. Rachele hatte sie gerufen, damit sie auf ihn aufpasste, weil sie noch mal rausmusste. Meiner Mutter gegenüber hatte sie behauptet, sie würde zu ihrer Tante in die Apotheke gehen, um Bienenwachs zu besorgen, aber in Wirklichkeit war sie bei Gertrude, wie wir eben erfahren haben. Ich kann mich erinnern, dass sie mit den Nerven am Ende war, als sie wiederkam, und sich mit Beruhigungsmitteln vollgepumpt hat. Danach hat sie zwei Tage durchgeschlafen. Sie wollte mir nie erzählen, was der Auslöser gewesen war, und ich konnte mir nicht erklären, woher ihr Hass auf Carlo kam. Nun, da ich alles weiß, komme ich mir vor wie ein Arschloch, weil ich all ihre Hilferufe ignoriert habe. Ich habe Carlo gegen ihren Willen behalten, aber das konnte ja niemand ahnen, Sara.«

»Carlo hat mir erzählt, er sei vor vier Jahren aus Ravenna zurückgekehrt, als seine Mutter gestorben war.«

»In Wirklichkeit sogar schon früher«, erklärte Marco. »Als Gertrude gestorben ist, war er schon ein Jahr hier, vielleicht zwei. Anfangs ist er immer phasenweise da gewesen und wieder nach Ravenna zurückgefahren, aber nach Gertrudes Beerdigung hat er sich hier fest niedergelassen.«

»Und wo hat er in dieser Zeit gewohnt, wenn es damals noch nicht das Nebengebäude auf dem Klinikgelände gab?«

»Im Haus im Wald, glaube ich.«

Lügen, Lügen, nichts als Lügen.

Marco fuhr schweigend weiter, versunken in sein persönliches Drama, und ich rief Emilia an.

»Rachele hat uns einiges erzählt, Emi. Vor sechs oder sieben Jahren hat sie gesehen, wie Gertrude jemandem die Hand abgeschnitten und herumgeschrien hat. Genaueres konnte sie zwar nicht erklären, aber das, was sie sagen konnte, hat ausgereicht, glaub mir. Wir fahren jetzt zu Carlo.«

»Okay, halt mich auf dem Laufenden und geh kein Risiko ein, ja? Wenn er auf deine Fragen blöd reagiert, rufst du sofort Marchi. Ich selbst kann nicht kommen, du weißt, warum. Jeden Moment kann der entscheidende Anruf kommen. Wenn ich jetzt Mist baue, setze ich meinen Job aufs Spiel. Aber wenn alles gut geht, bin ich noch heute wieder im Rennen.« Ihre Stimme zitterte.

»In Ordnung. Sag Bescheid, sobald sie sich melden!« Ich freute mich aufrichtig für sie.

»War Carlo in letzter Zeit bei dir zu Hause?«

»Wie gesagt, nicht dass ich wüsste.«

»Mmm.«

»Aber mir ist gerade klar geworden, wieso er sich mit Rodolfo auf dem Dorfplatz gestritten hat.«

»Wann? Ach stimmt, das hattest du ja erzählt.«

»Am Abend des Fackelzugs für Rebecca.«

»Ich nehme an, es ging um Geld.«

»Nicht nur. Hier meine Theorie: Der Bürgermeister will mich in Schwierigkeiten bringen, weil Carlo seine Tochter entführt hat und ihn erpresst. Und zwar, weil die Gemeinde aufgehört hat, ihm Geld zu überweisen. Deshalb hat Carlo Rebecca entführt und dem Bürgermeister gedroht: ›Wenn du die Polizei einschaltest, siehst du deine Tochter nie wieder.‹ Vielleicht zögert Rodolfo das Ganze hinaus, weil er die Lösegeldsumme, die Carlo fordert, noch nicht zusammenhat. Und in der Zwischenzeit muss ich als Sündenbock herhalten, um die Polizei bei der Stange zu halten. Um sie abzulenken.«

»Bei allem Respekt, Sara. Aber das klingt nach totalem Schwachsinn.«

»Dann erklär du es mir!«

Aber Emilia hatte recht. Diese These hatte nichts mit der Jagd auf die jungen Heilerinnen zu tun.

Handelte es sich vielleicht um zwei völlig verschiedene Fälle?

»Sobald ich alle Informationen habe, gern, im Augenblick kann ich dazu noch nichts sagen, aber ich bitte dich, keine voreiligen Schlüsse zu ziehen, weil du sonst Gefahr läufst, dich immer weiter von der Wahrheit zu entfernen. Im Moment haben wir Carlo im Visier, okay? Carlo könnte unser Täter sein. Mit Betonung auf ›könnte‹, Sara.«

»Okay, könnte.«

Als wir an der Klinik ankamen, herrschte reger Betrieb. Marco hatte ganz vergessen, dass gerade die Sprechzeit für die Verwandten der Patienten anfing. Sofort stürzte er ins Gebäude und versicherte mir, es werde bestimmt nicht lange dauern, aber ich wusste es besser und machte mich allein auf die Suche nach Carlo.

Es galt, keine Zeit zu verlieren. Das Serientäterprofil, das Emilia mir geschildert hatte, hatte mich bis ins Mark erschüttert und albtraumhafte Szenen heraufbeschworen.

Der Schuppen mit den Gartengeräten stand offen, daneben der alte blaue Fiat Multipla von Carlo. In diesem Moment signalisierte mir mein Handy, dass ich eine Nachricht von Emilia erhalten hatte.

»Das Konto hat keinen Mitinhaber.«

Und? Wieso ist es dann noch aktiv?

Carlo beugte sich gerade über ein paar große Blumentöpfe mit Geranien, als ich hereinkam.

»Was willst du denn schon wieder von mir?«

Er ging sofort in die Defensive, zückte seine Schlüssel und ging auf sein Auto zu.

»Carlo, ich muss mit Ihnen reden. Wenn Sie nicht kooperieren, muss ich die Polizei verständigen.«

Wie eine Furie wirbelte er herum und baute sich mit seiner riesenhaften Statur vor mir auf.

»Was du willst, habe ich gefragt! Heraus damit! Und dann lass mich in Ruhe, ich muss arbeiten.«

»Ich muss wissen, was an jenem Tag vor zweiundzwanzig Jahren passiert ist, an dem Sie gesehen haben, wie Claudia mit Marco stritt.«

Bei diesen Worten wurde er rot, und die Ader an seiner Stirn schwoll derart an, dass ich sie beinahe pulsieren sah.

»Die Geschichte schon wieder! So langsam werde ich echt sauer! Ich muss jetzt los.«

»Carlo, ich rufe die Polizei. Von Querceto sind es nur ein paar Minuten bis hierher, und dann kriegen Sie Ärger. So wie Sie versucht haben, mir Ärger zu machen. Ja, ich weiß nämlich alles«, bluffte ich.

Er wurde bleich.

»Was weißt du?«

»Ich weiß, was Ihre Mutter getan hat. Und Sie waren die ganze Zeit über Ihr Komplize!«

Meine Worte hatten dieselbe Wirkung, als hätte ich Benzin ins Feuer gegossen.

Carlo versetzte mir einen Stoß, sodass ich hintüberfiel und auf dem Schotter landete, während er ins Auto hüpfte, den Motor einschaltete und aufs Gas drückte.

Schnell sprang ich auf, rannte zu meinem Auto, das vor der Villa parkte, und nahm die Verfolgung auf.

Der Multipla fuhr mit quietschenden Reifen über den Kies in der Einfahrt, und nachdem er die Säule mit dem automatischen Toröffner und einige Heckenpflanzen in Blumenkästen mitgerissen hatte, bog er nach rechts auf die Landstraße ab, die hinauf ins Gebirge führte.

Ich legte den dritten Gang ein und holte auf der Geraden das maximale Tempo heraus, wobei ich hupte, damit er anhielt. Doch als er merkte, dass er verfolgt wurde, beschleunigte er und verschwand hinter der ersten Serpentine.

Ich musste ihm um jeden Preis auf den Fersen bleiben.

In der zweiten Serpentine geriet ich ins Schleudern. Ich war noch nie gut darin gewesen, in hohem Tempo Kurven zu nehmen. Die Beifahrertür streifte die Leitplanke, und einen Augenblick lang sah ich den Abgrund unter mir: In Zeitlupe zogen rauschende Baumwipfel und zackige Felsen vorbei, und ganz tief unten lag klein und bunt das Tal.

Leck mich.

Ich riss das Lenkrad wieder herum, schaltete einen Gang runter und beschleunigte wieder. Der Multipla war inzwischen hinter der dritten Serpentine verschwunden, die hinauf in den Wald des Monte Argento führte. Das Lenkrad fest umklammert, gab ich Gas und wich haarscharf einem Wohnwagen aus, der mir entgegenkam und die halbe Gegenspur einnahm. Der Fahrer war sichtlich entgeistert über mein halsbrecherisches Manöver und hupte wie wild in der klaren Luft des frühen Nachmittags, bis er mitten auf der Fahrbahn anhielt, vielleicht um Streit zu suchen.

Carlo verfluchend setzte ich meine Verfolgungsjagd fort, ließ die vierte Serpentine hinter mir und fuhr schnurgerade an Guerrinos Bauernhof vorbei Richtung Berge.

Da ist er ja.

Ich heftete meinen Blick auf das Heck des blauen Pkw, der hinter der nächsten Serpentine verschwand, und öffnete das Fenster, um ein wenig Luft hereinzulassen. Die bewaldeten Hänge blickten auf mich herab, während ich mich mit zusammengepressten Zähnen über dem Lenkrad verkrampfte, um nicht die Kontrolle zu verlieren. Ich verfluchte auch sie und beschleunigte direkt nach der Kurve.

An der Tränke holte ich ihn ein, wo er von einer kleinen Schafherde aufgehalten wurde, die die Straße überquerte. Ich sah, wie er fluchend mit den Fäusten aufs Lenkrad trommelte und versuchte, sich einen Weg durch die Tiere zu bahnen, deren Glöckchen bimmelten.

Ich wollte gerade aussteigen, doch da fing Carlo an zu hupen, um die Herde zu vertreiben. Der Schäfer, ein großer und korpulenter Mann undefinierbaren Alters mit dunklem Rauschebart baute sich vor dem Multipla auf und drohte Carlo mit erhobenem Hirtenstock. Augenblicklich war das Auto von fünf Maremmano-Schäferhunden umringt. Hastig schloss Carlo das Fenster und verbarrikadierte sich im Auto. Selbst wenn ich gewollt hätte, hätte ich nicht aussteigen können, sonst hätten die Hunde Hackfleisch aus mir gemacht. Sie waren nervös und aggressiv und hätten jeden Schritt aus dem Auto als Bedrohung der Herde wahrgenommen.

Verängstigt durch die Schreie der beiden Männer und das wütende Gebell der Hunde liefen die Schafe auseinander. In diesem Moment tat Carlo etwas, das ich ihm nie zugetraut hätte. Er legte den Rückwärtsgang ein, fuhr von vorne auf mich auf und schob meinen Wagen gegen die Tränke.

Mein Motor ging aus, während er den Vorsprung nutzte, einen U-Turn hinlegte und die Straße zurückfuhr, über die wir soeben gekommen waren, aber bergabwärts konnte ich ihn unmöglich einholen.

Hastig startete ich den Motor und wendete, wobei ich versuchte, den Hunden und Schafen auszuweichen, die noch immer die Straße besetzten. Im Rückspiegel sah ich, dass vor der Tränke ein Blechteil sowie ein kleiner Scherbenhaufen lagen. Auf den ersten Blick hätte ich gesagt, der vordere Kotflügel und das Glas meines rechten Scheinwerfers.

Egal.

Begleitet vom Gebrüll des Schäfers raste ich los und entdeckte

Carlo, der in der Kurve kurz vor Guerrinos Anwesen versuchte, die Spur zu halten.

Halt an, du Scheißkerl.

In der vierten Serpentine holte ich ihn ein und rammte ihn in voller Fahrt, um ihn zu zwingen, an den mit Splitt bedeckten Fahrbahnrand zu fahren. Der Multipla scherte seitlich aus, wurde schneller und wirbelte Dreck auf, der meine Windschutzscheibe traf, sodass ich verlangsamen musste, um nicht hinabzustürzen. Einen Moment lang war ich versucht, den Scheibenwischer anzuschalten, aber bei all der Erde hätte das nur einen Schlammschleier erzeugt, also verzichtete ich darauf und nahm die Verfolgung wieder auf. Nichts. Er war weg.

Auf der geraden Strecke beschleunigte ich und bremste bei der zigsten Kurve ab, nur um danach wieder aufs Gas zu steigen, bis ich direkt vor der letzten Serpentine zwei lange Bremsspuren auf dem Asphalt entdeckte. Wie von einer Vollbremsung.

Ich wurde langsamer. Die schwarzen Spuren verliefen hinter der Kurve weiter, geradewegs auf die durchbrochene Leitplanke zu, und eine große Staubwolke stieg aus dem Abgrund empor.

Nein!

Ich ließ das Auto am gegenüberliegenden Straßenrand stehen und rannte dorthin, wo die schwarzen Bremsspuren die Kurve schnitten und im Nichts endeten. Der Multipla lag völlig demoliert ungefähr vier Meter tiefer, eingekeilt zwischen Felsen und Bäumen. Einer der Hinterreifen drehte sich noch. Der Gestank des Reifenabriebs auf dem Asphalt war Übelkeit erregend.

»Carlo!«, schrie ich zitternd. Von meinem Standort aus konnte ich nicht sehen, wie viel von dem Fahrzeug übrig war, das beinahe vertikal in der Landschaft steckte.

»Carlo, hören Sie mich?«

Ohne nachzudenken, klammerte ich mich an die Zweige des Ginsters und folgte der Spur der Verwüstung, die das talwärts rasende Auto hinterlassen hatte. Beim Hinunterrutschen hielt ich mich an Felsen und Pflanzen fest und erreichte das Heck des Wagens, das einen halben Meter über dem Boden schwebte, öffnete die rechte Hintertür und versuchte hineinzuklettern, aber dadurch senkte sich der vordere Teil des Autos bedrohlich, sodass ich es lieber sein ließ.

Auf dem Rücksitz lagen eine große Sporttasche und einige Einkaufstüten mit Lebensmitteln, vor allem Konserven und andere lang haltbare Produkte. Ich zog die Tasche heran und öffnete sie.

Darin lagen jede Menge Medikamente. Unter anderem Entzündungshemmer, Kortison, Antibiotika und ein paar Nahrungsergänzungsmittel. Außerdem Windeln für Erwachsene und Material für eine Tropfinfusion. Im Fußraum lagen eine Einkaufsliste und ein Schlüsselbund. Ich nahm beides an mich und steckte es ein, dann machte ich die Tür zu und rutschte ein wenig weiter hangabwärts, seitlich an dem qualmenden Auto entlang.

»Carlo, hören Sie mich? Ich rufe einen Krankenwagen.«

Erst in diesem Moment sah ich, dass die Windschutzscheibe zersplittert war und Carlo sechs, sieben Meter weiter unten zwischen den Felsen in der Dunkelheit des Waldes in einer unnatürlichen Haltung lag.

»Carlo!«, rief ich erneut. »Wenn Sie mich hören, halten Sie durch! Ich rufe den Notarzt!«

Der Körper rührte sich nicht. Ich beugte mich vor, wobei ich das Fahrzeug erneut zum Schwanken brachte, und dann sah ich es.

Ein Ast hatte ihn einmal komplett durchbohrt.

Zitternd stieg ich wieder zur Straße hinauf und setzte mit unterdrückter Nummer einen Notruf ab.

Als ich ins Auto einstieg, merkte ich, dass meine Handgelenke steif waren und schmerzten von der Anspannung, mit der ich das Lenkrad umklammert hatte.

Carlo war tot und hatte sein Geheimnis mit ins Grab genommen.

Womöglich.

Mit dreißig Stundenkilometern fuhr ich bis zur Abzweigung, die zum Dorf führte, dann wendete ich und schlug den Weg nach Querceto ein.

Der Platz war so früh am Nachmittag leer. Ich setzte mich auf den Brunnenrand in den Schatten der Bäume, die die Allee säumten, und wollte gerade die Einkaufsliste herausholen, als mein Handy vibrierte. Emilia mal wieder.

»Und, hast du mit ihm gesprochen?«

»Nein. Er ist tot.«

Stille.

»Sara?«

»Er ist mit dem Auto abgehauen, ich habe ihn verfolgt, dann ist alles aus dem Ruder gelaufen. Er hat eine Kurve oben am Monte Argento nicht richtig erwischt und ist abgestürzt.«

»O Gott, Sara. Hast du ...?«

»Ich hab den Notruf mit unterdrückter Nummer gewählt.«

»Ach du liebe Güte ...«

»Emi. Ich habe einen furchtbaren Verdacht. Ich ruf dich gleich zurück. Versprochen. Ich muss nur kurz was erledigen.«

»Nein! Verdammt, sag mir, wo du bist! Du hättest sofort Marchi anrufen sollen! Die Polizei unternimmt Verfolgungsjagden, nicht irgendwelche Ärztinnen! Nicht du! Wenn dich irgendjemand gesehen hat ...«

»Ich ruf dich in einer Minute zurück.«

»Warte, Sara. Carlo war unschuldig!«

»Was?«

»Er war nicht Gertrudes leiblicher Sohn. Sie hat ihn bei sich aufgenommen, als er noch ganz klein war, weil er aus einer sehr armen Familie in Fogliaia stammte, die nicht wusste, wie sie ihre

Behandlungen bezahlen sollte. Deshalb haben sie ihr diesen halb zurückgebliebenen Sohn geschenkt. Gertrude hat sofort ihre Chance gewittert und ihn zu ihrem Gehilfen, ihrem Sklaven gemacht und ihn als ihren Sohn ausgegeben. Der Ärmste hat nichts geerbt, nicht mal das Haus im Wald. Keinen Cent hat sie ihm hinterlassen, dieses Biest. Aber aufgepasst, davon weiß niemand. Um an diese Info ranzukommen, musste ich ein paar Leute bemühen, die mir früher oder später die Rechnung dafür präsentieren werden. *Eine Hand wäscht die andere.* Und du hast ihn in den Abgrund getrieben. Nein. Das heißt, damit will ich nicht sagen, dass es deine Schuld ist. Ich will nur sagen: Verdammte Scheiße noch mal! Man kann nicht einfach Detektiv spielen, Sara. Was auch immer du als Nächstes vorhast, bitte hör auf damit! Es ist an der Zeit, mit Marchi zu reden. Indem ich dich decke, riskiere ich nicht nur meinen Job, sondern auch, ins Gefängnis zu wandern. Hast du nicht für heute eine Vorladung? Geh hin, rede mit ihm!«

Ich legte auf, schloss die Augen und ballte die Hände zu Fäusten. Das Adrenalin von der Verfolgungsjagd, das mich bis jetzt am Laufen gehalten hatte, entwich mit einem Mal aus meinem Körper, und ich sank aufs Pflaster, zusammen mit meinem kümmerlichen Rest an Gewissheiten.

Zusammengekauert schmiegte ich mich an den Brunnen, bis meine Wange den kalten Stein berührte.

34

»Hallo, Sara.«

»Wer ...«

»Nein, lass mich ausreden. Jedes Mal, wenn du Angst hast, wirst du vorlaut und meinst, dich verteidigen zu müssen.«

»Ich höre dir zu. Sag mir nur, wo wir sind.«

»Wir sind in deinem Inneren. Offenbar hatte ich all diese Jahre einen Platz in deinem Herzen. Und ich dachte, du würdest mich hassen, dabei bin ich hier überall zugegen.«

»Claudia?«

»Hör mal. Ich wollte mich bei dir bedanken für alles, was du für mich tust. Das hat noch nie zuvor jemand für mich getan. Alle haben aufgegeben, hast du das gemerkt?«

»Claudia. Ich ...«

»Pst. Hör mir einfach nur zu. Du musst jetzt aufstehen und das zu Ende führen, was du angefangen hast. Okay?«

»Was?«

»Das, was du angefangen hast. Du bist auf dem richtigen Weg, solange du deinem Instinkt folgst. Deinem Instinkt als Heilerin, Sara. Nur du kannst Licht ins Dunkel bringen. Nur du kannst sie alle finden. Versprich mir, dass du sie suchen wirst.«

Als ich die Augen aufschlug, lag ich mit dem Gesicht am Boden und spürte einen Wasserschwall. Das hieß, ich war am Leben.

Was hatte ich gemacht, bevor Emilia mich anrief? Oder war

es Claudia gewesen? Hatte Claudia meine Telefonnummer, oder hatte ich das nur geträumt?

Jemand versuchte, mir zu helfen, fragte mich, ob ich etwas bräuchte. Ob es mir gut gehe.

Was musste ich tun? Hatte ich geträumt?

Man brachte mir eine Flasche Wasser und ein Tütchen Zucker. Ich hätte ihnen gern gesagt, dass ich einen Unschuldigen auf dem Gewissen hatte und dass es nichts gab, was sie für mich tun konnten, da mein ohnehin sinnloses Leben vor ein paar Minuten endgültig in sich zusammengestürzt war. Für immer.

Das Blatt.

Ich setzte mich auf und trank einen Schluck.

»Mir geht's gut, wirklich. Nur niedriger Blutdruck.«

Geht weg. Das Blatt.

»Danke, wirklich, mir geht's gut. Niedriger Blutdruck. Sie können wirklich gehen, ich komme schon klar, danke.«

In meiner Tasche hatte ich einen Zettel und einen Schlüsselbund.

Carlo.

Carlo war gestorben, weil er geflohen war, und wenn jemand flieht, heißt das, er hat etwas zu verbergen.

Es war nicht meine Schuld.

Ich las den Zettel. Eine einfache Einkaufsliste mit all den Dingen, die ich in der Tüte gesehen hatte. Mich interessierte etwas anderes. Irgendwoher kannte ich die Handschrift, aber woher?

Ich stand auf und setzte mich auf eine der Bänke im Park. Aus dem Rucksack zog ich das Heft mit all meinen Notizen, und instinktiv nahm ich den Zettel heraus, den ich von Gertrudes Grab mitgenommen hatte. Auch ohne Expertin für Handschriften zu sein, konnte ich feststellen, dass Carlo der Urheber des Kärtchens an seine Stiefmutter gewesen war.

»Ich wünschte, es wäre wahr.«

Nun würde sich mir die Bedeutung vielleicht erschließen. Carlo hatte diese Frau immer gehasst, sich aber nie ihrem Willen entziehen können.

Ich stand auf. Meine Beine waren stark und trugen mich. Mein Herzschlag war stabil. Mein Kopf erneut hellwach.

Ich ging zum Auto und nahm den zigsten Anruf von Emilia entgegen.

»Sara, du solltest dich auf was gefasst machen. Sie wissen, dass du Carlo in die Berge gefolgt bist. Am besten du sprichst direkt im Revier vor, erzählst den Kollegen deine Version der Geschichte. Sag ihnen, dass er dich bedroht hat ...«

»Er war es, der das Kärtchen geschrieben hat, das ich auf dem Grab seiner Mutter gefunden habe.«

»Was?«

»Ich habe eine Einkaufsliste in seiner Handschrift. Und die stimmt mit der auf dem Kärtchen überein.«

»Sara, es reicht. Dein Detektiv-Abenteuer ist zu Ende. Du hast wirklich genug Einsatz gezeigt, aber jetzt musst du damit aufhören und mit der Polizei zusammenarbeiten, wenn du Rebecca und dir selbst helfen willst. Hörst du mich? Ruf Marchi an. SOFORT.«

Ich legte auf und setzte mich ans Steuer.

Nun wusste ich, wo ich suchen musste, denn Carlo war außer sich geraten, als ich gesagt hatte, ich wüsste, was er und seine Mutter angestellt hatten. Aber es hatte nichts mit den Grundstücken zu tun, wie ich noch bis vor Kurzem gedacht hatte.

Die Straße glitt unter mir hinweg wie ein Förderband aus grauem Asphalt, das mich zum Ziel meiner Recherche führen würde. Ich hatte keine Zeit, mit der Polizei zu reden oder Emilia alles zu erklären.

Folge deinem Instinkt.

Ich ließ das Auto an derselben Stelle wie bei meinem ersten Besuch stehen und nahm auch wieder denselben Weg hinauf. Als ich an Gertrudes Haus ankam, sah ich auf die Uhr. Es war fast fünf. In Kürze würde die Dunkelheit den Wald verschlingen.

Nur du kannst Licht ins Dunkel bringen.

Seit meinem ersten Besuch hier oben hatte sich nichts verändert, nur ich.

Ich ging um die Hausecke zu der Felsgrotte, die das Grab der Alten beherbergte. Ich wühlte in der Masse aus Geschenken und Karten, die das Grabmal bedeckten, drehte die Blumentöpfe um und zerbröselte die Erde.

Wonach genau ich suchte, wusste ich selbst nicht, bis mein Blick auf die tönerne Amphore fiel. Wenn ich sie recht betrachtete, sah sie nicht nach Grabschmuck aus, eher so, als hätte man sie nachträglich hingestellt; womöglich das Geschenk von jemandem, der Gertrude verehrt hatte.

Oder von jemandem, der sie gehasst hatte.

Ich versuchte, den Deckel zu öffnen, aber er saß so fest, dass ich einen Ast als Hebel benutzte, wodurch ich sie aus Versehen umstieß.

Die Amphore zerbrach in tausend Scherben, und dazwischen kamen unzählige kleine Knochen und Knöchelchen zum Vorschein, die sich über die Blätter verstreuten, die der Wind in die Nische hineingeweht hatte.

Finde sie alle.

Ich fotografierte die Finger und Fingerglieder, die zwischen den Blättern und Scherben verteilt waren, und schickte das Foto an Emilia.

Du bist hergekommen, du hast das Böse gespürt.

In meinem Kopf erklangen abwechselnd die Stimmen von Claudia und Leonilda.

»Helft mir, Schwestern, damit ich nicht verzage«, flüsterte ich wie im Gebet, während ich über die Knöchelchen strich, »steht mir bei, lasst mich nicht allein.«

Bei den Knochen lag ein dunkles Stoffbündel, dem ich bislang keine Beachtung geschenkt hatte und das einen fürchterlichen Geruch verströmte.

Nein.

Ich stand auf und rannte auf den Weg zu. Ich wollte nichts mehr wissen, erst recht nicht, was dieser Stoff enthielt.

Derweil gingen auf meinem Handy im Sekundentakt Nachrichten ein. Ich öffnete sie. Emilia bat mich inständig, mich der Polizei zu stellen und ihnen alle Fragen zu beantworten. Ich hatte zwölf verpasste Anrufe.

In der Ferne vernahm ich Sirenengeheul. Ich nahm an, dass sie Carlos Leiche aus der Schlucht bergen und dann nach mir suchen würden. Ein Hubschrauber kreiste über den Wipfeln.

Verwirrt lief ich wieder zurück. Vorsichtig, um nicht auf die Knochen zu treten, beugte ich mich vor, nahm das Bündel hoch, schlug langsam den Stoff zurück und zwang mich, das anzusehen, was trotz der einsetzenden Verwesung eindeutig als die rechte Hand eines Mädchens erkennbar war.

Mir wurde schwindelig, sodass ich meine Armbeuge gegen Mund und Nase presste und die Hand zurück auf den Boden legte. Ich musste bei Bewusstsein bleiben. Die Hand war erst vor Kurzem abgetrennt worden. Wenige Tage, nicht mehr.

Mit einem trockenen Würgen sank ich auf die Knie, atmete den wohltuenden Duft der Blätter ein und zwang mich dazu, mich zu beruhigen.

Diese zarten Finger hatten mich noch vor Kurzem geheilt. Und nun lagen sie tot in einer Urne, zusammen mit den Händen der anderen Mädchen, die nie zurückgekehrt waren.

Eine einzelne Hand.

Ich dachte an das Profil eines Serienmörders und stellte mir vor, dass der Täter Rebecca allmählich zerlegen wollte, Stück für Stück.

Sadistische Züge und mangelnde Empathie.

Modus operandi.

Ein Donnern ließ alles erbeben, und ein kräftiger Wind zog auf. Bald würde ein Unwetter losbrechen.

In meiner Tasche klimperte leise der Schlüsselbund. Ich näherte mich dem Haus und versuchte, die Eingangstür zu öffnen, doch sie schien von innen blockiert zu sein. Daraufhin lief ich ums Haus, bis zu den hellen Steinstufen, die zum Keller hinabführten.

Der Keller, von dem Rachele gesprochen hatte.

Ich rief mir ins Gedächtnis, dass ich leise sein musste, schließlich war ich nicht allein.

Der vierte Schlüssel, den ich ausprobierte, passte und glitt mühelos in das gut geölte Schloss. Vor mir lag ein schmaler, dunkler Flur, in dem es nach Wäsche und Essen roch.

So leise wie möglich ging ich durch den Tunnel, den man in den Felsen gegraben hatte, und näherte mich langsam dem einzigen Raum, aus dem das Untergeschoss bestand. Offenbar handelte es sich um eine winzige Wohnung, die mit allem ausgestattet war, was man zum Leben brauchte. Dank der Teppiche auf dem Boden konnte ich unbemerkt bis zu der Wand schleichen, die mich von der Person trennte, die sich in dem Raum befand.

Trotz der Dunkelheit konnte ich einen Blick hineinwerfen, und meine Knie gaben beinahe nach vor Überraschung.

An der Rückseite des Raums stand ein Krankenhausbett. Und im Bett saß, an einen Berg aus Kissen gelehnt, eine blasse alte Frau.

Nicht zu fassen.

Ich stellte meine Handykamera in den Filmmodus, nahm all meinen Mut zusammen und betrat das Zimmer.

Die Frau verzog keine Miene. Ihre kleinen blauen Augen besaßen noch immer die alte Kraft, mit der sie diese Gegend des Apennins jahrzehntelang unterjocht, korrumpiert, bezwungen und betrogen hatte.

»Wer bist du?«

»Ich heiße Sara.« Ich trat näher und erkannte in dem Vorrat neben dem Bett die Windelmarke und die Medikamente wieder, die Carlo in den Einkaufstüten im Auto dabeigehabt hatte.

»Sara. Und was führt dich hierher? Vermutlich nicht meine Fähigkeiten als Heilerin, nehme ich an. Ich weiß, was man sich im Dorf über mich erzählt, also los, sag schon: Was willst du von mir?«

Ihre Arroganz ließ Zorn in mir auflodern. Das war also Gertrude, die große Heilerin höchstpersönlich.

»Wieso versteckst du dich feige hier unten, während oben dein Grab steht? Du hast wohl deinen Tod vorgetäuscht, um nicht wegen Entführung und mehrfachen Mordes angeklagt zu werden, was? Tja, nur damit du's weißt, ich filme das alles, und in Kürze trifft die Polizei ein, insofern würde ich dir raten, mir gleich zu sagen, wo du Rebecca versteckt hältst!«, schrie ich ihr entgegen und spürte meinen Herzschlag wie eine tickende Zeitbombe. Die Alte jagte mir Angst ein. Ihr klarer Verstand, ihre Augen, ihre Hände. Alles an ihr war Furcht einflößend.

Sie lächelte nur müde.

»Tja, wenn ich das wüsste«, erwiderte sie bitter. »Willst du die Wahrheit hören?«

»Die Wahrheit ist, dass du und dein Sohn Mädchen entführt und umbringt, so ist das nämlich!«, schrie ich atemlos.

»Nein. So ist das nicht. Ich habe viele Fehler im Leben gemacht, aber nie einen Menschen getötet. Und was meinen Sohn angeht, der genauso wenig.«

Sie zuckte mit ihren mageren Schultern.

Ich starrte sie nur wie betäubt an.

»Du widerst mich an, Gertrude.«

Sie führte eine weiße Hand an die Augen. Versuchte sie etwa, mein Mitleid zu erregen?

»Ja, es stimmt. Ich verstecke mich hier unten, aber nur, weil mir vor ein paar Jahren jemand eine abgetrennte Hand vor die Tür gelegt hat und dazu einen Zettel, auf dem stand, ich sei als Nächste dran. Na los, erzähl das ruhig der Polizei. Die jungen Heilerinnen verschwanden spurlos, die alten starben im Schlaf, und bald wäre auch ich an der Reihe gewesen. Deshalb haben mir mein Sohn, Rodolfo und sein gütiger Vater geholfen, mich hierher zurückzuziehen, aber vielleicht hätte ich lieber draußen bleiben und noch ein paar schöne Spaziergänge im Wald genießen sollen, bevor sie mich umbringen, wer weiß. Das spielt mittlerweile keine Rolle mehr.«

Verdattert hörte ich zu. Meine Theorie fiel in sich zusammen wie ein Kartenhaus.

»Auf deinem Grab steht eine Amphore«, sagte ich. »Weißt du, wer sie da platziert hat?«

»Nein. Carlo hat sie nicht weggestellt, er meinte, sie sei eigentlich ganz hübsch.«

»Tja, ich habe sie aufgehoben, und sie ist mir heruntergefallen. Darin waren Hunderte Knöchelchen. Und eine frisch abgetrennte Hand. Die Hand eines Mädchens.«

Gertrude legte sich die Hand aufs Herz und schloss die Augen.

Nun wusste ich, dass die Amphore ein makabrer Tribut an die alte Heilerin war, die ihrem Peiniger entwischt war. Er brachte ihr die abgetrennten Hände als Gabe dar.

»Aber wer ist es dann, der Jagd auf Heilerinnen macht?«

»Das weiß ich nicht, mein Kind. Sag mal, wessen Enkelin bist du eigentlich? Könntest du mir das Fläschchen da reichen? Mein Sohn ist heute leider spät dran, und ich muss meine Medikamente nehmen.«

Ein Schlag in die Magengrube.

»Carlo kommt nicht mehr«, sagte ich leise, »er hatte heute Nachmittag einen Unfall und …«

Sie hob die Hände, wie um mich zu bremsen.

»Ich habe schon geahnt, dass heute alles zu Ende geht. Schade, er war ein guter Junge.«

Ich reichte ihr das Fläschchen, um das sie mich gebeten hatte, und eine Packung Taschentücher.

Still weinte sie vor sich hin, mit der den Bergbewohnern eigenen Würde.

Aber wen muss ich dann suchen? Wo ist Rebecca?

»Gertrude, ich rufe jetzt einen Krankenwagen. Du kannst nicht allein hierbleiben, du musst ins Krankenhaus.«

»Wie hast du mich überhaupt gefunden?«

»Ich habe das mit den Grundstücken herausgefunden. Danach musste ich nur der Spur folgen.«

»Du lügst«, sagte sie, und meine Beine zitterten. »Ich spüre deinen Hass. Warum fragst du mich nicht, was du unbedingt wissen willst? Worauf wartest du? Mein Leben ist ohnehin vorbei. Wenn du mich gefunden hast, wird mich der Mörder auch finden.«

Nun begriff ich, worin all die Jahre ihre wahre Macht bestanden hatte. Die Alte konnte geradewegs in die Seele der Menschen blicken. Obwohl sie ans Bett gefesselt war, hatte sie mich fest im Griff. Ich nahm all meinen Mut zusammen. Dies war vielleicht meine einzige Gelegenheit, unter vier Augen mit ihr zu reden.

»Hast du wirklich Geld für deine Heilungen genommen?«

Sie, die eine Legende darstellte, ob im Guten oder im Schlechten, saß mir leibhaftig gegenüber, was ich noch immer nicht fassen konnte. Nun wusste ich, dass sie weder eine Entführerin noch eine Mörderin war, aber es war schwer, sie nicht zu hassen, da ihre Seele so verdorben war und sie keinen Hehl daraus machte.

»Ja, das habe ich.« Sie betrachtete ihre Hände.

»Und wieso?«

»Weil ich als armes, einsames Mädchen aufgewachsen bin. Eine Waise, die niemand wollte, die herumgeschubst wurde und gezwungen war, Toiletten zu schrubben, nur um einen Teller Suppe und ein Dach für die Nacht zu bekommen. Weil ich mir mit sieben Jahren geschworen habe, dass ich, sollte ich überhaupt das Erwachsenenalter erreichen, nie wieder Hunger leiden würde.«

Ich starrte sie weiter an, während all der Zorn, all der Frust und all der Hass auf sie, den ich angestaut hatte, in den Teppich sickerte, auf dem ich stand.

Ich hatte mich völlig getäuscht.

Ich versuchte, Emilia anzurufen, aber hier unten hatte ich keinen Empfang, also rannte ich nach oben, und sobald ich draußen war, lief ich, das Handy in die Höhe haltend, zwischen den Bäumen hin und her. Als auf dem Display zwei wacklige Streifen erschienen, versuchte ich erneut, Emilia anzurufen und ihr das Video zu schicken, das ich im Keller gedreht hatte, aber der Anruf ging nicht raus.

Gertrude hatte sicherlich ihre Schwächen, aber sie war keine Serienmörderin.

Auch sie war ein potenzielles Opfer des Mörders, der noch immer auf freiem Fuß war. Eine omnipräsente und doch unsichtbare Gestalt. Eine subtile Bedrohung.

Es musste ein Verwandlungskünstler sein. Ein Manipulator. Frau oder Mann? Inzwischen war ich mir nicht mehr sicher.

Zum zigsten Mal hatte ich falschgelegen, und ich fühlte mich unendlich müde und einsam. Ich erwog abzuwarten, bis die Polizei eintraf, und mich zu stellen. Ich würde mir einen guten Anwalt suchen und diese absurde Geschichte ein für alle Mal in seine Hände legen.

Ich war keine Detektivin, ich hatte nur Chaos angerichtet, und ein Mensch war meinetwegen gestorben. Marchi hatte recht gehabt. Der Staub, den ich aufgewirbelt hatte, hatte dem Täter nur genützt, hatte die Polizei von der richtigen Spur abgelenkt, wodurch ich – ausgerechnet ich – zur Tatverdächtigen wurde.

Unter der Last meines Scheiterns gebeugt ging ich hinunter zum Weg. In meinem Hals hatte sich die Summe all der Dinge, die ich nie aussprechen, nie herausschreien und für immer in meinem Herzen verschließen würde, zu einem Kloß zusammengeballt.

Und dennoch hatte ich das Gefühl, dass ich der Wahrheit ganz nahe gekommen war. Das spürte ich einfach.

Das Rascheln der Blätter unter meinen Füßen, der Wind, der an den Baumwipfeln rüttelte, mein eigener Atem: Alles schien zu mir zu sprechen, aber ich verstand die Sprache der Welt nicht mehr. Ich hatte mich in allem geirrt.

Barbara Righi war eine verzweifelte junge Frau gewesen. Guerrino ein Mann, der versuchte, sich ein neues Leben aufzubauen nach dem Verlust seiner Frau. Don Luigi war ein zorniger Alter. Marco ein großer Junge, der von Schuldgefühlen geplagt wurde. Carlo ein Opfer. Rachele ein Opfer. Giacomo ein Opfer.

Ich blieb stehen und richtete den Blick nach oben auf das geometrische Geflecht der Äste über meinem Kopf.

Letztlich war auch Gertrude ein Opfer.

Was Rodolfo anging, war ich mir unsicher, aber nun wusste ich zumindest, dass er nicht in die Entführung seiner Tochter involviert war.

Aber wer dann?

Wen gab es noch, der es geschafft hatte, sich immer am Rande meines Blickfelds zu bewegen, immer verschwommen und wenig greifbar zu bleiben?

Ich lehnte mich mit dem Rücken an den Stamm einer Kastanie.

Wo hatte ich mich getäuscht?

Sirenen in der Ferne. Ich war nicht im Revier aufgekreuzt.

Was hatte ich übersehen?

Ich war mir sicher, dass der Täter die ganze Zeit vor meiner Nase, aber gerissen genug gewesen war, um meinen Blick von sich abzulenken.

Sie hat Ihnen vertraut. Ich wünsche euch allen den Tod.

Die Worte von Luisa, der Tochter von Carla Poggiani, die infolge von Komplikationen bei der OP gestorben war, tauchten in meiner Erinnerung auf wie Leichen in einem See, die an die Oberfläche trieben. Worte, getränkt von Leid.

Ihr hättet sie retten können und habt es nicht getan.

Woher kamen diese Worte plötzlich?

Ich ging um den Baum herum, strich über die Rinde.

»Ich wünsche euch allen den Tod.« Ich sprach die Worte aus, als wollte ich sie auf der Zunge schmecken. »Ich wünsche euch *allen* den Tod.«

Ihr habt sie nicht gerettet.

Ich legte mir eine Hand auf den Mund, wie um den Namen zurückzuhalten, der sich zwischen all den vielen anderen Bahn brach und herausgeschrien werden wollte.

Das kann nicht sein.

Und dennoch fügten sich allmählich alle Puzzleteile aneinander.

Ein Mädchen von gerade mal fünf Jahren stirbt infolge eines Fiebers, das von einem Insektenstich oder einem Virus verursacht worden war. Zuvor aber hat ein verzweifelter Vater sie ins Krankenhaus gebracht und sie dann, als man dort nichts für sie tun konnte, den Heilerinnen anvertraut. Einige weigern sich, eine Krankheit zu kurieren, die sich ihrer Kenntnis entzieht. Andere versuchen, das Fieber zu lindern, die verborgene Angst, das Dunkle, den bösen Blick, den Fluch auszutreiben, den erbosten Kobold zu besänftigen.

Aber das Kind stirbt.

»Und der Vater, der vom Dämon des Schmerzes heimgesucht wird, verliert den Verstand.«

Ich wünsche euch allen den Tod.

»Er entwickelt einen abgrundtiefen Hass auf die Frauen mit ihren alternativen Heilkünsten und beginnt, sie zu entführen und umzubringen. Die Jungen. Die Alten.«

Ich sprach mit dem Wald, dem Wind, den Wurzeln.

»Er kann ungestört morden, weil er in den Dörfern der Gegend ein angesehener Mann ist. Zugang zu jedem Haus hat. Alle Familien kennt. Das unerschütterliche Vertrauen sämtlicher Bewohner hier oben in den Bergen genießt.«

Eine weitere Erinnerung drängte sich in mein Bewusstsein.

An der Stelle, an der ich nun stand, hatte ich Empfang. Ich rief den ältesten Menschen an, den ich kannte. Ich brauchte Antworten.

»Liebes, wo steckst du denn? Die Polizei war hier ... sie suchen nach dir. Sara, was ist denn los?«

»Ganz ruhig, Nonna, alles ist gut. Ich versuche, meine Unschuld zu beweisen, und um das tun zu können, brauche ich eine Auskunft von dir.«

Ich hoffte inständig, dass sie sich erinnern und ein Detail kennen würde, das meine Theorie bestätigte. Ein Mensch wird nicht einfach so zum Serienkiller, *nur* weil ein geliebter Mensch stirbt.

»Was denn? Frag ruhig. Aber bitte komm heim ...«

Ich rief mir meine Notizen über die Merkmale eines Serienmörders in Erinnerung und hätte sie zu gern noch einmal nachgelesen, aber dafür war jetzt keine Zeit.

»Nonna, erinnerst du dich an die Geschichte von dem Jungen, der mitansehen musste, wie sein Vater den Geröllhang hinabgestürzt war? Wart ihr vielleicht befreundet oder kanntest du ihn?«

»Cesare? Wie kommst du jetzt ausgerechnet auf ihn?«

Mein Herz zog sich in der Brust zusammen. Mit einem Mal wusste ich es.

In diesem Moment wurde ich kurzzeitig von Motorengeräuschen abgelenkt, aber von dort, wo ich stand, konnte ich die Straße nicht sehen. Die Polizei konnte es kaum sein, die wäre bestimmt mit Sirenengeheul aufgetaucht.

»Sara? Bist du noch dran?«

»Ja. War Cesare dieser Junge?«

»Aber ja. Cesare hat als Kind einiges durchgemacht, niemand hätte damit gerechnet, dass er sich so gut macht und es sogar ganz von allein an die Uni schafft. So ein fleißiger Junge, hat immer nur gelernt und gearbeitet.«

»Was ist ihm denn als Kind zugestoßen?«

»Er war der Sohn eines Minenarbeiters und hatte nicht gerade eine schöne Kindheit. Der Vater war gewalttätig, die Mutter hatte schwere psychische Probleme, und als die kleine Schwester geboren wurde, hat sie sie in der Wanne ertränkt und sich von der Brücke gestürzt ...«

Gott.

Ich kannte diese Geschichte in groben Zügen. Aber wer hatte sie mir erzählt? Emilia? Nein. Guerrino vielleicht, an dem Abend, als er die Wildschweine freigelassen hatte. Aber er hatte mir nicht gesagt, dass es sich bei der Frau um Cesares Mutter handelte. Andererseits hatte ich das Ganze für eine der üblichen Schauergeschichten gehalten, die man sich in den Bergen erzählte, und keine Fragen gestellt. Der Abend war schon anstrengend genug gewesen, aber nun fügte sich auch dieses Puzzleteil ins Gesamtbild ein.

»Sie hat sich zusammen mit dem kleinen Cesare hinuntergestürzt. Aber vielleicht weil er klein und leicht war, blieb er an einem Ast am Flussufer hängen, während seine Mutter vom

Strom mitgerissen wurde und ertrank. Die Mutter und der Säugling wurden anschließend beerdigt. Angelica hieß die Kleine.«

Angelica. Seine kleine Schwester war vor seinen Augen gestorben, und er hatte versucht, sie in seiner eigenen Tochter gewissermaßen wieder zum Leben zu erwecken.

Ich unterbrach sie.

»Hat sie sich umgebracht, weil ihr Mann sie betrog?«

»Ach, da gab es unterschiedlichste Gerüchte. Manche sagten, er habe sie geschlagen. Sie und die beiden Kinder. Cesare und seine um ein Jahr ältere Schwester.«

»Racheles Mutter.«

»Ja. Und es hieß, er habe sie betrogen und mit einer der Heilerinnen eine Affäre angefangen, die vorbeikam, um die verrückte Mutter zu heilen. Aber das sind bloß Gerüchte. Wer kennt schon die Wahrheit?«

Cesare kennt sie. Eine alte Wahrheit.

»Und nach dem Tod der Mutter blieben Cesare und seine Schwester beim Vater wohnen?«, fragte ich.

»Nein ... nein. Sie kamen ins Heim, die Armen, nachdem auch der Vater kein Jahr später starb. Er ist bei der Jagd ausgerutscht und in eine Felsspalte gestürzt. Cesare, der damals noch klein war, war dabei und ist allein ins Dorf hinabgestiegen, um Hilfe zu holen.«

Er war es gewesen.

Ich schüttelte den Kopf: Hatte Cesare seinen Vater hinuntergestoßen, um seine Mutter zu rächen, die seinetwegen Selbstmord begangen hatte? Hatte damals sein Hass auf die Heilerinnen begonnen, der durch den Tod seiner Tochter vollends ausgebrochen war?

Ich hatte genug gehört.

»Danke, Nonna. Wir sehen uns ... später.«

In diesem Augenblick hörte ich vom Haus her einen heiseren

Schrei. Meine Knie wurden weich, und ich spitzte die Ohren, ob noch etwas kam.

Nichts.

War es nur Einbildung gewesen? Das hätte ich nicht mit Gewissheit sagen können, aber etwas brachte mein Blut in Wallung, eine seltsame Vorahnung, die mich in Mark und Bein erschütterte, wie eine Stimme, die tief in mir flüsterte: »Vorsicht, Sara, Vorsicht.«

Nun wusste ich, dass es eine psychopathische Veranlagung in Cesares Familie gab und dass aus dem Jungen mit diesem schwierigen Erbe infolge seines Schmerzes ein Mörder geworden war. Ein unerträglicher Schmerz, der Menschen in Monster verwandelt.

Nun weiß ich, wer du bist. Du hast einen Namen. Nun kann ich dich aufhalten.

Ohne nachzudenken und ohne den geringsten Zweifel daran, dass ich diesmal den richtigen Riecher hatte, rannte ich zu den Steinstufen, die zum Keller hinabführten, und verwarf mein Vorhaben, Emilia anzurufen. Die Tür, die ich angelehnt hatte, stand sperrangelweit offen, und der Wind hatte bereits Laub in den Flur gefegt.

Das Herz klopfte mir bis zum Hals, als ich den Raum betrat. Beim Anblick, der sich mir bot, ging etwas in mir unwiderruflich kaputt.

Mich ergriff eine solche Hoffnungslosigkeit, dass ich mich wie eine Blinde durch den Raum tastete, unfähig zu denken.

Als würde ich unter Wasser laufen.

Gertrude war nicht mehr allein. Neben ihrem Bett stand Cesare. Er hielt ein Messer in der Hand, sein Blick war undurchdringlich, in die Ferne gerichtet.

Er ist mir gefolgt.

An Gertrudes Hals lief Blut hinab. Das Weiß ihres Nachthemds und der gestärkten Bettwäsche war nun von Rot überdeckt.

»Nein …«, erklang meine Stimme piepsig, gebrochen. Mich auf ihn zu stürzen, wäre sinnlos gewesen, immerhin war er bewaffnet, gefährlich. Ehrlich gesagt war es leichtfertig von mir gewesen, einfach hier hereinzuplatzen, aber dafür war es nun zu spät.

Ich betrachtete ihn. Er sah wie verwandelt aus.

Vielleicht war ich das auch.

»Cesare, die Polizei ist jeden Moment hier. Sag mir, wo Rebecca ist!«, schrie ich.

Er rührte sich nicht.

»Das wirst du in Kürze sehen.«

Ohne zu wissen, woher ich die Energie nahm, warf ich mich von der anderen Bettseite auf Gertrude, um ein Handtuch auf ihre Halswunde zu pressen. Sie sah mich an, während sie starb, und im Himmelblau ihrer Iris stand Angst geschrieben, die größte Angst der Welt.

Der perfekte Puppenspieler.

Ich stand unter Schock.

Ich zog mein Handy heraus, um nachzudenken, um einen klaren Gedanken zu fassen, trotz des unerträglich laut rauschenden Bluts in meinen Ohren, dann steckte ich es weg.

Cesare schien abwesend zu sein. Und doch war er hier und wusste, was er tat. Wer weiß, wie lange er auf diesen Moment gewartet hatte.

Der perfekte Manipulator. Der Zugang zu allen Häusern hatte. Zu Medikamenten, die langsam den Tod herbeiführen.

»Das Spiel ist aus, Cesare. Du hast es geschafft. Du hast alle alten Heilerinnen mit Medikamenten ins Jenseits befördert und die jungen im Wald verscharrt, so wie Claudia. Jetzt wanderst du in den Knast. Sag mir sofort, wo du Rebecca gefangen hältst. Sofort!«

»Es ist erst aus, wenn ich es sage«, entgegnete er. »Ich mache meine Arbeit gerne gründlich. Erst kümmere ich mich um Rebecca und dann um dich, Sara. Meiner Nichte hatte ich es bereits angekündigt – hast du ihre neueste Zeichnung gar nicht gesehen? In dem Reigen ist eine weitere Figur hinzugekommen: die letzte Heilerin. Ich habe nämlich neulich gehört, wie du dich mit deiner Freundin am Telefon unterhalten hast. Mir entgeht nichts, musst du wissen. Auch nicht, dass du neben dem Brunnen auf dem Platz lagst. Als du Hals über Kopf aufgebrochen bist, wusste ich, dass es wichtig sein musste.«

Der Serienmörder wirkt nach außen hin völlig unauffällig. Wie einer von den Guten.

Ich merkte, dass ich zitterte, aber weder vor Kälte noch vor Angst. Sondern vor Verzweiflung. Pure Verzweiflung.

Wo waren die Sirenen? Die Hubschrauber?

Emilia, wo bist du?

Die ganze Zeit über war er es gewesen. Der Marionettenspieler. Der Trophäenjäger. Und ich hatte mich von seiner Masche einlullen lassen und war am Ende aus freien Stücken in seine Falle getappt.

Ich sprintete zum Flur, als mein Kopf explodierte.

Dann wurde es dunkel.

35

Das Feuer prasselt im Steinkamin. Im Raum riecht es nach geschnittenen Zwiebeln und frischem Basilikum. Leonilda steht mit dem Rücken zu mir am Tisch. Ein Tuch mit Blümchenmuster bedeckt ihren Dutt aus weißem Haar, und obwohl es Hochsommer ist, trägt sie über der Kleidung eine graublaue Wollstrickjacke.

Ich fühle mich hundemüde, und mir tut der Kopf weh. Ich liege irgendwo hinter ihr ausgestreckt, vielleicht auf dem Sofa mit dem tannengrünen Baumwollüberwurf, und sehe ihr dabei zu, wie sie Brot schneidet.

Das stumpfe Sägen des Messers, das in die Kruste eindringt und in die weiche Füllung gleitet, ihre flüssigen Armbewegungen, die im Kamin tanzenden Flammen: Das alles lullt mich ein, und gleichzeitig spüre ich eine unterschwellige Warnung.

Vielleicht ruft draußen hinter den Heuschobern jemand meinen Namen; bestimmt Emilia und Claudia, die mit mir spielen wollen. Schade, dass ich mich nicht bewegen kann.

Leonilda schneidet das Pagnotta aus Maismehl in Scheiben, das wir heute Vormittag zusammen gebacken haben. Das Geräusch der gezackten Klinge, die das knackige, duftende Brot zersäbelt, übertönt die Rufe von draußen und erfüllt meine gesamte Welt.

»Dieser Junge ist böse«, sagt sie, »er hat seinen Vater umgebracht. Keiner im Dorf will mir glauben, aber ich weiß es. Auf diesen Jungen sollte man ein Auge haben.«

Ich überlege, welchen Jungen sie meint, derweil wird das Geräusch lauter. Wächst an. Wird schrill. Als ob das Messer unerwartet auf einen Widerstand gestoßen wäre. Vielleicht eine Gabel, die aus Versehen im Teig gelandet ist und jetzt das Schneiden behindert.

Ich beobachte Leonildas Ellenbogen. Einer hält still, um das Brot festzuhalten, der andere saust auf und ab, während sie das Brot zersägt.

Das Geräusch wird unerträglich.

Ich riss die Augen auf und sah zunächst nichts. Im Hinterkopf spürte ich einen pulsierenden Schmerz, und augenblicklich fiel mir alles wieder ein. Wie lange hatte ich geträumt?

Woher kam das Brotschneidegeräusch? Wieso war es nicht mit dem restlichen Traum verstummt, mit Leonilda und den Stimmen meiner Freundinnen, die nach mir riefen?

Ich schob den Unterkiefer leicht nach links und nach rechts, dann öffnete ich den Mund, und der metallische Geschmack von Blut rann mir die Kehle hinunter.

Der Raumperspektive entnahm ich, dass ich unweit vom Flur dicht an der Wand am Boden lag, vielleicht einen oder anderthalb Meter entfernt.

Cesare stand mit dem Rücken zu mir vor dem Bett. Ich beobachtete seine Ellenbogen: Einer hielt still, der andere ...

Alles an mir erstarrte, als er sich umdrehte, um nachzusehen, ob ich noch bewusstlos war. Durch den Vorhang meiner Haare sah ich sein verzerrtes Gesicht und einen Teil des Gemetzels, das er veranstaltete.

Die linke Hand war bis hinauf zum Ellenbogen in Blut getränkt. Mit der rechten hielt er das Messer umklammert.

»Für dich das volle Programm, Gertrude«, sagte er mit veränderter Stimme, »einmal die Komplettbehandlung.«

Neben Gertrudes leblosem Körper lag eine abgetrennte Hand.

Beruhigt durch meine vermeintliche Bewusstlosigkeit machte sich Cesare daran, auch die andere Hand abzusägen.

Mein Atem ging schwer, als ob ich dicke Luftblasen hinunterschlucken müsste. Mein Kopf schmerzte und drehte sich. Beim Versuch, mich zu bewegen, befiel mich Übelkeit.

Vermutlich eine mittelschwere Gehirnerschütterung.

Auf den Ellenbogen robbte ich in den Flur, wobei ich Cesare immer im Blick behielt, den Trophäenjäger, der erneut angefangen hatte zu sägen. Er war derart in sein blutiges Ritual vertieft, dass er mich vergessen hatte.

Ich richtete mich auf die Knie auf und probierte, ob ich das Gleichgewicht halten konnte. Meine Beine trugen mich.

Sobald ich es nach draußen geschafft hatte, schloss ich die Tür hinter mir ab und warf den Schlüsselbund ins Gras.

Es regnete in Strömen. Wankend lief ich zwischen den Bäumen davon. Ich hatte Todesangst. Alles, was ich tun musste, war hinabsteigen und mein Auto erreichen.

Ins Auto steigen und zum erstbesten Krankenhaus fahren, ohne einzuschlafen.

Alles, was ich tun musste, war durchhalten, einen Schritt nach dem anderen machen.

Mein Auto war nicht weit.

Da meinte ich in der Ferne ein Weinen zu hören. Ein verzweifeltes Weinen.

Ich befühlte meinen Schädel und betrachtete einen Moment lang meine Finger, an denen eine rote Flüssigkeit klebte. Offenbar hatte der Schlag auf den Kopf bei mir akustische Halluzinationen ausgelöst.

In meiner Tasche vibrierte mein Handy. Hinter einem Baum

versteckt, ging ich ran, ohne nachzusehen, wer es war. Woher ich die Stimme nahm, war mir selbst schleierhaft.

»Hallo?«

»Verdammt, wo bist du? Ich habe das Video und die Fotos gesehen! Die lila Hand könnte Rebecca gehören!«

»Am Haus von Gertrude. Cesare ist der Täter. Er hat sie eben umgebracht, und jetzt will er auch mich töten, weil er weiß, dass ich eine Heilerin bin. Er hat mich niedergeschlagen, aber ich konnte entkommen. Bestimmt bricht er gleich die Tür auf und sucht nach mir.«

»Gott, Sara! Bleib, wo du bist, wir kommen. Das heißt, nein, versteck dich. Nimm das Auto und hau ab! Ich schicke einen Krankenwagen.«

»Ich höre aus dem Wald ein Weinen, Emi. Aber ich weiß nicht, ob ich mir das nur einbilde.«

»Sara! Ich bitte dich!«

Erneut dieses Wimmern. Jemand weinte, weiter oben, zwischen den Bäumen. Ich hatte also doch richtig gehört, genau wie damals, vor vielen Jahren.

Ich verließ den Weg und schlug mir jeglichen Gedanken an Flucht aus dem Kopf. Stattdessen kraxelte ich mühsam den bewaldeten Hang hinauf, allein von meinem Instinkt geleitet. Regen und Wind schlugen mir entgegen, als wollten sie mich aufhalten.

Nur du kannst sie alle finden.

Ein Blitz zerriss die Dunkelheit des Spätnachmittags und explodierte irgendwo im Wald. Ich fing an zu schreien.

Der Regen ist ein konstantes Geräusch, das den Wald erfüllt. Er fällt senkrecht zwischen den Ästen der Eichen und lässt jedes einzelne Blatt erklingen, jeden Stamm, jede Wurzel. Der Weg verschwindet beinahe unter dem Sturzbach aus Schlamm, der sich gen Tal ergießt, hin nach Hause, hin zu den Gassen und Torbögen aus Stein, hin zum brennenden Kamin, der Funken sprüht. Das Mädchen denkt an die Nonna, die gerade dabei ist, einen Mürbeteigkuchen zu backen aus den Heidelbeeren, die sie gemeinsam unter den am Himmel kreisenden Falken inmitten der sonnigen Heide zwischen lauter Primeln gesammelt haben. Aber sie kann jetzt nicht zurück nach Hause.

Erneut ein Wimmern, zugleich nah und fern. Der Wind schlug es mir um die Ohren. Nun war ich sicher: Jemand weinte, und weder Regen noch Wind konnten das übertönen.

Mit einem Herz, das neben ihr hergaloppiert, geht sie bergauf und folgt dem einzigen Geräusch, das sich von dem uralten, immer gleichen Geprassel des Regens abhebt: ein Hilfeschrei, ein leiser verzweifelter Lockruf, den der Regen verwässert, aber nicht zu übertönen vermag.

Wieso hatte ich es nicht gleich erkannt?

Wieso hatte ich nicht gleich gemerkt, dass das Böse direkt neben mir stand? Dass es ausgerechnet in jenem Menschen schlummerte, dem ich blind vertraut hatte?

Das sprach Bände über meine Fähigkeit, das Böse zu erkennen.

Ich versank in Selbsthass, während ich mir weiter einen Weg bahnte, geplagt von der Übelkeit.

Sie hält sich an einem niedrigen Ast fest, um über ein paar große Wurzeln zu steigen, ihre Halbstiefel rutschen weg, und sie landet auf allen vieren im Matsch. Der Regen durchweicht ihren gelben Regenmantel und strömt ihr über Gesicht und Hände. Die Hände. Die darf sie nicht verletzen, nicht aufschürfen, nicht zerkratzen – jetzt sind sie kostbar. Leonilda, die alte Frau mit Augen blau wie Himmelsfetzen, die hinter den Heuschobern am Dorfrand lebt, hat ihr erklärt, wie man eine Blutung stillt, und sie hat sich alles gut eingeprägt.

Mein Handy vibrierte erneut. Ich rutschte im Schlamm aus und landete beinahe auf dem Gesicht. Die kühlen Tropfen auf der Wunde waren die reinste Wohltat.

Auf der Seite liegend, ruhte ich aus. Es war Marco, der am Telefon weinte.

»Sara, Rachele ist tot! Du musst vorsichtig sein!«

»Was ...« Ich rang nach Atem und schleppte mich hinter einen Baumstumpf, der mit allerlei Laub und Ästen bedeckt war. Ich warf einen Blick hinab zum Haus. Niemand zu sehen.

»Sie ist tot ... Sie hat sich aus dem Badezimmerfenster gestürzt, als die Pflegerin die Windeln aufgesammelt hat, die Rachele überall auf dem Boden verstreut hatte. Das war ein Ablenkungsmanöver von ihr, verstehst du? Sie war auf der Stelle tot. Sara, bitte sag mir, dass sie ihren Frieden gefunden hat.«

»Die Ärmste«, flüsterte ich und kam mit zittrigen Knien wieder hoch. »Ja, sie hat ihren Frieden gefunden.«

»Sara, wo bist du eigentlich? Können wir uns treffen? Du bist in Gefahr! Rachele hat wieder gemalt, und über einem der Mädchen im Kreis stand dein Name!«

»Ja. Ich weiß, es war ihr Onkel, der ...«

Die Verbindung brach just in dem Moment ab, als mir klar wurde, dass Rachele mit ihren Zeichnungen jahrelang versucht hatte, eine Botschaft auszusenden, die jedoch niemand erfasst hatte. Er war es gewesen, der sie terrorisiert hatte. Er war es, der aus irgendeiner perversen Boshaftigkeit heraus Rachele sämtliche Details erzählt hatte, in dem Wissen, dass sie in ihrem verwirrten Geist sicher waren. Rachele jedoch hatte die Geschichten in ihren Zeichnungen festgehalten und sie ihrem Sohn erzählt.

Giacomo würde bald schon erfahren, dass seine Mutter das Monster in ihrem Kopf besiegt hatte, wenngleich sie dafür einen hohen Preis bezahlt hatte.

Nun war es an mir, es auch im realen Leben zu besiegen.

Wieder zerriss ein Blitz den Himmel über den Bäumen, und auch der Donner ließ nicht lange auf sich warten. Eine solch gewaltige Explosion, dass ich glaubte, taub geworden zu sein, doch kurz darauf hörte ich Cesares Stimme: »Sara, wo bist du? Komm raus. Ich kriege dich. Ich habe euch alle gekriegt.«

Die Laute sind nun nicht mehr wie eben noch gedämpft, sondern durchdringend und deutlich, ganz in der Nähe. Das Kätzchen kauert mitten auf einer Lichtung, unter einem Enzianbüschel, nass und verzweifelt miaut es laut und zittert vor Furcht und Kälte. Das Mädchen nimmt es hoch und verbirgt es unter dem Wachsmantel, wohlig warm am Herzen, dann steigt es eilig den Waldweg wieder hinunter und bleibt nicht eher stehen, bis es die ersten Steinhäuser sieht, die mit dem Berg verschmelzen, außen kalt und innen warm und behaglich wie eine Umarmung.

Der Wind fegte beinahe horizontal durch die Lichtung und bog die Äste, als wären sie aus Stoff. Der Regen peitschte aus allen Richtungen über die Bäume und Wiesen.

Das Weinen war verstummt. Mittlerweile fühlte ich mich hellwach. Die Übelkeit war vergangen.

Das Erste, was ich sah, waren der baumelnde Körper und der am Boden umgestoßene Eimer.

Der Wind klatschte mir ein Stück Papier ins Gesicht. Halb vom Regen verwischt stand darauf der Satz: *Wir sind beide Mörder. Aber sie hättest du nicht anrühren dürfen.*

An dem niedrigen Ast der Eiche hing eine Frau.

Es war Rosa, und ich konnte nichts mehr für sie tun.

All die Jahre hat sie ihn gedeckt, aber Rebecca hatte sie wirklich ins Herz geschlossen … das konnte sie nicht verkraften.

Das Gesicht mit dem Arm abschirmend, kämpfte ich mich durch das schlimmste Unwetter, das ich je erlebt hatte. Zu meiner Linken, verdeckt von der Vegetation, lag einer der Bunker, von denen mir Emilia erzählt hatte, der mit Sicherheit aus dem Zweiten Weltkrieg stammte. Auf den Stufen, die zum Eingang hinabführten, lag reglos eine unbekleidete Frau mit bleicher Haut.

Ich griff nach einem dicken, gekrümmten Ast, stützte mich darauf und stemmte mich mit gebeugtem Rücken gegen den Sturm. Erst da entdeckte ich zwei weitere im Gras ausgestreckte Körper, ebenfalls weiß und nackt, aber sie lagen nicht reglos da, sondern krochen unendlich langsam ins Nirgendwo, wie geblendet von Blitz, Wind, Donner und Regen.

Ich warf mich auf die Stufen und wollte gerade die Frau anheben, doch da drehte sie sich zu mir um, und mir stockte der Atem: Anstelle der Hände hatte sie runde rosa Armstümpfe.

»Wer bist du?«, fragte ich unter Tränen. »Giannina? Daniela? Allegra, bist du das? Ihr seid in Sicherheit, ich bin da, ich bin ja da …«

Sie antwortete nicht. Ich wusste nicht einmal, ob sie mich gehört hatte.

Nur du kannst sie alle finden.

Ergriffen von einem furchtbaren Gefühl der Dringlichkeit rannte ich zu den anderen beiden Frauen, die, als sie meine Anwesenheit bemerkten, seltsam schrille Laute von sich gaben, wie Tiere, die den Mond anheulen.

Ich habe sie gefunden.

Auch sie waren verstümmelt und haarig. Ausgeblutet.

Giannina. Allegra. Daniela.

All die Zeit über …

Ich stammelte ein paar Worte, die sie beruhigen sollten, während mein Blick die Lichtung absuchte, in der Erwartung, dass gleich Cesare auftauchen würde. Aber nichts rührte sich, abgesehen von den sich biegenden Ästen, die brachen und auf die Wiese hinabfielen. Keine Menschenseele.

Ich betrat den Bunker mit dem Handy als Lichtquelle, die jedoch zu schwach war und nicht mal einen Meter dieses stockfinsteren, stickigen Grabes ausleuchtete.

Hier unten stank es erbärmlich. Meine Schuhe rutschten auf Exkrementen und Urinpfützen – oder waren es Blutlachen? – und anderen Flüssigkeiten, die ich mir lieber nicht näher ansah.

Stille.

Schnell richtete ich das schummrige Licht auf die Wände und glaubte, Ketten und Halseisen zu sehen, die aus den Wänden ragten und in denen die bleichen Knochen von Skeletten hingen.

Ich habe eine Gehirnerschütterung. Ich muss Ruhe bewahren. Das sind nur Ketten an alten Holzbalken.

Dann erstarrte ich und bekam keine Luft mehr. Ein winziger Laut hatte meine Aufmerksamkeit erregt.

Ting.

Da war er wieder. Er kam aus der rechten Ecke hinter etwas hervor, das aussah wie eine mit Brettern vernagelte Schießscharte. Es klang wie das leise Klimpern einer Kette.

Ich ging auf das Bündel zu, das auf einer Matte zusammengesunken lag, und hob es hoch. Es war federleicht.

Das Mädchen weiß, dass dies der wichtigste Moment ihres Lebens ist. Sie steht kurz davor, zum ersten Mal jemanden zu heilen, und es spielt keine Rolle, ob es sich dabei um einen Menschen oder ein Tier handelt. Dann kann sie ihrer Nonna und ihren Freunden erzählen, dass sie eine Heilerin ist wie Leonilda und die anderen. Die das Böse erkennt und vertreiben kann.

»Rebecca, ich bin's, Sara. Ich bringe dich weg von hier, hörst du mich?« Dass ich sprach, merkte ich erst in diesem Moment, denn es schien, als sei meine Stimme von mir losgelöst.

An der Kette um ihren Hals hing ein aufgesperrtes Schloss. Rosa hatte die Mädchen befreit und dann Selbstmord begangen.

Hatte sie geglaubt, es dadurch wiedergutmachen zu können?

Irre. Offenbar hatte sie genau wie er den Verstand verloren.

Rasch streifte ich dem Mädchen die Kette ab und rannte mit ihr, über Knochen und Holzstücke stolpernd, hinaus.

Ich kümmere mich um dich.

An einem sicheren Ort, fernab von Bäumen, in die der Blitz einschlagen konnte, legte ich Rebecca auf dem Laub am Boden ab und schlug die schmutzige Decke zurück, in die sie gewickelt war.

Beinahe hätte ich aufgeschrien.

Der Verband um ihren Armstumpf war mit frischem Blut getränkt. Bei diesem Anblick überkam mich eine rasende Wut.

Ich war die Wölfin, deren Junges man verletzt hatte.

Ich war die Füchsin, die ihr Junges im Maul trug.

Ich war die Viper, die zubiss, griff man sie an.

Nein.

Ich war der Wald. Ich war Erde, Äste und Blätter. Prasselnder Regen.

Ich ließ sie vom Regen trinken, indem ich ihr blasses Kinn leicht anhob. Zwei Finger an ihrem Hals.

Der uralte, vertraute Klang schärfte meine Sinne.

Der Herzschlag war schwach und entfernt spürbar. Meine Hände inspizierten rasch ihren Körper. Sie schien ansonsten keine schwereren Verletzungen oder Wunden zu haben.

Und dann ertönte die abgehetzte, aber mächtige Stimme irgendwo rechts von mir auf der Lichtung.

Er kam näher.

»Sara! Wo hast du dich versteckt? Möchtest du mir nicht deine Hände geben? Die Hände der letzten Heilerin?«

Kurz überlegte ich. Bei diesem Sturm konnte ich unmöglich mit einem Mädchen im Arm fliehen. Rebecca brauchte dringend ärztliche Hilfe, und die anderen Mädchen drohten an Unterkühlung zu sterben.

Ich versuchte, Emilia anzurufen, aber hier oben hatte ich keinen Empfang.

Schnell legte ich meine zusammengeknüllte Jacke unter Rebeccas Kopf und schnappte mir den Stock, den ich fallen gelassen hatte, als ich die Mädchen entdeckte. Ich kreiste die Stelle ein, aus der die Stimme kam, und da entdeckte ich ihn.

Cesare trat aus dem Dickicht des Waldes auf die Lichtung, und das Erste, das er sah, war Rosa. Taumelnd ging er auf seine erhängte Frau zu und wurde schlaff wie eine Marionette, deren Fäden man durchtrennt hatte. Seine Schreie durchschnitten die Luft. Verzweifelt klammerte er sich an ihre Beine und versuchte, sie anzuheben, bis sie ruckartig hinabsackte, als seine Arme nachgaben.

»Nein! Rosa! Warum hast du das getan, warum nur? Unser Werk war doch fast vollendet ... Wir hatten es geschafft. Und du? Törichtes Weib, du! Du hast alles kaputt gemacht. Jetzt muss ich es alleine zu Ende bringen, wie ich es geahnt habe.«

Er hob den Zettel vom Boden auf.

»Ein Brief für mich? Seit wann schreiben wir uns Briefe, Rosa, hm? Was steht da überhaupt? Man kann nichts lesen, der Regen hat alles fortgewischt. Was wolltest du mir sagen? Sag es mir, bitte! Hattest du genug davon, mich zu decken, Rosa? Hattest du genug von mir?«

Während ich den Baum umrundete, sodass er mich immer im Rücken hatte, hörte ich, wie er zugleich lachte und weinte.

»Was für ein erbärmliches Ende, Rosa! Das ist alles? Soll ich jetzt um dich weinen? Nein. Ich habe jetzt erst einmal genug damit zu tun, alles wieder in Ordnung bringen. Was hattest du denn vor? Wolltest du mich verhaften lassen, hm?«

Ich sah, wie er auf Rebecca zulief.

Nein.

Ich kam aus meinem Versteck und schlug ihm mit dem Ast auf den Rücken. Er drehte sich um mit einem Gesicht, in dem der Wahn stand, der seinen Geist vergiftete.

»Ich muss mein Werk vollenden. Zuerst die Kleine und dann bist du dran, Sara. Die letzte Heilerin.«

Dann stürzte er sich in blinder Wut auf mich.

Knurrend kämpften wir miteinander, wälzten uns im Schlamm. Ich versuchte, ihm die Augen auszustechen, doch da drückte er mir schon den Hals zu. Um mich tretend versuchte ich, mich zu wehren, doch ich spürte, wie die Welt ringsum zusammen mit der Luft allmählich dahinschwand.

Rette sie, Sara!

Mit letzter Kraft hob ich ein Knie und rammte es ihm zwischen die Beine. Winselnd rollte er zur Seite.

Der kalte Regen erweckte mich zu neuem Leben. Ich stand auf und trat auf ihn ein, während sich aus dem Himmel Wassermassen über uns ergossen und den Wald zerfledderten.

»Cesare!«, schrie ich. »Warum das alles, warum?«

Als er versuchte, sich aufzurappeln, schnappte ich mir einen anderen Ast und hieb ihm damit gegen die Knie.

Er jaulte auf und sackte zusammen.

»Es gibt kein Warum mehr«, keuchte er und schleppte sich auf eine der Frauen zu, die mit aufgerissenem Mund auf dem Rücken lag, als wollte sie die ganze Welt trinken.

»Ihr werdet alle sterben.«

Ich sprang auf seinen Rücken, um ihn davon abzuhalten, das Messer zu zücken, das er bestimmt noch in der Jackentasche bei sich trug. Er schüttelte mich ab und stürzte sich erneut auf mich. Trotzdem gelang es mir, mit beiden Händen seinen Hals zu umklammern, und ich drückte so fest zu, wie ich nur konnte, bis alles schwarz wurde und ich den ersten Messerstich spürte.

Die Klinge glitt still in meine Schulter und hinterließ eine Spur aus Schmerz und Dunkelheit, und einige Sekunden lang löschte sie jeden Gedanken aus.

Mach die Augen auf, Sara.

Wie durch ein Wunder fiel ich nicht in Ohnmacht, vermutlich durch den eisigen Regen, der auf meine Haut prasselte, und den Gedanken an Rebecca, die nur wenige Meter entfernt inmitten von gelben und grünen Blättern lag.

Rings um uns herum regten sich die anderen Mädchen wie Geister.

»Du hast sie all die Jahre am Leben gelassen«, krächzte ich und versuchte, mich zu wehren. »Warum?«

Meine Gliedmaßen waren vom Regen und Schlamm ganz glitschig, sodass ich nirgends richtig zupacken konnte. Es gelang mir jedoch, meinen gesunden Arm zu befreien, und ich rammte ihm die Faust in die Nase, die unter meinen Knöcheln brach.

Er schrie auf und stach mit dem Messer in meinen Oberschenkel, traf aber nur halb, denn ich hatte mich bereits zur Seite gedreht. Dennoch spürte ich den quälenden, flüssigen Schmerz, der wie eine Gezeitenwelle durch mich hindurchrollte.

Leise stöhnend drückte ich eine Hand auf die Wunde. Würde ich wirklich hier oben auf dem Berg sterben, so kurz davor, all diese armen Geschöpfe zu retten?

»Du bist genauso verrückt wie all die anderen, und genau wie sie musst du sterben«, keuchte er.

Ich versuchte, mit dem gesunden Arm noch einmal zuzuschlagen, doch er packte mich am Handgelenk und hob das Messer.

»Und Claudia?«, schrie ich verzweifelt, um Zeit zu gewinnen.

»Ihr habt mich nicht gesehen, aber ich war da, an jenem Tag, weil ich meine Nichte im Wald gesucht habe. Ich habe euch gehört. Ich habe gehört, wie diese kleine Hexe erzählt hat, wie sie mit den Händen heilt, und bin ihr gefolgt. Als ich ankam, lag sie mit eingeschlagenem Kopf da und war schon tot, aber diese Hände ... diese Hände, die es nicht vermocht hatten, meine Angelica zu retten, mussten verschwinden. Also habe ich sie am Fluss vergraben. Und jetzt nehme ich dir auch deine. Mach lieber die Augen zu, es wird wehtun, aber es ist besser so, glaub mir.«

»Hast du deinen Vater in den Abgrund gestoßen?«, schrie ich und schmeckte Regen und Todesangst.

Er lächelte und brachte das Messer an mein Handgelenk.

»Er hatte es nicht anders verdient.«

Ich schrie wie ein wildes Tier, riss den Oberkörper hoch und biss ihn ins Gesicht. Ob ich sein Kinn erwischt hatte oder seine Wange, konnte ich nicht erkennen. Ich zog und zerrte, und während er schrie, fiel ich nach hinten und spürte, wie seine eisige Hand erneut meinen Arm packte.

Sein Gesicht war eine einzige blutende Grimasse, aber sein Blick war eiskalt. Er würde nicht aufgeben.

Und ich hatte keine Kraft mehr.

Er schnitt mir in die Haut. Ich schrie, es donnerte, und im selben Augenblick explodierte auf der Lichtung ein Schuss.

Ich sah, wie das Messer zu Boden fiel und auf Cesares Hemd eine rote Blume erblühte. Lautlos sank er neben mir zu Boden.

Mitten auf der Wiese stand Emilia. Über der weißen Bluse trug sie eine schusssichere Weste, und in der Hand hielt sie eine Pistole. Direkt hinter ihr standen Marchi, der ebenfalls bewaffnet war, sowie mindestens ein Dutzend Polizisten in Uniform. Noch weiter hinten trafen gerade orange gekleidete Rettungssanitäter mit Tragen und Rettungsdecken ein.

Inmitten von all dem Trubel schleppte ich mich zu der Stelle, an der ich Rebecca abgelegt hatte. Mit schier übermenschlicher Anstrengung schaffte ich es, mich aufzusetzen und sie in den Arm zu nehmen.

Sie blutete heftig.

Bitte stirb nicht.

Ich legte ihr zwei Finger an den Hals.

Die Stimme des Lebens sprach aus ihren Adern zu mir.

Du hast das Böse gespürt und sie gefunden, Sara.

Ich legte die Hand, die von dem Stich in die Schulter halb gelähmt war, auf ihren blutenden Stumpf. Ich atmete durch den Mund, weil jede Bewegung unendlichen Schmerz bedeutete.

Mein Kopf drohte zu explodieren, aber ich zwang mich, die Augen offen zu halten.

»Blut, weiche zurück.«

Drei kleine Kreise. Flammender, unerträglicher Schmerz.

Manchmal glaubt das Blut, es könne einfach machen, was es will.

»Blut, ich befehle dir, halte ein.«

Erneut drei Kreise, um die Blutung zu stillen.

»Blut, ich sehe dich, ich heile dich und beschwöre dich: Halte ein«, flüsterte ich.

In diesem Moment schlug Rebecca die Augen auf und versuchte, etwas zu sagen, doch es kamen keine Worte heraus. Große Augen, so klar wie ein Gebirgsbach, der unter den tief hängenden Zweigen einer Weide dahinrauscht.

»Ich habe dich gefunden.«

Sie hob die gute Hand und berührte meine Wange.

Die Rettungssanitäter waren bei uns eingetroffen und nahmen sie mir aus den Armen.

Der Regen hatte aufgehört, und der Wald zitterte, genau wie wir.

Emilia kam zu mir gestürzt. Sie trug ein Polizeiabzeichen an der Bluse und sah mitgenommen aus.

»Am Ende hast du sie gefunden.« Sie wollte mir aufhelfen, aber ich rutschte weg und fiel hin. Sie legte den Arm um mich und streichelte mir zärtlich übers Gesicht, über die Stirn, über die Augen.

»Du hast sie gerettet, Sara.«

»Und du bist gerade noch rechtzeitig gekommen«, erwiderte ich lächelnd.

Was stimmte.

»Ich muss Giacomo sagen, dass nicht er es gewesen ist, der die Mädchen entführt und gefoltert hat, dass wir den Täter ein für alle Mal dingfest gemacht haben ...«

»Das kannst du ihm bald erzählen.«

»Aber ihr müsst auch den Mädchen helfen, sonst sterben sie an Unterkühlung ...«

Emilia sah mich an und drehte sich dann zur Lichtung um, auf der sich lauter uniformierte Polizisten und orange gekleidete Rettungssanitäter tummelten.

»Wem sollen wir helfen?«, fragte sie und hielt meinen Nacken gestützt, während ich zusammensank. Da drehte ich den Kopf und sah ihre bleichen Gestalten, die sich auflösten und in dem weichen Boden und im Moos verschwanden. Endlich waren sie frei und würden im Frühjahr als Blumen auferstehen.

Ich hob eine Hand, um ihnen zum Abschied zu winken.

Emilia, die es begriffen hatte, drückte mich fest an ihr Herz und begann zu schluchzen.

Nun waren wir frei.

Wir alle.

Du hast das Böse gespürt und es ausfindig gemacht, indem du deinem Instinkt gefolgt bist. Danke, Sara.

Die Rettungssanitäter hoben nun auch mich auf eine Trage. Ich hätte mich lieber ins Gras gelegt und Seite an Seite mit Emilia geschlafen, aber sie brachten mich weg.

Bis zum Krankenwagen hielt sie meine Hand.

Ehe sich die Türen hinter mir schlossen, meinte ich die Stimme des Waldes zu vernehmen. Als ob er sänge.

DANKSAGUNG

Endlich ist es so weit. Es ist der 4. Mai 2020, gerade habe ich die Druckfahnen zur Durchsicht bekommen, und nun sitze ich *tatsächlich* am Computer, um die Danksagung zu verfassen. Der Roman ist Wirklichkeit, und erst jetzt wird mir klar, dass die letzten anderthalb Jahre eine emotionale Achterbahn waren und die Zeit wie im Flug vergangen ist. Das Schöne ist: Dieses Abenteuer habe ich nicht allein bestritten. In all dieser Zeit, in der ich gearbeitet, gelacht, geweint, gelitten und mich gefreut habe, war ich stets von einer Schar Menschen umgeben, denen ich einzeln danken möchte.

Anfangen möchte ich bei meinem Agenten Piergiorgio Nicolazzini, der einen Sturkopf wie mich klug und unermüdlich in die richtige Richtung zu lenken wusste. Ich werde nie seinen Anruf im Oktober vergessen, nachdem er die Lektüre meines Manuskripts beendet hatte. Das war Adrenalin pur, das sich in den Monaten danach verhundertfacht hat. Vor allem möchte ich ihm dafür danken, welche Art von Agent er ist, nämlich jemand, der an eine Geschichte glaubt, der begeisterungsfähig ist und andere zu begeistern weiß.

Dann wäre da noch mein Coach: Leonardo Patrignani, der in einer Idee etwas gesehen hat, mit dem sich arbeiten ließ. Hut ab für seine Geduld bei der monatelangen Ausarbeitung des Plots und für seine unbezahlbare Energie, mit der er jede Etappe dieses Romans begleitet hat und begleitet. Leonardo und ich sind seit vielen Jahren befreundet. Was uns unter anderem verbindet, ist der unerschütterliche Glaube, dass aus einem positiven Antrieb, aus einer Entschlossenheit, aus der Fähigkeit, die Signale des Universums zu deuten, etwas entstehen kann. Und tatsächlich hat er diesen Moment vorausgesehen, genau so, wie er eingetreten ist.

Danke an Lorenzo Crescentini, meinen Lebens- und Arbeitspartner, dafür, dass er mir geholfen hat, aus dem Wirrwarr aus Notizen mit unglaublichem Geschick einen Entwurf zu schustern; dafür, dass er gemeinsam mit mir durch die – fiktiven – Gassen von Borgo Cardo gestreift ist, um die Geheimnisse seiner Bewohner zu erkunden; dafür, dass er mich durch die – realen – Straßen Bolognas kutschiert und mir vier Monate lang jeden Abend unter dem Himmel der Romagna zugehört hat, wenn ich ihm meine neuen Kapitel vorgelesen habe, um mir in Echtzeit Feedback zu geben.

Euch allen von Herzen Danke. Nicht zu vergessen meiner Lektorin Francesca Lang für die Liebe, mit der sie *Die toten Mädchen vom Monte Argento* begegnet ist, dem Team der Piergiorgio Nicolazzini Literary Agency (PNLA) und meinem Drehbuchdozenten Francesco Trento, der mir vor zwei Jahren eines Abends sagte: »Los, Manu, wag den Sprung, ich weiß, du kannst fliegen.«

Zum Schluss eine feste Umarmung für all die Menschen, die mich in diesen Jahren begleitet haben und mit denen ich die Freuden und Leiden dieses Berufs und dieses Lebens teile: Simona Camporesi, Claudio Vergnani, Roberta Giulia Amidani, Claudio Santoro, Fabio Carta, Carlotta De Melas, Floriana Vietti, Bruno Baronchelli ... und bestimmt vergesse ich jemanden, denn es sind jede Menge.

Euch allen Danke.

Emanuela Valentini